ICOLE ALFA

© privat

Nicole Alfa schrieb bereits mit elf Jahren die Erstfassung für ihre Debütreihe. Nachdem sie ihre Manuskripte auf einer Plattform für Autoren hochlud und dort Zuspruch von ihren Lesern bekam, verfestigte sich ihr Wunsch, Schriftstellerin zu werden. Oft lässt sie sich für ihre Charaktere und deren Schicksale durch ihre Umgebung, Erfahrungen, Musik oder Fotos inspirieren. Ihr Motto ist es, nicht aufzugeben, auch wenn andere sagen, dass es unmöglich ist.

Für Verena, danke für alles

PROLOG – EIN PAAR MONATE ZUVOR

Dylan

Das Herz schlägt mir bis zum Hals, als ich der Zielperson unauffällig in den Supermarkt hineinfolge. Das ist mein erster Auftrag. Das ist das erste Mal, dass ich mich nach all den Jahren in ihrer Obhut endlich frei bewegen und endlich zeigen kann, was ich von ihnen gelernt habe und was in mir steckt. Ich will ihnen beweisen, dass ich meiner Aufgabe würdig bin.

Ich halte mich hinter einem Pärchen mittleren Alters, um nicht aufzufallen, während ich sie weiterhin beobachte, wie sie sich von Zielperson Nr. 2 und Nr. 3 fortbewegt, welche am Gemüsestand haltmachen, und auf die Regale mit den Backwaren zusteuert.

Ein Lächeln breitet sich auf meinem Gesicht aus. Perfekt. Die Zielperson blickt suchend zur Seite, scheint die Lebensmittel zu studieren und schlendert gemächlich an den Regalen entlang. Sie hat sich Kopfhörer in die Ohren gesteckt und scheint in ihrer eigenen Welt versunken. Würde ich nicht wissen, wer sie vermutlich ist, würde man meinen, sie wäre ein ganz normales Mädchen, das mit ihren Eltern einkaufen geht.

Schnell umrunde ich die Regale und steuere nun von der anderen Seite, die Hände in den Taschen meiner Lederjacke vergraben, frontal auf sie zu. Sie ist immer noch so versunken in ihre Gedanken oder die Musik, die sie hört und zu der sie ihren Kopf leicht hin und her wippt, dass sie mich gar nicht bemerkt. Als wir beinahe auf gleicher Höhe sind und sie mich immer noch nicht bemerkt hat, remple ich sie mit voller Wucht an, sodass sie direkt in mich hineinläuft. Ihre Kopfhörer verwickeln sich mit meiner Jacke und kommen mit einem leisen Klackern auf dem Boden auf.

»Kannst du nicht aufpassen?!«, schnauzt sie mich an und geht in die Hocke, um ihre Kopfhörer wieder aufzuheben. Dabei fallen ihr ihre goldblonden Haare ins Gesicht. Ich tue es ihr nach, sodass wir uns auf gleicher Augenhöhe befinden. Ich habe mir ihr Bild lange genug eingeprägt. Ich muss sichergehen, dass sie wirklich unsere Zielperson ist. Erst dann können wir zuschlagen. Nur auf meinen Befehl hin wird der Zugriff erfolgen. Wenn ich falsch liege, könnte das ernsthafte Konsequenzen haben. Doch wenn sie es wirklich ist …

Ich greife nach ihren Ohrhörern, ehe sie sie nehmen kann, und wende mich ihr schließlich zu, um sie ihr in die Hand zu legen. Unsere Finger berühren sich leicht. In diesem Augenblick treffen sich unsere Blicke und ich sehe zum ersten Mal in ihre grünen Augen. Sie haben eine unverkennbar strahlend grüne Farbe mit goldenen Sprenkeln. Diese eine Sekunde reicht, um mir zu sagen, dass sie es ist. Sie ist unsere Zielperson. Doch obwohl ich ihr Foto schon so oft gesehen habe und es unmöglich ist, dass wir uns je zuvor begegnet sind, kommt es mir so vor, als kennen wir uns von irgendwoher. Ich verspüre ein komisches Gefühl in der Magengrube. Kein Magenkribbeln wie es bei Verliebten beschrieben wird oder wenn man eine Person auf den ersten Blick attraktiv findet. Eher etwas anderes. Etwas, das ich bisher noch nie verspürt habe. Etwas ganz Warmes, das sich in mir ausbreitet. Ich empfinde ihr gegenüber eine tiefe Verbundenheit, die ich niemandem zuvor gegenüber verspürt habe.

Und als hätten die Berührung mit ihr und der Blickkontakt etwas weiteres in mir ausgelöst, schießen blitzartig merkwürdige Bilder vor meinem inneren Auge vorbei. Die Zielperson ist dabei deutlich jünger und trägt kürzere Haare, die ihr gerade mal bis über die Schulter reichen. Sie hat ihre Arme um meinen Bauch geschlungen und weint leise. Ich habe die meinen ebenfalls um sie gelegt und drücke sie fest an mich, während ich murmle: »Kein Grund, sentimental zu werden, Kätzchen.«

Eine entfernte Stimme, die den Namen der Zielperson ruft, reißt mich plötzlich aus den Gedanken und ich fahre hoch. Das Mädchen dreht sich um, sodass mir ihre langen Haare ins Gesicht peitschen. »Komme schon!«, antwortet sie so laut, dass es in meinen Ohren dröhnt und die umliegenden Kunden sie bestimmt auch gehört haben.

Diesen Moment der Abgelenktheit nutze ich, um zu verschwinden. Ich ziehe mir die Kapuze meines Pullovers, den ich unter meiner Lederjacke trage, über den Kopf und laufe, ohne auf die anderen Gäste zu achten, nach draußen.

»Bist du noch dran?«, ertönt es da in meinem Ohr.

Ich fahre vor lauter Schreck zusammen. »Ja«, antworte ich und betrete den Parkplatz vor dem Supermarkt, wo wir mehrere Überwachungswagen positioniert haben. Einen auffällig schwarzen Geländewagen, um zu beobachten, ob sie nervös werden, um sie aus der Reserve zu locken. Zusätzlich haben sich weitere Agenten an die Fersen der Zielpersonen geheftet. Nur ich war der einzige, dem die wichtige Aufgabe zuteilwurde, die Zielperson zu identifizieren.

»Ist sie es?«, höre ich die Stimme meines Kommandanten im Ohr. Vor lauter Aufregung kann er nicht einmal warten, bis ich bei ihnen angelangt bin. Kein Wunder, immerhin werden sie seit neun Jahren erfolglos gesucht und sind schon mehrmals entkommen. Der Zugriff darf nicht wieder fehlschlagen.

Ich bleibe stehen und zögere. Denn das Gefühl dieser Verbundenheit zur Zielperson hält an. Etwas tief in meinem Inneren will nicht, dass ich unseren Verdacht bestätige. Etwas tief in meinem Inneren will sie beschützen.

Doch dann schüttle ich den Kopf. Keine Ahnung, was auf einmal mit mir los ist. Vielleicht liegt es an der Nervosität meines ersten Einsatzes oder daran, dass ich sie so lange studiert habe. Deshalb hole ich tief Luft und sage: »Ja, Zielperson bestätigt.«

Auf der anderen Seite der Leitung herrscht kurz Stille. Das ist der Augenblick, auf den wir so viele Jahre über hingearbeitet haben. »Gut.« Ich höre das Lächeln meines Vorgesetzten heraus. »Dann können wir loslegen.«

KAPITEL 1

Die Absätze meiner hochhackigen Schuhe klackern auf dem kalten Steinfußboden, als ich flankiert von meinen Leibwächtern den Gang entlangmarschiere. Durch das Glas der hohen Rundbogenfenster bricht die Sonne herein, deren warme Strahlen den Flur in ein helles Licht tauchen. Hin und wieder kommen uns Bedienstete oder Wachen entgegen. Sobald sie mich sehen, verneigen sie sich vor mir. Gut so. Es gehört als Zeichen des Respekts dazu, dass sie mir diesen erweisen. Ich bin ihre Prinzessin.

Vor einer hohen Tür bleiben wir stehen. Die vier Wachen davor verbeugen sich ebenfalls, ehe sie beiseitetreten, um mir den Weg freizumachen.

Ich streiche mit den Fingern über mein knielanges himmelblaues Kleid und rücke meine silberne Krone zurecht, auch wenn sie bereits perfekt sitzt. Obwohl sie so filigran ist, ist sie schwerer, als sie aussieht. Ich trage sie mit Stolz. Ich nehme sie nur noch ab, wenn ich mich dusche oder zu Bett gehe. Ebenso wie die schweren mit Diamanten besetzten Kreolen an meinen Ohren, die Kette um meinen Hals, meine Armbänder und die Ringe an meinen Fingern.

Einer der Wachen öffnet mir die Tür. Ich nicke ihm dankend zu. Dann betrete ich den Thronsaal, während meine Personenschützer vor der Tür warten.

Der Thronsaal ist der größte und längste Saal im ganzen Palast. Die dunkelroten Vorhänge sind zurückgezogen, sodass sich auch hier die Sonne durch das hohe Zimmer bahnt. Über mir hängen schwere Kronleuchter. An den Wänden befinden sich Gemälde, die meine Eltern und ihre Vorgänger zeigen. Nur auf einem einzigen, das größer ist als alle anderen, ist eine Schlacht abgebildet, in der Elfen gegen die dreckigen Kobolde kämpfen.

Elfen haben ihre Flügel transformiert – manche von ihnen sitzen auf Pegasi, damit sie ihre Kräfte nicht durch das Flügelschlagen verbrauchen. Sie zielen von der Luft aus mit Pfeil und Bogen auf die Kobolde am Boden, welche nur mit Schwertern bewaffnet sind. Andere kommen auf Drachen angeflogen, welche Feuer in Richtung der Elfen speien. Der Künstler hat kein einziges Detail ausgelassen; blutige Leichen liegen auf dem Boden, er hat sogar einen Marienkäfer auf einer weißen Blüte erfasst, neben der ein blutender Elf mit weit aufgerissenen Augen liegt.

Das Bild erfüllt mich mit Wut und Trauer, weil wegen den Kobolden so viele Elfen umgekommen sind. Weil sie sich dazu erdreistet haben, in unsere Länder einzumarschieren, statt unter der Erde zu bleiben, wo sie hingehören!

Da mich mein Zorn zu übermannen droht und die Energie in mir brodelt, wende ich mich nach vorne. Bis auf ein paar Sessel und Stühle an den Seiten ist der Saal beinahe leer. Auf dem Steinboden sind geschwungene Muster gemalt, in der Mitte befindet sich das Wappen meiner Familie, über das ich hinweg auf meine Eltern zuschreite.

Mehrere Treppenstufen führen zu einer kleinen Erhöhung mit zwei großen goldenen Thronen, auf denen meine Eltern mit erhobenen Häuptern sitzen und mich aufmerksam beobachten. Passend dazu tragen sie ihre goldenen Kronen. Die Farbe der Kronen richtet sich nach dem Stand des jeweiligen Royal:

Der König und die Königin tragen Gold, während die von meinem Bruder und mir silbern sind. Mein Zwillingsbruder ist auch da. Er steht in einem marineblauen Anzug und nach hinten frisierten Haaren neben unserer Mutter und beobachtet mich wachsam.

Seit ich wieder zurück im Palast bin, haben wir uns nicht mehr gesehen. Kurz frage ich mich, ob er beleidigt ist, weil ich die Thronfolgerin bin und die Ältesten mich jetzt anscheinend lieber mögen als ihn. Ich weiß, wie gern er den Thron wollte. Doch es ist meine Bestimmung, nicht seine.

Auch wenn er es war, der das Königshaus kontaktiert hat, um den Unterschlupf der Rebellen aufzudecken. Sie und deren Sympathisanten stellen eine Gefahr für uns und die Regierung dar. Sie müssen gestoppt werden. Nachdem wir das Hauptrebellenversteck fanden und zerstörten, sind die Rebellen zwar in alle Richtungen geflohen, aber immerhin haben wir ihren wichtigsten Stützpunkt im Elfensektor eingenommen. So schnell können sie sich nicht wieder formieren, bis wir zum nächsten Gegenschlag ausholen.

Leider war ich damals noch so naiv und glaubte den Rebellen; verhalf ihnen sogar zur Flucht. Es ist meine Schuld, dass unsere Soldaten sie nicht gefangen nehmen oder töten konnten. Generell beging ich viele Fehler, indem ich die Rebellen beschützte. Doch jetzt kann ich das alles wiedergutmachen und den Ältesten und meinen Eltern beweisen, dass ich eine würdige Prinzessin und Thronfolgerin bin.

Wobei mir meine Eltern nicht einmal in die Augen schauen können. Selbst wenn sie mit mir reden, blicken sie an mir vorbei oder, wenn wir am Tisch sitzen, auf ihr unangerührtes Essen. Begeistert scheinen sie jedenfalls nicht von meinem Verhalten zu sein. Ich verstehe es nicht. Ich bin doch so, wie sie mich haben wollen. Ich stehe voll und ganz hinter ihrer Familie und den Ältesten.

Diese sind ebenfalls anwesend, zumindest drei von ihnen. Sie lehnen ganz entspannt hinter den Thronen meiner Eltern in bequemen Ledersesseln, die extra für sie herangeschafft wurden und lächeln zufrieden.

Kurz frage ich mich, warum keine Frauen zu den Ältesten gehören dürfen, weil es bestimmt auch Frauen gibt, die älter sind als die Männer, aber den Gedanken verschiebe ich wieder. Ich habe die Ältesten nicht zu hinterfragen. Wenigstens sie scheinen mich nicht mehr als die Katastrophe zu sehen, die ich einst beziehungsweise vor ein paar Tagen noch war, bis Onkel Reagon mit mir geredet und mich davon überzeugt hat, dass ich einige Fehler begangen habe.

Er ist als engster Vertrauter meiner Eltern und größter Anhänger des Rates ebenfalls anwesend. Allerdings steht er am Fenster und blickt nach draußen auf den Palastgarten, wo unsere Soldaten auf der freien Wiesenfläche patrouillieren.

Wir befinden uns im Krieg. Gegen die Kobolde und gegen die Rebellen. Deshalb müssen wir vorbereitet sein.

»Wir haben das Hauptquartier der Rebellen gefunden. Die meisten konnten zwar entkommen, aber wie sollen sie sich ohne Stützpunkt organisieren?«, erklärte der kleinste Älteste mit seiner tiefen dröhnenden Stimme, die man ihm aufgrund des ersten Eindrucks gar nicht zugetraut hätte. Er schaute mich mit zusammengekniffenen Augen an. »Prinzessin Lucyana, du kennst die Rebellen besser als wir. Du warst dort, als wir sie angegriffen haben. Wohin sind sie geflohen?«

»Ich weiß es nicht«, hatte ich ehrlich erwidert.

»Bist du dir da wirklich sicher?«, hatte sich mein Onkel mit ins Gespräch eingeklinkt. Er saß mir gegenüber, sein Blick durchbohrte mich. Schwindel hatte mich befallen, als er in meine Gedanken eingedrungen war, und ich hatte es zugelassen. Ich hatte nichts zu verbergen.

»Sie haben nichts gesagt. Lorcan meinte, wir müssten sie nicht suchen, die Rebellen würden uns schon finden.«

Ich hatte gleichgültig mit den Achseln gezuckt, wenngleich es mich ärgerte, dass ich ihnen nicht sagen konnte, wo sich die Rebellen versteckt halten könnten. Hätte ich nur besser aufgepasst, hätte ich vielleicht eine brauchbare Information aufgeschnappt, die uns hätte weiterhelfen können. »Anscheinend haben sie uns nicht genug vertraut.«

Ich schüttle den Kopf, um die Erinnerung zu vertreiben. Aus der Konferenz hatte sich nicht viel ergeben, aber dass sie mich in den Thronsaal bestellt haben, ist äußerst selten. Es muss Neuigkeiten geben.

»Ihr habt nach mir verlangt?«, frage ich in die Runde, als ich vor der ersten Stufe stehen bleibe und den Kopf hebe, um ihnen allen in die Augen zu sehen. Dabei ignoriere ich das Dutzend Wachen, die sich neben den Treppenstufen aufgestellt haben. Den Tattoos ihrer Unterarme nach zu urteilen gehören sie zur Armee des Ältestenrats.

»Ja, das haben wir. Gesell dich doch zu uns, Lucyana. Du kommst gerade rechtzeitig«, erwidert der kleinste Älteste. Obwohl er auf einem Sessel sitzt, kann er aufgrund seiner Größe und den kurzen Beinen den Boden nicht berühren, weshalb seine Füße in der Luft baumeln. Er erinnert mich eher an einen Gnom oder ein kleines Kind, wären da nicht die schulterlangen, seidigen weißen Haare und der lange Bart.

Ich nicke und lasse meinen Blick zu meinen Eltern wandern, die weiterhin kein einziges Wort mit mir gewechselt haben. Tiefe Falten durchziehen die gefurchte Stirn meines Vaters. Seine Arme liegen locker auf den Lehnen seines Throns, aber seine Hände sind geballt und seine ganze Haltung angespannt.

Meine Mutter wirkt auch alles andere als gelassen. Ihre Augen huschen unruhig umher und obwohl sie viel Wert auf ihr Aussehen legt und ein deckendes Make-up trägt, sieht man ihre dunklen Augenringe und die roten Flecken – vermutlich aufgrund der Nervosität – hervorschimmern. Die Finger hat sie ineinander verschränkt, dennoch bemerke ich ihr Zittern. Sie hat Angst. Die Frage ist nur: Wovor?

Irgendwie wirkt ihr Abbild fast lächerlich. Sie sind der große Elfenkönig und die große Elfenkönigin. Dabei erinnern mich meine Eltern eher an Marionetten, deren Fäden die Ältesten in den Händen halten.

Stolz gehe ich die Treppenstufen nach oben und stelle mich neben meinen Bruder, der überhaupt nicht stillstehen kann. Auch er wirkt sehr aufgewühlt und tritt von einem Fuß auf den anderen. Fragend hebe ich eine Braue, er erwidert meinen Blick unschlüssig. Doch bevor er etwas sagen kann, winkt der kleinste Älteste einer Wache zu, die ich noch gar nicht bemerkt habe und die vor einer zweiten Tür rechts von uns steht.

»Bringt sie herein!«

Die Wache öffnet die Tür und mehrere Soldaten schreiten mit vier Gefangenen herein. Angeführt werden die Soldaten von ihrem Kommandeur, einem breitschultrigen Elfen, der mit federndem Schritt hoch erhobenen Hauptes zu uns marschiert und vor dem langen Tisch stehen bleibt. Er verbeugt sich vor uns. »Eure Majestäten.«

Dann schaut er wieder auf. Mittlerweile habe ich mich an sein Gesicht gewöhnt, das bei einem Kampf in der Vergangenheit übel zugerichtet wurde. Eine langgezogene Narbe zieht sich von seiner Braue bis hin zu seinen Lippen, was ihn noch gefährlicher wirken lässt als sein muskelbepackter Körper. Der Kommandeur war damals mit dabei, als sie Delavar, Freya und mich auf der Erde angriffen. Und er war dabei, als ich mit Aislinn und Daan durch den Wald floh. Er hat mich wieder zurückgebracht. Er ist kein Soldat meiner Eltern, sondern gehört dem Ältestenrat an.

»Hier sind wie befohlen die Gefangenen.« Er macht eine ausschweifende Handbewegung und tritt beiseite, sodass wir Blick auf die Gefangenen haben.

Die Soldaten stoßen die Elfen, deren Kleidung von Dreck und Blut beschmutzt ist, in den Raum. Als sie zu Boden fallen, packen sie sie im Nacken und ziehen sie hoch, sodass sie vor uns knien. Die Köpfe halten die zerlumpten Elfen gesenkt, sodass ihnen ihre Haare in die Stirn fallen.

Doch traut sich einer den Kopf zu heben, und er wirft seine kinnlangen lockigen Haare zurück, um mir direkt in die Augen sehen zu können. Purer Hass blitzt mir aus einem jugendlichen Gesicht entgegen. Über seiner Braue verläuft eine kleine Narbe.

Mir stockt der Atem, als ich das Gesicht wiedererkenne, in das ich blicke. Cian. Es ist Cian. Der Elf, der mich vor ein paar Wochen an der Akademie missbrauchen und dann im See ertränken wollte.

Ich warte darauf, dass sich etwas in meinem Inneren tut. Wenigstens das Anzeichen einer geringsten Regung. Doch ich fühle nichts. Rein gar nichts. Es ist mir völlig egal.

Plötzlich bin ich wieder dort an jenem düsteren Abend an der Akademie, als ich Aislinn wegen Magenproblemen auf die Krankenstation brachte und dann zu meinem Wohnhaus gehen wollte.

Wie es aus Kübeln goss und mich der Pfeil in der Schulter traf. Wie ich bewegungslos dalag. Wie ich weder sprechen noch meine Kräfte benutzen konnte. Wie die vier Elfen über mir standen. Wie sie mich durch den strömenden Regen über den unebenen Waldboden zerrten. Ich spüre den durchweichten Boden, den Regen, der meine Kleidung durchnässt, die Äste und spitzen Nadeln der Bäume, die sich in meine Haut bohrten. Wie Cian sich über mich beugte, mich berührte. Wie sie mich in den See hineinwarfen. Wie der Druck auf meine Lungen immer stärker wurde und ich glaubte, zu ertrinken. Ich japse auf und hole Luft. Kurz muss ich blinzeln. Ich befinde mich wieder im Hier und Jetzt im Thronsaal.

Genau diese vier Elfen knien nun vor mir. So, wie sie dasitzen, scheinen sie Schmerzen zu haben. Vermutlich wurden sie gefoltert.

Neben Cian befindet sich Shon mit dem rothaarigen Irokesenschnitt. Obwohl er den Kopf gesenkt hält und sich nicht traut aufzuschauen, kann man sein blaues Auge erkennen. Kay hingegen, der breite Elf mit der Hakennase und den blonden Haaren, hat sich vornübergebeugt, als habe er Bauchschmerzen. Er lässt die Augen nach einem Fluchtweg suchend umherwandern. An seiner Seite kniet Noah, ein braunhaariger Elf mit einem Muttermal am Kinn, und zittert am ganzen Körper. Seine Lippen beben merklich. Er schien damals Mitleid mit mir gehabt zu haben, hatte jedoch nichts unternommen, um mir zu helfen. Vermutlich aus Loyalität zu seinem Freund. Er wirkt eingeschüchtert, so wie er den Kopf eingezogen hat. Außerdem ist er leichenblass im Gesicht, das ganz aufgequollen ist, als hätte er geweint.

Ich sehe wieder Cian in die Augen, der meinen Blick stur erwidert. Er ist am übelsten zugerichtet. Er sieht aus, als hätte man ihm mehrmals ins Gesicht geschlagen. Seine Lippen sind aufgeplatzt. Seine verfilzten Haare sind fettig und er riecht übel nach Schweiß und Blut. Obwohl er Schmerzen zu haben scheint, kann er sie gut verbergen. Lediglich das leichte Beben seiner Unterlippe verrät mir, dass er doch nicht so kalt ist, wie er tut.

»So sehen wir uns wieder«, krächzt er mit belegter Stimme.

»Du hättest mich fast umgebracht«, entfährt es mir.

Aus den Augenwinkeln bemerke ich, wie meine Mutter kurz zusammenzuckt und sich die Hand vor den Mund hält. Mein Vater setzt sich aufrechter hin, seine Haltung bleibt weiterhin steif.

»Du hast mehr Schutzengel als ich dachte. Auch gut für mich. Nicht dass ich mir noch etwas eingefangen hätte, wenn ich dich genommen hätte«, kontert er und kneift das nicht angeschwollene Auge zu einem schmalen Schlitz zusammen.

Es überrascht mich, dass er in seiner ausweglosen Situation noch so ein großes Mundwerk hat, statt uns um Gnade zu bitten.

Die alte Lucy hätten seine Worte und der unverkennbare Abscheu in seiner Stimme getroffen. Ich höre in mich hinein, warte darauf, ob ich etwas fühle, doch ich fühle rein gar nichts. Stattdessen erwidere ich Cians Blick unbeeindruckt, was ihn verunsichert zurückzucken lässt. Seine Reaktion lässt mich lächeln. Ich bin nicht mehr das schwache Mädchen, das er zerstören wollte. Ich bin die Thronfolgerin.

»Warum sind diese Elfen hier?«, wende ich mich an meine Eltern und die Ältesten.

»Diese Elfen sind Rebellen«, erwidert der kleinste Älteste. »Sie sind gegen unsere Regierung. Sie sind gegen die Herrschaft deiner Familie. Sie sind gegen uns. Außerdem sind sie verurteilt wegen Entführung, Körperverletzung, versuchter Vergewaltigung und versuchten Mordes an der Prinzessin der Elfen und künftigen Königin.«

Bei jeder weiteren Aufzählung ihrer Vergehen werden die vier Elfenrebellen immer bleicher im Gesicht.

»Was wird mit ihnen geschehen?«, hake ich nach.

Der glatzköpfige Älteste verzieht den Mund zu einem schmalen Lächeln. »Prinzessin, welche Strafe erwartet die Rebellen laut unseren Gesetzen?«

Ich bemerke, wie mich alle neugierig beobachten. Meine Mutter wirkt eher besorgt, mein Vater schaut ebenfalls nicht gerade sehr glücklich drein und mein Bruder zieht die Stirn kraus. Mit unbewegtem Gesicht und emotionsloser Stimme sage ich: »Die Todesstrafe.«

Das Lächeln des glatzköpfigen Ältesten wird noch breiter. »So sei es.« Er nickt dem Kommandanten mit der quergezogenen Narbe über dem Gesicht zu. »Tötet sie.«

»Nein! Bitte!«, schluchzt Noah plötzlich auf. »Bitte, ich tue alles! Aber bitte, töten Sie uns nicht! Wir haben Familie! Geschwister!«

Auch Shon und Kay werden unruhig. Auch sie flehen uns an. Einzig allein Cian bleibt ruhig, die Lippen zu einem schmalen Strich aufeinandergepresst. In seinen Augen spiegelt sich sowohl Zorn als auch Hilflosigkeit wider, die er zu verbergen versucht. Nach außen hin mag er stark wirken, aber ich weiß, dass er Angst hat.

»Das hättet ihr euch überlegen sollen, bevor ihr euch den Rebellen angeschlossen und die Prinzessin angegriffen habt«, unterbricht ihn der dritte Älteste mit schneidender Stimme, sodass Noah zurückzuckt.

»Muss das denn wirklich sein?«, mischt sich auf einmal meine Mutter ein, als die Soldaten hinter die Elfenrebellen treten, und wendet sich zu ihm um. Alle blicken sie überrascht an. Auch ich hätte nicht erwartet, dass sie ihm Einhalt gebietet. Jammerlappen traut sich ja doch, etwas zu sagen.

Der Älteste kneift die Augen zu schmalen Schlitzen zusammen. »Willst du dich über das Gesetz erheben, Joanne?«

Mein Vater schüttelt kaum merklich den Kopf, doch sie beachtet ihn gar nicht. Sie strafft ihre Schulter. »Sie sind noch Kinder. Es gibt sicherlich eine andere Möglichkeit außer der Todesstrafe. Sie könnten sich bestimmt anderweitig als nützlich erweisen.«

Ich bemerke, wie die Elfenrebellen erleichtert aufatmen, doch da spricht bereits der Älteste weiter: »Wenn wir jedes Mal Gnade walten lassen, haben sie keinen Respekt mehr vor uns. Sie wissen von den Gesetzen und den Strafen bei Verstößen. Sie waren sich dessen voll und ganz bewusst. Sie haben sich ihr eigenes Grab geschaufelt. Nun müssen sie mit den Konsequenzen leben beziehungsweise sterben.«

»Seht es als Warnung gegenüber eurem Volk an«, mischt sich nun der kleinste Älteste mit seiner tiefen dröhnenden Stimme ein. Obwohl ich sie bereits kenne, jagt sie mir dennoch immer wieder eine Gänsehaut über den Rücken. »Dieses Schicksal wird jedem Natura widerfahren, der die Gesetze missachtet, sich euch oder den Ältesten widersetzt oder all diejenigen angreift, die uns unterstützen. Entweder sie sind für oder gegen uns. Wenn du die Elfenrebellen verteidigst, bist du gegen uns, Joanne. Bist du das?«

Meiner Mutter öffnet den Mund, um etwas zu sagen, presst ihre Lippen dann aber wieder aufeinander, als mein Vater seine Hand auf die ihre legt und sich an den Ältesten wendet.

»Was meine Frau und Königin damit sagen möchte, ist, dass sie kein Blut sehen kann. Das ist alles. Wir stellen euch nicht infrage.«

»Gut.« Für einige Sekunden starrt der Älteste meine Eltern an, als versuche er, in ihre Seelen einzudringen. Dann wendet er sich den Soldaten wieder zu.

Mir fällt auf, dass die Wachen, die neben uns an der Treppe stehen, ihre Hände an ihre Waffen gelegt haben und meine Eltern scharf beobachten, als warten sie nur darauf, meine Mutter und meinen Vater ebenfalls festzunehmen. Es kommt mir so vor, als wäre das Königspaar gefangen.

»Tötet sie endlich!«, ertönt es erneut von dem kleinsten Ältesten, woraufhin Noah laut aufschluchzt und den Kopf schüttelt. Kay beginnt erneut zu flehen, während Shon aufspringen und weglaufen will, doch eine Soldatin stößt ihn wieder zurück und zwingt ihn mit dem Lauf ihres Gewehrs, sich wieder hinzuknien.

Dann treten die vier Soldaten zwei Schritte zurück und legen die Gewehre an. Mein Bruder steht stocksteif und mit kreidebleichem Gesicht neben mir. Es wundert mich, dass es ihn so mitzunehmen scheint, immerhin hatte er letztens auch kein Problem damit, als unsere Soldaten die Sympathisanten und Kinder niederschossen.

Meine Mutter hat die Hand meines Vaters fest umklammert. Wider Erwarten hat sie ihren Blick nicht abgewandt, sondern fest auf die flehenden Elfenrebellen geheftet. Ebenso wie mein Vater die Jungen unverwandt anblickt. Sein Kiefer mahlt.

Noah, der vorhin noch wimmerte, wird auf einmal ganz ruhig, ebenso wie Kay und Shon, die stocksteif vor uns knien. Cian hingegen sieht mich direkt an. Der Hass in seinem Blick durchbohrt mich. Aber ich sehe auch die Todesangst in ihm, wenngleich er das Kinn stolz gereckt hat. Dann weiten sich seine Augen plötzlich, als wäre er in Trance.

Der Thronsaal ist kein passender Ort für eine Hinrichtung. Sie könnten die Exekution auch woanders vollführen. In den Kerkern oder draußen im Garten, wo man das Blut mit Wasser wegschwemmen könnte. Doch ich habe die vage Vermutung, dass die Ältesten meiner Familie Angst einjagen wollen nach dem Motto: Ihr könntet die nächsten sein, wenn ihr euch nicht an unsere Regeln haltet.

In diesem Augenblick gibt der Kommandeur den Befehl zum Schießen. Schüsse hallen im Saal wider. Blut färbt den Steinboden rot, als die Rebellen vor unseren Füßen zusammenbrechen.

KAPITEL 2

In dieser Nacht träume ich sehr unruhig. Ich befinde mich mitten in unserem Palastgarten auf einer weiten Wiesenfläche, die unseren Soldaten zum Trainieren von Kampfübungen und Bogenschießen dient. Über mir funkeln am Nachthimmel Millionen von Sternen. Als ich mich umdrehe, wäre mir beinahe ein erschrockener Aufschrei entfahren.

Vor mir steht ein kleines Mädchen in einem weißen Kleid. Ihre honigblonden Haare reichen ihr bis zur Brust. Sie hat ein schmales Kinn und hervorstechende dunkelgrüne Augen. Mir stockt der Atem. Das bin ich! Besser gesagt eine jüngere Version von mir. Da hebt sie den Kopf.

Ich warte ab, ob sie etwas sagt, doch sie bleibt still, starrt mich lediglich an.

»Was willst du von mir?«, frage ich daher.

Statt einer Antwort dreht sie sich um. Sie wirft noch einen kurzen Blick über die Schulter, als wolle sie mir stumm etwas mitteilen, dann marschiert sie los, in den angrenzenden Wald hinein.

»Wo willst du hin?«

Sie antwortet nicht, sondern geht einfach weiter. Ich sehe mich zu allen Seiten um, aber ich kann nirgends Wächter entdecken. Ich bin allein. Dennoch folge ich ihr. Das hier ist ein Traum. Hier kann mir nichts geschehen. Und es hat bestimmt einen Grund, weshalb mir eine jüngere Version von mir selbst in meinem Traum erscheint.

Zielstrebig marschiert die kleine Lucy an den unzähligen Nadelbäumen vorbei. Hin und wieder huscht ein Eichhörnchen oder ein Marder über einen Baum. Ab und zu vernehme ich auch den Ruf eines Vogels. Eine Eule fliegt an uns vorbei, ebenso wie einige Feen, die durch die Gegend schwirren und ihren silbernen oder goldenen Glitzerstaub verteilen. Doch sie ignorieren uns, blicken nicht einmal in unsere Richtung. Sie sehen uns nicht. Jedoch höre ich die leise Musik, die sie spielen. Es wirkt so real, dass ich mir nicht mehr ganz sicher bin, ob es wirklich nur ein Traum ist oder ob ich mich in der Zwischenwelt befinde.

Plötzlich bückt sich mein jüngeres Ich vor einer Reihe von Büschen, schiebt Blätter und Zweige beiseite, woraufhin ein versteckter Tunnel freigelegt wird, in den sie hineinkrabbelt.

Ich ducke mich unter den Ästen und Zweigen der Büsche und Bäume hinweg und knie mich hin. Mir kommt der Tunnel bekannt vor. Ich war hier schon einmal. Ohne zu zögern folge ich ihr, wenngleich ich mich auf den Bauch legen und hindurch robben muss, während sie auf allen vieren krabbelt.

Zum Glück weitet sich der Tunnel bald. Ich krieche heraus und richte mich auf. Wir befinden uns auf einer kleinen Wiese, die von einer hohen Hecke, Büschen und Bäumen umgeben ist. Erneut habe ich das Gefühl, dass ich hier schon einmal war.

Ist es eine Erinnerung? Ein Traum? Oder bin ich wirklich in der Zwischenwelt? Aber wie kann das nur sein? Bisher konnte ich nur in die Zwischenwelt wechseln, als mich Daan zu sich rief. Daan, der … mir klappt die Kinnlade herunter.

Mitten auf der Lichtung befindet sich ein kleiner Junge mit schwarzbraunen Haaren. Er hat unverkennbar eisblaue Augen, die in meinem Innersten plötzlich etwas aufwallen lassen, von dem ich glaubte, ich würde es nie wieder spüren. Es fühlt sich so an, als hätte sein Blick eine Flamme in mir entfacht, die ich für erloschen glaubte.

Daan, es ist Daan, der Prinz der Kobolde. Doch er schaut nicht mich an, sondern mein jüngeres Ich, das langsam auf ihn zutritt und mit vor der Brust verschränkten Armen vor ihm stehen bleibt. Da er auf die Ellbogen gestützt auf der Wiese sitzt und den Kopf in den Nacken gelegt hat, muss er nach oben schauen. Doch das tut der Arroganz in seiner Miene nichts ab.

»Habe ich es mir doch gedacht. Was machst du hier?! Du hast hier nichts zu suchen! Das ist mein Versteck und mein Palast!«, faucht die kleine Lucy.

»Pech gehabt. Jetzt ist es mein Versteck. Es gefällt mir hier und ich habe nicht vor, so schnell wieder zu verschwinden. Und der Palast wird irgendwann auch mal mein sein.« Er zwinkert ihr zu.

Die kleine Lucy stemmt eine Hand in ihre schmale Hüfte und deutet auf den Gang. »Verschwinde sofort!«

Schweigen entsteht zwischen ihnen, da sich der kleine Daan für mehrere Sekunden nicht regt. Dann steht er plötzlich auf, sodass ich schon glaube, dass er tatsächlich geht. Zu meiner und vermutlich auch der Überraschung meines jüngeren Ichs bleibt er direkt vor der kleinen Lucy stehen und sieht ihr tief in die Augen. Mich scheint er gar nicht wahrzunehmen.

»Warum kommst du dann her, wenn du wusstest, dass ich hier bin, obwohl du mich ja – wie du es unmissverständlich ausgedrückt hast, nicht sehen willst?«

Er will mein jüngeres Ich einschüchtern. Und das scheint auch zu funktionieren, denn der kleinen Lucy fehlen die Worte. »Ich ... Blödkobold!«

Er tritt einen weiteren Schritt an sie heran und schließt so den halben Meter Abstand, der noch zwischen ihnen lag. Ein überhebliches Grinsen liegt auf seinem Gesicht. »Aber dafür bin ich ein cooler Blödkobold, oder?«

Und dann neigt er sich einfach nach vorn und küsst mich! Er küsst die kleine Lucy! Und sie lässt es auch noch zu, dass dieser Kobold sie küsst!

Ein Teil von mir will nach vorn stürmen und die beiden auseinanderreißen, doch meine Füße sind wie festgefroren. Und nicht nur das. Zu allem Überfluss regt sich etwas in mir. Plötzlich durchrauschen mich die verschiedensten Emotionen, die sich einen heftigen Kampf in meinem Innersten liefern: Ekel und Wut gepaart mit Entsetzen trotzen gegen dieses flaue Gefühl, als hätte ich eine Armee von umherschwirrenden Feen im Bauch, das sich in mir breitmachen will. Aber da ist noch irgendetwas in meinem Inneren, das dieses Gefühl blockiert, sodass es sich nicht gänzlich in mir verteilen kann.

Die jüngeren Versionen von Daan und mir scheinen endlich fertig zu sein, sich zu küssen, denn sie blinzeln sich überrascht an, als könnten sie nicht glauben, was sie da gerade eben getan haben.

Der junge Daan reißt die Augen auf. »Denk nicht, dass das jetzt irgendwas zu bedeuten hat. Ich hasse dich!« Daraufhin stürmt er an ihr vorbei in den Tunnel.

Ich höre noch, wie die kleine Lucy flüstert: »Ich hasse dich auch.«

Dann tritt eine weitere Person aus den Schatten des Dickichts in mein Sichtfeld und stellt sich neben die kleine Lucy, die sich von ihrem Schock anscheinend wieder erholt hat und mich durchdringend anblickt, als wolle sie mir etwas mitteilen. Der Mann an ihrer Seite hat eine aufrechte Haltung und trägt einen dunkelblauen Anzug mit mehreren Abzeichen und Medaillen, die an seiner Brust hängen. Ein rotes Tuch reicht von seiner Schulter quer über seinen Oberkörper bis zu seiner Hüfte. Klare, smaragdgrüne Augen fixieren mich wachsam.

»Großvater?!«, entfährt es mir, als ich ihn sofort wiedererkenne, auch wenn ich ihn nur sehr kurz kannte, weil ich mich an ihn nicht mehr erinnern konnte und er wenige Tage, nachdem wir uns im Palast wiedertrafen, gestorben war. »Ist das ein Traum? Oder befinde ich mich wieder in der Zwischenwelt?«

Mein Großvater schmunzelt. »Beides. Das gerade eben war eine alte Erinnerung. Der Rest ist ein Traum und du befindest dich aber auch in der Zwischenwelt.«

»Aber ... wie kann es ein Traum und gleichzeitig real sein?«, stottere ich verwirrt.

»Anfangs hast du geträumt. Wenn man schläft, gibt es mehrere Traumphasen. Du befandest dich im Tiefschlaf, sodass du es gar nicht mitbekommen oder vergessen hast, wie du in die Zwischenwelt hinübergewechselt bist«, erklärt er mir geduldig.

Ich sage nichts, weil das wohl logisch klingt. Ich wende mich meiner jüngeren Version zu, die mich nach wie vor ohne zu blinzeln anstarrt. Da wir uns in der Zwischenwelt befinden, braucht sie diese Körperfunktion nicht.

»Warum sehe ich mich selbst als jüngere Version? Und wenn das eine Erinnerung war ... meine Erinnerungen sind doch eigentlich von Freya und Delavar blockiert worden. Wie kann ich mich wieder an etwas erinnern?«

Wobei ich seit meiner Rückkehr nach Phönix immer wieder Visionen über meine Vergangenheit habe. Doch diese sind bisher eher selten aufgetreten.

»Weil deine Seele gespalten ist«, antwortet er mit einem Funkeln in seinen smaragdgrünen Augen. »Wie soll ich das verstehen?«

»So wie die Menschen werden auch Natura von Ereignissen und Einschnitten in ihr Leben geprägt. Mit jeder Veränderung, jedem Schicksalsschlag, jedem Ereignis, das uns prägt, verändern wir uns und sind nicht mehr die Personen, die wir vorher waren. Stirbt zum Beispiel jemand, lässt du einen Teil deiner Seele mit dieser Person zurück, weil alles, was du mit dieser Person erlebt hast, dann der Vergangenheit angehört. Dieses Mädchen hier ...«, er legt meinem alten Ich eine Hand auf die Schulter, »... ist ein Teil von dir. Die Lucy, die sich hinter den blockierten Erinnerungen und Gefühlen befindet, die dich zu der Person gemacht haben, die du gerade bist.«

»Die ich gerade bin? Was meinst du damit?«

»Du hast dich verändert.«

»Na und? Jeder verändert sich im Leben. Das hast du gerade eben selbst gesagt. Das ist doch ganz normal.«

Er fährt sich über die Schläfe, die kleine Lucy verzieht traurig das Gesicht. »Es macht einen Unterschied, ob man sich selber verändert hat durch die einschneidenden Ereignisse oder ob der Geist manipuliert wurde. Die, die du gerade bist, das bist nicht du.«

»Natürlich bin ich das!«, rufe ich. Natürlich haben die vergangenen Ereignisse mich verändert. Aber was mein Großvater sagt, ist Blödsinn! Ich wurde nicht manipuliert! Sie haben mir nur ins Gewissen geredet und ich habe endlich erkannt, wie falsch ich lag. Aufgewühlt balle ich die Hände zu Fäusten. »Ich bin genauso, wie mich die Ältesten und meine Familie haben wollen! Lange genug durfte ich mir anhören, dass ich nicht gut genug für den Thron sei und jetzt, wo ich endlich so bin, wie es von mir verlangt wird, passt es immer noch nicht! Ich kann es niemandem recht machen!«

»Und seit wann bist du so?«, fragt mein Großvater herausfordernd.

Wortlos starre ich ihn an, weil ich seine Frage nicht beantworten will. Er will mich nur manipulieren wie alle anderen.

Er tritt mit einem gefährlichen Funkeln in den Augen einen Schritt auf mich zu. Die jüngere Lucy folgt ihm wie ein Schatten.

»Ist es nicht so, dass du anders denkst, seit Reagon mit dir allein war, nachdem du im Palast wieder aufgewacht bist?«, hakt er nach.

Ich schweige, was ihn dazu bestärkt, weiterzumachen.

»Und du kannst dich an nichts mehr erinnern, nicht wahr? Du weißt nur noch, dass Reagon mit dir gesprochen hat. Mehr aber nicht.«

Er hat recht. Ich erinnere mich nur noch vage daran, dass meine Eltern kurz da waren. Gemeinsam mit den Ältesten, um sich nach meinem Wohlergehen zu erkundigen. Zumindest vermute ich das. Warum sollten sie sonst nach mir sehen? Aber jedes Mal, wenn ich darüber nachdenke, ist alles wie ein dichter Nebel, der sich nicht lichten will. Und jedes Mal, wenn ich meine, eine Erinnerung an diesen Tag zu finden, verblasst sie wieder, ehe ich nach ihr greifen und sie festhalten kann. Ich weiß nur noch, wie ich gemeinsam mit Daan den Rebellen geholfen und mit ihm, Aislinn und Lorcan durch den Wald geflohen bin, wo Aislinn getötet wurde und wir uns von Lorcan trennten, damit sie nicht jeden von uns zu fassen kriegen konnten. Ich weiß noch, wie ich angeschossen wurde und Daan fortgeschickt habe. Und ich erinnere mich noch daran, wie unsere Soldaten mich fanden, ehe alles schwarz wurde und ich im Palast wieder aufwachte.

Aber das hat doch nichts zu bedeuten. Laut einer Ärztin habe ich eine Amnesie, die häufig bei Unfallopfern oder Traumapatienten auftaucht.

»Was willst du mir damit sagen?« Ich kann meine Skepsis nicht verbergen.

»Das kannst du dir selbst erschließen«, erwidert mein Großvater und tritt einen weiteren Schritt an mich heran. »Was deine Erinnerung von gerade eben angeht: Das Manipulieren der Erinnerungen oder des Geistes ist wie ein Puzzle. Unsere Erinnerungen bestehen aus Bildern und Szenen, an die wir uns erinnern. Wir können zwar das Puzzle zusammensetzen, aber es ist nie ganz glatt wie ein Foto, das man ausdruckt. Es gibt immer Verläufe, die die Puzzleteile zeigen oder Lücken. Mal verliert man ein Puzzleteil. Manchmal findet man es nicht wieder. Doch manchmal ...«

Sein bedeutungsschwerer Blick liegt auf mir. Statt den Satz zu vollenden, tritt er einen weiteren Schritt auf mich zu. Ich verspüre erneut den Drang, zurückzuweichen oder abzuhauen, doch da verwischt plötzlich die Umgebung. So als würde dunkelgrauer Nebel aufkommen, der über den Boden kriecht und alles in vollkommene Finsternis taucht.

Orientierungslos drehe ich mich um die eigene Achse, versuche, etwas zu erkennen, und balle kampfbereit die Fäuste. Als sich der Nebel wieder lichtet, stehen wir inmitten eines Konferenzraums, der sich im Zentrum von Phönix befindet. Mehrere kleinere Kronleuchter hängen in Abständen von den Decken, tauchen jedoch den Raum in ein eher gedämpftes Licht. Mehrere in Anzüge gekleidete Natura haben sich dort auf gepolsterten Bänken versammelt, die in einer U-Form nebeneinander gereiht sind. Es gibt jeweils vier Reihen, die bis zur Wand hinter reichen. An der leeren Seite stehen fünf Lederstühle, die mit ihren kunstvollen Verzierungen und den vergoldeten Lehnen einem Thron ähneln.

Auf ihnen sitzen fünf alte Natura. Einen von ihnen kenne ich bereits: Es ist der kleine Elf des Ältestenrates. Seine Haare sind ein wenig kürzer und er hat weniger Falten als die anderen. Sein Blick ist scharf und wandert aufmerksam durch den Saal. Neben ihm befinden sich vermutlich die Ältestenräte der anderen Völker: ein Schattenelf mit einer Halbglatze, ein Kobold und ein Schattenkobold mit dunkelgrauen Haaren und ein Elb, dessen weiße Haare bis zum Boden reichen. Zu ihren Seiten befinden sich zwei Bänke, auf denen weitere Älteste aller fünf Völker sitzen. Alle tragen dunkle Roben. Sie alle sehen sehr alt aus, aber mittlerweile weiß ich, dass ihr Aussehen über ihre Macht, über die sie verfügen, hinwegtäuscht.

An den Seiten stehen überall Wachen positioniert, die Hände griffbereit an ihren Gewehren. Die Ärmel ihrer Uniformen haben sie zurückgekrempelt, sodass sie den Blick auf ihre Unterarme freigeben, auf denen sie alle dasselbe Tattoo auf ihren Unterarmen tragen: ein Pentagramm, durch dessen Mitte ein Schwert gestoßen ist. Sie sind Soldaten des Ältestenrates.

Das verwundert mich ein wenig. Wo sind die Soldaten der Könige und Königinnen? Warten sie, wie es sonst immer üblich ist bei wichtigen Versammlungen vor den Türen? Doch warum ist die Armee des Ältestenrates dann hier?

Mein Blick wandert weiter zu einem großen Tisch inmitten der Bänke, an dem mehrere Männer und Frauen mit goldenen Kronen auf den Köpfen Platz genommen haben: die Könige und Königinnen der fünf Völker. Sie sitzen alle auf verschiedenen Seiten. Die Königspaare der Elfen und Schattenelfen befinden sich an der linken Längsseite des Tisches, die Kobolde und Schattenkobolde gegenüber von ihnen und die Elben an der Breitseite gegenüber vom Ältestenrat.

Wahrscheinlich sind die Natura in den Anzügen, die sich auf den Bänken zu ihren Seiten verteilt haben, ihre Berater und Minister. Diese rutschen unruhig auf ihren Sitzen umher. Ein nervöses Raunen und Gemurmel geht durch die Runde, als hätten sie gerade eben etwas sehr Schlimmes erfahren.

Unter ihnen entdecke ich meinen Großvater, der mit gerunzelter Stirn die Ältesten betrachtet. Es ist komisch, dass er hier direkt neben mir steht, aber auf der anderen Seite seine jüngere Version hockt. Doch wenn er hier ist, muss ...

Ich halte die Luft an, als ich unter den Königen meinen anderen Großvater, König Aden, entdecke. Er hat das gleiche kantige Kinn und dieselbe schiefe Nase wie mein Vater. Ebenso trägt er seine honigblonden Haare schulterlang. Damit sie ihm nicht ins Gesicht hängen, hat er sie hinter seine spitzen Ohren geschoben. Er hat dunkelblaue Augen und trägt einen dazu passenden Anzug.

Neben ihm sitzt eine etwas ältere Elfe mit blonden, leicht ergrauten Haaren. Auf ihrem schmalen Gesicht sind bereits ein paar kleine Falten zu sehen, ihre grünen Augen sind ebenso wach und aufmerksam wie die von allen hier Anwesenden. Ihre Hand liegt auf seinem Oberschenkel, ihr besorgter Blick auf seinem Gesicht. Das muss meine Großmutter sein.

Als ich meine Großeltern anstarre, mir ihre Gesichter einpräge, spüre ich einen Stich. Das, obwohl ich mich in der Zwischenwelt außerhalb meines Körpers befinde. Ich spüre es stärker als in den letzten Tagen. Ich spüre Sehnsucht, Frustration und Trauer, weil ich die beiden nie live getroffen habe, und wenn, dann kann ich mich nicht mehr daran erinnern. Soweit ich weiß, starb

König Aden vor meiner Geburt. Aber ich erkenne ihn von einem der zahlreichen Gemälde im Palast wieder.

Er scheint besorgt, denn seine Stirn hat sich zu tiefen Furchen verzogen, wie es mein Vater auch immer macht, wenn ihn etwas sehr beschäftigt.

»Das könnt ihr nicht tun!«, protestiert er und stemmt die Hände auf die Tischplatte, während er die Ältesten wütend anfunkelt. »Ihr würdet damit Tausende von Elfen, Kobolde und Elben zum Tode verurteilen!«

»Wenngleich ich die Elfen zutiefst verabscheue …«, wirft ein weiterer Mann mit ein, der mir ebenfalls vage bekannt vorkommt. Er hat rabenschwarze Haare und obsidianfarbene Augen. Seine Haltung ist gerade, sein breites Kinn stolz emporgereckt. Er trägt eine eiskalte Miene zur Schau und hat einen stechenden Blick, bei dem ihm bis auf die Ältesten jeder ausweicht. Er macht eine kurze Pause, um seinen Blick über die Natura in diesem Saal schweifen zu lassen.

Ich habe ihn schon einmal gesehen. Bei genauerem Betrachten seines Gesichts weiß ich auch, woher er mir so bekannt vorkommt: Als ich in die Erinnerung von Daans Vater eindrang, war er mir begegnet. Er ist Daans Großvater!

»Wenngleich ich sie verabscheue«, greift er seinen Satz wieder auf, »… finde ich, dass König Áquila recht hat.« Er wirft meinem Großvater einen kurzen Blick zu. »Ich will ungern mein eigenes Volk töten. Dazu Kinder …«

»Und was sollen wir Eurer Meinung nach tun?«, widerspricht ihm der kleine Älteste mit seiner tiefen Stimme. »Tatenlos dabei zusehen, wie unsere Völker untergehen? Die Bevölkerungsdichte muss gesenkt werden. Natura, die nicht gewinnbringend sind, müssen entfernt werden, um unser Überleben zu sichern. Je mehr Kinder geboren werden, umso mehr Münder sind zu füttern, umso mehr Platz benötigen wir und umso größer ist die Chance, dass diese wieder Kinder bekommen. Es wird ewig so weitergehen, wenn wir keine klaren Grenzen ziehen. Vorerst wird der Beschluss nur auf das normale Volk ausgelegt. Angehörige der Königsfamilien und des Ältestenrates sind davon ausgeschlossen. Der Beschluss tritt mit dem heutigen Tag in Kraft, um Phönix eine gute Zukunft zu sichern.«

»Nein!«, ruft mein Großvater. Er schlägt mit der Hand auf die Tischplatte, sodass diese erbebt. »Ich weigere mich, das zu akzeptieren! Ich werde dem nicht nachkommen und ich werde nicht zulassen, dass Elfen getötet werden!«

Der Älteste der Elfen zuckt nicht einmal mit der Wimper. Sein eisiger Blick richtet sich auf meinen Großvater. Ein kaum merkliches Lächeln legt sich auf seine Lippen, als er mit erhobener Stimme verkündet: »Wachen! Nehmt ihn fest.«

Augenblicklich treten alle Wachen des Ältestenrats mit gezückten Waffen nach vorne und zingeln meinen Großvater ein, die Könige und Königinnen in seiner Nähe außer meine Großmutter, die sich schockiert die Hand vor den Mund geschlagen hat, weichen ängstlich zurück.

Ungläubig blickt mein Großvater den Ältesten an. »Das ist nicht Euer Ernst! Was habe ich verbrochen, damit Ihr mich festnehmen könnt? Ich bin der König der Elfen. Ich sollte über das Wohl meines Volkes frei entscheiden können! Doch Ihr nehmt mir diese Freiheit, indem Ihr mir auch noch meine eigene Meinung verbietet! Ihr solltet aufgrund Eurer Erfahrung unsere Berater sein. Ihr missbraucht Eure Befehlsgewalt!«

Ein paar der anwesenden Berater ziehen scharf die Luft ein. Niemand traut es sich, so mit den ältesten Natura zu reden. Der kleine Elfenälteste kneift die Augen zusammen. »König Aden Áquila: Hiermit verurteilen wir Euch wegen Ungehorsam zum Entzug Eurer Kräfte, die Ihr erst wiederbekommt, wenn Ihr Euch uns gefügt habt und langfristig unseren Befehlen Folge leistet.«

Entsetzt schüttelt mein Großvater den Kopf. »Das könnt Ihr nicht machen! Das ist Erpressung! Niemand hat das Recht dazu, uns die Kräfte zu nehmen! Wir haben sie aus gutem Grund!«

»Holt den Stein«, befiehlt der kleine Elf, ohne auf seine Proteste einzugehen. Seinen durchdringenden Blick wendet er kein einziges Mal von meinem Großvater.

Wind kommt auf, der die langen Haare der Elben zerzaust und die Kronleuchter gefährlich zum Schwingen bringt. Sie klirren, als die Kristalle aneinanderschlagen. Doch plötzlich ist es vorbei. König Aden hat die Hände zu Fäusten geballt und die Lippen aufeinandergepresst. Schweißperlen rinnen ihm von der Stirn, sein ganzer Körper ist angespannt. Er scheint gegen etwas anzukämpfen, doch dann geht er in die Knie.

Meine Großmutter sitzt starr vor Schreck auf ihrem Stuhl und schweigt. Eine einzelne Träne stiehlt sich aus ihrem Augenwinkel, die sie schnell wegwischt. Allerdings sagt und tut sie nichts, um ihrem Mann zu helfen. Wie auch? Wenn sie es täte, wäre sie vermutlich die Nächste.

Eine Tür wird aufgestoßen, zwei Wachen kommen mit einem ovalen Gegenstand, der von einem ledernen Tuch umwickelt ist, herein und legen diesen auf dem Tisch ab. Die Könige und Königinnen bis auf meine Großeltern haben sich in die ersten Reihen der umliegenden Bänke verzogen. Vermutlich haben sie Angst, dass sie die gleiche Strafe ereilen könnte.

Die Wachen treten zurück, um den Ältesten Platz zu machen, welche aufgestanden sind und sich wie eine dunkle Mauer um den Tisch herum versammeln. Der kleinste Älteste greift nach dem Ledertuch und wickelt den sich darin befindlichen Gegenstand aus. Ein ovaler, saphirblauer, glatter, etwa straußeneiergroßer Stein kommt zum Vorschein.

Mein Großvater sitzt weiterhin wie erstarrt da, lediglich seine Augen sind schreckgeweitet. Meine Großmutter sieht ihn bestürzt an.

Dann stellt sich der Älteste mit dem Stein in der Hand vor meinen Großvater, welcher wie mechanisch die Arme hebt, um mit seinen Fingern ebenfalls den Stein zu berühren. Plötzlich beginnt dieser zu leuchten, immer heller, bis er den gesamten Raum in ein neonfarbenes, gleißendes Licht taucht, sodass sich alle die Hände schützend vor die Augen halten müssen.

Mein Großvater stößt einen markerschütternden Schrei aus, als das Licht ihn einhüllt. Nach wenigen Sekunden ist es vorbei. Das Leuchten verschwindet und der Stein nimmt wieder seine normale blaue Farbe an. König Aden sackt entkräftet nach vorn, die Starre oder die unsichtbaren Kräfte, die ihn dazu gezwungen haben, still zu sitzen, scheinen ihn wieder freizugeben.

Meine Großmutter ist sofort bei ihm und fängt ihn auf. Sie schlingt ihre Arme um seinen Oberkörper und presst ihn an ihre Brust. Mein anderer

Großvater hat den Kiefer angespannt. Er wirkt betroffen, steht jedoch nicht auf, um zu seinem Schwager zu gehen.

Zufrieden sieht sich der kleine Elfenälteste um, den Stein fest in seinen Händen haltend. »Nun, ist noch jemand gegen den Beschluss, der soll seine Einwände vorbringen.« Sein Blick gilt vor allem den anderen Königspaaren, denen allesamt das Blut aus ihren Gesichtern gewichen ist. Sogar der ehemalige König der Kobolde senkt unterwürfig den Kopf. Niemand wagt es, sich zu regen. Das Lächeln des Ältesten wird noch breiter. »Wer ist für den Beschluss?«

Es dauert ein paar Sekunden, bis die ersten Ratsmitglieder zögernd ihre Hände heben. Am Ende geben schließlich alle ihre Zustimmung, wenngleich die meisten nicht gerade sehr glücklich wirken.

»Im Namen der vereinten Völker von Phönix tritt mit sofortiger Wirkung der Beschluss in Kraft. Kein Natura darf mehr als zwei Kinder haben. Überflüssige Kinder werden entweder getötet oder – sollten sie vielversprechend sein, zu Soldaten rekrutiert. Behinderte Natura werden umgehend getötet. Alle, die dagegen verstoßen, bezahlen ebenfalls mit dem Leben. Der Beschluss gilt nicht für die Königsfamilien und Mitglieder der Ratsversammlung.«

Die Umgebung verschwimmt. Erneut kommt Nebel auf, der uns einhüllt, sodass ich nur noch mit meinem Großvater und der kleinen Lucy dastehe, die ich ganz vergessen habe, weil ich mich so auf das Geschehen fokussiert habe.

»Warum hast du mir das gezeigt?«

»Weil ich wollte, dass du mit eigenen Augen siehst, was damals vor sich ging. Dass sich niemand aus freien Stücken dazu entschieden hat, wie die Ältesten allen vorgaukeln. Wir – oder die meisten von uns – waren gegen diesen Beschluss. Aber nachdem König Aden Áquila die Kräfte entzogen wurden, traute sich niemand mehr, etwas gegen die Ältesten zu sagen. Sie waren froh, dass sie und ihre Familien fürs Erste von dem Beschluss verschont blieben. Und manche glaubten an die Idee, dass dadurch die Bevölkerungsdichte gesenkt würde, was das Problem der überbevölkerten Länder gelöst hätte.«

»Aber es half nichts?«

Er schüttelt den Kopf. »Die Länder hätten gereicht. Irgendwann könnte es zu einer Überbevölkerung kommen. So ist es auf der Erde auch. Aber die Menschen halten zumindest an ihren Menschenrechten fest: Jedes Lebewesen hat ein Recht auf Leben. Leider gibt es so etwas in unseren Gesetzen nicht. Ebenso, wie sie ihm die Kräfte entzogen haben. Es war gegen die Natur. So etwas sollte nur in Ernstfällen geschehen, wenn die Macht missbraucht wird, was Aden nicht getan hat. Ganz im Gegenteil, er hat sie dafür verwendet, um Gutes zu tun.« Mein Großvater lächelt ein wenig. »Er hat sich nachts als Bettler verkleidet aus dem Palast geschlichen, um kranke Elfen zu heilen oder Armen Geld vor die Haustüren zu legen. Wenn es Probleme gab, bei denen man seine Kräfte benötigt hatte, war er sofort zur Stelle.«

»Schön und gut, wenn er mit seinen Kräften Gutes getan und einen auf Robin Hood gemacht hat«, sage ich wie aus der Pistole geschossen. »Er war gegen die Ältesten. Er wusste, welche Strafe ihn erwartete, oder? Also war er selber schuld.«

Es ist, als spräche jemand anderes aus mir, während ein Teil von mir gegen die Worte protestiert und mich anbrüllt, dass König Aden unschuldig war und recht hatte.

»Die Ältesten wissen, was gut für uns ist«, presse ich hervor, weil sich etwas in meinem Inneren erneut einen heftigen Kampf liefert, was denn nun richtig und was falsch ist. »Und der Beschluss hat doch seine Wirkung gezeigt, oder? Die Bevölkerungsdichte ist gesunken.«

Mein Großvater seufzt auf. »Ja, die Bevölkerungsdichte ist gesunken. Doch zu welchem Preis?«

»Haben sie ihm mit diesem Stein die Kräfte genommen?«, wechsle ich das Thema, weil ich keine Lust habe, weiter darüber zu diskutieren und weil es mich ganz verrückt macht, dass sich in mir anscheinend zwei Lucys streiten, die anderer Meinung sind.

»Ja, dieser Stein befand sich in den Händen des Ältestenrates. Er sollte wie vorhin erwähnt nur eingesetzt werden, wenn die Kräfte missbraucht oder damit anderen Lebewesen Leid zugefügt wurde.«

»Und wo ist er jetzt?«

Mein Großvater lächelt. »Die Ältesten haben ihn nicht mehr. Ich habe bis zu meinem Tod dem Ältestenrat für ein paar Jahre angehört. Ich habe mir ihr Vertrauen erarbeitet und ihn gestohlen.«

»Aber warum?«

»Weil sie damit Unrecht getan haben. Sie haben vielen Königen und Königinnen zuvor die Kräfte entzogen und über den Stein auf sich übertragen.«

Ungläubig sehe ich ihn an. Davon wusste ich nichts.

Er muss meine überraschte Miene richtig gedeutet haben, denn er fährt grimmig lächelnd fort: »Warum glaubst du denn, konnten die Koboldältesten euch im Palast der Kobolde mithilfe der Elemente angreifen? Warum glaubst du, sind sie so mächtig? Früher waren es nur drei Älteste pro Volk, doch um ihre Macht zu vergrößern, haben sie die Anzahl auf fünf Älteste pro Volk erweitert. Nicht alle von ihnen sind Royals. Sie haben die Kräfte der Royals auf sich übertragen. Deshalb sind sie so mächtig! Allein war ich zu schwach, um sie ihnen wieder zu nehmen, also habe ich den Stein gut versteckt.«

»Du musst ihn wieder zurückbringen!«, fahre ich ihn an und balle die Hände zu Fäusten, weil ein anderer Teil in mir sagt, dass er das Richtige getan hat. »Und was ist mit König Aden geschehen? Du meintest einmal, Blut hätte Blut verraten und dass er ermordet worden wäre.«

»Die Ältesten haben angeordnet, ihn ermorden zu lassen. Als ich sagte, Blut habe Blut verraten, meinte ich damit, dass er von seinem eigenen Bruder getötet wurde, einem Anhänger des Ältestenrats. Er dachte, er würde auf den Thron kommen. Dann haben sie sich aber für den rechtmäßigen Thronfolger entschieden: deinen Vater.«

Ich muss an meinen Zwillingsbruder denken, der sehr ehrgeizig ist und unbedingt König werden will. Würde Danny mich töten, um auf den Thron zu kommen?

Mir schwirrt der Kopf, zudem ich keine Ahnung habe, was mir das hier bringen soll. Ich weiß jetzt, wie der Beschluss beschlossen wurde und was mit meinem anderen Großvater geschah. Wozu das alles?

Energisch blicke ich meinen Großvater an. »Sind wir fertig?«

Dieser schüttelt den Kopf. »Ich habe dir noch mehr zu zeigen.«

Ehe ich widersprechen kann, lichtet sich der Nebel, in dem wir uns befanden und wir stehen plötzlich im Thronsaal vor den Thronen meiner Eltern, vor uns knien die vier Elfenrebellen.

Ich trete einen Schritt zurück, als sie synchron ihre Köpfe heben und mich emotionslos anstarren. Blut tritt aus Schusswunden an ihren Oberkörpern. Es färbt den Palastboden dunkelrot. Ich warte darauf, dass sie etwas sagen, dass Noah um sein Leben bettelt oder Cian mich provoziert, doch sein starrer Blick durchbohrt mich nur. Lieber wäre es mir, er würde etwas sagen oder Emotionen zeigen. Aber er starrt mich nur mit toten Augen an.

Mein Großvater hat die Hände hinter dem Rücken ineinander verschränkt und blickt die vier Jungen traurig an. »Wenn es nicht beendet wird, werden sie nicht die letzten Opfer gewesen sein. Natura sind wie Menschen und Tiere. Wenn sie gewaltsam aus dem Leben gerissen werden, können sie oft schwer Frieden finden.«

»Willst du mir damit sagen, dass sie irgendwo im Palast herumgeistern? Und warum zeigst du mir das alles und sprichst in Rätseln? Warum sprichst du nicht einfach Klartext?«

Mein Großvater lächelt bedrückt. »Wir Toten dürfen uns nicht in das Leben der Lebenden einmischen. Ebenso wie diese die Toten ruhen lassen sollen. Dafür kann ich dir zeigen, was war, was ist und was sein könnte.«

Erneut verwischt die Umgebung. Ich bin wie erstarrt, als wir uns plötzlich auf einer großen Wiesenfläche wiederbefinden. Obwohl ich weiß, dass es in der Realität gerade mitten in der Nacht ist, strahlt die Sonne vom wolkenklaren Himmel herab.

Um mich herum sind überall Natura der verschiedensten Arten. Elfen, Kobolde und Elben, die bewaffnet sind und deren Kleidung mit Blut befleckt ist. Einige Elfen haben Pfeilköcher auf dem Rücken und Bögen um ihre Oberkörper geschwungen, Kobolde halten mit Dreck und Blut verkrustete Schwerter in den Händen, Elben dunkelrot verfärbte Stöcke. Es wirkt so, als wären sie gerade erst aus einer schweren Schlacht gekommen.

Sie haben einen Kreis um etwas gebildet. Da sie jedoch so dicht beieinanderstehen, kann ich nicht sehen, was sie da betrachten. Ein unruhiges Raunen geht durch die Menge. Ohne auf meinen Großvater zu achten, schiebe ich mich durch die Umstehenden hindurch und bleibe abrupt stehen, als mein Blick auf zwei Leichen auf dem Boden fällt, um die alle herumstehen.

Ich schüttle den Kopf. »Nein! Nein!«

Es sind Daan und ich, die dort mit geschlossenen Augen im mit Blut getränkten Gras liegen. Unsere Hände liegen nebeneinander, jedoch berühren sie sich nicht. Unsere Gesichter sind voneinander weggedreht. Ein langer Schnitt zieht sich über Daans Wange, an der verkrustetes Blut klebt. Auch mein Gesicht hat Kratzer abbekommen. Unsere Kleidung ist dreckig und voller dunkelroter Flecken, unsere Haut ist marmorfarben. Auf den ersten Blick wirkt es so, als würden wir nur schlafen, aber ich weiß, dass wir tot sind.

Daneben steht die kleine Lucy. Doch etwas an ihr hat sich verändert. Bei genauerem Betrachten erkenne ich, dass ihr Kleid an einigen Stellen verschmutzt und voller Blut ist. An einer Seite ist es eingerissen. Über einer Schulter trägt sie eine Rüstung aus Metall, die ihre Schultern schützt. Ein Bogen ist um ihren Oberkörper geschlungen, hinter ihrem Rücken ragt ein Köcher voller Pfeile hervor. In ihrer Hand hält sie ein Schwert, das ebenfalls voller getrocknetem Blut ist. Dabei sollte ein kleines Mädchen keine Waffen in den Händen halten oder mit Blut befleckt sein.

Neben ihr taucht auf einmal der kleine Daan auf, auch seine Kleidung ist rot und mit Dreck verschmiert. Sein Gesicht ist vom Weinen ganz geschwollen. Er wirkt so unschuldig. Dabei ist er mein Feind! Mein Feind, neben dem ich tot liege!

»Großvater ...« Entsetzt starre ich meinen Großvater an, der sich neben mich stellt und unsere Leichen betrachtet. »Willst du mir damit sagen, dass wir sterben werden?«

»Ich habe dir die Vergangenheit und die Gegenwart gezeigt. Die Zukunft ist noch nicht geschrieben. Hier zeige ich dir nur eine mögliche Zukunft, wie sie im Moment verlaufen könnte. Ob ihr und eure Völker sterbt oder überlebt, ob und wie die Prophezeiung erfüllt wird, hängt ganz allein von euch ab«, erwidert dieser. »Du musst wieder zu dir zurückfinden, Lucy. Dein Volk und deine Freunde brauchen dich. Nur gemeinsam könnt ihr gegen die Ältesten bestehen. Daan und du, Drache und Adler haben sich bereits vereint, als ihr euren Seelenbund geschlossen habt. Der Krieg ist bereits angebrochen, die Dinge haben bereits ihren Lauf genommen. Nur ihr könnt jetzt entscheiden, welche Richtung dieser Lauf nehmen wird.«

KAPITEL 3

Die nächsten Tage verlaufen ähnlich ab. Was mir mein Großvater gesagt und gezeigt hat, lässt mich nicht mehr los. Tagsüber mache ich weiter wie bisher, lasse mich von ausgewählten Lehrern am Palast in Etikette, Politik, Militärtaktik und anderen Fächern unterrichten, die für mich als Thronfolgerin wichtig sind. Am Abend esse ich gemeinsam mit meiner Familie, auch wenn der Ablauf jedes Mal derselbe ist: Wir alle starren nur unsere Teller an und stochern darauf herum, ohne miteinander zu reden. Meine Eltern und mein Bruder schaffen es nicht einmal, mir in die Augen zu sehen. In der Zwischenwelt hatte ich kurzzeitig Gefühle, ich dachte darüber nach, aber jetzt ist mir wieder alles egal.

Dennoch kreisen meine Gedanken andauernd um den Traum. Auch in dieser Nacht kann ich nicht schlafen wie so oft in letzter Zeit. Ruhelos werfe ich mich im Bett umher, bis ich es schließlich nicht mehr aushalte und die Decke zurückschlage.

Ich ziehe mir meinen Morgenmantel über, weil es allein mit meinem Nachtkleid zu kalt ist, und schlüpfe in flache Schuhe. Zuerst will ich durch die Tür hinausgehen, bis mir wieder einfällt, dass dort die Wachen warten. Zu meinem Schutz wurde angeordnet, mich nicht allein zu lassen. Die einzigen Ausnahmen sind, wenn ich in meinem Zimmer oder im Bad bin. Aber ich habe jetzt keine Lust darauf, dass sie mir auf Schritt und Tritt folgen. Ich will und brauche jetzt meine Ruhe.

Also schleiche ich zur Wand, wo sich das Gemälde befindet. Kurz bleibe ich davor stehen und lasse den Anblick meiner Familie auf mich wirken. Meine Mutter hält Danny und mich an den Händen, neben meinem Zwillingsbruder befindet sich Dylan. Meine Brüder haben dasselbe spitzbübische Lächeln und das gleiche Funkeln in den Augen wie mein Vater, während mein Lächeln eher das meiner Mutter ähnelt.

Der Zeitpunkt, zu dem dieses Bild gemacht wurde, muss Jahre her sein. Wegen Freya und Delavar kann ich mich nicht mehr daran erinnern. Aber in diesem Moment muss ich sehr glücklich gewesen sein, ein Gefühl, das ich lange nicht mehr gefühlt habe. Allgemein verspüre ich nichts. Keine Emotion, keinen Schmerz. Es ist, als herrsche seit Tagen eine tiefe Leere in mir.

Ich versuche an etwas zu denken, was Gefühle hochholen könnte. Gezielt denke ich an den Augenblick, als der Pfeil in die Brust meiner Leibwächterin Aislinn traf und sie vor meinen Augen zusammenbrach. Einen Tag, nachdem Reagon mit mir geredet hat, fand die Beerdigung im engsten Kreis statt. Es waren nur meine Eltern, Danny, ich und ihr Vater dort. Aislinn trug ein schneeweißes Kleid, man hatte ihren Körper gewaschen, sodass dort kein Blut mehr zu sehen war. Ihre Augen waren geschlossen, sodass sie eher so aussah, als würde sie schlafen. Dabei erinnerte sie mich eher an einen Engel. Meinen Schutzengel, der in Flammen aufging, als sie, wie es in Phönix üblich ist, verbrannt wurde.

Ich warte auf eine Regung in meinem Inneren, aber es kommt nichts. Rein gar nichts. Dabei war sie meine beste Freundin. Aber so war es auch schon auf ihrer Beerdigung. Egal, woran ich denke, und wenn es noch so scheinbar schrecklich ist, die Gefühle bleiben aus. Ich funktioniere nur noch.

Schließlich taste ich mit den Fingern am Rand des Gemäldes entlang, bis das wohlbekannte Klicken ertönt und der Rahmen nach innen schwingt. Vor mir taucht ein dunkler, kalter Gang auf. Der Geruch nach Moder und Erde dringt mir entgegen.

Früher war mir unwohl zumute, wenn ich solche finsteren Gänge betrat. Jetzt ist es mir egal. Ich habe schon Schlimmeres erlebt und grauenhaftere Monster getroffen wie die Orks.

Leider befindet sich an der Wand keine Fackel, weil ich die letzte auf meiner Flucht aus dem Palast vor ein paar Tagen irgendwo im Keller verloren habe. Schließlich laufe ich zurück zu meinem Nachttisch, in dem ich in weiser Voraussicht eine Kerze und Feuerzeug versteckt habe, die ich aus dem Konferenzsaal habe mitgehen lassen.

In den Geheimgängen gibt es keine Elektrizität und eine Taschenlampe konnte ich nirgends auftreiben. Also muss ich mich mit der Kerze begnügen. Sie ist besser als nichts. Ich entzünde den Docht, sodass eine kleine Flamme entfacht wird, die mir zwar weniger Licht spendet, als es eine Fackel oder Taschenlampe getan hätten, aber Hauptsache, ich kann überhaupt etwas sehen. Fürchten tue ich mich sowieso nicht. Nicht mehr.

Ohne mich noch einmal umzudrehen, betrete ich den engen Geheimgang und husche ihn entlang. An der Gabelung, an der wir das letzte Mal rechts abgebogen waren, halte ich mich links – eine Abkürzung. Plötzlich höre ich durch die Wand hindurch leise Stimmen. Neugierig bleibe ich stehen und entdecke ein Loch in der Wand, durch das ich in den Konferenzsaal blicken kann, wo meine Eltern alleine und ohne ihre Berater und die Ältesten an dem langen Tisch sitzen.

Ich runzle die Stirn. Es ist mitten in der Nacht. Sollten sie nicht schlafen gehen? Morgen stehen wichtige Termine an. Ich presse mich ganz dicht an die Wand, um mehr sehen und hören zu können. Meine Mutter hat das Gesicht zwischen den Händen vergraben, Vater sitzt neben ihr und hat seine Arme um sie gelegt, während er ihren Rücken streichelt.

»Der Traum war so real. Dylan war wieder da, Lucy war wieder sie selbst. Selbst Danny war ganz befreit und nicht mehr so ernst wie in letzter Zeit. Es war so, als gäbe es keine Differenzen mehr zwischen uns. Wir waren vereint, als wäre nie etwas geschehen. Wir haben gemeinsam im Garten gespielt. Wir sind durch die Luft geflogen und haben mit unseren Kräften eine Wasserschlacht veranstaltet.«

Meine Mutter verstummt, als mein Vater ihr den Zeigefinger auf die Lippen legt. »Sch. Wenn die Ältesten erfahren, worüber wir reden, könnten wir großen Ärger bekommen.«

»Ich weiß«, flüstert sie etwas leiser, sodass ich sie kaum noch verstehen kann. »Aber ich muss das jetzt loswerden. Es zerreißt mich innerlich, dass wir für unsere Kinder nie die Eltern sein konnten, die wir für sie sein wollten und die wir für sie hätten sein sollen.«

»Joanne«, murmelt mein Vater bedrückt und streichelt ihre Wange. »Wir haben alles in unserer Macht Stehende getan, um sie zu beschützen.«

»Aber war es genug? Haben wir wirklich das Richtige getan? Hätte es keinen anderen Weg gegeben? Sieh an, was aus uns geworden ist. Unsere Familie ist kaputt«, widerspricht sie ihm mit brüchiger Stimme. »Unsere Kinder nicht mehr die, die sie waren. Wann hast du Danny oder Lucy das letzte Mal lachen sehen? Wann hast du sie das letzte Mal glücklich gesehen? In meinem Traum waren wir fröhlich und unbeschwert. Wir waren so glücklich. Was haben wir nur angerichtet?«

Mein Vater schweigt. Er scheint nicht zu wissen, was er darauf antworten soll.

»Danny steht ganz unter ihrer Fuchtel! Er hat sogar zugelassen, dass eine Mutter vor den Augen ihres Kindes erschossen wurde! Er hat zugelassen, dass Kinder umkamen. Weil sie ihn so sehr manipuliert haben, dass er alles tut, was sie von ihm verlangen. Ein Junge in diesem Alter sollte ein unbeschwertes Leben führen. Er sollte sich Sorgen um seinen Abschluss, Gedanken über seine Zukunft und seine erste Liebe machen.« Meine Mutter verbirgt ihre zitternden Hände in ihrem Schoß. »Und Lucy ist nicht mehr sie selbst. Das ist nicht mehr unsere Tochter. Das ist eine von den Ältesten gesteuerte gefühlskalte Marionette!«

So sieht sie mich also? Als von den Ältesten gesteuerte Marionette? Was soll's. Wenn es so wäre, die Ältesten wissen, was gut für uns ist. Es wundert mich nur, dass meine Eltern, die immer hinter ihnen standen, so gegen sie zu sein scheinen. Zumindest höre ich das aus ihrem Gespräch so heraus.

»Wir hatten keine Wahl. Wir mussten es tun«, erwidert mein Vater, um sie zu beruhigen. »Ansonsten hätten sie sie getötet wie diese Rebellen.«

»Ich weiß.« Meine Mutter löst sich von meinem Vater und greift stattdessen nach seinen Händen, während sie ihn unter Tränen ansieht. »Aber was, wenn wir es nicht mehr rückgängig machen können und sie für immer so bleibt? Was, wenn wir verlieren? Was, wenn all die Opfer umsonst waren?

Wir haben so viele Elfen auf dem Gewissen! Ich ertrage diese Last nicht mehr.« Sie schluchzt leise auf. »Diese Jungen … es war nicht richtig, sie zu töten.«

»Wenn wir etwas getan hätten, würden sie uns absetzen oder gar töten. Dann können wir gar nichts mehr für unser Volk tun! Wir müssen stark bleiben, Joanne!« Zur Bekräftigung drückt er ihre Schultern. »Wir müssen durchhalten. Für unsere Kinder und unser Volk. Wenigstens konnten wir ihnen den Tod erleichtern.«

»Aber das macht es nicht besser!«

»Bald ist es vorbei«, murmelt mein Vater und legt seine Hände an ihre Wangen.

»Ja.« Meine Mutter schnaubt und blinzelt weitere Tränen weg. »Bald ist es vorbei. Nur wie wird es enden?« Sie klingt sehr hoffnungslos.

»Erinnerst du dich an unser Versprechen am Traualtar?«, sagt mein Vater mit fester Stimme. »Wir sind füreinander da. Sowie in guten …«

»… als auch in schlechten Zeiten«, beenden sie den Satz gemeinsam. Er scheint meiner Mutter Kraft zu geben, denn sie wischt sich die Tränen beiseite.

»Und wenn wir verlieren oder sterben, dann verlieren oder sterben wir gemeinsam«, fügt mein Vater mit ernster Stimme hinzu. »Wir werden alles tun, um unsere Kinder und unser Volk zu beschützen.«

Daraufhin nickt meine Mutter. Mein Vater haucht ihr einen Kuss auf die Stirn, dann liegen sie sich stumm in den Armen. Ihre Worte verwirren mich, weil es mir bisher nie so vorkam, als sorgten sie sich sehr um mich. Sie haben mir nie gezeigt, dass ich ihnen viel bedeute. Sonst hätten sie mich gleich nach meiner Rückkehr auf Phönix sehen wollen. Was sie nicht getan haben.

Dafür haben sie sich geweigert, dem Beschluss Folge zu leisten und einen von uns zu töten, schießt es mir plötzlich durch den Kopf. Sie haben sich gegen die Ältesten, gegen die Regierung gestellt, um uns zu beschützen. Sie haben das Gesetz gebrochen. Dafür sollten sie bestraft werden.

Aber dann denke ich wieder daran, dass, wenn sie es nicht getan hätten, Danny, Dylan oder ich jetzt nicht mehr leben würden. Doch ist es überhaupt ein richtiges Leben, das wir führen? Ich bin verwirrt, während ich mich an der Wand festhalte. Was ist nur los mit mir? Was stimmt nicht mit mir?

Und was meinten sie damit, dass sie den Rebellen den Tod erleichtert hätten? Etwa, weil sie nicht länger gequält, sondern mit gezielten Schüssen direkt ins Herz getötet wurden? Das widersprüchliche Verhalten und die Worte meiner Eltern verwirren mich. Ich dachte, ich wüsste jetzt, wer sie sind. Anscheinend habe ich mich geirrt.

Ich beschließe, dass ich genug gehört habe, und trete den Rückzug an. Wenn sich meine Eltern im Konferenzsaal befinden, werden ihre Wachen nicht weit weg sein. Ich muss wieder zurück und den anderen Ausgang nehmen, um nicht entdeckt zu werden. Auf eine Rechtfertigung, was ich mitten in der Nacht hier treibe, habe ich keine Lust. Ich weiß es ja selbst nicht mal.

Aber ich will meinen Eltern nicht noch mehr Sorgen bereiten und ich will nicht, dass sie oder die Ältesten denken, ich würde das alles emotional nicht verkraften. Erst recht nicht, seit sie mich endlich als Thronfolgerin ernst zu nehmen scheinen und in mir nicht mehr die Rebellin sehen, die zu nichts nutze ist.

Als ich beim nächsten Gemälde angelangt bin, lausche ich, doch auf der anderen Seite höre ich nichts, weshalb ich Kerze und Feuerzeug in der für die Fackel vorgesehenen Halterung verstaue. Dann schiebe ich das Gemälde nach außen. Die Geheimtür quietscht leise, aber niemand rührt sich. So schlüpfe ich lautlos in den Thronsaal. Draußen höre ich das leise Gemurmel der Wachen, wie sie sich aus Langweile unterhalten. Doch solange sie nicht hereinkommen, stört es mich nicht.

Ich sehe mich um. Der Thronsaal liegt bis auf den Halbmond, der am beinahe wolkenlosen Himmel hängt und durch die Fenster hereinscheint, dunkel da. Ebenso wie die Throne meiner Eltern. In der Finsternis wirken sie noch düsterer und beinahe schon gefährlich.

Ich gehe auf sie zu. Hin und wieder fällt das Mondlicht auf mich, als ich an einem Fenster vorbeikomme. Dann steige ich die Treppen hoch und bleibe vor dem Thron meiner Mutter stehen, auf den ich mich nach kurzem Zögern niederlasse.

Mit den Fingern streiche ich über die kühlen Lehnen. Es ist irgendwie merkwürdig. Denn es ist nur ein Stuhl. Ein Stuhl mit so viel Macht. Macht, die meine Familie und die Ältesten besitzen. Macht, die ich in ein paar Jahren besitzen werde, wenn meine Eltern abgedankt haben. Eigentlich dachte ich immer, dass ich den Thron nie wollte. Und auch jetzt frage ich mich, ob ich wirklich dafür geeignet bin? Delavar meinte, ich wäre die Prinzessin mit Herz und Blut. Doch bin ich es auch, wenn ich einmal Königin bin?

Ich erinnere mich an meine Zeit an der Akademie. An die feindseligen Blicke meiner Mitschüler und den Hass, den sie mir so offen entgegenbrachten.

Mein Blick wandert nach unten, wo vor ein paar Stunden noch die vier Elfenrebellen vor uns knieten. Unsere Bediensteten haben den Boden gesäubert, sodass es jetzt so aussieht, als wäre nie etwas geschehen. Als wären sie nie vor meinen Augen erschossen worden.

»Stellst du dir schon vor, wie es ist, auf dem Thron zu sitzen?«, ertönt plötzlich eine tiefe Stimme, die im leeren Thronsaal widerhallt.

Vor lauter Schreck fahre ich zusammen. Onkel Reagon tritt aus dem Schatten einer Fensternische hervor und kommt auf mich zu. Wenngleich ich mich frage, was er zu dieser späten Stunde hier tut, beruhige ich mich schnell wieder. Er ist mein Onkel und Unterstützer des Ältestenrats. Er berät meine Eltern. Ihm kann ich vertrauen. Vielleicht hat er auch einen ruhigen Ort zum Nachdenken gebraucht.

Langsam schlendert er auf mich zu und steigt die Treppenstufen nach oben. Als er vor mir stehen bleibt, betrachtet er mich mit zusammengekniffenen Augen. Dann setzt er sich auf den anderen Thron neben mir und streicht wie ich zuvor abwesend mit den Fingern darüber.

»Eigentlich wäre ich der rechtmäßige Thronfolger. Ich sollte hier sitzen, nicht deine Eltern«, murmelt er leise.

»Ich weiß«, rutscht es aus mir heraus.

Überrascht sieht er mich an.

Ich zucke nur mit den Achseln. »Du musstest auf den Thron verzichten, weil du zeugungsunfähig bist. Aber die Blutlinie muss aufrechterhalten werden.«

»Die einen wollen den Thron, können ihn aber nicht haben. Und die, die ihn besitzen, würden ihn am liebsten abgeben.«

»Was meinst du damit?«

»Deine Eltern wollten ihn gar nicht. Dein Vater hat sein Erbe angenommen, weil er es musste. Er hat sich damit arrangiert, obwohl er oft damit gehadert hat. In all den Zeiten bin ich ihm mit Rat und Tat zur Seite gestanden.«

Warum erinnert mich diese Situation nur so an Danny und mich? Ich wollte den Thron gar nicht, bin laut dem Gesetz aber die rechtmäßige Thronfolgerin, da Dylan offiziell tot ist, wenngleich ich weiß, dass er lebt. Würde das herauskommen, wäre es das Ende unserer Familie. Danny will den Thron, kann ihn wie Reagon aber nicht haben. Es sei denn, ich würde sterben oder ich wäre auch zeugungsunfähig. Aber das haben sie bestimmt getestet.

Seit ich wieder am Palast bin und mir klar geworden ist, dass mich Daan von meinem Volk trennen wollte, weiß ich, dass ich meine Bestimmung erfüllen und Königin werden will. Ich tue das, was die Ältesten von mir verlangen.

Doch irgendetwas stimmt nicht mit mir. Da ist eine tiefe Leere in mir, die einfach nicht weggehen will. So, als würde mir etwas fehlen. Etwas sehr Wichtiges.

»Du solltest jetzt ins Bett gehen, Lucy«, bemerkt Reagon, dem nicht entgangen ist, wie abwesend ich bin. »Die nächsten Tage steht einiges bevor.«

Ich folge seinem Rat und kehre in mein Zimmer zurück, doch schlafen will ich noch nicht, so ruhelos bin ich. Also gehe ich auf den Balkon und blicke auf den Palastgarten hinab, der bis auf ein paar Laternen, die ihn nur spärlich beleuchten, ruhig und dunkel vor mir liegt.

Vor meinem inneren Auge sehe ich Bilder und Erinnerungen vorbeiziehen. Wie unser Palast vor zehn Jahren angegriffen und ich entführt wurde. Wie Orks einmarschierten und Dutzende unserer Wachen und Soldaten töteten. Und dann erinnere ich mich an Daan, der vor nicht einmal zwei Wochen im Gebüsch stand und auf mich wartete. Ich hatte seine Anwesenheit sofort gespürt. Nachdem wir den Seelenbund geschlossen haben, ist es stärker, als es vorher war. Meinen Eltern und den Ältesten habe ich davon nichts erzählt.

Ich kann es nicht mehr rückgängig machen, aber wenn sie davon wüssten … ich will mir die Konsequenzen gar nicht ausmalen.

Ich denke an Daan und seinen Blick, als er erkannte, dass ich nicht mehr dieses dumme, naive Mädchen bin, dass sich von ihm einwickeln ließ. Als er erkannte, dass er nun seiner Feindin, der Prinzessin der Elfen, gegenüberstand.

Reagon hat mir klar gemacht, dass Daan mich nur benutzt hat. Er hat mich an all die Momente erinnern lassen, in denen Daan mich verraten und mir damit Schmerzen zugefügt hatte. Als er mir immer wieder näherkam, nur, um mich dann von sich zu stoßen. Wie er Siana vor meinen Augen küsste und mir auf dem Dach sagte, dass er das alles nur getan habe, weil er es spannend fand, mir näher zu kommen. Weil es verboten war. Wie er mir seine Liebe gestand, nur um mich einen Tag später zu verraten, als ich angekettet im Kerker seiner Familie aufwachte und sein Vater mir sagte, Daan habe seinen Auftrag erfolgreich beendet. Zwar hat er mich im Nachhinein gerettet, aber er ist den Seelenbund mit mir eingegangen. Es war sein Vorschlag. Weil er wusste, dass er sowieso nichts mehr zu verlieren hatte? Wollte er mich deshalb an sich binden? Damit ich nicht die Chance habe, die Elfen zu vereinen?

KAPITEL 4

Am nächsten Tag marschiere ich unausgeschlafen flankiert von meinen Wachen durch die Gänge des Palastes zum Konferenzsaal. Meine Eltern und die Ältesten haben mal wieder nach mir gerufen.

In letzter Zeit halten die Ältesten sich häufiger in unserem Palast auf, was vorher nicht so oft vorgekommen ist. Das erste Mal, als ich sie nach meiner Rückkehr auf Phönix gesehen habe, war nämlich erst auf dem Neujahrsball. Davor wusste ich nicht einmal, wie wichtig sie sind.

Wir gelangen vor die Türen des Konferenzsaals. Ungeduldig warte ich, dass die Wachen sich verbeugen und mir die Türen öffnen. Wie beim letzten Mal sind drei der Ältesten da, sowie meine Eltern, Onkel Reagon und mein Bruder. Auch sind ein paar Berater, Generäle und Offiziere anwesend, wie ich an ihren Abzeichen auf ihren Uniformen erkenne, sowie der Kommandeur, der die vier Elfenrebellen tötete. Sie sitzen alle an dem langen Konferenztisch. Sogar Schattenelfen, die mit ernsten Mienen am anderen Ende des Tisches sitzen, befinden sich hier.

Die Decke mit den gewaltigen Kronleuchtern spiegelt sich auf der Tischoberfläche wider, wo kristallene Becher voller Wasser stehen. Anscheinend handelt es sich heute um eine längere Sitzung.

Ich nicke ihnen knapp zu und lasse mir nicht anmerken, dass ich ihr Gespräch gestern Nacht mitangehört habe. Ich weiß nach wie vor nicht, was ich davon halten soll. Ein Teil von mir drängt mich dazu, sie vor den Anwesenden darauf anzusprechen, damit diese sie auf ihr Fehlverhalten hinweisen. Aber ich will nicht, dass meine Eltern Ärger bekommen, weil sie dummes Zeug von sich geben. Für die Ältesten wäre es ein Grund, sie von ihrem Thron zu stoßen. Und auch wenn ich voll und ganz hinter den Ältesten stehe, ist mir meine Familie wichtig. Ich will sie nicht noch einmal verlieren, nachdem ich sie erst wiedergewonnen habe.

Ich lasse meinen Blick weiter umherschweifen. Mir stockt der Atem, als ich unter den Schattenelfen den muskulösen Jungen mit den dunklen Haaren wiedererkenne, der mit eingesunkenen Schultern zwischen dem Königspaar der Schattenelfen sitzt. Der Junge ist Aaron, der Prinz der Schattenelfen.

Für einige Sekunden bin ich völlig perplex, weil ich ihn hier nicht erwartet habe und weil ich mich noch an das letzte Mal erinnere, als wir uns gesehen haben. Es war in dem Dorf der Rebellensympathisanten. Allerdings waren weder er noch seine Freundin Reena unter den Gefangenen, als diese von den Soldaten abgeführt wurden. Anscheinend konnte sie fliehen. Aaron hätten vermutlich keine Konsequenzen erwartet, weil er der Prinz der Schattenelfen ist und somit über dem Gesetz steht.

Aber Reena, das Rebellenmädchen, das durch einen Angriff von Soldaten seiner Familie vor vielen Jahren Brandnarben davongetragen hat, wäre sicher verhaftet und verurteilt worden. Vermutlich hätte Aaron alles getan, um sie davor zu bewahren, weil er sie liebt. Er sagte sogar, für ihn wäre sie das schönste Mädchen, das er je gesehen hätte.

Ihretwegen und weil sein großer Bruder, der eigentliche Thronfolger der Schattenelfen, von den Ältesten getötet wurde, weil er einen anderen Schattenelfen liebte – was verboten ist – rebelliert Aaron im Stillen gegen die Regierung. Aber aus Angst um Reena fügt er sich dem Willen seiner Eltern und den Ältesten und hat akzeptiert, mich zu heiraten.

Ich könnte all das den Ältesten erzählen. Ich könnte seine Geheimnisse ausplaudern. Kurz wäge ich sogar ab, genau das zu tun. Immerhin haben sie mir befohlen, ihnen alles zu berichten, was ich weiß. Aber da der eine Prinz der Schattenelfen ohnehin schon tot ist und der andere sich fügt, lohnt sich die Mühe nicht, etwas zu sagen. Die Ältesten haben genug zu tun. Deshalb schweige ich.

Stattdessen tue ich, was von mir verlangt wird und neige meinen Kopf zum Gruß in Richtung seiner Eltern, die die Geste erwidern. Dann wandert mein Blick weiter zu Aaron, der mich mit durchdringendem Blick anstarrt.

Seine Miene ist unbewegt, doch ich kann in seinen Augen den Sturm erkennen, der in ihm herrscht. Er ist gar nicht glücklich, hier zu sein. Das kann nur eins bedeuten ...

»Da nun alle eingetroffen sind, können wir nun mit den Verhandlungen beginnen«, fängt Reagon an, der jetzt fest in seiner Rolle als Diplomat und Verhandlungspartner zwischen den Völkern fungiert.

»Die Prinzessin der Elfen und der Prinz der Schattenelfen werden sich in vier Tagen auf einem Maskenball offiziell verloben«, beginnt mein Vater mit fester Stimme. Von der Unsicherheit und der Angst, die er meiner Mutter gegenüber vor ein paar Tagen hier durchblicken ließ, als ich die beiden belauschte, ist nichts mehr zu hören. »Das ist perfekt, weil sehr viele Presseleute anwesend sein werden. Es wird sofort die Runde machen.«

»Damit ist der erste Schritt in Richtung Zusammenführung der Elfen und Schattenelfen gewährleistet. Ein zweiter Schritt in Richtung Frieden und im Kampf gegen die Kobolde«, fügt der kleinste Älteste der Elfen mit tiefer Stimme hinzu. »Hat noch jemand Einwände?«

Fragend blickt er in die Runde, doch niemand regt sich, wenngleich Aaron die Hand zur Faust ballt. Damit sie niemand sehen kann, lässt er seine Hände unter dem Tisch in seinen Schoß fallen. Aber außer mir hat ihn niemand beachtet. Alle haben ihre Aufmerksamkeit auf den Ältesten gelegt.

»Wer ist eingeladen?«, wirft ein Berater meiner Eltern dazwischen. »Nur Elfen und Schattenelfen oder auch Kobolde, Schattenkobolde und Elben?«

»Um ein klares Statement abzugeben, werden es nur Elfen, Schattenelfen und Elben sein, um diese neutral zu halten und im Zweifelsfall auf unsere Seite zu ziehen«, gibt Reagon zurück.

»Wie viel Zeit wird zwischen der Verlobung und der Heirat vergehen?«, wirft ein weiterer Diplomat mit ein.

»Nicht mehr als ein Monat«, antwortet der kleinste Älteste der Elfen, der wohl am meisten zu sagen hat. »Die Verlobung und die Heirat müssen schnell vonstattengehen, um unsere Allianz zu festigen und um den Völkern klarzumachen, dass wir es ernst meinen.«

Ich wage einen Blick auf Aaron, der etwas blass geworden ist. Doch ansonsten verrät seine Mimik nicht, dass er ganz und gar nicht begeistert davon ist.

»Akzeptieren die Schattenelfen die Vereinbarungen?«, wendet sich der kleine Elfenälteste an das Königspaar der Schattenelfen.

»So sei es«, antworten Aarons Eltern ohne zu zögern und nicken bekräftigend mit den Köpfen.

Auch meine Eltern stimmen mit ernsten Mienen zu. Ihre Mundwinkel verziehen sich zu einem Lächeln, doch ich frage mich, wie viel davon wirklich echt ist und was wirklich in ihnen vorgeht. Wie können sie vor ein paar Tagen nur so aufgelöst und jetzt wieder ganz der König und die Königin sein? War das Gespräch nur ein Ausrutscher? Oder denken sie wirklich so? Mein Vater sagte, bald wäre es vorbei. Doch was meinte er genau damit? Die Verlobung? Die Heirat? Weil sie dann keine Angst mehr haben müssen, gegen die Kobolde allein bestehen zu müssen?

Nach der Versammlung verlasse ich sofort den Saal, damit sich die Anwesenden noch in Ruhe miteinander unterhalten können. Noch während ich den Gang mit meinen Wächtern entlangschreite, höre ich, wie die Tür erneut geöffnet wird und uns jemand mit schnellen Schritten folgt. Sofort formiert sich meine Leibwache um mich und richtet die Waffen auf den Verfolger, doch es ist nur Aaron, der uns nachgelaufen ist.

»Lucy, kann ich bitte mit dir reden?« Sein Blick huscht zu meinen Personenschützern, bevor er über die eigene Schulter zu seinen eigenen Wachen blickt. »Unter vier Augen?«

Ich habe keine Ahnung, über was wir noch reden sollten. Die Heirat ist entschiedene Sache. Wir tun das, um unser Volk zu beschützen. Aber wenn er unbedingt darauf besteht. Mit einem Wink bedeute ich meinen Wächtern, wegzutreten. Doch ganz verschwinden sie nicht. Sie begeben sich ans andere Ende des Flurs, von wo aus sie uns im Auge behalten können.

Aaron, der erst sichergeht, ob sie wirklich weit genug weg sind, um nicht zu lauschen, blickt mich von der Seite her an. Sein Körper ist ganz angespannt, seine Augen huschen unruhig hin und her, als erwarte er, jede Sekunde angegriffen zu werden.

»Ist alles okay?«, frage ich mit erhobener Braue.

»Bei mir ja. Und bei dir?«

»Alles in bester Ordnung.«

»Ich habe gehört, was mit Aislinn geschehen ist«, murmelt er und drückt tröstend meinen Arm. »Es tut mir so leid ...«

Ich zucke mit den Achseln. »Aislinn ist tot. Sie hat nur ihren Job gemacht. Und die Elfenrebellen wussten, welche Konsequenzen sie bei Nichteinhaltung der Gesetze erwarten. Sie waren selbst schuld.«

Aaron starrt mich an, als hätte ich den Verstand verloren. *»Das meinst du nicht Ernst, oder? Das sagst du nur zur Deckung«*, ertönt seine verstörte Stimme in meinem Kopf. *»Wir haben uns schon gedacht, dass sie dich hier festhalten.«*

»Ich werde hier nicht festgehalten«, gebe ich zurück.

»Und warum lassen dich die Wächter nicht aus den Augen?«, kontert er mit einem Blick auf meine Leibwache, die nach wie vor am anderen Ende des Flurs steht und uns beobachtet.

»Sie sind zu meinem Schutz da.« Noch während ich das sage, kommen mir erste Zweifel. Seit ich wieder hier bin, durfte ich weder mein Zimmer noch den Palast alleine verlassen. Ich muss immer Bescheid geben, wohin ich gehe und was ich dort tue. Hat er womöglich recht? Aber die Ältesten haben das so angeordnet. Und wenn ich die Situation aus ihrer Sicht betrachte, kann ich auch verstehen, warum: Ich habe mit den Rebellen gemeinsame Sache gemacht. Sie haben Angst, dass ich wieder zu den Widerstandskämpfern überlaufe.

»Wie bist du eigentlich hierhergekommen?«

Sein Mundwinkel hebt sich. *»Mit dem Helikopter?«*

Ich verdrehe die Augen. »Ich meinte, wie du es geschafft hast, zu fliehen, als wir uns in dem Rebellendorf befanden.«

Er runzelt die Stirn und legt den Kopf schief. »Du meinst bei den Sympathisanten?«

Ich mache eine wegwerfende Handbewegung. *»Sie unterstützen die Rebellen, also sind sie auch welche.«*

Aaron scheint etwas einzuwenden wollen, doch dann macht er den Mund wieder zu. »*Reena und ich haben uns verzogen, nachdem wir die Laternen losgelassen und ein wenig getanzt hatten. Wir wollten ein wenig für uns sein, weil wir uns schon für so lange Zeit nicht mehr gesehen hatten. Wir kamen gerade zurück, als alles voller Rauch war und alle abgeführt wurden. Dort traf ich auf Gregor, der ebenfalls entkommen konnte. Ich wollte helfen, aber Gregor hat mich davon abgehalten, denn gegen die Soldaten mit ihren Betäubungswaffen wären wir nicht angekommen. Wir konnten nichts tun außer zu warten, bis sie weg waren. Dann haben wir die Toten untersucht, ob noch jemand lebte. Wir konnten sie aber nicht begraben, weil die Soldaten wieder zurückkamen, um den Platz zu räumen.*«

»*Also leben Gregor, Freya und Delavar noch? Wo befinden sie sich jetzt?*«

Aaron wirkt kurz wie vor den Kopf gestoßen, als hätte er eine andere Reaktion von mir erwartet. Er zögert kurz, als wöge er ab, wie viel er mir verraten könne. »*In Sicherheit*«, ist schließlich seine nichtssagende Antwort.

»Du musst den Ältesten sagen, wo sie sich aufhalten!«, sage ich eindringlich. »Wenn wir ihn und die noch frei herumlaufenden Rebellen endlich festnehmen können, haben wir schon mal die Widerstandskämpfer im Griff. Und mit unserer Verlobung kommen wir auch gegen die Kobolde an. Dann steht den Elfen nichts mehr im Weg, um zu herrschen.«

Dem Prinzen der Schattenelfen klappt die Kinnlade herunter. »Bist du vollkommen verrückt geworden? Was redest du da?! Du glaubst doch nicht wirklich, dass es dann besser wäre? Es würde kein Frieden herrschen, der Krieg und die Unterdrückung gingen nur noch weiter. Und seit wann akzeptierst du die Verlobung mit mir? Ich dachte, du wolltest dieses Verlöbnis und diese Heirat genauso wenig wie ich?«

»Meine eigenen Wünsche und Bedürfnisse sind nicht von Belang. Ich tue nur das, was von mir verlangt wird«, gebe ich gleichgültig zurück, so, wie Onkel Reagon es mir eingetrichtert hat.

Aaron wirkt, als erkenne er mich gar nicht wieder. Dann wird seine Miene ganz traurig. »Daan hat mir erzählt, dass sie dich verändert haben. Aber ich habe ihm nicht glauben können, dass es tatsächlich so schlimm ist. Es tut mir leid, aber das muss jetzt sein. Du musst dieses Gespräch vergessen.«

Ehe ich es mich versehe, hat er seine Hände an meine Wangen gelegt. Sein eindringlicher Blick durchbohrt mich. Ein stechender Schmerz durchfährt meinen Kopf, doch ehe ich mich wehren kann, durchdringt zäher Nebel meine Gedanken.

KAPITEL 5

Daan

»Verdammt!« Ich schlage mit dem Fuß gegen die Tür, die mit einem lauten Knall zuschlägt. Niedergeschlagen fahre ich mir durch die Haare, während ich gleichzeitig versuche, meine Atmung zu kontrollieren. Energie rauscht wie Feuer durch meine Adern, kurz davor, aus mir herauszubrechen. Früher war ich sehr kontrolliert, was ich meinem Vater zu verdanken habe, der mich jedes Mal mit Folter bestrafte, wenn ich unbeherrscht mit meinen Kräften umging. Jetzt bin ich mal wieder kurz vor einem Nervenzusammenbruch.

Erst habe ich Lucy verloren und wusste all die neun Jahre nicht, wo sie ist, wie es ihr geht, ob sie noch lebt und ob ich sie je wiedersehen werde. Dann war sie wieder da, konnte sich aber an mich und unsere gemeinsame Zeit nicht mehr erinnern. Während ich all die Momente mit ihr fest verankert in meinem Kopf hatte, lernte sie mich neu kennen. Ich war ein Fremder für sie.

Statt wie normale Natura mit ihr zusammen sein zu können, die derselben Art abstammen, musste ich das zwischen uns geheim halten und aufpassen, dass mein Vater und die Ältesten nichts davon mitbekamen, aus Angst, sie würden sie töten. Das hätte ich mir nie verziehen. Wegen ihnen musste ich sie andauernd von mir stoßen. Wegen ihnen musste ich das Mädchen, das ich liebe, verletzen. Nur weil wir verfeindeten Familien und Völkern angehören. Nur weil die Ältesten es so wollten. Jedes Mal, als wir uns näherkamen, wurden wir wieder auseinandergerissen. Und jetzt wurde sie so manipuliert, dass sie anscheinend nichts mehr fühlt. Ich habe sie erneut verloren. Doch dieses Mal ist es noch schlimmer als zuvor.

Was, wenn ich sie nun endgültig verloren habe? Ich habe den Hass in ihren

Augen gesehen. Wenn ich in mich hineinhorche und durch die Seelenbindung ihre Gefühle aufrufe, spüre ich nichts außer diese tiefe Gleichgültigkeit in ihr. Es ist grausamer als jede Folter, die mein Vater an mir vollzogen hat.

Und nicht nur das. Ich bin ein Flüchtiger, ein Geächteter und Volksverräter. Die Ältesten meines Volkes und mein Vater werden mich so lange jagen, bis sie mich haben. Werde ich auch noch so enden wie Lucy? Werden wir uns irgendwann auf dem Schlachtfeld gegenüberstehen? Obwohl die Seelenbindung so stark ist, dass sie unsere Gefühle füreinander eigentlich nicht ganz blockieren dürfte, wäre es möglich, dass wir uns gegenseitig angreifen würden. Wir würden uns gegenseitig verletzen, vielleicht sogar töten.

Eine niederdrückende Hitze kriecht über meinen gesamten Körper, lässt ihn gefühlt in Flammen stehen. Mein Atem geht schnell, mein Puls rast. Geht das jetzt so weiter? Aislinn musste sterben, meine Freundin, der ich so viel anvertraut habe und die wusste, wie viel mir Lucy bedeutet. So viele unschuldige Natura mussten sterben.

Und Lucy war nicht mehr dieselbe. Kaum dass wir wieder zusammen sind, werden wir voneinander getrennt. Und das nur, weil wir von verschiedenen Völkern sind. Nur zu gern hätte ich jetzt noch lauter aufgebrüllt, aber ich will niemanden wecken. Irgendwie muss ich die angestauten Gefühle in mir zum Erlöschen kriegen, bevor ich hier alles noch in Flammen aufgehen lasse.

Plötzlich geht die Tür auf und Dylan schiebt sich durch den schmalen Spalt herein. Für einen kurzen Augenblick denke ich, dass es Danny ist. Sie haben dieselben blauen Augen, nur, dass die seines kleinen Bruders einen Ticken heller sind als die seinen. Jedoch erkenne ich in ihnen denselben Schmerz wie bei seinem Bruder. Er macht sich Sorgen um seine Familie. Zusätzlich haben die letzten Jahre auch bei ihm Spuren hinterlassen.

Dylan hebt die buschigen Brauen, dann zieht er sie zusammen. Es muss ein komisches Bild abgeben, wie ich an der Wand stehe, meinen Kopf dagegen gelehnt habe und um meine Fassung kämpfe. Mein Gesicht ist knallrot angelaufen, Tränen brennen in meinen Augen und um meine Fäuste lodern Flammen, die jedoch nicht auf die Wand übergreifen, weil ich sie daran hindere.

»Hey«, begrüßt er mich und kommt herein, ohne auf meine Zustimmung zu warten. Die Tür schließt er leise hinter sich.

Zwar bin ich ihm dankbar, dass er mir geholfen hat, als die Elfensoldaten mich festnehmen wollten, aber es wäre gut möglich, dass er heimlich doch für den Ältestenrat arbeitet.

»Warum bist du hier?«, frage ich erschöpft.

»Um mit dir zu reden. Du bist nach der Besprechung sofort abgehauen. Alle machen sich Sorgen um dich.«

Ich lache auf. »Um mich? Wenn sie sich Sorgen machen sollten, dann um Lucy.«

»So wichtig mir meine Schwester auch ist und so blöd es sich für Außenstehende anhören mag, aber es dreht sich nicht alles um sie, du bist genauso wichtig. Und wenn du alles in Schutt und Asche legst, haben wir keinen Stützpunkt mehr.« Er grinst schief, sodass sich Grübchen bilden, was mich schmerzlich an Lucy erinnert, die ein ähnliches Grinsen hat. Ich vermisse ihr Lächeln, ich vermisse das Funkeln in ihren Augen. Ihre Stimme. Einfach alles an ihr.

Dylan lehnt sich mit vor der Brust verschränkten Armen neben mich an die Wand und betrachtet mich mit schief geneigtem Kopf. »Du leidest.«

Das Feuer auf meinen Händen erlischt auf einen Schlag. »Und wenn schon. Es gibt wichtigere Dinge, auf die ich mich konzentrieren muss.«

Er hebt eine Braue. »Und wie willst du das anstellen, wenn du dich aber nicht auf diese wichtigen Dinge konzentrieren kannst, weil du mit den Gedanken ganz woanders bist?«

Ich stöhne auf. Er ist sehr schlau und hartnäckig und erinnert mich dabei ein wenig an seine Schwester. Was meine Laune sofort wieder verschlechtert.

Mir wäre es lieber gewesen, er wäre verschwunden und Lucy wäre an seiner Stelle hier. Es ist egoistisch und selbstsüchtig, so etwas von mir zu denken. Denn ich wünsche mir für die beiden nichts weiter, als dass sie wieder zusammenfinden. Sie, Danny und ihre Eltern. Obwohl Letztere mich an meinen Vater ausgeliefert hätten, kann ich ihre Entscheidungen verstehen. Ich kann sogar Danny verstehen. Wir tun alles, um die zu beschützen, die wir lieben.

»Was hältst du davon, wenn wir draußen einen Spaziergang machen?«, schlägt Dylan vor. »Ich war so lange eingesperrt, ich freue mich über jede freie Minute, die ich draußen verbringen kann.«

Ich hebe die Brauen. »Mitten in der Nacht?«

Er hebt die Hände. »Willst du dich lieber schlaflos im Bett hin- und herwälzen?«

Ich versuche, aus ihm zu lesen, doch er verzieht keine Miene. Nach außen hin kann er gut verbergen, was in ihm vorgeht. Bis auf seine Augen. Wie hat meine Großmutter früher immer gesagt? Die Augen sind der Weg zur Seele. Und seine sind voller Schmerz, Müdigkeit als auch Wut. Quälen ihn nachts auch Albträume?

Schließlich nicke ich. Ein Spaziergang und frische Luft sind vielleicht genau das, was ich jetzt brauche. Wenngleich in meinem Hinterkopf der Gedanke da ist, dass das nur ein Vorwand ist, um mich nach draußen zu locken, wo mich irgendjemand gefangen nehmen kann. Aber dann hätte er mich nicht gerettet, als die Elfensoldaten mich festnehmen wollten.

Wir begeben uns nach draußen, werden jedoch von unseren Wächtern, die uns zu unserem Schutz zur Seite gestellt wurden und die uns in angemessenem Abstand folgen, begleitet.

Das Gelände vor uns und der Wald liegen dunkel da. Dennoch ist er voller Leben. Grillen zirpen, etwas raschelt im Unterholz, irgendwo in der Nähe rauscht ein Bach. Ein Frosch quakt. Wind fährt durch die Blätter der Baumkronen hindurch und bringt sie zum Rauschen. Gelegentlich knackt ein Ast, auf den unsere Wachen oder wir treten.

Es ist zwar kühl, doch die Luft ist angenehm frisch und duftet nach Wald und Grün. Irgendwie beruhigen die Geräusche und die Gerüche des Waldes mich.

Feen schwirren umher, die hin und wieder ein wenig Licht spenden. Ich verzichte darauf, meine Augen zu verwandeln, damit ich besser sehen kann. Es ist angenehm, die Dunkelheit um sich herum zu haben. Früher habe ich sie immer gefürchtet, jetzt heiße ich sie willkommen. Denn durch sie tritt das Funkeln der Sterne und das Strahlen des Mondes über uns stärker hervor. Ein Stich bohrt sich wie die scharfe Spitze eines Schwertes in mein Herz. Lucy würde diesen Anblick lieben. Ebenso wie Lily. Bei dem Gedanken an meine kleine Schwester bohrt sich das Schwert nur noch weiter in mein Herz. Es vergeht keine Stunde, an der ich nicht an sie denke. An der ich nicht an alles denke, was ich zurückgelassen habe. An all das, was ich verloren habe.

»Du stehst zwar hinter deiner Entscheidung für Lucy. Doch du machst dir Vorwürfe, weil du deine Schwester und deine Mutter zurückgelassen hast«, stellt Dylan nüchtern fest.

Es ist wie ein Schlag in den Magen, weil er den Nagel auf den Kopf getroffen hat.

»Woher ...«

»Ich weiß, wie du dich fühlst. Wie es sich anfühlt, seine Geschwister, seine Familie zurücklassen zu müssen für eine Entscheidung, die man selbst getroffen hat.«

»Was hat dich die ganze Zeit über am Leben gehalten?«, murmle ich leise und schiebe die Hände in die Hosentaschen.

Sein Blick verliert sich in der Ferne. »Der Gedanke an meine Familie.« Schließlich sieht er mich an. »Du trägst deine Familie immer im Herzen, wo auch immer sie sein mag.«

»Wie schwer war es für dich, deine Familie zurücklassen zu müssen?«, wage ich zu fragen.

Dylan lächelt müde. »Nur, weil du dich für Lucy entschieden hast und damit gegen den Willen deiner Familie oder des Ältestenrates gehandelt hast, bedeutet das nicht, dass du dich komplett gegen deine Familie entschieden hast. Das Blutband ist immer noch stärker als alles. Es ist wie die Liebe. Nur in einer anderen Form als du Lucy liebst. Und nur weil du dich für sie entschieden hast, bedeutet das nicht, dass du jetzt keine Familie mehr hast. Familie bleibt dir ein Leben lang. Sie ist eben nur gerade nicht da.«

Ich schweige, weil ich nicht weiß, was ich darauf sagen soll. Dafür merke ich, wie es mir die Kehle zuschnürt bei dem Gedanken an meine Familie, was meine kleine Schwester und meine Mutter gerade wohl machen. Was Vater macht. Hat er sie für das bestraft, was ich getan habe? Oder haben die Ältesten sie bestraft? Bisher habe ich nichts mehr von ihnen gehört. Ich weiß nicht einmal, ob sie noch leben.

»Hey.« Dylan bleibt stehen und stellt sich mir in den Weg, sodass ich auch stoppen muss. Er legt mir eine Hand auf die Schulter und sieht mir eindringlich in die Augen. »Du liebst deine Schwester. Genauso sehr wie ich meine Geschwister liebe. Es tut verdammt weh. Dieser Schmerz wird nicht so leicht weggehen, aber das ist okay. Du musst es nur zulassen. Denk daran, dass du sie wiedersehen wirst, wenn alles gut läuft.«

Wenn alles gut läuft.

Beinahe hätte ich laut aufgelacht. Wir wissen nicht, was die Zukunft bringen wird. Ob ich meine Schwester und meine Mutter je wiedersehen werde. Wenngleich sie meinen Vater immer unterstützt und nie eingeschritten ist, wenn er mir wehgetan hat, ist sie immer noch meine Mutter. Sie ist ihm unterwürfig und hätte nie eine Chance gehabt, mich gegen ihn zu verteidigen. Am Ende hätte er sie an meiner Stelle gefoltert und das hätte ich niemals zugelassen.

»Du hast eine Entscheidung getroffen, hinter der du stehst. Du kannst sie nicht mehr rückgängig machen oder die Vergangenheit ändern. Dafür können wir aber etwas für die Zukunft tun. Wenn wir diesen Krieg beenden, kannst du deine Schwester wieder in deine Arme schließen.« Er drückt meine Schultern fester. »Ich kenne die Ältesten. Zumindest die der Elfen. Aber sie sind alle gleich. So grausam sie auch sein mögen, sie werden Lily nichts antun.«

Ich kann seinen Worten kein Glauben schenken. Immerhin habe ich gesehen und es am eigenen Körper zu spüren bekommen, wie skrupellos sie sein können. Was, wenn sie sie auch noch so manipulieren wie Lucy?

»Es macht mich einfach so wütend, dass ich nichts tun kann!«, bricht es aus mir hervor. »Mein Leben entgleitet mir und ich kann es nicht festhalten.«

»Ich weiß, was du meinst. Ich kenne dieses Gefühl nur allzu gut. Du fühlst dich allein. Du fühlst dich hilflos. Machtlos, weil du nichts dagegen tun kannst. Du fühlst dich wie in einer Sackgasse gefangen, aus der du nicht mehr herauskommst.« Er stoppt. »Aber es gibt immer irgendwelche Schlupfwege.«

»Ach ja, und wie? Ich kann nicht zu Lily, weil mein Vater es sofort merken würde, wenn ich das Palastgelände betreten würde. Ich habe ihn noch nie so wütend erlebt, als ich mit Lucy geflohen bin. Ich will mir gar nicht vorstellen, was er mit mir anstellt, wenn er mich zu fassen kriegt.«

Bei dem Gedanken jagt mir ein eiskalter Schauer über den Rücken. Meine Narben brennen kurz auf. Und obwohl ich weiß, dass es nur ein psychischer Schmerz ist, verursacht durch die Erinnerungen an die Folter, muss ich die Augen schließen und mich auf meine Atemzüge konzentrieren – eine Technik, die Lucy durch ihre Psychologin gelernt hat und die mir tatsächlich hilft.

»Am Ende manipuliert er mich genauso wie Lucy. Und das will ich meiner kleinen Schwester, das will ich niemandem antun. Ich weiß nicht einmal, wie ich Lucy helfen soll!«, fluche ich und vergrabe das Gesicht zwischen den Händen. »Ich habe versucht, mit ihr zu reden. Aber du warst ja dabei. Du hast gesehen, was sie getan hat. Sie hat mich gefangen nehmen lassen. Sie wollte mich nicht sehen. Und ich kann sie nicht einfach gegen ihren Willen entführen.«

So gut wie der Palast jetzt gesichert ist, würde ich gar nicht erst reinkommen. Und sollte ich es doch irgendwie schaffen, würde Lucy mich sofort ausliefern.

Dylan lächelt leicht. »Vielleicht kannst du es nicht auf diese Art und Weise. Ich tue es unbewusst. Ich wurde darauf trainiert, Gedanken anderer zu hören, um ihnen ihre Geheimnisse zu entlocken und diese gegen sie zu verwenden. Ich habe herausgehört, dass du sie auf einer anderen Ebene schon mehrmals getroffen hast.«

Mein Kopf fährt hoch. Vor lauter Aufregung pocht mein Herz ganz schnell. Daran habe ich gar nicht gedacht.

»In der Zwischenwelt ist sie nicht an ihr Gehirn gebunden. Es ist das Gehirn, an dem die Manipulation stattgefunden hat, nicht ihre Seele. Wenn du sie wirklich liebst, dann kämpf um sie. Eine Seelenbindung wird nie stark genug sein, um einer so starken Gedankenmanipulation zu entgehen. Aber vielleicht reicht ein kleiner Funke, um eine Explosion zu entfachen.«

KAPITEL 6

Lucy

Wieder träume ich unruhig. Und nicht nur das. Etwas zieht an mir, und ehe ich es mich versehe, fahre ich aus meinem Körper heraus.

In meinem Zimmer ist es finster, ich selbst bin in meine Decke eingekuschelt, ein paar Strähnen sind mir ins Gesicht gefallen, meine Augen sind geschlossen, aber meine Brust hebt und senkt sich leicht. Es ist ein komisches Gefühl, durch die Luft zu schweben, während mein Körper vor mir im Bett liegt und tief und fest schläft.

Da ich in der Zwischenwelt bin, erwarte ich, meinen Großvater erneut anzutreffen, aber der ist nirgends zu sehen. Stattdessen zieht mich eine unsichtbare Kraft weg von hier. Sie ruft nach mir.

Ich lasse es zu, lasse mich von ihr leiten, passiere das Fenster, was sich wie beim letzten Mal so anfühlt, als gleite ich durch Wasser.

Es muss mitten in der Nacht sein, da es stockfinster ist. Dunkle Wolken hängen am Himmel, erste Regentropfen fallen zu Boden.

Ich fliege über die große Wiese hinweg, auf der tagsüber unsere Soldaten üben. Hin und wieder sehe ich Wachen auf den schwach beleuchteten Wegen patrouillieren. Aber sie sehen mich nicht, weil ich für sie unsichtbar bin. Ich überquere die hohe Mauer, die unseren Palast und das Grundstück mit dem Palastgarten umschließt und fliege über einen neonblau leuchtenden Fluss, vorbei an umherschwirrenden Feen, bis ich mich schließlich für längere Zeit über den Baumkronen befinde. Kurz lichtet sich der Wald und gibt den Blick frei auf ein kleines Dorf, an dem ein weiterer Fluss seine Wege zieht, bis ich plötzlich in eine dichte Wolkenbank gelange, sodass ich nichts mehr sehen kann. Doch ich verspüre keine Angst. Ich bin ganz gelassen, während ich weiterhin von dieser unsichtbaren Kraft angezogen werde.

Irgendwann vernehme ich ein Rauschen, das immer näher kommt, bis sich die Wolkendecke plötzlich lichtet und ich erkenne, dass ich mich über einer gewaltigen Klippenlandschaft befinde, die fächerförmig zum tosenden Meer abfällt. Die Felsen sind voller Gestrüpp, Palmen, Bäume und grüner Pflanzen. Ein halbmondförmiger Strandabschnitt, an dem die Wellen brechen, zieht sich in die Länge und verschwindet kurzzeitig unter Felstunneln, wo er weiterführt.

Ich war hier schon einmal. Mehrmals. Noch bevor ich an den Strand gelange, entdecke ich die einsame Gestalt, die direkt vor dem Meer steht, sodass die Wellen seine Füße umspülen. Wie beim ersten Mal, als ich in der Zwischenwelt hierherkam, hat er mir den Rücken zugewandt und blickt auf das tosende Meer hinaus, das in der Dunkelheit schwarz wirkt. Und gefährlich, zumal sich der Regen mittlerweile in einen richtigen Wolkenbruch entwickelt hat, der das Meer nur noch mehr aufwühlt. Unter normalen Umständen könnte ich gar nicht fliegen, weil der Regen meine Flügel durchnässen würde. Mich schaudert bei der Vorstellung, wie ich ins Meer stürze, gefangen zwischen den Fluten, wo ich so panische Angst vor den Tiefen habe, wenn ich nicht gerade auf einem Schiff stehe oder in einem Boot sitze.

Jetzt, wo ich wieder in der Zwischenwelt bin, macht es mir nichts aus, da sich nur meine Seele hier befindet. Losgelöst von meinem Körper. Eine leichte Unruhe befällt mich. Auch wenn es kein gutes Gefühl ist, spüre ich zumindest etwas. Gleichzeitig wird die Anziehung stärker. Ich sollte dagegen ankämpfen, es ignorieren, doch ich gebe ihm einfach nach, weil ich weiß, dass es zwecklos ist. Irgendwann würde ich sowieso einknicken, da die Anziehungskraft zu groß ist. Es ist so, als wären wir zwei verschiedene Pole eines Magneten.

Lautlos schwebe ich über den Boden hinweg auf ihn zu. Ich weiß nicht, warum er mich hierher gerufen hat. Aber ich werde nicht noch einmal zulassen, dass er mich manipuliert.

Kaum dass ich bei ihm angekommen bin, hebe ich die Hände, um ihn anzugreifen, aber da dreht er sich blitzschnell um und fängt meinen Angriff ab, indem er meine Handgelenke fest umklammert und mich an seine Brust zieht, sodass es für mich kein Entkommen gibt.

Perplex sehe ich zu ihm hoch. Das habe ich nicht erwartet. Ich dachte, er wäre ganz in seine Gedanken versunken gewesen, dass er mich gar nicht bemerkt hat. Doch vermutlich hat er gespürt, dass ich komme, sowie ich auch weiß, wenn er in der Nähe ist. Es ärgert mich, dass ich ihn unterschätzt und nicht mitbedacht habe, dass er mich vermutlich gerufen und dadurch gewusst hat, wann ich da bin. Doch das wird mir nicht noch einmal passieren.

»Das war nicht gerade sehr nett«, raunt er und sieht mir in die Augen.

Er wirkt jedoch nicht sauer, sondern eher amüsiert. Und dann ist da noch etwas in seinem Blick, das ich nicht ganz deuten kann. Ein trauriger Schimmer in seinen eisblauen Augen. Sehnsucht. Eine Sehnsucht, die sich plötzlich in mir ausbreitet, umso länger er mich festhält und anschaut. Was mich verwirrt, weil ich in letzter Zeit nicht viel fühlte. Es überfordert und verwirrt mich.

Reagon hat mir verdeutlicht, wie gefährlich dieses Gefühl ist. Er hat mich vor Daan gewarnt, doch je länger ich ihm in die Augen blicke und ihm so nahe bin, umso mehr schwindet meine Widerstandskraft.

»Lass mich los oder du wirst es bitter bereuen!«, knurre ich wütend, während ich gezielt an meinen Onkel und die Ältesten denke. Ich muss tun, was sie von mir verlangen.

Dachte ich zumindest. Denn jetzt, wo ich vor Daan in der Zwischenwelt stehe, kommen mir ihre Worte auf einmal so bedeutungslos vor.

Wider Erwarten lässt Daan mich los und tritt einen Schritt zurück, um Abstand zu schaffen. Unschuldig hebt er die Hände, als wolle er mir so beweisen, dass er mich nicht mehr anfasst. Skeptisch beobachte ich ihn. Er schiebt die Hände in die Taschen seiner dunklen Hose.

»Ich habe gehört, was im Palast der Elfen vorgefallen ist. Die Exekution der vier Elfenrebellen …« Er stoppt kurz und schüttelt fassungslos den Kopf, als nehme es ihn emotional mit. »Du hast es mit ansehen müssen und konntest nichts tun, um ihnen zu helfen. Wie geht es dir?«

»Das kann dir doch egal sein!«, fauche ich. »Mir geht es gut. Sie haben ihre gerechte Strafe bekommen.«

Während ich das sage, kommen mir leichte Zweifel auf. Schon seit dem Gespräch mit meinem Großvater musste ich andauernd darüber nachdenken. War es wirklich richtig gewesen, sie hinzurichten?

Ja, sie haben dich beinahe vergewaltigt und getötet!, flüstert Reagons Stimme in meinem Kopf, während die alte Lucy widerspricht: *Nein, es war nicht richtig! Jedes Lebewesen hat ein Recht auf Leben. Sie haben sich nicht anders zu helfen gewusst und wie Lorcan ihre Wut auf dich projiziert. Was sie getan haben, lässt sich nicht entschuldigen. Sie haben eine Strafe verdient – aber nicht den Tod!*

Am liebsten hätte ich mir die Hände an den Kopf gehalten, um diese Gedanken aufzuhalten, doch Reagons Stimme scheint in der Zwischenwelt nicht die Oberhand zu haben, denn seine Argumentation verblasst nach und nach.

Daan scheint die Meinung der alten Lucy zu teilen. Kurz wirkt er geschockt, dann wird seine Miene entschlossen. »Aaron hat mir alles erzählt. Aber wie er glaube ich dir nicht. Das bist nicht du, Lucy! Sie haben dich manipuliert.«

Manipuliert. Ein großes Wort, das ich schon nicht mehr hören kann, weil es von allen Seiten zu kommen scheint. Freya und Delavar haben mich manipuliert, indem sie mich auf der Erde großzogen, ohne mir etwas von meinem Erbe zu erzählen, damit ich vorurteilsfrei werde. Daan hat mich manipuliert, indem er mich dazu brachte, mich in ihn zu verlieben.

»Sie haben mir nur klargemacht, wie dumm ich war, auf dich hereinzufallen. Wegen dir habe ich meine Pflichten vernachlässigt. Das wird nicht wieder vorkommen.«

Das Entsetzen, das in seinem Gesicht geschrieben steht, lässt mich einerseits zufrieden lächeln, doch ein anderer Teil von mir verspürt einen Stich, weil ich ihn verletzt habe. Diese innere Zerrissenheit macht mich fertig. Es wird auch nicht besser werden, wenn ich hierbleibe.

Ich wende mich zum Gehen, als er mich am Unterarm festhält und mich wieder zu sich herumdreht.

»Fangen wir jetzt wieder bei null an?«, murmelt Daan frustriert und lässt mich los, als ich einen frostigen Blick auf seine Hand werfe. Hinter ihm tobt das Meer, als trage sich seine Unruhe auf das Wasser über.

Ich schnaube auf und verschränke die Arme vor der Brust. »Wir müssten nicht bei null anfangen, wenn du mich in Ruhe lassen würdest! Wage es nicht noch einmal, mich hierherzurufen! Ich will dich nie wiedersehen!«

»Du hattest selbst die Möglichkeit, dich zu entscheiden, herzukommen«, erwidert er und verschränkt scheinbar unbeeindruckt die Hände vor der Brust. »Das habe ich dir schon einmal erklärt. Ich rufe zwar nach dir, aber du allein entscheidest, ob du kommen willst oder ob du es bleiben lässt. Und dass du dennoch gekommen bist, sagt doch viel aus, meinst du nicht?«

Ich klappe den Mund auf, um etwas zu sagen, doch kein Wort verlässt meine Lippen. Er hat recht. Und das weiß er auch.

In seinen Augen schimmert etwas auf und er tritt einen Schritt auf mich zu. Ich sollte zurückweichen, doch ich recke trotz meiner Zweifel und der inneren Stimme von Reagon, die mir sagt, dass ich ihn stehen lassen und in meinen Körper zurückkehren soll, das Kinn und bewege mich keinen einzigen Zentimeter von der Stelle, bis Daan direkt vor mir stehen bleibt.

»Warum hast du mich hergerufen?«, frage ich mit bebender Stimme und schlinge meine Arme um den Oberkörper, weil mich dieser innere Sturm zu zerreißen droht.

»Weil ich mit dir reden wollte, ohne dass mich deine Wachen gleich gefangen nehmen wollen«, erwidert er mit einem neckenden Unterton in seiner Stimme, der aber nicht von der Niedergeschlagenheit, die in ihr mitschwingt, ablenken kann.

»Du bist ja leider entkommen«, gebe ich mit einem bösen Grinsen zurück.

Nachdem ich den Wachen den Befehl gegeben hatte, war ich in mein Zimmer zurückgekehrt und hatte die Tür geschlossen, weil ich seine Gefangennahme nicht mit ansehen wollte. Weil ein winziger Teil in mir genau gewusst hat, wie falsch es war, aber nicht gegen die Stimme von Reagon ankam.

Deshalb habe ich nicht gesehen, wie er von einer unbekannten Person gerettet wurde, deren Gesicht die Wächter jedoch nicht erkannt haben, da es unter einer Kapuze versteckt war. Jedoch waren sie der Meinung, diese

Person hätte ihre Körper kontrolliert und sie alle auf einmal in die Bewusstlosigkeit befördert. Was ich ihnen nicht glauben konnte. Immerhin ist niemand so mächtig, so etwas bei so vielen Personen gleichzeitig zu schaffen.

Das Einzige, was mich verwundert hatte, war die Reaktion der Ältesten, die im ersten Moment alarmiert waren, im nächsten jedoch behaupteten, die Wachen hätten gelogen, um von ihrer mangelnden Aufmerksamkeit und ihrer Unfähigkeit abzulenken.

»Immerhin bist du entkommen«, mache ich spöttisch weiter. Wenn ich schon hier bin, kann ich das vielleicht zu meinem Vorteil und dem der Ältesten nutzen. Nachdenklich tippe ich mir mit dem Finger an die Stirn. »Die Frage ist nur: Wo bist du jetzt? Und wo sind Gregor, Delavar, Freya und die Rebellen? Plant ihr bereits den Gegenschlag?«

»Wenn ich dir das sage, verrätst du es an die Ältesten.«

Ich lege den Kopf schief und setze eine Unschuldsmiene auf. »Denkst du das wirklich?«, frage ich mit gespielt beleidigter Stimme. »Vielleicht tue ich ja nur so, als würde ich ihnen gehorchen?«

»Du kannst mir nichts vormachen. Ich kenne dich, Lucy, und ich weiß, dass du niemals zugelassen hättest, dass diese Elfen getötet worden wären. Aber ich weiß auch, dass du noch irgendwo da drin bist.« Zögerlich hebt er seine Hand. Als ich nicht reagiere, legt er sie auf meine Brust, wo mein Herz liegt. »Du bist irgendwo gefangen hinter der Mauer, die errichtet wurde, um dich von deinem wahren Ich fernzuhalten. Aber sie scheint Risse zu haben, sonst wärst du jetzt nicht hier.«

Seine Berührung ist sanft. Und dort, wo mich seine Hand berührt, breitet sich ein merkwürdiges Prickeln aus, das meinen ganzen Körper durchläuft, bis ich mich fühle, als beherberge ich Hunderte von umherflatternden Feen.

Nicht imstande, mich zu regen oder zu reagieren, schweige ich. Seine Berührungen stellen etwas Merkwürdiges mit mir an. Seine Worte bringen mich zum Nachdenken. So etwas ähnliches sagte mein Großvater auch. Ich bin verwirrt. Einerseits weiß ich, dass die Ältesten und Reagon recht haben. Aber auf der anderen Seite sagt mir ein Gefühl, das ich jetzt in der Zwischenwelt stärker wahrnehme, dass mein Großvater recht hat. Es kommt mir so vor, als wäre ich zweigeteilt. Als gäbe es in mir zwei Lucys, die sich einen heftigen Kampf liefern, welche von ihnen an die Oberfläche darf.

Daan, der meine innere Unruhe bemerkt hat, scheint neue Zuversicht zu schöpfen. Er greift nach meinen Händen, ohne den Blick von mir zu wenden, der voller Verzweiflung, aber auch Hoffnung ist. »Bitte komm zurück, Sternchen. Ich habe dich schon einmal verloren. Wir wurden jetzt so oft auseinandergerissen und haben wieder zueinander gefunden.« Daan lächelt leicht, wenngleich es verkrampft wirkt. Seine Hand streicht sanft über meine Wange. »Ich weiß, dass die alte Lucy noch irgendwo da drin ist. Sie haben dich vielleicht manipuliert, aber du wirst nie ihre Marionette sein. Dafür bist du zu stur und zu stark. Gib uns nicht auf.«

Kaum, dass er zu Ende gesprochen hat, beugt er sich vor und verschließt seine Lippen mit den meinen. Zuerst will ich mich von ihm losreißen, weil Reagons Stimme in meinem Kopf protestiert und ich die Ältesten angewidert die Köpfe schütteln sehe. Ich höre sie geradezu schimpfen, dass ich gerade Hochverrat begehe.

Doch mit jeder weiteren Sekunde, die verstreicht, in der unsere Lippen miteinander vereint und wir uns nahe sind, breitet sich plötzlich ein angenehmes, warmes Gefühl in meinem Körper aus, das mir durch und durch geht. Es ist so, als stünde ich unter Strom. Als wäre jede Zelle meines Körpers erweckt. Die protestierenden Stimmen von Reagon und den Ältesten werden immer weiter in den Hintergrund gedrängt, während sich die alte Lucy nach vorn kämpft.

Sie bringt mich dazu, dass ich meine Hände hebe und sie um Daans Nacken schlinge, woraufhin er die seinen auf meiner Hüfte platziert und mich an sich zieht. Seine Emotionen gehen von ihm auf mich über. Ich fühle alles, was er fühlt. Liebe, Wärme und Sehnsucht, weil er mich liebt und mich vermisst. Erleichterung, dass es mir den Umständen entsprechend gut geht. Freude, mich wiederzusehen. Aber auch Zorn auf die Ältesten, weil sie mich manipuliert und die Elfenrebellen getötet haben. Und dann ist da noch etwas: Hoffnung, dass ich wieder zurückkomme.

Plötzlich verschwimmt meine Sicht und ich sehe mich wieder weinend und angekettet in dem Krankenbett im Palast liegen. Ich sehe Reagon, der sich über mich gebeugt hat und in meinen Kopf eindringt. Ich höre seine einschläfernde Stimme, die sich wie ein Kokon um meinen Geist legt, mir Dinge zuflüstert, die in seinen Augen und den Augen der Ältesten richtig sind.

Daan ist der Prinz der Kobolde. Dein Feind. Er hat deine Gefühle ausgenutzt, dich manipuliert, um dich gegen dein Volk zu stellen. Du warst naiv. Du warst dumm. Du hast dich von ihm umschmeicheln lassen. Du hast Gefühle zugelassen. Gefühle, die für eine Thronfolgerin tödlich sein können. Lass nicht zu, dass er dir noch einmal wehtut und dich von deinem wahren Erbe, deiner wahren Bestimmung abhält! Der Prinz der Kobolde und alle, die sich gegen uns stellen, sind unsere Feinde!

Gleichzeitig wallt in mir ein so starkes Gefühl auf, das sich gegen seine Worte wehrt, ein Gefühl, das sich bis in meine Zehenspitzen ausgebreitet hat und mich durchrauscht. Für einen kurzen Moment verschwindet die Erinnerung und macht einer anderen Platz.

Ich sehe Daan vor mir stehen. Wir befinden uns in dem kleinen Waldstück, in das wir uns während des Festes der Lichter davongeschlichen und wo wir den Seelenbund geschlossen haben.

»Ich liebe dich, Sternchen. Ich will mit dir zusammen sein. Ganz gleich, dass wir von verschiedenen Völkern kommen. Ich schwöre dir hiermit meine ewige Treue. Ich werde dich bis in alle Ewigkeit lieben und mit meinem Leben beschützen. Willst du meine Seelenpartnerin sein, Sternchen?«

Mit einem Ruck reiße ich mich von Daan los und stolpere einige Schritte zurück. Warum fühlt sich mein Innerstes so an, als würde es zerbersten? Warum fühlt es sich so an, als hätte ich etwas verloren, das genau vor mir steht?

Daan erwidert meinen Blick mit einer Intensität, die mir den Atem rauben würde, würde ich mich nicht in der Zwischenwelt befinden. Sein Kopf zuckt kurz in eine andere Richtung, als hätte er entfernt etwas gehört. Doch ich vernehme nur das Rauschen des Meeres und der Bäume, als der Wind durch sie hindurchfährt. Ebenso wie das Prasseln des Regens, der uns jedoch nicht durchnässt.

»Unsere Zeit ist jetzt leider um. Ich muss wieder zurück.« Er tritt wieder an mich heran und blickt mich ernst an.

Wenngleich ich immer noch geschockt bin von den verschiedenen Erinnerungen und den widersprüchlichen Gefühlen, die er mit dem Kuss ausgelöst hat, lasse ich es zu, dass er eine Strähne, die mir ins Gesicht gefallen ist, zurückstreicht und mir einen kurzen, aber sanften Kuss auf die Stirn haucht, der meinen Magen seltsam flattern lässt, während ein anderer Teil in mir angewidert protestiert. Doch dieser Teil wird von dem Magenflattern und dem intensiven Blick von Daan verdrängt, der mir tief in die Augen schaut. Seine Fingerknöchel streichen über meine Wange, während er langsam verblasst.

»Ich liebe dich, Lucy. Und ich werde alles dafür tun, dich zu beschützen. Wir werden nicht zulassen, dass sie dich etwas tun lassen, was du nicht willst. Wir werden dich da rausholen. Das verspreche ich dir.«

KAPITEL 7

Danny blickt nicht auf, als ich sein Zimmer betrete. Er sitzt an einem antiken Schreibtisch aus Ebenholz. Die dunklen bodenlangen Vorhänge sind zurückgezogen, sodass ich durch die Fenster hinaus in den Palastgarten blicken kann. Es ist bereits nachts, aber ich kann ohnehin nicht schlafen und wollte noch mit ihm reden, weil er mir die ganze Zeit aus dem Weg geht.

Zwar nimmt er an vielen Versammlungen und Beratungsgesprächen teil, weil die Ältesten wollen, dass wir intensiver in unsere Rollen als Thronfolger eingearbeitet werden, aber er hätte zwischendurch sicher ein paar ruhige Minuten, in denen er sich mit mir unterhalten könnte. Doch wenn ich auf ihn zugehe, verschwindet er meist in eine andere Richtung oder gibt vor, dringend wohin zu müssen. Jetzt kann er schlecht weglaufen.

Mein Zwillingsbruder hat mich anscheinend nicht bemerkt, da er immer noch über irgendwelche Unterlagen gebeugt ist. Obwohl mein Bruder eine sehr ordentliche Person ist, herrscht ein reines Chaos auf seinem Schreibtisch. Dicke Wälzer mit kunstvoll verzierten Einbänden, aber vergilbten Seiten stapeln sich auf der Tischplatte.

Da er sich weiterhin nicht regt, räuspere ich mich leise. Erschrocken fährt er herum. Dabei stößt sein Ellbogen die Kaffeetasse neben ihm um. Danny flucht und versucht angestrengt, die vor ihm liegenden Blätter noch zu retten.

Unschlüssig bleibe ich im Türrahmen stehen, weil ich nicht weiß, ob ich eintreten oder warten soll, bis er mir wieder seine Aufmerksamkeit schenkt.

Dort, wo er den Kaffee verschüttet hat, haben sich dunkle Flecken auf den Unterlagen gebildet. Hektisch hebt er die Hände und entzieht mithilfe seiner

Kräfte dem Papier den Kaffee, welcher sich zuerst in Tausenden kleiner dunkler Tropfen zu einer Kugel formt, ehe er ihn zurück in seine Tasse fließen lässt. Dann dreht er sich wieder zu mir um.

»Was tust du hier?«, flüstert er leise, sieht mir dabei aber nicht in die Augen.

»Ich wollte mit dir reden«, erkläre ich ihm.

»Okay.« Er klingt vorsichtig, alarmiert. Dann steht er auf, wischt sich die Hände an der Hose ab und deutet auf die Couch an der Wand neben sich. Ich schließe die Tür hinter mir und gehe zu ihm. Dann lassen wir uns nebeneinander auf dem Sofa nieder.

»Du sagtest, du willst mit mir reden? Um was geht es?«, fragt er wachsam, vermeidet jedoch weiterhin Blickkontakt.

»Findest du, ich habe mich verändert?«

Jetzt schaut er mich doch an. Er zieht die Brauen zusammen, sodass sich auf seiner Stirn tiefe Furchen bilden. »Wie kommst du denn darauf?«

Ich schweige, spiele mit meinen goldenen Reifen, die an meinem Handgelenk klimpern, wenn ich den Arm bewege. »Weil einige Leute anscheinend der Meinung sind, ich hätte mich verändert. Sie sagen, ich wäre nicht mehr ich selbst, nachdem Reagon mit mir gesprochen hat. Aber ich habe an das Gespräch nur noch verschwommene Erinnerungen.«

Danny erbleicht. Seine Finger verkrampfen sich in das Polster der Sofakante. »Woran erinnerst du dich denn noch?«

Ich zucke mit den Schultern. »Ich weiß nur noch, dass ich in einem Krankenzimmer aufgewacht bin. Die Ältesten und unsere Eltern waren auch da. Und Reagon. Dann haben sie mich mit ihm alleingelassen. Letztens hatte ich einen Traum, indem ich an das Bett gekettet war und mich nicht wehren konnte.« Ich verstumme kurz, versuche irgendetwas zu fühlen. Doch anders als in der Zwischenwelt verspüre ich nichts. Rein gar nichts.

»In dem Traum hat er mich manipuliert. Seitdem fühle ich auch nichts mehr.«

Das mit der Zwischenwelt verschweige ich ihm. Mein Bruder hat mich schon einmal verraten. Ich weiß nicht, inwieweit ich ihm vertrauen kann, weshalb ich lieber auf Nummer sicher gehe und ihm nur das Nötigste erkläre.

Überhaupt habe ich niemandem davon erzählt, weil ich keine unnötige Unruhe schüren will. Keine Ahnung, was Daan damit bezwecken wollte, aber er wird mich nicht noch einmal rumkriegen. Das nächste Mal, wenn ich ihn wiedersehe, werde ich dafür sorgen, dass ihn der Ältestenrat bekommt. Ebenso wie die Rebellen, damit sie ein für alle Mal gestoppt werden. Nur warum verspüre ich bei den Gedanken ein merkwürdiges Ziehen im Magen?

Ich sehe meinem Bruder in die Augen. »Ich habe nicht einmal etwas gefühlt, als diese Rebellen vor unseren Augen erschossen wurden. Es war mir vollkommen egal. Es ist mir sogar egal, dass Aislinn tot ist. Das ist doch nicht normal, oder? Eigentlich müsste ich am Boden zerstört sein.«

Dannys Blick wird seltsam glasig, als erinnere er sich auch gerade an den Moment, in dem die Rebellen getötet wurden. Er schluckt hörbar und schlingt die Arme um den Oberkörper, als wäre ihm unwohl. »Ich …«, stottert er und bricht ab und senkt den Kopf.

»Ich fühle mich so durcheinander«, rede ich weiter, weil von ihm nichts kommt und ich es endlich loswerden muss. Zwar war mein Verhältnis zu meinem Bruder bisher eher unbeständig, aber wenn ich eins weiß, dann, dass er mir wichtig ist und dass ich ihn jetzt zum Reden brauche. »Es kommt mir so vor, als wäre ich zweigeteilt. Die eine Lucy ist die perfekte Thronfolgerin und Prinzessin und steht voll und ganz hinter dem Ältestenrat und unseren Eltern. Aber die andere ist der Meinung, dass es falsch ist. Es kommt mir so vor, als wären mein Verstand und mein Herz nicht mehr eins.«

Erschöpft vergrabe ich das Gesicht zwischen den Händen. Wie gern würde ich jetzt weinen, aber es kommen keine Tränen. »Zudem verstehe ich nicht, wie sich meine Meinung über den Ältestenrat und unsere Eltern, die Regierung, so schnell ändern konnte«, murmle ich leise vor mich hin. »Was haben sie nur mit mir gemacht?«

Danny legt seine Hand auf meine Schulter. Seine Miene ist von Schmerz gezeichnet. Er öffnet den Mund, als wolle er etwas sagen, doch dann schließt er ihn wieder und bleibt stumm.

»Wie schaffst du das nur?«, frage ich.

Er stutzt. »Was meinst du?«

»Als du dieses Rebellendorf verraten hast und so viele Leute dabei starben, schien es dir ganz egal gewesen zu sein. Es sind Kinder gestorben, ein Kind hat den Tod seiner Mutter miterlebt. Hast du da auch nichts gefühlt? Und warum bin ich nicht mehr wütend auf dich? Ich weiß noch, dass ich deswegen richtig wütend war. Ich habe dich deswegen gehasst. Aber nachdem Reagon mit mir geredet hat, weiß ich, dass du es tun musstest, weil es von dir verlangt wurde und sie gegen die Regeln der Ältesten verstießen, indem sie die Rebellen unterstützten.« Müde massiere ich mir die Schläfen, die zu pochen begonnen haben. »Ich hatte gehofft, du könntest mir irgendwie helfen.«

Danny starrt mich an, seine Augen glänzen verdächtig. Rote Flecken bilden sich auf seinem Hals. »Denkst du wirklich, mich würde das alles kalt lassen?«

»Ja, das denke ich tatsächlich. Immerhin hast du ihre Befehle ausgeführt, wie es von dir zu erwarten war. Du hast zugelassen, dass Kinder gestorben sind. Du hast mich, deine eigene Schwester in Handschellen abführen lassen.«

Ich erwarte, dass er wie immer mit der Argumentation kommt, dass diese Kinder es verdient haben zu sterben, weil sie behindert sind. Dass ich es verdient habe, wie ich behandelt wurde, weil ich mich gegen meine Familie gestellt habe. Doch es geschieht nichts dergleichen.

Stattdessen verkrampfen sich seine Hände wieder in seinem Schoß. Unbehaglich wippt er mit dem Fuß auf und ab. Sein Blick fällt auf unser Familienporträt an der Wand, dasselbe, das in meinem Zimmer hängt und hinter dem sich der geheime Tunnel befindet. Für einen kurzen Augenblick frage ich mich, wo wir jetzt wohl stehen würden, wären Dylan und ich nie verschwunden.

»Früher, als wir noch kleiner waren und keine Verantwortung oder Verpflichtungen hatten, war alles viel leichter. Denn manchmal hat man keine andere Wahl, wenn man diejenigen beschützen will, die man liebt«, murmelt mein Zwillingsbruder bedrückt. Dann, nach einem kurzen Zögern, sieht er mir in die Augen. »Es tut mir leid.«

»Was tut dir leid?«

»Vieles.« Er macht eine wegwerfende Handbewegung. »Du warst neun Jahre lang verschwunden. Niemand wusste, ob du überhaupt lebst oder je wieder zurückkehrst. Und als du zurück warst, hast du dich andauernd nur mit dem Feind abgegeben. Ich war eifersüchtig ...«

»Das hast du mir schon mal erzählt«, unterbreche ich ihn ungeduldig.

»Nicht alles. Ich habe dir nicht erzählt, dass ich auf *dich* eifersüchtig war.«

Ich runzle die Stirn. »Auf mich? Aber wieso?«

»Zum einen, weil du die ganzen neun Jahre über nicht wusstest, wer du bist. Du hast ohne diesen Druck leben können, der als Thronfolger auf einem lastet, während ich als einziger offiziell lebender Nachfolger zum perfekten Prinzen gedrillt wurde. Ich konnte mich hinter keinem Geschwisterteil verstecken, weil du und Dylan nicht da wart.«

»Aber es war doch immer dein Wunsch, König zu werden, oder nicht?«

»Damals war ich der Jüngste von euch allen. Für alle war klar, dass es sehr unwahrscheinlich ist, dass ich König werde. Deshalb habe ich gar nicht darüber nachgedacht. Doch als du und Dylan verschwunden wart, rückte der Thron in greifbare Nähe.« Verbittert presst er die Lippen aufeinander. »Aber nachdem ihr weg wart und ich darauf vorbereitet wurde ...« Er schweigt für ein paar Sekunden. »Es gab eine Zeit, in der ich es unbedingt wollte. Ich habe alles dafür getan, der perfekte Thronfolger zu werden. Aber je mehr Opfer man bringen muss, umso mehr fängt man an, das Erbe zu hinterfragen.« Er stockt kurz, pult an seinen Fingernägeln herum, die, wie ich jetzt erkenne, bis zum Nagelbett abgekaut sind. »Ich habe immer versucht, meinen Platz als Prinz der Elfen einzunehmen. Ich habe immer versucht, so zu sein, wie sie mich haben wollten. Aber ...«

»... das bist nicht du?« Irgendetwas in mir verleitet mich dazu, seinen Satz auf diese Art zu vollenden und nach seinen Händen zu greifen.

»Ich weiß nicht, ob die Verantwortung etwas für mich wäre. All die Entscheidungen, die unsere Eltern treffen müssen, all die Last, die auf ihren Schultern liegt ... Ich weiß nicht, ob ich auf Dauer damit klarkommen würde.«

Das überrascht mich, da ich immer dachte, Danny hätte es auf den Thron abgesehen. »Aber du stehst doch so hinter den Ältesten, der Regierung und unseren Eltern …«

Wieder hüllt er sich in Schweigen. Und wieder kommt es mir so vor, als verheimliche er etwas vor mir. Hat er womöglich Schuldgefühle?

»Meinungen können sich auch ändern«, erklärt er schließlich vorsichtig. »Ich habe geglaubt, dass mein Handeln richtig war. Aber ich habe Fehler gemacht. Fehler, die ich im Nachhinein bereue und die sich nicht mehr rückgängig machen lassen. Nie wieder. Und damit muss ich jetzt bis in alle Ewigkeit leben.« Er holt tief Luft, als kosten ihm die nächsten Worte besonders viel Kraft. »Es tut mir leid, dass ich die Rebellen verraten habe.« Er sieht mich niedergeschlagen an, sodass ich ihm die Schuldgefühle, die ihn innerlich zu zerfressen scheinen, sofort abnehme. »Du wärst die geeignete Königin. Du hast die Leute dazu gebracht, dich zu mögen. Du hast sie dazu gebracht, nachzudenken und sich zu wehren. Du hast dir ihren Respekt verschafft. Und du hast dir das Vertrauen der Rebellen erarbeitet. Das hat zuvor noch nie ein König oder eine Königin geschafft.«

Ich schweige, weil ich das schon oft zu hören bekommen habe. Ihren Respekt mag ich mir verschafft haben, aber was nützt es mir, wenn ich dadurch meine Familie und die Ältesten verraten habe? Erneut wütet in mir ein tosender Kampf, was richtig und was falsch ist. Dieses andauernde Hin und Her in meinem Inneren verursacht mir bereits Kopfschmerzen.

»Es ist falsch, das Volk mit Gewalt und Manipulation dazu zu bringen, an der Macht zu bleiben«, murmelt Danny mehr zu sich selbst.

»Das hört sich so an, als hinterfragst du die Entscheidungen der Ältesten«, sage ich scharf, während ich Reagons Stimme in meinem Kopf vernehme. Am liebsten hätte ich mir die Hände gegen die Stirn gehalten und geschrien, damit er aus meinen Gedanken verschwindet. Wegen ihm kann ich nicht mehr klar denken.

Mein Zwillingsbruder mustert mich besorgt. Er scheint zu merken, wie sehr ich mit mir kämpfe und hebt seine Hand, um sie mir auf meine Schulter zu legen, doch ein leichtes Klopfen am Fenster schreckt uns auf. Eine Fee schwirrt davor in ihren silbernen Glitzerstaub gehüllt herum.

Danny steht auf, den Blick auf die Fee geheftet. »Du musst jetzt gehen. Ich habe noch etwas zu erledigen.«

Ich will ihn darauf ansprechen, was genau er denn zu erledigen hat, aber womöglich hat es etwas mit den Ältesten zu tun. Immerhin binden sie ihn wie mich immer mehr in die Regierungsangelegenheiten ein.

»Danke für das Gespräch«, sage ich, weil ich nicht einfach so gehen will.

Er dreht sich zu mir um und lächelt traurig. »Ich habe dir das wohl noch nie gesagt, aber ich hab dich lieb, Lucy«, flüstert er leise und ehe ich es mich versehe, hat er mich plötzlich in eine feste Umarmung geschlossen und mich so fest an sich gedrückt, dass ich das Zittern seines Körpers an meinem spüre.

Einem Teil in mir, der auf Reagons Worte hört, dass Gefühle gefährlich sind, weil sie mein Handeln negativ beeinflussen können, ist es gleichgültig. Aber er ist mein Bruder. Meine Familie. Und je länger wir uns umarmen, umso mehr spüre ich ein Brennen in meinem Inneren, das sich langsam in mir ausbreitet. Eine Traurigkeit, die mich beinahe übermannt. Ebenso wie die Schuldgefühle, die mich fast erdrücken, aber die nicht meine sind.

Erstaunt schaue ich auf und Danny in die feuchten Augen. Schnell zwinkert er eine Träne weg. Ich habe sie trotzdem gesehen. Erneut greift er nach meinen Händen, ohne den Blick von mir zu wenden.

»Du bist meine Schwester und ich habe dich verraten. Mehrmals. In meinem Wunsch, ein würdiger Prinz zu werden, habe ich immer nur versucht, das Richtige zu tun. Jetzt weiß ich, dass es das Falsche war. Ich kann meine Fehler zwar nicht mehr rückgängig machen und vielleicht ist es bereits zu spät dafür, aber ich werde nicht aufgeben. Dieses Mal werde ich wirklich die richtige Entscheidung treffen.«

Ehe ich ihn danach fragen kann, was genau er damit meint, hat er mich bereits an den Schultern gepackt und zur Tür geschoben. »Du solltest jetzt schlafen gehen. Morgen findet dein Verlobungsball mit Aaron statt. Da solltest du ausgeschlafen sein. Schließlich willst du die Ältesten nicht enttäuschen, oder?«

Kommt es mir nur so vor oder klingt seine Stimme ganz belegt? Ebenso wie das aufgesetzte Lächeln, das ich ihm nicht abkaufe, als er die Tür vor meiner Nase zuschlägt, sodass ich allein im spärlich beleuchteten Flur stehe, an dessen Enden meine und Dannys Leibwache postiert ist.

Statt in mein Zimmer zu gehen, stehe ich noch einige Sekunden da und starre auf die geschlossene Tür. In meinem Kopf drehen sich die Gedanken. Erst meine Eltern, jetzt auch noch Danny. Warum verhalten sich plötzlich alle so komisch?

»Ich hab dich auch lieb, Danny«, flüstere ich, auch wenn er es vermutlich nicht mehr hören kann.

KAPITEL 8

Hoch erhobenen Hauptes stehe ich vor dem langen Spiegel, der an der Innenseite meines großen Kleiderschrankes hängt. Eigentlich habe ich ein eigenes Zimmer nur für meine Kleidung bekommen. Seit meiner Rückkehr an den Palast wurde mir ein persönliches Stylistenteam und eine PR-Agentin zur Seite gestellt, die mich jeden Tag berät, damit ich mich einer Prinzessin gemäß kleide. Eine Prinzessin in Jogginghose würde niemand ernst nehmen. Das Volk muss sehen, dass ich voll und ganz hinter der Regierung stehe. Es muss sehen, dass ich mein Erbe ernst nehme. Dass ich nicht mehr die Rebellin bin, für die sie mich halten und wegen der sich viele dem Aufstand angeschlossen haben.

Das letzte Mal konnte ich mein Kleid noch selber aussuchen. Das letzte Mal trug ich das grüne Kleid, das mir Daan zu meinem Geburtstag geschenkt hat, weil es mir so gefallen hatte und das ich nach dem Anschlag wegschmeißen musste, weil es kaputt war. Heute stecke ich in einem silbernen Ballkleid, passend zu meiner Verlobungsfeier. Silber steht für die Verlobung als Vorstufe zur Hochzeit, zu der man Gold trägt.

Der Stoff schimmert mit jeder Bewegung, als wäre ich eine Fee, die ihren Glitzerstaub überall verteilt. Es liegt an der Taille eng an und geht in einen ausschweifenden Rock über. Dazu ist es schulterfrei, die durchsichtigen, mit Mustern verzierten Ärmel reichen bis zu den Ellbogen. Ich trage eine dezente Kette, da das Augenmerk auf meinem großen funkelnden Verlobungsring liegen soll, den Aaron mir nicht einmal selbst gegeben hat. Zwar sind wir offiziell verlobt – meine Eltern haben es vor einigen Tagen über eine Presseversammlung bekanntgegeben, während ich mich in der Gewalt des Koboldkönigs befand, aber die Verlobungsfeier soll die Gemüter ein wenig beruhigen und zugleich den Kobolden klarmachen, dass wir nun den nächsten Schritt gehen werden.

Auf meinem Kopf thront ein silbernes Diadem, das in meine Haare geflochten wurde. Das letzte Mal hat Aislinn mir meine Haare gemacht. Das letzte Mal stand sie neben mir. Kurz frage ich mich, was sie in dem Moment gedacht hat. Welche Pläne sie für ihre Zukunft hatte. Klar, sie wollte in die Fußstapfen ihrer Mutter treten und mich beschützen – was sie auch getan hat. Aber waren das wirklich ihre Wünsche? Ihr Leben für meins herzugeben? Für ein Mädchen, das sie nur wenige Monate kannte, nur weil ich die Prinzessin bin? Oder hatte sie Zweifel, ob es wirklich die richtige Entscheidung war? Hätte sie sich anders entschieden, hätte sie gewusst, dass sie wegen mir ums Leben kommt?

Doch dann erinnere ich mich an ihren Gesichtsausdruck, wie sie mich in den Sekunden ansah, bevor ihr Herz aufhörte zu schlagen. Ich höre ihre Stimme in meinem Kopf, wie sie kraftlos flüstert: »Ich habe geschworen, dich mit meinem Leben zu beschützen.«

Kurz frage ich mich, ob sie Angst hatte. Angst vor dem Tod. Angst, zu sterben. Was hat sie in den letzten Sekunden ihres Lebens gefühlt? Und warum ist es mir egal? Liegt es wirklich daran, weil Reagon mich anscheinend manipuliert hat? Und was bedeutet das für mich? Für alles?

Ich lange mir an die Schläfen, weil der Kopfschmerz wieder einsetzt. Obwohl ich mittlerweile weiß, dass es normal ist, dass es die Pflicht unserer Personenschützer ist, unser Leben zu retten und es notfalls mit dem ihren zu verteidigen, hat ein kleiner Teil in mir plötzlich Schuldgefühle und verspürt eine tiefe Trauer, die kurz diese innere Leere in mir vertreibt. Schuldgefühle und Trauer, die mit Reagons Stimme in meinem Kopf so schnell wieder verschwunden sind, wie sie gekommen sind.

Ich recke das Kinn. Es ist unumkehrbar. Aislinn ist tot. Aber ich lebe. Ich bin die Prinzessin der Elfen. Ich muss meine Pflicht erfüllen.

Ein letztes Mal begutachte ich mein Gesicht. Die Stylisten haben meine Wimpern mit Wimperntusche verstärkt und goldenen Highlighter auf meine

Augenlider aufgetragen. Meine blassen Wangen sind mit etwas Rouché aufgefrischt, ebenso wie meine Lippen, die in einem zarten Rotton glänzen. Ich sehe wunderschön aus. Wie eine Prinzessin.

Für mich ist es unvorstellbar, dass ich noch vor ein paar Monaten mit Aislinn hier stand. Im einen Moment noch am Leben, im anderen einfach tot. Wieder hat sie sich einfach so in meine Gedanken geschlichen. Erneut warte ich auf eine Reaktion, auf Gefühle, wenn ich an meine tote beste Freundin denke. Doch ich fühle einfach nichts.

In diesem Augenblick betreten meine Eltern gefolgt von Danny mein Zimmer. Meine Eltern tragen heute Gold zu ihren Kronen. Das letzte Mal hatte meine Mutter ein enges, hochgeschlossenes Kleid an, heute ist es schulterfrei wie meins, allerdings reichen ihre Ärmel bis zu ihren Handgelenken. Ihre Haare sind streng zurückfrisiert, sodass der Fokus auf ihrer Krone liegt. Dazu trägt sie goldene Creolen und eine dünne Kette mit einem zu ihren Ohrringen passenden Anhänger. Mein Vater steckt in einem goldenen Anzug mit schwarzer Krawatte. Seine Krone ist nicht so dünn wie die meiner Mutter, sondern fester und größer. Seine Haare sind ebenfalls zurückgegelt. So, wie sie beide nebeneinander dastehen, wirken sie wie eine feste Einheit. Sie stellen das Königspaar dar, das die Ältesten sich wünschen.

Danny, der sich hinter ihnen versteckt, trägt einen zu seinen Augen passenden moosgrünen Anzug und eine dazu passende Maske mit verschnörkelten schwarzen Verzierungen. Auch er trägt eine Krone, die jedoch silbern ist. Wie bei unserem Vater sind seine Haare akkurat zurückgegelt, was seine markanten Gesichtszüge strenger und ihn dadurch älter und erwachsener wirken lässt. Gestern noch war Danny ganz bleich, heute schimmern seine Wangen leicht rosig, weshalb ich vermute, dass bei ihm ebenfalls nachgeholfen wurde. Seine Augen, die ich durch die Schlitze seiner Maske erkennen kann, blicken mich direkt an. Weder lächelt er noch zeigt er eine andere Reaktion.

Meine Mutter greift nach der Hand meines Vaters, mit der anderen langt sie nach der meinen. Dabei fallen mir zwei Ringe an ihren Fingern auf, die sie noch nie zuvor getragen haben. Darauf befindet sich jeweils ein Symbol, das mir vage bekannt vorkommt: Ein Pentagramm, in dessen Mitte sich ein Auge befindet, das mich anzustarren scheint, wodurch mir ganz unwohl zumute wird.

Ich runzle die Stirn. Ich habe das schon irgendwo einmal gesehen. Nur wo? Und was hat es zu bedeuten?

Über meine Schulter hinweg blicken sie mich im Spiegel an. Sie lächeln. Aber es kann ihre Augen nicht erreichen. Weder von meinen Eltern noch von meinem Bruder. Dabei dachte ich, sie würden sich freuen, dass ich jetzt genauso bin, wie sie es immer wollten.

»Seid ihr denn nicht stolz auf mich?«, spreche ich meine Gedanken laut aus.

Statt einer Antwort legt mir meine Mutter eine Hand auf die Schulter und dreht mich zu sich herum. Mit der anderen Hand streicht sie mir eine Strähne hinter das spitze Ohr. Für ein paar Sekunden sieht sie mir tief in die Augen, dann zieht sie mich in eine Umarmung und presst mich so fest an ihre Brust, dass ich ihren schnellen, unregelmäßigen Herzschlag an der meinen spüre. Es kommt mir so vor, als wäre sie nervös.

»Wir waren nie nicht stolz auf dich. Wir lieben dich, Lucy. Wir lieben all unsere Kinder. Wir sind auf jeden einzelnen von euch stolz, denn wir alle haben Opfer gebracht, um das Richtige zu tun. Wir lieben euch so, wie ihr seid. Wir haben euch immer geliebt und wir werden euch immer lieben«, flüstert sie an meinem Ohr. »Bitte vergiss das nie.«

Ehe ich darauf reagieren kann, hat sie sich schon wieder von mir gelöst. Ihre Augen sind geschlossen, doch als sie sie wieder öffnet, glätten sich ihre Züge, sodass sie ganz emotionslos wirkt. Sie streicht sich ihre Haare zurück und greift nach der vergoldeten Maske, die ich erst jetzt entdecke und die mein Vater für sie gehalten hat, um sie sich jetzt aufzusetzen. »Lasst uns gehen.«

Wir alle setzen unsere Masken auf. Sowohl die echten als auch die emotionalen. Die Idee, aus dem Verlobungsball einen Maskenverlobungsball zu machen, hatte meine Mutter. Sie war der Meinung, dass es einmal etwas Neues wäre. Der Ball wird live übertragen. Jeder einzelne Natura wird dabei zusehen, wie wir ein Vorbündnis eingehen, das wir nur mit dem Tod des anderen auflösen können. Am liebsten hätten die Ältesten Aaron und mich gleich verheiratet, aber die Verlobung ist als Brauch der Natura fast genauso wichtig wie eine Hochzeit. Es wird unserem Volk und unseren Feinden zeigen, dass wir es ernst meinen. Deshalb hatten die Ältesten nichts dagegen. Sie kontrollieren nun auch alle Festlichkeiten und Empfänge. Früher hatten sie sich anscheinend herausgehalten, hielten sich lieber im Verborgenen, von wo aus sie meinen Eltern befahlen, was sie zu tun hatten, doch jetzt drängen sie sich immer mehr in den Vordergrund.

»Wollen wir gehen?« Mein Vater hält meiner Mutter den Ellbogen hin.

Sie lächelt ihn an. Ihre Augen funkeln. Für einen kurzen Moment scheint sie alle Sorgen vergessen zu haben. In diesem kurzen Moment wirken die beiden jung und lebendig. Wie ein verliebtes Pärchen, statt das Königspaar der Elfen. Doch dann versteckt sich meine Mutter wieder hinter der Maske und ihre Emotionen sind fort. Vielleicht hat sie deshalb die Idee mit dem Maskenball gehabt – weil sie sich nicht zeigen will.

Der Grund ist mir egal, ich finde es super. Es vertreibt die Langeweile, die oftmals hier im Palast herrscht. Nur die Maske an sich stört mich ein wenig, weil sie mein Sehfeld einschränkt. Dennoch zeigt sie ihre Wirkung, als ich einen letzten Blick in den Spiegel werfe. Ich sehe geheimnisvoll aus. Wunderschön. Mysteriös. Und dennoch wie eine starke Prinzessin.

Trotzdem nagt etwas an mir. Mit einem merkwürdigen Gefühl im Magen drehe ich mich um und folge meinen Eltern nach draußen, wo unsere Leibwächter auf uns warten. Sie sind ganz in schwarz gekleidet und wirken aufgrund ihrer pechschwarzen Anzüge und ihrer versteinerten Mienen nicht wie unsere Beschützer, sondern eher wie Todesengel.

KAPITEL 9

Unsere Absätze klackern auf dem Steinboden, als wir flankiert von unserer Leibwache in Richtung des Ballsaals marschieren. Er befindet sich in dem gegenüberliegenden Flügel des Konferenzsaals. In diesem Teil des Palastes war ich noch nicht so oft.

Heute wurde im ganzen Palast fast komplett auf Elektrizität verzichtet, um den Abend noch besonderer und geheimnisvoller wirken zu lassen. Stattdessen wurden die Kerzen in den unzähligen Kronleuchtern angezündet. So tanzen an den Wänden die Schatten der Kerzenflammen, als wir an ihnen vorbeihuschen.

Auch draußen im Garten waren die Laternen ausgeschaltet. Anstelle dieser wurden lange Fackeln an den Wegen aufgestellt, die den geladenen Gästen den Weg weisen. Ihre Flammen flackern im Wind unruhig hin und her. Es wurde nicht erlaubt, mit der Limousine das Gelände zu befahren. Stattdessen fahren unzählige Kutschen die Wege entlang und warten vor den Toren. Maskierte Elfen und Schattenelfen als auch Elben in den teuersten und aufwändigsten Ballkleidern steigen aus den Kutschen. Sie werden beim Eintreten nochmals auf Waffen kontrolliert, um die Anschlagsgefahr zu verringern. Kobolde und Schattenkobolde wurden nicht eingeladen.

Ich stelle mir vor, dass Dylan jetzt bei uns ist. Dass er in einen dunklen Anzug gekleidet neben Danny und mir hergeht. Dass wir alle vereint sind. Als Familie. Als die Königsfamilie der Elfen.

Und als genau die werden wir angekündigt, als wir vor zwei hohen, noch geschlossenen Türen stehen bleiben, hinter denen lautes Stimmgemurmel ertönt, das nach und nach verstummt – vermutlich, als eine Sprecherin uns mit »Die königlichen Hoheiten Áquila« ankündigt.

Ich recke das Kinn und straffe den Rücken. Meine Eltern halten sich an den Händen, Danny hebt den Kopf. Meine Fingerspitzen wandern kurz über den mit Diamanten besetzten Verlobungsring an meinem linken Ringfinger. Vor ein paar Wochen befand sich dort noch der Blumenring, den Daan für mich und für sich gemacht hat, als wir den Seelenbund geschlossen haben.

Ich muss schlucken. Wenn herauskommt, was wir getan haben … ich mag mir die Konsequenzen meines Handelns gar nicht ausmalen. Daan meinte, es wäre nicht mehr rückgängig zu machen. Was hat das jetzt für meine Verlobung und Heirat mit Aaron zu bedeuten?

Unsere Wachen öffnen die schweren Türen und wir betreten gemeinsam den Ballsaal. Er sieht ganz anders aus als der der Kobolde, deren Tanzsaal viel größer als unserer ist. Auch schritten Daan und seine Familie eine lange Treppe herunter, während wir einfach nur durch eine Tür hereinkommen. Dafür gibt es an der rechten Seite und gegenüber von uns Emporen mit vergoldeten Geländern, die für die wichtigsten Gäste und den Ältestenrat reserviert sind, welcher auf der einzigen Empore auf der Breitseite umgeben von seiner Leibwache thront. Die vier ältesten Elfen – wo Nummer fünf ist, weiß ich nicht – stecken in hellen Anzügen. Ihre Augen schweifen wachsam über die Ballgesellschaft. Ihnen scheint nichts zu entgehen.

Über uns hängen an der Decke verteilt mehrere schwere Kronleuchter. An den Ecken stehen Podeste mit silbernen Blumensträußen – passend zur Verlobung –, an den Wänden hängen Fackeln, deren Flammen wie in den Gängen tanzende Schatten an die Wände werfen. Davor steht eine lange Tafel mit den verschiedensten Köstlichkeiten. Bedienstete verteilen Champagner. Unsere Wachen stehen an den Türen. Sie tragen ebenfalls Masken, lassen sich jedoch vom Geschehen nicht ablenken. Ihre Blicke huschen wachsam durch den Raum. Neben ihnen befindet sich ein kleines Kamerateam, damit der Ball live im Fernsehen für alle Natura übertragen wird. Obwohl es »nur« eine Verlobung ist, wurden im Zentrum und den verschiedensten Sektoren sogar Leinwände auf den Straßen aufgestellt, damit auch diejenigen, die keinen Fernseher besitzen, zuschauen können.

Auf der gegenüberliegenden Seite gibt es hohe Fenster mit zurückgezogenen Vorhängen, sodass man in den beleuchteten Palastgarten blicken kann, wo nur noch wenige Kutschen einfahren. Die meisten Gäste sind bereits hier versammelt. Man merkt, dass sie sich viel Mühe gegeben haben, um herauszustechen. Alle tragen imposante Kleider und Masken in verschiedenen Farben. Wären hier Freunde von der Akademie unter ihnen, ich würde sie vermutlich nicht mehr wiedererkennen.

Bis auf ... Am Rande der Menge entdecke ich neben seinen Eltern Aaron. Zwar verdecken die Masken die Gesichtsmerkmale, aber ich erkenne die Königsfamilie der Schattenelfen an ihren Kronen und den spitzen Ohren. Aaron trägt einen silbernen Anzug und eine gleichfarbige Maske mit schwarzen verschnörkelten Verzierungen. Ein Ring funkelt an seinem spitzen Ohr, den er sich erst kürzlich gestochen haben muss, da er ihn, als wir uns das letzte Mal sahen, nicht trug. Ich muss an Reena denken und frage mich, ob er sich einfach so mit unserer Verlobung und der Heirat abgefunden hat. Es kommt mir so vor, als wüsste ich noch etwas, aber es fällt mir nicht mehr ein. Es ist wie eine verschwommene Erinnerung, die sich, sobald ich nach ihr greifen will, auflöst.

»Werte Elfen, Schattenelfen und Elben. Hiermit heiße ich Sie alle im Namen der Familie Áquila herzlich willkommen«, beginnt meine Mutter ohne Umschweife. Auf große Reden wird heute verzichtet, damit sich auf das Wesentliche konzentriert wird. Dass es kein gewöhnlicher Maskenball, sondern ein Verlobungsball ist, wissen alle.

Sie wirft mir einen Blick zu. »Unsere Tochter Lucyana Áquila, die Prinzessin der Elfen, hat sich mit dem Prinzen der Schattenelfen verlobt: Aaron Zorro.«

Meine Mutter stoppt, damit die Gäste Beifall klatschen können. Es wurde darauf geachtet, eher hochrangige Gäste einzuladen, um Unruhen zu vermeiden. Elfen, Schattenelfen und Elben, die die Regierung unterstützen.

Aufmerksam beobachte ich die Mienen der Anwesenden. Da sie alle Masken tragen, kann ich sie schlecht lesen. Viele lächeln, aber andere haben ihre Münder, die unter ihren Masken hervorlugen, zu schmalen Linien verzogen und wirken gar nicht begeistert.

Aarons Eltern lächeln, er selbst steht bewegungslos da. Ich ziehe die Schultern nach hinten und recke das Kinn, während ich gleichzeitig darauf achte, nicht zu emotionslos zu wirken. Ich zwinge mich zu einem Lächeln für die Gäste, immerhin soll ich mich ja freuen, dass ich die Ehre habe, die Elfen und die Schattenelfen zu einem Volk zu vereinen. Ich lächle für die Ältesten, die uns mit Argusaugen von ihrer Empore aus beobachten und nur auf einen Fehler warten. Und ich lächle für all die Natura, die den heutigen Abend live mitverfolgen.

Mein Blick schweift über die Menge, als mein Herz einen Schlag aussetzt. Inmitten der Anwesenden steht ein Junge mit aufrechter Haltung in einem dunkelblauen Anzug und einer gleichfarbenen schimmernden Maske, durch deren Schlitze mich dunkelblaue Augen anstarren. Honigblonde Haare wurden akkurat zurückgegelt, die Hände hat er locker in die Taschen seiner Anzughose geschoben.

Ich blinzle ein paar Mal und als ich wieder hinsehe, ist er weg. Als wäre er nie da gewesen. Meine Augen wandern erneut über die Gäste, aber die Person ist weg. Verwirrt will ich mir die Hand an die Stirn halten, als mir auffällt, dass ich meine Maske trage, weshalb ich den Arm wieder sinken lasse.

Bin ich schon so paranoid, dass ich mir meinen großen Bruder eingebildet habe? Oder ist er wirklich hier? Am liebsten wäre ich durch die Menge gelaufen, um jeder einzelnen Person die Maske herunter zu reißen, damit ich ihr Gesicht sehen kann. Damit ich sichergehen kann, dass es wirklich Dylan ist.

Als der Applaus allmählich verebbt ist, erhebt Aarons Vater das Wort. »Diese Verlobung wurde von den Ältesten abgesegnet. Aaron und Lucyana werden die Elfen und die Schattenelfen endlich vereinen.«

Erneut wird applaudiert. Der König der Schattenelfen wirft seinem Sohn einen Blick zu, welcher die Schultern strafft und den Kopf hebt. Seine dunkelbraunen Augen fixieren mich, als er langsam auf mich zutritt, während es plötzlich ganz mucksmäuschenstill im Saal ist. Alle Blicke liegen auf uns.

Plötzlich ist meine Brust wie zugeschnürt, weil ich vor meinem inneren Auge jemand anderes als Aaron auf mich zugehen sehe. Es erinnert mich einfach so sehr an den Neujahrsball. Nur dass mich Daan aufforderte. Anstatt Siana zu wählen, hat er sich gegen seinen Vater, den Ältestenrat der Kobolde und seine Pflicht gewandt und auf sein Herz gehört. Für mich. Doch das war dumm, da er von Geburt an Siana versprochen war, sowie ich Aaron versprochen bin. Damit hat er sein Volk und seine Familie verraten. Ich werde diesen Fehler nicht begehen.

Dennoch spüre ich auf einmal einen tiefen Stich im Herzen, das erste Mal, dass ich wenigstens einen Hauch von Gefühlsregung in mir wahrnehme. Merkwürdigerweise nur, wenn es um Daan geht. Dabei sollte ich den Koboldprinzen vergessen. Er hat mir schon genug angetan.

Ich atme tief durch. Es ist an der Zeit, meine Pflicht zu erfüllen. Erwartungsvoll wende ich mich an Aaron.

Seine dunkelbraunen Augen blitzen mich durch die Schlitze hindurch an, als er nach vorne tritt und sich vor mir verbeugt, wie es abgemacht war.

»Wollen wir tanzen?«

Ich sehe Daan lächeln, wie er mich zum Tanz auffordert. Doch es war nur ein Flashback an die Neujahrsnacht. Bereits dort hatte Aaron angedeutet, dass unsere Familien sich vereinen wollen und wir heiraten werden. Das alles kommt mir mittlerweile wie eine Ewigkeit vor, dabei sind es nur ein paar Monate.

Um dem Schattenelf meine Zustimmung zu geben, neige ich den Kopf, woraufhin er sich aufrichtet und mir die Hand hinhält. Auf Phönix ist es Tradition, dass die Kinder der Königsfamilien mit dem ersten Tanz den Ball eröffnen.

Ich verschränke meine Hand mit der seinen. Er legt die freie auf meine Hüfte, während ich meine auf seiner Schulter platziere. Sobald das Orchester einsetzt, macht er einen Schritt auf mich zu, woraufhin ich zurücktrete. Vor ein paar Monaten noch bin ich mehr gestolpert, als dass ich richtig getanzt hätte. Doch heute, nachdem ich die letzten Tage ein wenig Tanzunterricht von meiner Mutter bekam, schwebe ich mit Aaron geradezu anmutig über die Tanzfläche.

Ich wage einen Blick nach oben und stelle zu meiner Erleichterung fest, dass die Ältesten uns zufrieden lächelnd betrachten, ebenso wie unsere Eltern, die sich an der Tanzfläche aufgestellt haben. Sie warten, bis das erste Lied endet und das nächste angestimmt wird, dann steigen sie auch mit ein.

Ich entdecke Danny, der sich abseits der Gäste neben unseren Onkel ans Fenster gestellt hat. Beide haben sich uns zugewandt. Reagon nickt mir lächelnd zu, ich nicke zurück. Er ist zufrieden, weil ich genau das tue, was er von mir verlangt hat.

Mein Bruder wiederum lächelt nicht. Wenngleich er seine Maske aufhat, wirkt seine steife Körperhaltung nicht so, als fühle er sich wohl. Sollte er nicht glücklich sein, dass ich das tue, was sich für eine Elfenprinzessin gehört? Sein Pflichtgefühl war doch immer stärker als meines. Oder ist er eifersüchtig, weil ich diejenige bin, die die Elfen und Schattenelfen wieder zusammenführt?

Zwar liebe ich Aaron nicht, aber das bedeutet ja nicht, dass ich mich nicht in ihn verlieben könnte. Er ist nett, klug, witzig und hübsch, auch wenn mir der Charakter wichtiger ist als sein Aussehen. Er würde mich gut behandeln. Außerdem werden wir somit unsere Völker vereinen. Die Elfen werden endlich eins und unsere Kinder werden mächtiger als normale Royals, weil sie gleich zwei königliche Gene in sich tragen werden. Es wird alles so laufen, wie es die Ältesten immer wollten.

Das Lied wechselt und unsere Eltern gesellen sich auf die Tanzfläche, bis sich schließlich alle Gäste zu Paaren zusammenfinden, um zu tanzen. Ich beobachte meine Eltern. Mein Vater hat die Hand auf dem unteren Rücken meiner Mutter abgelegt. Ihre Hände sind miteinander verschränkt und sie lächeln und sehen einander in die Augen, sodass ich vermute, dass sie sich in Gedanken miteinander unterhalten. Dabei geraten sie kein einziges Mal an ein anderes Paar.

Bei genauerem Hinsehen bemerke ich jedoch, wie verkrampft ihre Haltung ist. Bei meinem Vater fällt es nicht so auf, weil der Anzug seinen muskulösen Körper verdeckt. Aber durch den dünnen Stoff des Kleides meiner Mutter erkenne ich, dass sie ihre Muskeln angespannt hat. Als ich näher an ihnen vorbeitanze, sehe ich Schweißperlen auf ihrer Stirn glänzen, da sie nicht von der Maske verdeckt wird. Warum sind sie nur so nervös?

Aaron wirbelt mich herum und gibt mich frei, sodass ich mich um mich selbst drehen kann. Ich lasse mein Kleid flattern, dabei verliere ich meinen Verlobten kurz aus den Augen, weil sich ein paar Gäste dazwischengeschoben haben. Ich mache ein paar tänzelnde Schritte zurück, um nach seiner Hand zu greifen, als ich schon an seine Brust gezogen werde. Allerdings trägt er jetzt keinen dunkelbraunen Anzug mehr, sondern einen pechschwarzen. Und er ist auch ein wenig größer und breiter. Mir stockt der Atem, als sich ein Prickeln von meinen Fingerspitzen, welche die seinen berühren, über meinen ganzen Körper ausbreitet.

Nein.

Mein Herz bleibt stehen.

Mit offenem Mund lasse ich meinen Blick über den braun gebrannten Hals und die zu einem süffisanten Lächeln verzogenen Lippen nach oben wandern. Hinter der geschwungenen schwarzen Maske funkeln mich unverkennbare eisblaue Augen an. Die dunklen Haare, die ins Schwarze übergehen, sehen so aus, als wäre er gerade erst aufgestanden und notdürftig mit den Fingern durch sie hindurchgefahren. Seine Ohren sind nicht mehr spitz, sondern rund.

Mein neuer Tanzpartner hebt unsere ineinander verschränkten Hände, haucht mir einen Kuss auf den Handrücken und verbeugt sich galant vor mir, ohne jedoch den Blick von mir zu wenden.

»Darf ich dich zum Tanz bitten?«

Seine tiefe, raue Stimme jagt eine Gänsehaut durch mich hindurch. Augenblicklich schlägt mein Herz schneller.

»Daan?! Was tust du hier?«

Ein Teil von mir, der bis vor wenigen Sekunden noch tief unter Mauern in mir vergraben lag, regt sich plötzlich. Ein Kribbeln breitet sich in meinem Magen aus und die Lucy tief in mir beginnt auf einmal, sich zu wehren. Sie kämpft gegen die Mauern an, will ausbrechen, um sich ihm in die Arme zu werfen, während Reagons Stimme in meinem Kopf protestiert. Ein Beben durchfährt meinen Körper und es fühlt sich so an, als wüte ein Tornado in meinem Innersten, woraufhin ich mich verspanne.

Daan neigt sich nach vorn, sodass sich unsere Gesichter fast berühren. Sein warmer Atem streift meine Haut. Seine eisblauen Augen durchbohren mich, als blicken sie direkt in meine Seele, weshalb ich die Luft anhalte.

»Mein Versprechen einhalten«, haucht er dicht an meinem Ohr. Dann lehnt er sich wieder zurück, nur um seine freie Hand auf meine Hüfte zu legen, und mich einen Schritt nach hinten zu dirigieren. Perplex lasse ich mich von ihm leiten.

Das ist nicht richtig! Das ist nicht richtig!, sagt mir mein Verstand, der von Reagon geleitet wird.

Es fühlt sich aber richtig an, protestiert mein Herz.

Meine jähen Gefühlsausbrüche verwirren mich, weshalb ich mich von ihm losreißen will, doch seine Finger graben sich unnachgiebig in meine Haut und er schüttelt kaum wahrnehmbar den Kopf.

»Tu das nicht. Bleib bei mir.«

»Du solltest nicht hier sein«, zische ich und verzichte darauf, wie er mit mir in Gedanken zu reden. Denn das macht unser Gespräch nur intimer. Und das ist nicht gut. Das ist ganz und gar nicht gut. Ich darf nicht die Kontrolle verlieren. Ich muss objektiv bleiben und darf mich nicht von ihm beeinflussen lassen.

Und wie kam er überhaupt durch die strengen Kontrollen herein? Auch wenn es ein Maskenball ist, wurden alle Gäste vorher gründlich durchgecheckt. Ein Kobold wäre sofort aufgefallen. Erst recht der Prinz der Kobolde. Hat er denn keine Angst, geschnappt zu werden? Immerhin steht er auf der Fahndungsliste an erster Stelle. Nicht nur die Ältesten, sondern auch sein Vater und meine Eltern wollen ihn haben.

Reagons innere Stimme rät mir, ihn sofort an die Ältesten auszuliefern, damit sie ihm seiner gerechten Strafe zuführen können. Mit ihm hätten wir das perfekte Druckmittel, um gegen die Kobolde vorgehen zu können.

Ein anderer Teil in mir würde ihm am liebsten um den Hals fallen und ihn küssen. Und das verwirrt mich.

»Machst du dir etwa Sorgen um mich?«, scherzt er und zwinkert mir zu. Ehe ich ihm entrüstet widersprechen kann, schüttelt er den Kopf. »Du hast im Übrigen unrecht. Ich sollte jetzt, in diesem Augenblick genau hier sein. Bei dir.«

Er wirbelt mich herum, nur, um mich enger an sich zu ziehen, und unsere ineinander verschränkten Hände auf seine Brust zu legen, dort, wo sich sein schlagendes Herz befindet, während er mir unablässig in die Augen blickt. »Ich wollte dir zu deiner Verlobungsfeier gratulieren, Sternchen.«

Wenngleich er betont locker klingt, höre ich den frustrierten Unterton aus seiner Stimme heraus. Er legt den Kopf schief, ohne mit dem Tanzen aufzuhören. Es ist mir ein Rätsel, wie er es schafft, mich anzuschauen und gleichzeitig darauf zu achten, dass wir nicht gegen andere Paare prallen.

Noch scheint niemand bemerkt zu haben, dass ich gar nicht mehr mit meinem Verlobten tanze – wo auch immer der ist. Ich sehe mich nach ihm um, kann ihn jedoch nirgends entdecken. Was er wohl davon hält? Weiß er Bescheid, dass ich mit Daan tanze? War es abgesprochen?

Mein Blick bleibt bei den Ältesten hängen, die sich einander zugewandt haben und in hitzige Gespräche vertieft sind. Solche Feierlichkeiten langweiligen sie nur. Sie sind nur hier, um Präsenz zu zeigen und zu kontrollieren, ob alles genauso läuft, wie sie es wollen.

»Muss ich mich jetzt wie in alten Zeiten um die Hand meiner Angebeteten duellieren?«, fragt Daan, als ich vor lauter Ablenkung beinahe über meine eigenen Füße gestolpert wäre.

Ehe ich es mich versehe, zieht er mich in eine Drehung, damit wir nicht gegen ein tanzendes Pärchen knallen. Dabei komme ich ihm wieder sehr nahe. Seine Nähe lässt mir erneut den Atem stocken.

»Du müsstest dich nicht für mich duellieren. Du hast mein Herz bereits«, entgegnet eine innere Stimme in mir. Die Stimme der alten Lucy. Erschrocken halte ich mir die Hand vor den Mund. Die ganze Zeit über war sie unterdrückt. Warum tritt sie ausgerechnet jetzt zum Vorschein?

Ein überraschtes Lächeln breitet sich auf seinem Mund aus. Er hat meine unausgesprochenen Gedanken gehört.

»Bilde dir nichts darauf ein!«, knurre ich und will mich ihm entreißen, doch er gibt mich nicht frei. Stattdessen zieht er mich näher an sich heran, sodass sich unsere Oberkörper berühren.

»Das könnte unser letzter Tanz sein«, flüstert er an meinen Lippen. Er müsste seinen Kopf nur noch ein wenig nach vorne neigen, dann könnte er mich küssen. Und ein Teil von mir will sogar, dass er das tut, während der Teil in mir, der von Reagon geleitet wird, sich von ihm losreißen möchte. Da ich nicht weiß, was ich tun und auf welchen der beiden Teile ich hören soll, bleibe ich einfach stocksteif stehen.

»Lass ihn uns gemeinsam tanzen«, fährt Daan fort und hebt die Hand, um mir eine Strähne zurückzustreichen. »Danach kannst du mich den Ältesten ausliefern.«

Überrascht sehe ich ihn an. »Du lässt dich freiwillig den Ältesten ausliefern?«

Er zuckt mit den Achseln. »Was kann noch passieren? Ich habe dich verloren. Ich habe meine Familie und mein Erbe verloren, indem ich die Kobolde für dich verraten habe. Früher oder später kriegen sie mich sowieso. Lieber treffe ich selber die Entscheidung, wann ich mich ihnen stelle, statt dass sie mich erwischen. Die Strafen werden geringer ausfallen, wenn ich freiwillig kooperiere.« Seine Hand, die sich mittlerweile in meinem Nacken befindet und sanft darüber streicht, sodass er mir mit seiner federleichten Berührung eine Gänsehaut einjagt, versteift sich.

»Außerdem liebe ich dich. Ich würde alles für dich tun, Sternchen. Ich würde alles dafür tun, dass du in Sicherheit bist. Wenn du mich ihnen auslieferst, zeigst du ihnen, wie sehr du hinter ihnen stehst. Die Ältesten sind zu stark. Sie werden gewinnen. Und ich will, dass du auf der Gewinnerseite stehst.«

Ich sehe ihn an, suche in seinen Augen nach Anzeichen einer Lüge. Doch ich kann nichts finden. Er wirkt ehrlich. Er hat sich für mich schon einmal gegen die Ältesten und seinen Vater gewandt. Es stimmt. Er würde alles für mich tun. Sogar sich selbst dabei opfern. Dennoch bin ich misstrauisch. Der Daan, den ich kannte, hat alles aufgegeben, um mich zu retten. Das wird er jetzt doch nicht einfach so hinwerfen. Oder? Oder hat er wirklich aufgegeben? Hat er erkannt, dass es nichts bringt, sich gegen die Ältesten aufzulehnen? Doch irgendwie kann ich ihm das nicht ganz abnehmen.

Seine Hand wandert über meinen unteren Rücken, während seine andere über meine Finger streicht. Dort, wo sich der Verlobungsring befindet, den er finster anstarrt.

»Schenke mir einen letzten gemeinsamen Tanz, ehe du mich ihnen auslieferst, Sternchen.«

Zuerst zögere ich, dann nicke ich. Immerhin kann ich ihm ja noch ein bisschen Zeit geben. Auf die paar Minuten kommt es jetzt auch nicht mehr an. Und entführen kann er mich ja schlecht, immerhin ist unser Palast heute sehr gut bewacht und es sind zu viele Gäste da, die uns sehen könnten. Daan sitzt hier fest. Er hat keine Chance, zu entkommen.

»In Ordnung. Ein letzter Tanz. Dann werde ich dich den Ältesten ausliefern.«

Ich kneife die Augen zusammen, beobachte seine Reaktion. Doch seine Miene ist unberührt. Daan nickt. Weder lächelt er noch verzieht er den Mund. Er hat es einfach so akzeptiert. Seine Hände streichen über meine Taille, während er mich wieder über die Tanzfläche führt.

Je länger wir miteinander tanzen, desto mehr Zweifel bekomme ich. Je länger wir tanzen, desto mehr breitet sich dieses Kribbeln von meinem Magen aus und geht auf meinen ganzen Körper über, während die alte Lucy die Mauern zu durchbrechen versucht, als zöge Daan sie magisch an. Der Teil von mir, der von Reagon weggesperrt wurde, wehrt sich immer heftiger. Liegt es an Daan? Weil er diese merkwürdige Anziehungskraft auf mich ausübt?

Oder liegt es an ...

Mir stockt der Atem, als ich verstehe, warum meine Gefühle in seiner Nähe so verrückt spielen.

Der Seelenbund!

Daan hat ausdrücklich erwähnt, dass unsere Gefühle dadurch nur noch stärker werden. Vielleicht durchbrechen sie deshalb diese Mauer und diese Leere, die seit Tagen in mir herrscht.

Ich bin vor lauter Schock wie erstarrt, da zieht er mich enger an sich heran und vergräbt seine Hand in meinen Haaren. Ich bin ihm so nahe, dass ich den Duft nach herbem Duschgel, Wald und einem Hauch von Meer wahrnehme. Es riecht so, als wäre ich zu Hause angekommen. Es fühlt sich an, als wäre ich genau da, wo ich sein sollte.

Kurz schließe ich die Augen, um mich dem hinzugeben. Lasse mich in seiner Umarmung und den Berührungen fallen, wie seine Hand über meine Schulter und meinen Arm fährt, während die andere weiterhin über die Hand mit dem Verlobungsring streicht. Der Widerstand von Reagons Stimme in meinem Kopf wird immer schwächer, während der Protest meines Herzens zunimmt.

Daan löst sich ein wenig von mir. Seine Hand wandert von meinem Rücken zu meiner Wange, über die er sanft streicht. Er schiebt meine Haare zurück und sieht mir tief in die Augen. Ich halte die Luft an, als er sich langsam vorbeugt, und nachdem ich nicht zurückweiche, seine Lippen mit meinen verschließt.

Meine erste Reaktion sollte sein, mich von ihm loszureißen. Immerhin hat mir Reagon, der in meinem Kopf tadelnd protestiert, eingetrichtert, dass mich Daan nur verarscht hat. Dass ich gerade den Feind küsse und damit mein Volk verrate. Aber mein Herz sagt mir, dass es okay ist.

Wärme geht von seinen Lippen aus, die mich einnimmt. Sie wandert durch mich hindurch, berührt mein Herz, das plötzlich wieder Dinge fühlt, von denen ich vergessen hatte, dass man sie überhaupt fühlen kann.

Ehe ich es mich versehe, habe ich meine Arme um ihn geschlungen und den Kuss stürmisch erwidert. Ich lasse die Mauern fallen. Lasse zu, dass die alte Lucy in mir das Ruder übernimmt. Unsere Lippen bewegen sich so synchron aneinander. Ein atemberaubendes Prickeln rauscht durch meinen ganzen Körper. Wir klammern uns aneinander wie Ertrinkende, die Angst haben, im Sturm auseinandergerissen zu werden. Der Kuss raubt mir den Atem. Er raubt mir jegliche Funktion, klar zu denken. Er ist voller Leidenschaft, aber auch Verzweiflung. So als wäre es das letzte Mal, dass wir uns so nahe sind wie jetzt.

Ich weiß nicht mehr, wann genau wir aufgehört haben zu tanzen und wie lange wir so aneinandergeschmiegt und in unseren Kuss vertieft beieinanderstehen, als ich plötzlich bemerke, dass die Musik nicht mehr spielt. Verwirrt hebe ich den Kopf und erschrecke.

Alle Augenpaare liegen auf uns. Neugierige Blicke durchbohren uns. Leises Getuschel ist zu vernehmen. Sie scheinen zu erkennen, dass das nicht Aaron ist. Nicht mein Verlobter.

Ehe ich reagieren kann, bewegt sich Daan. Mit einer schnellen Handbewegung nimmt er seine Maske herunter, sodass jeder seine für Kobolde typischen Gesichtsmerkmale sehen kann. Sodass jeder sehen kann, dass er der Prinz der Kobolde ist. Daan Dragón.

Der Saal füllt sich mit schockierten Ausrufen und unruhigem Getuschel. Vor Entsetzen schlage ich mir die Hand vor den Mund.

»Daan, was tust du da? Was soll das für eine Show?«, fahre ich ihn an, nachdem ich mich wieder gefangen habe, und hätte ihm am liebsten die Maske wieder aufgesetzt. »Willst du mir meinen Verlobungsball kaputt machen?«

Er schenkt mir ein spöttisches Lächeln und beugt sich nach vorn, sodass sein Gesicht dicht vor meinem schwebt. »Ich werde das tun, was ich dir versprochen habe.«

Er greift nach meiner Hand und wendet sich an die Menge. Hilfesuchend sehe ich zu meinen Eltern, die nur wenige Meter von mir stehen und uns anstarren. Aufgrund ihrer Masken kann ich nicht erkennen, ob sie mir beistehen oder sich verärgert von mir abwenden wollen. Allerdings machen sie auch keine Anstalten, die Wachen zu rufen oder uns auseinanderzureißen.

Die Ältesten wiederum haben sich von ihren Stühlen auf der Empore erhoben und sind ans Geländer getreten. Die Wachen, die an den Türen und Wänden stehen, haben ihre Hände an die Pistolen an ihren Gürteln gelegt, regen sich jedoch nicht. Sie warten ab. Auf die Befehle meiner Eltern oder der Ältesten.

»Aaron und Lucy können sich weder verloben noch heiraten«, erklärt Daan mit fester Stimme, sodass jeder im Saal ihn laut und deutlich hören kann.

Reagon, der sich zuvor nicht von der Stelle vor dem Fenster wegbewegt hat, tritt mit vor der Brust verschränkten Armen und erhobenen Brauen vor. »Ach ja?«

Automatisch packt eine kalte Klaue mein Herz, das es wieder gefrieren lässt. Daan sieht in die Runde. Seine Hand umklammert die meine und hebt sie hoch, sodass alle unsere verschränkten Hände sehen können.

Als ich entsetzt versuche, mich loszureißen, bemerke ich die Blumenringe an unseren Fingern. Anscheinend hat er während unseres Tanzes oder Kusses meinen Verlobungsring ausgetauscht. Doch woher hat er ihn? Ich habe ihn in meinem Zimmer in die Schublade meines Nachttisches gelegt.

Verwirrung macht sich in mir breit. Irgendetwas stimmt hier ganz und gar nicht. Irgendetwas läuft hier, von dem ich keine Ahnung habe. Nur eins weiß ich: Es läuft garantiert nicht nach Plan der Ältesten, deren Gesichter vor Wut verzerrt sind. Sie brodeln, doch sie scheinen abzuwarten, was Daan zu sagen hat, weil sie den Wachen noch nicht befohlen haben, ihn zu ergreifen.

Daan hebt das Kinn, entgegnet herausfordernd den verstörten Mienen der Gäste, die wie ich nicht verstehen können, was hier gerade geschieht. »Lucy kann sich nicht mehr verloben oder heiraten, weil wir einen Seelenbund geschlossen haben.«

Stille. Eine beängstigende Stille breitet sich im Saal aus. Niemand wagt, zu sprechen. Alle starren uns beziehungsweise unsere ineinander verschränkten Hände und die Blumenringe an unseren Ringfingern an.

»Das ist doch lächerlich«, schnaubt einer der Ältesten und tritt an das Geländer. Mit einem spöttischen Lächeln deutet er auf Daan. »Der Kobold will sich nur wichtigmachen. Er will euch manipulieren!«

Daan lässt sich von ihm nicht beirren. »Wir haben den Seelenbund geschlossen. Nur, dass Lucy damit einverstanden war. Ganz im Gegensatz zu der Verlobung mit Aaron, zu der ihr die beiden gezwungen habt!«

Überraschtes Gemurmel wird laut. Die Gäste wissen nicht, wem sie glauben sollen. Dem weisen Ältestenrat, den es nicht zu hinterfragen gilt oder dem abtrünnigen Koboldprinzenverräter?

Reagon ist der Erste, der sich wieder gefangen hat. Er bricht in schallendes Gelächter aus und wischt sich imaginäre Tränen aus den Augen.

Daan ignoriert ihn und holt tief Luft, als kosten ihm die nächsten Worte besonders viel Kraft. Seine Hand in meiner spannt sich ein wenig an, was mir sagt, dass er gar nicht so gelassen ist, wie er tut.

»Wenn ihr mir nicht glaubt, dann dem Prinzen der Elfen.«

Reagon schnaubt und sieht Danny an, der stocksteif dasteht. »Der Prinz der Elfen …«, beginnt mein Onkel, doch Daan unterbricht ihn scharf.

»Ich habe nicht von Danny gesprochen.«

Es ist eines der wenigen Male, dass sich der Koboldprinz so autoritär verhält. Das letzte Mal war an Neujahr, als ich ihn anflehte, den Rebellen zu helfen, auf die seine Soldaten geschossen hatten. Da hatte Daan – wenn auch sehr ungern – die Prinzenkarte ausgespielt.

Auch jetzt verhält er sich auf einmal wie eine Autoritätsperson, wie der Prinz, der er sein soll. Wie er seine Angst äußerlich versteckt, wirkt er wie ein … König.

Plötzlich sehe ich Daan mit anderen Augen. So aufrecht, wie er neben mir steht. Inmitten seiner Feinde, die ihn auf der Stelle töten oder festnehmen könnten, um ihn zu foltern.

»Sondern von dem wahren Thronfolger der Elfen«, erwidert er mit einem Lächeln auf den Lippen.

Sein Blick gleitet zur Seite, wo sich plötzlich ein Junge aus der Masse löst und nach vorn tritt, sodass jeder ihn sehen kann. Wie Daan zuvor hat er sich mit einer schnellen Handbewegung seiner Maske entledigt. Seine dunkelblauen Augen durchbohren mich für einige Sekunden, wandern dann zu meinen Eltern, denen vor lauter Schrecken die Münder offen stehen. Meine Mutter hat sich ans Herz gelangt, mein Vater verkrampft.

Da dreht sich der Junge bereits um, sodass jeder sein Gesicht sehen kann.

»Er hat von mir geredet«, ruft er mit lauter Stimme. »Ich bin Dylan Áquila, der Kronprinz der Elfen.«

KAPITEL 10

Erneut kehrt Stille ein. Eine viel erdrückendere Stille, als die, zu der Daan vor wenigen Minuten noch unsere Seelenpartnerschaft bekanntgegeben hat. Wenn das schon ein Schock für sie war, was ist dann diese Enthüllung für sie? Dylan Áqulila sollte eigentlich tot sein. Tot! Doch jetzt steht er quicklebendig vor ihnen. Auf meinem Verlobungsball. Dem jeder Natura zusieht. Jeder. Einzelne. Natura.

»Hast du eine Ahnung, was ihr gerade angerichtet habt?«, fahre ich Daan in Gedanken an.

Indem Daan aller Welt zeigt, dass Dylan lebt, beweist er, dass unsere Eltern sich gegen den Beschluss und über das Gesetz gestellt haben. Das wird das Volk erst recht aufrühren.

Er blickt mich ernst an und drückt meine Hand. *»Ja, wir sind uns der Konsequenzen bewusst.«*

»Aber warum ...?«, beginne ich, werde jedoch von dem aufgeregten Getuschel der Anwesenden abgelenkt.

»Das kann nicht wahr sein!«

»Ist er es wirklich?«

»Er sieht zumindest aus wie Dylan. Und er sieht Danny und Lucyana ähnlich.«

Dylan hebt die Hände. Starker Wind kommt auf, der durch den Saal rauscht und manchen Gästen die Masken von den Gesichtern fegt. Manche der Anwesenden schreien erschrocken auf oder ducken sich, die Hände schützend über ihre Köpfe gehoben. Die Köstlichkeiten auf der Tafel an der Wand fliegen durch die Luft, Sektgläser knallen gegen die Wände, wo sie mit einem lauten Klirren zerbrechen. Die Kronleuchter über uns schwanken gefährlich.

»Ist das Beweis genug?« Er lässt die Hände wieder sinken und nachdem sich die Anwesenden beruhigt haben, spricht er weiter: »Es stimmt, ich bin Dylan Áquila. Ich wurde all die Jahre vom Ältestenrat gefangen gehalten. Als Geisel, um meine Eltern unter Kontrolle zu halten.«

Er wendet sich unseren Eltern zu, die wie zu Statuen erstarrt dastehen. Ihre Münder sind leicht geöffnet, doch sie sagen nichts. Stattdessen haben sie die Hand des jeweils anderen ergriffen, als müssten sie einander festhalten. Dann neigt er vor ihnen kurz den Kopf. Bedauern schimmert in seinen Augen.

Doch als er sich wieder zum Publikum dreht, reckt er das Kinn, seine dunkelblauen Augen funkeln voller Zorn. Er deutet mit dem Zeigefinger hoch zu den Ältesten und die Wachen, die an den Wänden positioniert sind, heben ruckartig ihre Waffen – wäre da nicht mein Vater, der sie mit einem kaum sichtbaren Wink zurückhält, wer weiß, was passieren würde.

Die Ältesten sind sichtlich schockiert. Dieses Mal können sie ihre Gefühle nicht so gut verbergen wie sonst immer. Denn das haben sie nicht kommen sehen. Das hat niemand kommen sehen.

»Sie haben mich einer Gehirnwäsche unterzogen und somit festgehalten.« Schmerz schwingt in seiner Stimme mit, jedoch auch lodernde Wut. »Aber ich konnte mich befreien.«

Die Gäste sehen sich verstört an, wissen nicht, was sie glauben sollen. Die Ältesten starren Dylan nieder, niemand sagt ein Wort.

Da bemerke ich ein Ziehen in meinem Kopf und drehe ihn zur Seite. Reagons Blick fixiert mich, er dringt in meine Gedanken ein. Aus den Augenwinkeln nehme ich wahr, wie Danny mit gerunzelter Stirn zwischen uns hin- und herblickt.

»Lucyana, erfülle deine Pflicht als Prinzessin der Elfen«, ertönt die Stimme meines Onkels in meinem Kopf.

»Töte den Prinzen der Kobolde und dann Dylan. Sie sind Verräter. Und Verräter müssen sterben.«

Ich will ihm widersprechen, doch mein Körper wendet sich gegen mich. Wie in Trance drehe ich mich zu Daan, der die Brauen zusammenzieht, als er meine Gedanken hört. Seine Miene verhärtet sich.

»Das wirst du nicht tun. Du wirst mir nicht wehtun, Sternchen. Kämpfe dagegen an.«

Ein Teil von mir will das auch nicht. Er kämpft auch dagegen an, während Reagon immer lauter in mir flüstert, dass ich Daan und Dylan töten soll. Ich kann nicht mehr klar denken. Ein pochender Schmerz macht sich hinter meinen Schläfen bemerkbar, der meine Sinne vernebelt. Es soll aufhören!

Reagon schießt mir mit dem Fuß ein Messer zu, das über den marmornen Boden schlittert. Ich hebe es auf. Der Griff ist vergoldet mit einem eingravierten Symbol des Ältestenrates. Die Klinge glänzt im Schein der Kristallkronleuchter. Sie ist aus Eisen. Allein durch den Luftentzug kann ich Daan und Dylan nicht töten, weil sie Royals sind und ihre Kräfte ihre Körper wieder heilen. Doch das Eisen wird ihre Heilkräfte blockieren. Es wird sich wie Gift in ihren Körpern ausbreiten. Sie werden sterben.

»Nein!«, will ich schreien, stattdessen spricht Reagon durch mich hindurch an die Anwesenden gewandt: »Das hier ist eine Warnung an alle, die sich der Rebellion angeschlossen haben oder sich ihr anschließen wollen. Alle, die gegen die Regierung sind, all diejenigen, die gegen den Ältestenrat sind, werden ausnahmslos sterben. Das gilt auch für Royals.«

Mein großer Bruder wirbelt erschrocken zu mir herum. Ich will ihm in Gedanken sagen, dass diese Worte nicht von mir stammen, dass Reagon mich dazu zwingt. Doch mein Onkel blockiert auch noch meine Gedanken, sodass ich nicht mit Dylan kommunizieren kann.

Obwohl ich mich dagegen sträube, hebe ich den Arm und drehe die freie Handfläche, woraufhin ich Daan, der nach mir greifen will, und gleichzeitig auch Dylan die Luft aus ihren Körpern ziehe. Dylan geht keuchend in die Knie, Daans Mund öffnet sich weit, als ich ihm immer mehr Sauerstoff nehme. Er röchelt. Sein Gesicht färbt sich rot, seine Lippen werden blau. Schweißperlen rinnen über seine Stirn.

Ich sehe die Verzweiflung in seinen Augen, höre Dylan keine zwei Meter von mir stöhnen. Sie beide wollen nach Luft schnappen, doch ich hindere sie daran.

Weil Reagon es mir befiehlt.

Mein Onkel lächelt zufrieden. Alles scheint genau nach seinem Plan zu laufen.

»Es war schlau, dich nicht zu töten, sondern zu manipulieren«, erklingt seine Stimme in meinem Kopf. *»Durch dich haben die Natura Hoffnung geschöpft. Hoffnung, die sie jetzt wieder durch dich verlieren werden.«*

Erst da wird es mir klar. Es ist ein schlauer Schachzug von ihm. Daan sagte mir einmal, dass sich Phönix verändert, seit ich wieder zurück bin. Dass mein Volk und auch Natura von anderen Völkern zu mir aufsehen. Sich ein Beispiel an mir nehmen. Ich habe es geschafft, dass die Rebellen Respekt vor mir haben. Ich habe mir ihr Vertrauen erarbeitet. Durch Daan und mich, und weil wir unsere verbotene Liebe öffentlich gemacht und sie aufgefordert haben, für ihre Liebe und ihre Freundschaft, für ihre Familien zu kämpfen, haben sich viele Natura der Rebellion angeschlossen. Durch uns haben sie neue Hoffnung geschöpft.

Deshalb waren Daan und vor allem ich den Ältesten so ein Dorn im Auge. Mich zu töten würde mich nur zu einer Märtyrerin machen. Doch die Prinzessin der Elfen auf ihre Seite zu ziehen, sie dazu zu bringen, ihre große Liebe und ihren eigenen Bruder hinzurichten, um zu beweisen, dass sie jetzt hinter den Ältesten steht, würde die Leute verunsichern.

Ich will Reagon angreifen, will ihn zurückstoßen und laut herausbrüllen, was seine Absicht ist. Aber ich kann nichts dagegen tun, weil er mich steuert. So sehr ich mich auch dagegen wehre. So sehr ich versuche, gegen die Mauern anzukommen, die er errichtet hat. Es ist so, als wäre ich der Körper und Reagon mein Geist. Hat sich so Talorion gefühlt, als er mich umbringen sollte?

Meine Füße tragen mich wie von selbst zu Daan, der sich nicht bewegen kann und dem ich gleichzeitig wie Dylan die Luft entziehe, um sie unter meiner Kontrolle zu halten.

Die Anwesenden starren mich schockiert an, keiner traut sich, sich zu rühren. Die Ältesten wiederum lächeln siegessicher. Reagon zwingt mich weiter dazu, etwas zu tun, das ich nicht will.

Ich stelle mich hinter Daan. Mit der einen Hand greife ich in seine Haare und reiße seinen Kopf grob nach hinten, mit der anderen lege ich das Messer an seine Kehle. Der Griff ist ganz warm. Tränen brennen in meinen Augen, strömen über meine Wangen, während ich meinen Onkel anflehe, damit aufzuhören, als meine Hand das Messer tiefer in Daans Haut drückt, sodass bereits erste Blutstropfen aus seinem Hals treten. Daan stöhnt leise auf, er schwankt gegen mich, seine Augen flattern, als er langsam das Bewusstsein verliert. Ebenso wie Dylan, der keuchend am Boden kniet, die Hände auf den kalten Fliesen abgestützt.

Und das Schlimmste dabei: Durch den Seelenbund kann ich fühlen, was Daan fühlt. Ich kann seinen körperlichen, aber auch den psychischen Schmerz spüren. Ich spüre seine Todesangst, aber auch seine Wut auf Reagon und die Ältesten, als auch die leichte Hoffnung, dass wir es heil hier rausschaffen.

»Kämpf … Kämpf dagegen an, Lucy. Ich weiß, dass du es kannst!«, höre ich da Daans angestrengte Stimme in meinem Kopf. Auf einmal durchflutet mich Energie von dort, wo ich ihn berühre. Zu spät verstehe ich, dass er mir einen Teil seiner Kräfte schenkt.

Durch seine Worte und Kräfte bestärkt beiße ich die Zähne zusammen und kämpfe tatsächlich dagegen an. Für einen kurzen Moment schaffe ich es, das Messer ein wenig von dem Koboldprinzen zu lösen und die Sauerstoffentnahme kurz zu beenden, sodass die beiden verzweifelt nach Luft schnappen.

»Wenn du nicht gehorchen willst, bist du die erste, die stirbt!«, brüllt Reagon in meinen Gedanken, woraufhin mein Kopf plötzlich zu glühen beginnt.

Schreiend gehe ich neben Daan auf die Knie, halte mir die Hände an die Schläfen. Es fühlt sich so an, als würde mein Kopf in Flammen aufgehen.

Plötzlich hallt ein ohrenbetäubender Schuss durch den Saal. Gäste schreien auf, ergreifen die Flucht und laufen nach draußen auf die Gänge. Panik bricht aus.

Augenblicklich hört das Brennen in meinem Kopf auf. In mir bricht etwas auseinander. Die Mauern, die Reagon erschaffen hat, fallen in sich zusammen, lassen die alte Lucy frei. Das Messer entgleitet meinen Fingern, fällt mit einem lauten Scheppern auf den Boden.

Verwirrt wirble ich herum, zum Ursprung des Schusses. Reagon ist auf die Knie gegangen. Schockiert starrt er auf seine Hand, die voller Blut ist. Blut, das aus einer Wunde in der Nähe seines Herzens dringt.

Er schafft es noch, den Kopf zur Seite zu drehen, wo Danny steht. In seinen Händen hält er eine Pistole, die er auf unseren Onkel gerichtet hat. Seine Arme zittern dabei, aber er fixiert Reagon mit einer Wut in seiner Miene, die ich noch nie zuvor bei ihm gesehen habe.

»Danny!«, rufen meine Eltern entsetzt.

Doch er ignoriert sie, hebt die Hand, als sie auf ihn zulaufen wollen und schleudert Wachen, die ihn ergreifen wollen, mit einem Windstoß gegen die Wände. Sein grimmiger Blick ist weiterhin auf Reagon geheftet.

»Du hast meine Schwester gesteuert. Du wolltest sie dazu zwingen, Daan und Dylan zu töten, damit sie als die Schuldige dasteht. Du wolltest unsere Familie auseinanderbringen. Du wolltest an die Macht.«

Reagon öffnet voller Überraschung die Lippen. »Woher ...« Er muss sich unterbrechen, weil ihn ein Hustenanfall überwältigt. Er würgt, Blut tritt aus seinem Mund.

»Ich bin in Lucys Gedanken eingedrungen«, antwortet Danny. »Erinnerungen kann man vielleicht blockieren, aber man kann sie nie ganz löschen. Ich bin in einem unbemerkten Augenblick durch ihre Mauern gedrungen. Ich habe gesehen, was sie gesehen hat. Ich habe gefühlt, was sie durchleben musste, als du sie manipuliertest. Und ich habe gehört, was du gesagt hast.«

Mein Bruder wendet sich an die wenigen Anwesenden, die nicht geflüchtet sind, und deutet auf Onkel Reagon. »Unser Onkel wollte meine Schwester gerade dazu zwingen, Daan und unseren Bruder zu töten, weil sie sich gegen die Ältesten auflehnen. Und er wollte unsere Eltern stürzen, um selbst auf den Thron steigen zu können.«

»Reagon, ist das wahr?«, haucht mein Vater mit tonloser Stimme.

Mein Onkel erwidert seinen Blick finster. »*Ich* bin der rechtmäßige Thronerbe! *Ich* sollte König sein, nicht du!«, röchelt er, während er seine Hände auf seine Wunde legt, aus der immer mehr Blut tritt.

Es quillt zwischen seinen Fingern hervor, tropft auf den hellen glänzenden Marmorboden. Niemand hilft ihm. Niemand schreitet ein. Stattdessen macht sich ungläubiges Gemurmel unter den noch verbliebenen Anwesenden breit. Es sind nur noch eingeladene Generäle, Kommandeure und Berater, die entweder unserer Familie oder den Ältesten unterstehen.

Mein Vater stolpert einen Schritt zurück, die Hand vorm Mund, als hätte mein Onkel ihm mitten ins Gesicht geschlagen. Fassungslos schüttelt er den Kopf.

»Reagon, wir haben dir vertraut«, murmelt meine Mutter erschüttert. »Du warst unser engster Berater.«

Mein Onkel kneift die Augen zusammen. Schweißperlen stehen auf seiner Stirn, sein Gesicht ist kreidebleich angelaufen. Blut läuft aus seinem Mundwinkel, aus seiner Schusswunde. Unter Schock bin ich nicht mehr in der Lage, zu denken oder aufgrund des Blutes, das mich an die Rebellen erinnert, in Panik zu verfallen.

»Und ihr dachtet das reicht mir? Immer nur die zweite Wahl zu sein und zusehen zu müssen, wie ihr eure Kinder großzieht, während ich keine kriegen kann und ihr euch den Ältesten widersetzt?«, bringt er gurgelnd hervor. »Ich hätte euch gleich töten sollen. Euch und eure Kinder, als ich die Gelegenheit dazu hatte!« Erschöpft stützt er sich am Boden ab und wendet seine letzten Kräfte auf, um meinen Eltern in die Augen zu blicken. »Nein, ich hätte euch töten und eure Kinder als die meinen aufziehen sollen!«

»Das hast du doch ohnehin schon getan, nicht wahr?«, knurrt Danny. »Du hast Talorion als deinen Sohn aufgezogen und getötet. Den Sohn deiner Schwester. Deinen eigenen Neffen.« Er wendet sich von Reagon ab und spricht zu den Gästen. »Er hat ihn manipuliert, damit er Lucy angreift, weil sie sie loswerden wollen. Die Ältesten!«

Mein Zwillingsbruder deutet zur Empore, wo die Ältesten mit verkniffenen Gesichtern stehen. Nach wie vor schreiten sie noch nicht ein. Der kleinste der Ältesten hat sogar die Hand erhoben, um die Wachen zurückzuhalten. Ein schmales, unheilvolles Lächeln liegt auf seinen Lippen und ich bekomme das ungute Gefühl, dass gerade alles nach seinem Plan läuft.

»Lucy war ihnen ein Dorn im Auge, weil sie für die Gleichberechtigung unserer Völker kämpft. Weil sie uns alle zum Guten verändert. Sie haben ihren eigenen Cousin dazu gezwungen, sie zu töten, damit der Verdacht nicht auf sie fällt. Damit jeder denkt, dass Talorion den Thron wollte! Ihnen reicht es nicht mehr, im Hintergrund die Fäden zu ziehen, weil die Königsfamilien nicht mehr auf sie hören wollen. Deshalb wollen sie sie stürzen, um selbst an die Macht zu kommen!«

»Ich … hätte …«, presst Reagon mit letzter Kraft hervor. »Ich hätte den Elfen zu wahrer Stärke verholfen«, führt er seinen Satz mit Anstrengung zu Ende.

»Nein.« Meinem Vater stehen Tränen in den Augen. »Du hättest sie in die Verdammnis geführt.« Er macht eine kurze Pause, Schmerz steht in sein Gesicht geschrieben. »Bruder«, flüstert er mit leiser brüchiger Stimme.

Reagons Finger verkrampfen, als wolle er sich an den marmornen Fliesen festhalten. Er holt tief röchelnd Luft, ehe er endgültig auf dem Boden zusammenbricht. Sein Kopf knallt auf den harten Boden, seine Augen blicken wie die von Talorion damals ins Leere. Er ist tot.

Ich bin viel zu erschüttert, als irgendetwas zu fühlen oder zu reagieren. Aus den Augenwinkeln bemerke ich, wie Aaron aus der Menge hervortritt und Danny, der starr auf unseren toten Onkel blickt, einen Arm um die Schultern legt, und ihm mit der freien Hand die Pistole wegnimmt. Erst jetzt bemerke ich auch Daan, der wieder aufgestanden ist und sich neben mich gestellt hat, die Hände zum Kampf bereit erhoben.

»Wachen!«, brüllen plötzlich die Ältesten.

»Nein!«, donnert mein Vater im selben Moment.

»Wachen, bleibt zurück!«, ruft meine Mutter mit so autoritärer Stimme, dass die Wachen augenblicklich stehen bleiben. Unsicher sehen sie sich an.

Gemeinsam, Hand in Hand, treten meine Eltern nach vorn, stellen sich vor uns, als wollten sie uns von den Gästen, den Wachen und den Ältesten fernhalten.

»Es sind noch Kinder. Lasst sie in Frieden.«

»Kinder, die einen Aufstand angezettelt haben!«, erwidert der Älteste mit scharfer Stimme. »Sie machen gemeinsame Sache mit den Rebellen und wollen uns alle ins Verderben stürzen. Sie sind Teil der Prophezeiung, die sich nicht erfüllen darf.«

Beinahe huscht ein grimmiges Lächeln über die Lippen meiner Mutter, aber ich bin mir nicht ganz sicher, ob ich es mir nur eingebildet habe.

»Wir wenden uns direkt an euch Natura«, spricht sie, den Blick auf die Kamera an der Seite gerichtet, von wo aus das Fernsehteam filmt. »Egal, ob Elfen, Kobolde oder Elben. Unsere Söhne haben recht. Ja, Dylan wurde entführt von den Ältesten. Ja, sie haben uns mit ihm erpresst. Und es stimmt, wir haben uns über das Gesetz gestellt, indem wir den Beschluss nicht befolgten wie so viele Natura, die ihre Kinder oder Angehörige mit Behinderung heimlich verstecken mussten. Aber auch wir sind nur Eltern. Eltern, die ihre Kinder um jeden Preis beschützen wollten.«

Ihre Stimme zittert leicht und sie wirft erst Dylan, der sie wehmütig ansieht, als würde er sie am liebsten gleich umarmen, dann Danny und mir einen liebevollen Blick zu. Ihre Augen glänzen mit Tränen erfüllt und als diese ausbrechen, macht sie keine Anstalten, sie wegzuwischen, sondern wendet sich wieder den verbliebenen Anwesenden und der Kamera zu. Sie holt tief Luft, ehe sie mit gerecktem Kinn und sanfter, aber fester Stimme fortfährt.

»Die meisten von uns Königsfamilien wollen keinen Krieg, sondern Frieden zwischen den Völkern. Die meisten von uns sind gegen den Beschluss. Aber die Ältesten haben ihn durchgesetzt, weil sie auf alten Traditionen und Rivalitäten bestehen und damit Krieg und Dutzende von Opfer in Kauf nehmen. Wer nicht freiwillig zustimmte, wurde mit anderen Mitteln dazu gezwungen. Dabei hat jeder und jede Natura, jedes Lebewesen ein Recht auf seine Würde und sein Leben! Ungeachtet der körperlichen oder psychischen Verfassung. Ungeachtet der sexuellen Orientierung. Ungeachtet des Geschlechts. Ungeachtet der Volkszugehörigkeit. Und diese Rechte wollen wir durchsetzen! Allerdings haben die Ältesten uns jahrelang erpresst. Ebenso wie die anderen Königsfamilien. Die Ältesten wollen den Beschluss nicht mehr rückgängig machen. Genauso, wie sie den Krieg wollen! Sie haben Tausende von Seelen auf dem Gewissen, getrieben von der Gier nach Macht und der Angst, die alten Bräuche fallen zu lassen und Neues zu akzeptieren.«

Mir klappt der Mund auf. Vor Schreck bin ich wie festgefroren. Ebenso wie meine Brüder, Daan und die Anwesenden, die meine Eltern ungläubig anstarren. Ich kann nicht fassen, dass sie öffentlich den Ältestenrat des Verrats, des Betrugs und der Manipulation beschuldigen.

»Wir haben lange genug versucht, etwas zu tun, aber auf dieser Ebene waren uns die Hände gebunden, weshalb wir gezwungen waren, unserem Volk anderweitig zu helfen«, fügt mein Vater mit ernster Miene hinzu.

Ich runzle die Stirn. Was meint er mit anderweitig helfen?

»Doch allein schaffen wir das nicht. Allein sind wir machtlos. Deshalb rufen wir euch dazu auf: Egal ob Elf, Schattenelf, Kobold, Schattenkobold oder Elb. Egal welches Geschlecht, egal welche soziale Schicht. Jeder einzelne zählt. Wehrt euch! Schließt euch den Rebellen an! Lasst nicht zu, dass sie über das Leben eurer Kinder bestimmen! Kämpft für eure Freiheit! Kämpft für ein besseres, vereintes Phönix! Denn nur gemeinsam können wir das erreichen!«

Ich bin nicht in der Lage, etwas zu fühlen oder zu sagen. Dafür rast mein Herz und eine Gänsehaut jagt über meinen gesamten Körper. So habe ich meine Eltern noch nie zuvor erlebt. Es ist das erste Mal – und bei dem Kampf – dass ich sie wirklich als König und Königin wahrnehme. Das erste Mal, dass ich Respekt vor ihnen habe.

»Das reicht!«, poltert der kleinste Älteste jetzt plötzlich nicht mehr so gleichgültig wie vorhin. Sein Gesicht ist zu einer zornigen Fratze verzogen, die seine Falten nur noch tiefer wirken lässt.

Sein Blick trifft meinen Vater, der daraufhin zusammenzuckt und die Hände an seinen Hals führt. Mit offenem Mund japst er nach Luft. Mein Vater ist dabei, zu ersticken!

»Nein!«, will ich schreien, doch da ist meine Mutter bereits vorgetreten, ein zorniges Funkeln in den Augen.

Mit einer Handbewegung hat sie eine waagrechte Windhose hervorgerufen, die auf den Ältesten zuschießt. Er kann sich gerade noch ducken, sonst hätte sie ihn an die Wand katapultiert.

Mein Vater fällt schwer atmend auf die Knie, meine Mutter ist sofort bei ihm und hilft ihm auf, während ich nur dastehe und die Welt nicht mehr verstehe. Haben sich meine Eltern gerade gegen die Ältesten gewandt und diese offen angegriffen?

»Wachen! Ergreift die Áquilas! Sofort!«

In diesem Moment wird die Tür, durch die wir hergekommen sind, aufgestoßen und eine ganze Gruppe an bewaffneten Soldaten stürmt herein. Auch durch die offene Tür, durch die die Gäste geflüchtet sind, als Danny auf Reagon schoss, marschieren Soldaten ein. Die Wachen an den Wänden treten mit gezückten Waffen auf uns zu. Ein Großteil von ihnen sind Soldaten des Ältestenrates, wie ich an den Tattoos auf ihren Unterarmen erkennen kann. Die noch anwesenden Gäste weichen zurück und stürmen nach draußen, während die Soldaten uns einkreisen. Auch das Fernsehteam ist verschwunden, die Kamera haben sie jedoch stehen lassen, sodass ganz Phönix live mitbekommt, was hier gerade geschieht.

»Hände hoch! Auf den Boden!«, brüllen die Soldaten.

Dylan und Daan treten wie zwei Wächter neben mich, ebenso wie Aaron, der Danny mit starrem Blick zu uns zieht. Dabei müssen sie über Reagon hinwegsteigen, dessen Augen leer an die Decke starren. Das Blut an seinen Mundwinkeln ist getrocknet, seine Haut hat bereits einen marmorfarbenen Ton angenommen.

Das Königspaar der Schattenelfen steht mit erhobenen Händen an der Seite.

»Aaron«, fleht Synthia, die Königin der Schattenelfen, und streckt die Hand nach ihm aus, doch er schüttelt bedauernd den Kopf.

»Tut mir leid, Mutter. Aber sie haben Rinston und seinen Freund getötet. Sein Tod soll nicht umsonst gewesen sein. Ich werde nicht mehr tatenlos zusehen, ich will handeln.«

Kurz wirkt seine Mutter wie vor den Kopf gestoßen, dann verhärtet sich ihre Miene und sie nickt ihrem Sohn mit unverhohlenem Stolz in ihren Augen zu. Sein Vater, der König der Schattenelfen, schenkt seinem Sohn ein ermutigendes Lächeln. »Wir sind stolz auf dich«, flüstert er lautlos.

Dann bauen sich seine Eltern neben den meinen auf. »Verschwindet!«, brüllt mein Vater. »Wir halten sie auf!«

Er und meine Mutter wechseln stumme Blicke mit dem Königspaar der Schattenelfen. Entschlossenheit steht in ihre Mienen geschrieben, als sie die Hände heben, um einen gewaltigen Tornado zu verursachen, der sich wie ein schützender Kokon um uns aufbaut.

Zwar befinden wir uns im Auge des Sturms, dennoch zerrt der Wind an meinem Kleid, Danny, meinem und Aarons Vater reißt er die Kronen von den Köpfen, die nicht wie bei mir, meiner und Aarons Mutter aufwendig in die Haare eingeflochten wurden.

Ich bin wie versteinert, kann nicht glauben, was gerade geschieht, denn soweit ich mich erinnern kann, haben meine Eltern nie bewusst ihre Kräfte vor uns gezeigt. Ich habe sie noch nie kämpfen, sich noch nie gegen die Ältesten auflehnen sehen. Ich dachte immer, dass sie Marionetten der Ältesten sind, weil sie sich – auch wenn sie nicht hundertprozentig hinter dem Rat stehen – nicht trauen, zu widersprechen.

Was habe ich verpasst? Ihr jetziges Verhalten hätte ich nie im Leben erwartet. Erst recht nicht von meiner Mutter, die immer darauf bedacht war, passabel auszusehen und sich nie die Hände schmutzig zu machen. Jetzt, so wie sie vor mir steht, mit einer Entschlossenheit und Wut in ihren Augen, um gemeinsam mit meinem Vater diesen Sturm aufrechtzuerhalten, um uns – ihre Kinder – zu beschützen und zu verteidigen, sieht sie eher aus wie eine Kriegerin statt die brave Königin, die sie immer vorgab zu sein. Eine Königin, die zu allem Ja sagt und am allerbesten ihren Mund hält. Eine Königin, die nur da ist, um gesehen zu werden und Nachfolger zu zeugen, um die Blutlinie und die Macht aufrechtzuerhalten. Ich dachte immer, ich wäre ihnen gleichgültig gewesen. Lag ich falsch? Auf einmal sehe ich meine Eltern mit anderen Augen. Und diese Erkenntnis schnürt mir die Kehle zu.

Die Soldaten, die uns eingekreist haben, werden zurückgeschleudert. Stühle, Tische und Essen fliegen umher. Die Kronleuchter an den Decken schwanken gefährlich und werden schließlich vom Sog mitgerissen. Mit einem lauten Klirren zerschellen sie an den Wänden, einen leitet mein Vater mit einer knappen Handbewegung nach oben. Er zerbricht über den Köpfen der Ältesten, Kristallglas regnet auf sie herab.

»Ihr habt es so gewollt«, grollt der Kleinste mit tiefer Stimme und zusammengekniffenen Augen. Innerhalb weniger Sekunden haben sie ihre gräulichen Flügel entfaltet und sich in die Luft erhoben, von wo aus sie mithilfe des Luftelements Stühle und Vasen, die herumgeschleudert sind, auffangen und auf meine Eltern feuern.

Als hätten wir uns abgesprochen, heben Daan, Aaron, Dylan, Danny und ich, die in einer Reihe wie eine Mauer hinter unseren Eltern nebeneinanderstehen, die Hände und wehren die Wurfgeschosse gemeinsam ab, damit sie nicht den Wirbelsturm durchbrechen, der uns beschützend einschließt und den unsere Eltern aufrechterhalten.

Allerdings werden uns irgendwann die Kräfte ausgehen. Wir können nicht ewig durchhalten. Ebenso wie sie. Oder?

Ausgerechnet jetzt fangen die Ältesten an, Feuerbälle aus dem Nichts zu formen und zeigen ihre Macht. Die Feuerbälle, die die Elfenältesten ohne Rücksicht auf Wachen und auf unsere Eltern ballern, sind gewaltig. Hitze breitet sich im Ballsaal aus, als sie sich am Wirbelsturm auflösen und die Wärme sich im Raum verteilt.

Ich will meine Arme herumschwenken, weil die Wachen von den Feuerbällen getroffen wurden und flammend niedergehen, doch Dylan kommt mir zuvor. Eine kurze Handbewegung seinerseits, und das Feuer erlischt. Die Wachen brechen kraftlos in sich zusammen. Am liebsten hätte ich ihre Wunden geheilt, aber die erneuten Angriffe der Ältesten ziehen meine Aufmerksamkeit wieder auf sich.

Plötzlich brechen die marmornen Fliesen, als wären sie trockenes Holz, und armdicke Ranken sprießen empor. Sie schlingen sich um die Füße unserer Eltern, bahnen sich einen Weg über ihre Körper nach oben zu ihren Handgelenken. Meine Mutter und mein Vater sowie der König und die Königin der Schattenelfen versuchen, sich ruckartig von den Ranken zu befreien, die sie unaufhaltsam auf die Knie zwingen, aber sie sind zu schwach. Obwohl sich meine Eltern wehren, kommen sie nicht gegen die unzähligen Ranken an, die immer mehr zu werden scheinen.

Der Wirbelsturm schwillt langsam ab, die Ältesten lächeln siegessicher. Mein Blick fällt auf das Messer, mit dem Reagon mich dazu zwingen wollte, Daan und Dylan zu töten. Es liegt nur wenige Meter von mir auf dem Boden. Damit könnte ich die Wurzeln durchtrennen.

Ich will gerade darauf zuspringen, um meinen Eltern zu Hilfe zu kommen, als meine Mutter, die verzweifelt gegen die Wurzeln ankämpft, meinen Blick auffängt und den Kopf schüttelt.

»Du kannst uns jetzt nicht mehr helfen. Halte dich an Gregor, Freya und Delavar. Findet den Stein. Nur so könnt ihr die Ältesten besiegen und Phönix retten«, wendet sie sich an mich, dann wandert ihr Blick zu Dylan und Danny. *»Wir lieben euch. Bitte vergesst das nie.«*

»Nein!«

Ich will zu meinen Eltern stürmen, da packt Daan mich an der Schulter und wirbelt mich herum, während er ein mir nur allzu bekanntes Amulett hochhält. Ein gleißendes Licht geht von dem Schmuckstück aus und hüllt uns beide ein. Nicht nur uns beide, denn Dylan und Aaron, der Danny festhält, welcher sich verzweifelt aus seinem Griff zu entwinden versucht – sein Blick liegt dabei auf unseren Eltern – greifen nach Daans Armen.

Ein eigenartiger Druck wird auf uns ausgeübt. Wir werden alle aneinandergepresst, die Welt um mich herum dreht sich unaufhörlich. Ich bekomme kaum noch Luft. Schwindel befällt mich, sodass ich die Augen schließe und mein Gesicht an seiner Brust verberge. Das Rauschen der Windhose und der Lärm des Kampfes werden immer leiser, treten in den Hintergrund, bis er ganz verschwindet.

Nach wenigen Sekunden ist es wieder vorbei. Zuerst höre ich nur Stille. Und das regelmäßige Ticken einer Uhr, das mich fast in den Wahnsinn treibt.

Als ich die Augen langsam öffne, muss ich blinzeln. Der Ballsaal ist verschwunden. Anstelle dessen stehen wir vor weißen Wänden. Mehrere Ölgemälde hängen dort, die mir aufgrund der missbilligenden Gesichter darauf bekannt vorkommen. Ich war hier schon einmal. Am Anfang des Schuljahrs, als Gregor mich an die Akademie brachte. Wir befinden uns in einem Büro, das durch die hereinscheinende Sonne in ein warmes Licht getaucht wird. Es ist nicht irgendein Büro.

»Das wurde aber auch Zeit«, ertönt eine glockenhelle Stimme hinter uns. Ich wirble herum. Ebenso wie meine Brüder, Aaron und Daan, der meine Hand fest umklammert hält.

Ich reiße die Augen auf, als ich die Person hinter dem Schreibtisch, der vor uns steht, wiedererkenne.

»Mrs Mare?!«

KAPITEL 11

Vor uns sitzt die Direktorin der Akademie der vereinten Völker. Die wasserstoffblonden Haare hat sie wie immer zu einem strengen Pferdeschwanz nach hinten gekämmt, was ihr schmales Gesicht kantiger und sie ernster wirken lässt. Die Ellbogen hat sie auf ihren Schreibtisch gestemmt, die Hände ineinander verschränkt, während ihre großen blauen Augen auf uns gerichtet sind. Ein erleichtertes Lächeln liegt auf ihren blutroten Lippen.

»Was zum …«, entfährt es mir. »Was … wie …« Ich breche ab, als die Tür aufgeht und Gregor, gefolgt von Freya und Delavar hereinkommt.

»Lucy!«, ruft meine Tante besorgt und ehe ich es mich versehe, sind Daan und Dylan von mir weggetreten und ich finde mich in ihrer stürmischen Umarmung wieder. Dabei fliegen mir ihre rotblonden Haare ins Gesicht, die nach einem frischen, blumigen Haarshampoo duften. »Azulon sei Dank, du lebst!«

Sie drückt mich so fest an sich, dass ich schon fast keine Luft mehr bekomme. Nach einer gefühlten Ewigkeit löst sie sich wieder von mir. Ihre Hände legt sie auf meinen Schultern ab, während sie mich aufmerksam mustert und einen fragenden Blick mit Daan wechselt.

Als er nickt, atmet sie erleichtert aus. Sie blinzelt aufsteigende Tränen weg und lässt mich los, nur, damit Delavar mich in seine Arme schließen kann. Ich bin so überrumpelt, dass ich einfach nur dastehe und es zulasse.

»Wir haben im Fernsehen mitverfolgt, was geschehen ist. Du glaubst gar nicht, wie froh wir sind, dass es dir den Umständen entsprechend gut zu gehen scheint.« Er tätschelt meinen Rücken und drückt mir einen kurzen Kuss auf die Haare. So wie er es früher immer getan hat, wenn wir uns nach einem Streit wieder vertragen haben.

Er verhält sich wie ein Vater, der seine Tochter nach längerer Zeit wieder in seine Arme geschlossen hat. Er verhält sich so, wie es mein Vater nie getan hat. Mein Vater, der sich gerade für meine Brüder und mich gegen den Ältestenrat gestellt hat.

Mein Herz zieht sich schmerzhaft zusammen. Tränen steigen mir in die Augen und ich zittere am ganzen Körper. Eine Leere breitet sich in meinem Inneren aus. Mein Körper scheint die Situation bereits begriffen zu haben, mein Gehirn kann noch gar nicht fassen, was gerade eben geschehen ist. Ich merke, wie meine Sicht schwindet, doch einen Nervenzusammenbruch kann ich mir nicht erlauben. Nicht jetzt. Also atme ich tief durch und zähle meine Atemzüge, bis ich mich einigermaßen beruhigt habe.

Freya lächelt mir liebevoll zu. Ihr Blick wandert von Danny zu Dylan.

»Danke, dass ihr geholfen habt«, sagt sie.

»Das war selbstverständlich. Sie ist unsere Schwester«, sagt Dylan sofort, ein entschlossener Ausdruck liegt auf seinem Gesicht.

Erst jetzt in der Ruhe des Büros komme ich zu der Frage, die ich seit dem ersten Augenblick, als ich ihn gesehen habe, stellen wollte: »Was hat das zu bedeuten? Und warum bist du ... *hier?*«

Ich kann immer noch nicht glauben, dass er jetzt tatsächlich vor mir steht. Dass jetzt alle wissen, dass er noch am Leben ist. Dass meine Eltern sich über den Beschluss gestellt haben. Es weiß ganz Phönix! Wobei es mir so vorkommt, als hätten Freya und die anderen schon vorher davon gewusst. Doch woher ...?

Gregor öffnet bereits den Mund zu einer Antwort, als schrille Schreie ertönen. Er stolpert zur Seite, da zwei Mädchen an ihm vorbeistürmen und ihn dabei fast umrennen.

»Aaron!«

»Daan!«

Es sind Reena und Siana, die sich jeweils Aaron und Daan in die Arme werfen. Aaron, der sich von seinem ersten Schreck erholt hat, schmiegt sich mit geschlossenen Augen an Reena, die leise schluchzt.

»Ich hatte solche Angst um dich!«

Daraufhin drückt er sie nur noch fester an sich. Seine Lippen formen ein lautloses »Ich liebe dich«, was sie erwidert, indem sie ihre Hände auf seine Wangen legt und sein Gesicht zu sich heranzieht, um ihn zu küssen.

Sianas Körper bebt ebenfalls, während Daan beruhigend ihren Rücken streichelt und mehrmals zwinkert, um das verdächtige Glänzen aus seinen Augen zu bekommen.

Weil es mir ein wenig unangenehm ist und ich mir wie ein Eindringling vorkomme, ihnen dabei zuzusehen, wie sie sich in den Armen liegen, wende ich mich an Alainna, die neben mir steht und Siana mit einer Liebe in den Augen betrachtet, die ich erst jetzt an ihr bemerke. Noch nie zuvor habe ich sie so voller Gefühle gesehen. Noch nie zuvor wirkte sie so glücklich und ehrlich und nicht so verstellt wie zuvor.

»Heute mal kein Fischschwanz?«, scherze ich, wenngleich mir gar nicht zum Scherzen zumute ist. Aber ich brauche ganz dringend Ablenkung. Ich will nicht an das denken, was gerade eben vor wenigen Minuten geschehen ist. Denn das kann alles unmöglich passiert sein. Ich will es nicht wahrhaben.

»Nein, heute mal kein Fischschwanz.« Alainna lächelt und da breitet sie auch schon die Arme aus.

Ich erwidere ihr Lächeln und komme in ihre Arme. Die Umarmung dauert nicht lange, aber sie tut gut. Dennoch kann ich nicht aus meinem Herzen vertreiben, was gerade passiert war. Meine Gedanken sind bei meinen Eltern … bei Aislinn. Schlagartig wird mir bewusst, dass sie tot ist. Dass sie wirklich tot ist. Ich werde sie nie wieder umarmen können. Nie wieder.

Der Kloß in meinem Hals wird immer größer und das Brennen in meinen Augen immer stärker, doch ich konzentriere mich krampfhaft auf das Hier und Jetzt und versuche meine Gefühle zurückzudrängen, die alle auf einmal auf mich hereinbrechen wollen. Alle Gefühle, die Reagon blockierte, wollen – weil die Mauer nicht mehr da ist – mit einem Mal herausbrechen.

Ich balle die Hände zu Fäusten und konzentriere mich auf meine Atmung. Innerlich zähle ich bis zehn, so wie es mir meine Psychologin beigebracht hat, wie ich mit einer Panikattacke umgehen soll, die mich zu übermannen droht. Ich blinzle ein paar Mal, als Alainna eine Hand auf meine Schulter legt und mich aufmerksam betrachtet.

»Ich dachte damals, du könntest mich nicht leiden. Und jetzt hast du mir schon ein paar Mal geholfen und zweimal das Leben gerettet«, flüstere ich leise.

»Das stimmt nicht. Ich konnte dich noch nie nicht leiden. Ich war lediglich eifersüchtig auf dich, weil dich jeder kannte. Jeder wusste, wer du bist, und die meisten haben dir den gebührenden Respekt entgegengebracht, während ich mich bedeckt halten musste. Ich wollte das Leben einer Prinzessin führen, das dir einfach so vor die Füße gelegt wurde. Ich habe zwar nicht wirklich welche, aber du weißt, was ich meine.«

»Prinzessin?«, entfährt es mir, weil ich glaube, mich verhört zu haben.

Sie lächelt plötzlich schüchtern geworden. »Dass ich eine Meerjungfrau bin, hast du ja schon festgestellt. Aber nicht nur irgendeine.« Sie reckt stolz das Kinn. »Ich bin die Prinzessin des Meeresvolkes.«

Diese Information muss ich erstmal sacken lassen. Sie macht eine ausschweifende Handbewegung zu ihrer Mutter und zum Fenster. Dahinter liegt das Schulgelände.

Mir stockt der Atem. Was ist aus der ruhigen Akademie geworden? Bei dem schönen Wetter müssten die Schüler eigentlich faul auf der Wiese liegen und die warme Sonne genießen. Stattdessen fliegen Elfen bewaffnet mit Pfeil und Bogen in verschiedenen Formationen umher. Kobolde liefern sich Schwertkämpfe. Sogar Elben kämpfen mit langen Stöcken gegeneinander.

Mir klappt die Kinnlade herunter und ich muss mich an Alainnas Schulter festhalten, weil mir alles zu viel wird. Gerade eben noch stand ich in meinem Palast und wurde von den Ältesten angegriffen. Jetzt bin ich mithilfe des Amuletts durch ein Portal hierher gelangt. An die Akademie, die auf einmal nicht mehr die Schule ist, als die ich sie kannte. Was ist in meiner Abwesenheit nur geschehen?

Und wenn Alainna die Prinzessin des Meeresvolkes ist, dann ist ihre Mutter ...

Mrs Mare nickt, als hätte sie meine Gedanken gehört. »Ja, ich bin die Königin des Meeresvolks.«

Siana löst sich von Daan und kommt auf uns zu. Sie legt Alainna einen

Arm um die Schulter und küsst sie auf die Wange, woraufhin sich ein unverkennbares Strahlen auf Alainnas Gesicht ausbreitet.

Danach wendet sie sich mir zu. Ihr Blick ist voller Mitgefühl. »Hey, Lucy.«

»Hey.«

Auch wenn wir bisher nicht so viel miteinander zu tun hatten, war sie immer nett zu mir gewesen und ich hatte mich immer bemüht, ebenfalls freundlich zu ihr zu sein und meine Eifersucht auf sie zu unterdrücken.

»Es freut mich, dass es dir gut geht«, sagt Siana ehrlich.

»Danke«, erwidere ich.

Dieses Mal bin ich diejenige, die die Arme ausbreitet, um sie ebenfalls in eine Umarmung zu schließen, die sie bereitwillig annimmt. Dabei weht mir der blumige Duft ihres Parfüms in die Nase. Er erinnert mich schmerzlich an meine Mutter, welche ein ähnliches trägt.

Kurz frage ich mich, wie es ihr wohl gerade geht und was die Ältesten mit ihr anstellen. Vor meinem inneren Auge sehe ich sie und meinen Vater vor uns stehen, wie die Wurzeln aus dem Boden herausschießen und sich um ihre Körper winden. Wie sie sich zu mir umgedreht hat. Die Angst in ihrem Blick, aber auch die Entschlossenheit, als sie uns befahlen, zu flüchten. Was wird sie diese Entscheidung gekostet haben? Was, wenn die Ältesten sie jetzt töten?

Wenn sie das nicht schon längst getan haben, flüstert eine dumpfe Stimme in meinem Kopf. Und wieder kämpfe ich gegen die aufsteigende Panik an, konzentriere mich auf Siana, die wieder von mir wegtritt.

Ich zwinge mich zu einem Lächeln und sehe zwischen ihr und Alainna hin und her. Solange wir nicht über meine Eltern und das Geschehene reden, ist es nicht wirklich passiert. Umso länger ich es vor mir herschiebe, desto länger dauert es, bis ich mich damit auseinandersetzen muss. Zumindest rede ich mir das ein.

»Ich freue mich sehr für euch beide und hoffe, dass ihr eine lange und glückliche Beziehung vor euch habt«, sage ich, wenngleich mir überhaupt nicht danach ist, über ihre Beziehung zu reden. Ich sollte mich lieber an Gregor wenden und fragen, was hier los ist.

»Danke«, lächelt Siana und strahlt Alainna an, die mich mit perfekt gezupften, zusammengezogenen Brauen mustert. Auf einen Schlag wird mir eiskalt. Hört sie gerade meine Gedanken? Als wolle sie etwas sagen, öffnet sie ihren Mund, doch in diesem Moment räuspert sich Gregor laut.

»Da wir uns jetzt alle darüber gefreut haben, dass sie einigermaßen unversehrt sind, sollten wir den Fokus nun auf die wichtigen Dinge legen. Auf das, was gerade geschehen ist und wie es jetzt weitergehen wird.«

Sofort werden alle wieder ernst. Sein Blick wandert zu meinen Brüdern und mir. »Doch zuvor geben wir euch ein paar Minuten. Wir warten in meinem Büro auf euch. Daan und Aaron können mir derweil berichten, was genau vorgefallen ist. Zwar haben wir alles auf dem Fernseher mitverfolgt, aber wir wollen nochmal eure Sichtweisen hören. Dann ist jeder auf dem neuesten Stand und wir können planen, wie es jetzt weitergehen wird.«

Daan sieht mich an. Ein schmerzhafter Stich bohrt sich bei der Erinnerung, wie ich ihm die Luft entzog und wie ich ihm mit dem Messer beinahe den Hals aufschlitzte, in mein Herz. Und es wird noch schlimmer, als ich den Ritz, der nicht verheilt ist, an seinem Hals entdecke.

Vorsichtig trete ich auf ihn zu. Daan sieht mich fragend an, doch meine Augen sind auf den kleinen, aber tiefen Schnitt gerichtet, den ich verursacht habe. Meine Finger berühren seinen Hals, woraufhin er kaum merklich zusammenzuckt. Die Haut um die Wunde ist gerötet. Sie hat sich entzündet. Meinetwegen. Weil ich ihn mit dem in Eisen getränkten Messer beinahe umgebracht hätte. Mein Herz sackt mir in die Hose.

»Daan, das muss geheilt werden. Die Klinge war aus Eisen. Es wird dich töten!«

»Ist nicht der Rede wert«, murmelt Daan und streicht mir mit dem Handrücken über die Wange. »Hauptsache, dir geht es gut.«

»Nein! Es *ist* der Rede wert!«, widerspreche ich ihm und schlage seine Hand beiseite. Wie kann er nur so ruhig bleiben, nach allem, was gerade geschehen ist? »Ich hätte dich fast getötet, verdammt nochmal!«

Wütend blitze ich ihn an, aber dann hole ich tief Luft und konzentriere mich auf meine Atemzüge. Ich lege meine Hände auf seine Wunde. Er will protestieren, doch ich komme ihm zuvor. »Ich habe das angerichtet. Ich werde das jetzt heilen und ich akzeptiere kein Nein!«

Daan klappt den Mund wieder zu und nickt. Ein merkwürdiges Funkeln liegt in seinen Augen.

»Du kannst ganz schön sexy sein, wenn du so stur bist, weißt du das?«

Er weiß genau, was in mir vorgeht. Er will mich mit diesem dummen Spruch nur ablenken, was dieses Mal nicht so gut funktioniert, denn damit kann er mir nicht meine Schuldgefühle nehmen.

Ich schließe die Augen, lege meine volle Aufmerksamkeit auf die Schnittwunde. Wärme breitet sich in meinem Körper aus und vertreibt die Kälte, die mich befallen hat. Diese Wärme rauscht durch meine Adern, durch meine Fingerspitzen hindurch und geht über auf Daan.

Ich habe ihn schon einmal geheilt. Auch jetzt sehe ich wieder seinen Körperbau vor mir. Sehe seine Knochen, jede einzelne Zelle. Doch ich konzentriere mich auf sein Blut, weil das Eisengift in seine Blutbahn eingetreten ist und sich mit den Blutplättchen vermehrt hat. Ich suche alle Eisenplättchen, die sich wie Viren in seinem Körper verteilt haben. Zwar haben sie es noch nicht weit geschafft, dennoch fühle ich mich schrecklich schuldig. Ich zerstöre sie schließlich mithilfe meiner Kräfte. Die Wärme, die auf Daan übergegangen ist, zerrt an meinen Kräften. Kälte breitet sich in mir aus. Eine beißende Kälte, die ich in diesem Augenblick sogar willkommen heiße.

Ich taumle gegen ihn. Daan hält mich an den Ellbogen fest, damit ich nicht zusammenbreche. Er schlingt die Arme um mich und drückt mich an sich. Für ein paar Sekunden erlaube ich mir, mich in seiner Umarmung fallen zu lassen. Seine Finger streichen durch meine Haare. Doch dann löst er sich von mir und streicht mir eine Haarsträhne zurück, ehe er mir einen kurzen Kuss auf die Stirn haucht.

»Wir reden später, in Ordnung? Jetzt sind erstmal deine Brüder wichtig«, raunt er in meinem Kopf.

Ich flüstere ein lautloses »Danke«, das er mit einem knappen Lächeln registriert. Er drückt noch kurz meine Hand.

»Ich liebe dich, Lucy.«

Ehe ich es erwidern kann, hat er sich bereits umgedreht und folgt seinem Onkel und den anderen nach draußen in den Gang. Mrs Mare erhebt sich von ihrem Ledersessel und streift imaginäre Falten auf ihrem blutroten Etuikleid glatt. »Ich verlasse mich darauf, dass ihr keinen Blödsinn anstellt und wenn ich wieder hierher zurückkehre, mein Büro so vorfinde, wie ich es zurückgelassen habe«, sagt sie im Hinausgehen, lächelt uns jedoch mitfühlend an, die manikürte Hand auf der Türklinke. »Nehmt euch ein wenig Zeit füreinander. Für eure Eltern könnt ihr in diesem Augenblick noch nichts tun. Aber wir haben die Aufnahmen gesehen. Sie wurden gefangen genommen. Sie leben.«

Unsere Eltern wurden nicht getötet. Noch nicht. Sie wurden nur gefangen genommen. Sie leben. Noch. Und warum sollten die Ältesten sie sofort töten? Dadurch würden sie unser Volk nur noch mehr gegen sich aufhetzen. Nicht nur unser Volk, alle Völker, weil es mittlerweile uns alle betrifft. Am wichtigsten ist jedoch erst einmal, dass sie am Leben sind. Diese Tatsache lässt mich ausatmen. Vor lauter Erleichterung wäre ich beinahe auf dem Boden zusammengebrochen.

Mrs Mare schließt die Tür leise hinter sich und lässt mich mit meinen Brüdern allein. Mit meinen *beiden* Brüdern! Mir bleibt die Luft weg, als ich Dylan ansehe. Ich kann es nicht fassen, dass er tatsächlich vor mir steht. Dass er wirklich hier ist!

Wir sind uns schon zuvor begegnet. Da war er Brendon, der mich mit Soldaten des Ältestenrates angegriffen hatte. Doch zu diesem Zeitpunkt wusste ich noch nicht, dass er mein großer Bruder ist.

»Dylan.«

Es kommt mir überraschend leicht über die Lippen und ist zugleich eine Feststellung als auch eine Frage. Ich muss einfach seinen Namen sagen. Denn wenn ich ihn sage, dann ist es tatsächlich real. Im Ballsaal stand ich so unter Schock, dass ich nicht glauben konnte, dass er wahrhaftig vor mir stand. Auch jetzt fällt es meinem Gehirn schwer, das alles zu verarbeiten. Die letzten Minuten sind Schlag auf Schlag vergangen. So schnell, dass ich die Geschehnisse gar nicht richtig verarbeiten konnte. Ich fühle mich wie in einer Achterbahn gefangen, die mich durchgehend von der Höhe in die Tiefe reißt.

Dylan lächelt, wenngleich er dabei eher eine Grimasse schneidet. Sein Lächeln ist dem von Danny und unserem Vater sehr ähnlich.

»Hallo, kleine Schwester. Jetzt können wir uns endlich offiziell wieder einander vorstellen.«

Danny steht nach wie vor mit offenem Mund da und starrt ihn fassungslos an, als könne er nicht glauben, wer sich da vor ihm befindet. Anscheinend waren es nur Danny und ich, die nichts davon wussten.

»Und kleiner Bruder«, holt ihn Dylan aus der Starre.

Eine Weile blicken wir uns stumm an. In mir zerbricht etwas. Als hätten wir uns abgesprochen, laufen wir aufeinander zu und fallen uns zu dritt in die Arme. Ich drücke meine beiden Brüder fest an mich. Ein Beben geht durch meinen Körper, wobei ich nicht weiß, ob es wirklich von mir oder von Danny neben mir stammt, der in ein leises Schluchzen ausgebrochen ist.

Ich kann mich nicht daran erinnern, ihn jemals weinend erlebt zu haben, weshalb ich mich fester an ihn und Dylan klammere. Mein Kopf kann es noch gar nicht richtig wahrhaben, dass ich meine Brüder nach fast zehn Jahren wieder in meine Arme schließen kann. Ich hätte die beiden am liebsten nie wieder losgelassen, damit sie mir nicht noch einmal entgleiten können.

Wir haben uns erst jetzt wiedergefunden, aber wir können uns jeden Moment wieder verlieren. Unsere Eltern sind in der Gewalt der Ältesten. Ich will gar nicht daran denken, was diese ihnen antun könnten oder vielleicht gerade antun. Was, wenn sie sie wie mich manipulieren? Oder gar foltern? Wobei ich die dumpfe Vermutung habe, dass sie nach dieser Aktion einen Grund haben, sie abzusetzen. Doch vielleicht hat es etwas gebracht, dass sie direkt zu ihrem Volk gesprochen und sich öffentlich gegen den Ältestenrat gewandt haben.

Für diesen winzigen Augenblick zählt jedoch nur, dass wir drei wieder vereint sind. Als Geschwister, die sich verloren und nach so langer Zeit wiedergefunden haben.

Dieses Mal lasse ich die Tränen zu. All die Trauer, die sich wegen meiner Familie und wegen meinem für tot geglaubten Bruder in mir angestaut haben. All die Tränen, die ich wegen ihm und Danny zurückgehalten habe, lasse ich jetzt raus.

Keine Ahnung, wie lange wir uns in den Armen gelegen und geweint haben. Irgendwann lösen wir uns wieder voneinander. Unsere Gesichter sind gerötet, unsere Augen und Wangen sind ganz nass und glänzen.

»Was … was ist passiert?«, bricht es aus mir heraus. »Warum bist du plötzlich wieder hier? Jeder weiß jetzt, dass du lebst. Was habt ihr euch nur dabei gedacht? Und was hat das alles zu bedeuten?«

Dylan fährt sich schwer seufzend durch die honigblonden Haare. »Am besten beginne ich von Anfang an.« Er greift nach unseren Händen. »Ich werde euch jetzt eine Erinnerung zeigen. Schließt die Augen.«

Wir folgen seiner Bitte. Kaum, dass wir unsere Augen geschlossen haben, durchfährt es mich wie ein Blitz.

KAPITEL 12

Dylan

Ich fahre aus meinem Traum hoch. Ich bin mir ganz sicher, eine Stimme gehört zu haben, die meinen Namen rief. Eine Stimme, die mir sehr bekannt vorkam. Aber das kann nicht sein, weil ich alleine bin. Bin ich durch meine Gefangenschaft hier unten schon so paranoid geworden? So lange bin ich hier noch nicht, aber es fühlt sich an wie eine halbe Ewigkeit. Und mit jedem weiteren Tag, der vergeht, habe ich Angst, dass es bereits zu spät ist und die Welt, die ich kannte, zerstört wurde. Dass es zu spät ist und ich meine Familie nie wiedersehen werde.

Meine Familie. Das Stichwort, an dem ich mich festhalte, um mich nicht zu vergessen. Das Stichwort, das mir wieder neue Hoffnung und Antrieb gibt, nicht aufzugeben. Ich darf meine Familie nicht im Stich lassen. Aber wie soll ich ihnen helfen, wenn ich der Grund dafür bin, weshalb ihnen die Hände gebunden sind? Wenn ich hier festsitze und sie nicht unterstützen kann?

Verzweifelt lehne ich meinen Kopf an die kalte Steinwand in meinem Rücken. Meine Hand- und Fußgelenke sind schon ganz wundgescheuert. Sie schmerzen von den Eisenhandschellen, die sie mir angelegt haben, um meine Kräfte zu blockieren. Zusätzlich habe ich auch noch wie ein Tier einen Eisenring um den Hals bekommen, der mir teilweise die Luft abdrückt, wenn ich mich falsch hinsetze – eine reine Vorsichtsmaßnahme von ihnen. Da die Ketten mit in die Wände gehauenen Ringen verbunden sind, komme ich nicht weit. Wenn ich es schaffe, einzuschlafen, dann an der Wand gelehnt. Wobei mich die Schmerzen daran hindern. Die Kälte des Bodens ist bereits in meine Glieder gekrochen, sodass ich immer wieder unkontrolliert zittere.

Dazu haben sie mich letztens wieder gefoltert, um Informationen aus mir herauszubekommen. Doch nicht einmal ihre Manipulationstricks funktionieren mehr bei mir. Sie haben mich alles gelehrt, was ich jetzt weiß und kann. Wegen ihnen wurde ich zu dem, der ich jetzt bin. Das wurde ihnen bestimmt schon klar. Es wird nicht mehr lange dauern, bis sie eine Entscheidung getroffen haben, wie es mit mir weitergehen soll. Mir läuft die Zeit davon.

Von draußen her ertönen Schritte. Ich halte den Atem an, das Blut rauscht in meinen Ohren. Da wird die Tür zu meiner Zelle mit einem lauten Quietschen geöffnet und zwei Wachmänner treten herein. Ich sehe aus halb offenen Lidern zu ihnen hoch und blinzle, als wäre ich jetzt erst aufgewacht. Zur Bekräftigung gähne ich. Sie sind sehr aufmerksam, aber ein guter Gefangener, der keine Probleme macht und scheinbar zu schwach ist, um einen Ausbruchsversuch zu wagen, lässt die Leute oft nachsichtig werden.

In Sekundenschnelle habe ich mir ein Bild über die beiden gemacht. Der größere und etwas jüngere hat einen gelangweilten Blick aufgelegt. Er ist ein Glatzkopf, hat breite Schultern und ist sehr muskulös. Bei ihm könnte es schwer werden, lediglich auf meine Körperkraft zu setzen.

Neben ihm wirkt der ältere Wächter mit den graumelierten Haaren klein und schmächtig. Er wäre ein leichteres Ziel.

»Ist es schon wieder soweit?«, murmle ich scheinbar verschlafen und lege zusätzlich noch einen gelangweilten Unterton in meine Stimme. Dabei schlägt mir das Herz bis zum Hals. Die letzte Folter war erst gestern. Noch heute tut mir alles weh. Mein Kopf schmerzt und ich weiß, dass es nicht mehr lange dauern wird, bis sie mich soweit haben. Ohne auf meine Frage einzugehen, entfernen sie die Ketten, die an den Seiten der Handschellen hängen. Dann zerren sie mich grob hoch. Kurz befällt mich Schwindel, weil sie mir kaum etwas zu essen oder zu trinken gegeben haben, um mich schwach zu halten. Die schlechte Luft in meiner stickigen, fensterlosen Zelle, die nur von einer Fackel direkt neben der Tür in ein dumpfes Licht getaucht wird, trägt auch nicht gerade dazu bei, dass ich zu Kräften kommen könnte.

Ich werde hinaus in einen Steingang geschafft. Bis auf ein paar halb heruntergebrannte, unruhig flackernde Fackeln, ist es düster, kalt und riecht nach Moder. Links und rechts von uns befindet sich ein Gang, der an jeder Seite eine Biegung in weitere spärlich beleuchtete Tunnel macht. Sie sind so alt, dass es zu viel Aufwand wäre, sie mit Elektrizität auszustatten.

Die Wachen wollen sich nach links wenden, als ich abrupt stehen bleibe, mit dem Ellbogen aushole und diesen mit voller Wucht in die Seite des linken Wachmanns ramme. Ich schaffe es noch, ihn mit dem Fuß in der Kniekehle zu treffen, sodass er mit einem lauten Aufschrei zusammenbricht, als der kräftigere mir seine Faust in den Magen rammt. Er hat viel Kraft in seinen Schlag gelegt. Ich krümme mich zusammen, als sich ein brennender Schmerz in meinem leeren Magen ausbreitet, der mich beinahe übergeben lässt. Aber ich muss mich zusammenreißen. Ich habe lange genug auf den passenden Moment gewartet, lange genug den braven, schwachen Gefangenen gespielt. Es ist an der Zeit, zum Gegenschlag auszuholen. Niemand wird mich retten, also muss ich mich selbst befreien.

»Nein!«, sage ich mit fester Stimme, als er nach meinem Unterarm greifen will, um mich festzuhalten. Meine Hände schnellen vor und umklammern seine Handgelenke. Ich sehe ihm tief in die Augen. Meine schmutzigen Fingernägel bohren sich in seine Haut. Wenngleich mein Herz rast und ich Angst habe, gleich könnten die nächsten Wachen um die Ecke kommen, konzentriere ich mich darauf, ruhig zu bleiben. Durch den Aufschrei des älteren dürften sie bereits angelockt worden sein. Ich muss mich beeilen. »Ich will, dass du sofort meine Handschellen losmachst«, befehle ich ihm.

Seine Pupillen weiten sich, seine Augen werden ganz glasig. »Wie du es wünschst«, sagt er wie in Trance.

»Nein!«, ruft sein Kollege, der sich wieder gefangen hat und seine Hand bereits nach mir ausstreckt. Ich blicke ihn fest an, während der Glatzkopf einen Schlüssel hervorholt. »Schlaf, bis dich jemand weckt.«

Wortlos legt er sich auf den Boden und schließt die Augen.

Im selben Moment fallen die Handschellen mit einem lauten Scheppern auf den Boden. Erleichtert reibe ich mir meine geschundenen Handgelenke.

»Danke«, wende ich mich an den Glatzkopf, der verwirrt blinzelt. Vermutlich wundert er sich gerade, weshalb er den Gefangenen von seinen Fesseln befreit hat.

»Wachen!«, brüllt er auch schon so laut, dass ich zusammenfahre. Verdammt! Ich hätte ihn ebenfalls gleich ruhigstellen sollen!

Auch er tritt einen Schritt auf mich zu. Ruckartig hebe ich die Hände und er wird durch einen gewaltigen Windstoß gegen die Felswand katapultiert. Dort schlägt er mit dem Hinterkopf auf und fällt zu Boden, wo er reglos liegen bleibt. Ich muss mich am Gestein festhalten, weil mich Schwindel befällt. Wenn ich meine Kräfte nicht schone, werde ich nicht lange durchhalten.

Leider hat sein Geschrei wie bereits vermutet weitere Wachen angezogen, die in den Nebengängen patrouillieren. Ich höre, wie sie angelaufen kommen. Schnell stoße ich mich von der Wand ab und stürme in den nächsten Tunnel. Dann biege ich rechts ab, doch da befindet sich ein weiterer Wachtrupp. Überrascht heben sie die Köpfe. Fluchend kehre ich wieder um und renne in die andere Richtung. Ihre Wachzeiten müssen geändert worden sein. Eine Vorsichtsmaßnahme des Ältestenrats? Weil sie genau wissen, dass ich die Wach- und Ablösezeiten in- und auswendig kenne?

Hinter mir höre ich die Wachen die Verfolgung aufnehmen, während ich mich durch das Tunnellabyrinth kämpfe, das ich mittlerweile in- und auswendig kenne. Ihre Schritte hallen wie ein dumpfes Donnern an den Wänden wider. Beinahe wäre ich gestolpert. Ich bin die ganze Zeit nur gesessen, sodass meine Knie ganz wacklig sind.

Ich will gerade um die nächste Ecke biegen, als sich mir plötzlich eine Person in den Weg stellt. Es ist ein Mann in einer dunklen Robe, die Kapuze tief ins Gesicht gezogen. Schlitternd komme ich zum Stehen.

Das Herz pocht mir bis zum Hals. Was macht er hier? Normalerweise begeben sie sich nie nach unten in die dunklen Gänge?! Oder haben sie geahnt, was ich vorhabe? Haben sie es trotzdem geschafft, in meine Gedanken einzudringen? Doch dann hätten sie es gar nicht so weit kommen lassen.

Ich hebe die Hände, bereit gegen ihn zu kämpfen, doch er macht keine Anstalten, mich anzugreifen. »Spar dir deine Kräfte, Junge. Du weißt, ich bin mächtiger als du. Ich könnte dir auf der Stelle alles Wasser und Blut aus deinem Körper entziehen oder es zum Kochen bringen.«

Eine eisige Gänsehaut macht sich auf meinem Körper breit, weil ich genau weiß, dass er nicht übertreibt. Ich habe ihre Macht oft genug zu sehen und spüren bekommen. Sie haben mir gezeigt, wie aussichtslos es ist, gegen sie zu kämpfen. Unschlüssig balle ich die Hände zu Fäusten.

»Was wollt Ihr? Wenn Ihr mich wieder gefangen nehmen wolltet, hättet Ihr es längst getan.«

»Das ist richtig.« Er nickt bedächtig und wendet seinen Kopf zur Seite. Die Schritte kommen immer näher. Die Soldaten haben uns gleich erreicht. Mir rutscht das Herz in die Hose. Es war meine letzte Möglichkeit zu fliehen. Sie werden mich zurückschaffen und wieder umdrehen. Ein zweites Mal wird es mir sicher nicht gelingen, zu fliehen, geschweige denn wieder ich selbst zu werden.

Der Älteste tritt einen Schritt näher, sodass er im Schein der Fackel steht, die unheimliche Schatten auf die Wand und ihn wirft. Schon früher hatte ich Angst vor ihnen. Vor allem, weil sie oft dunkle Roben oder Umhänge anhatten, sodass sie mich an dunkle und böse Geister erinnerten. Mittlerweile weiß ich, dass sie das neben dem Grund, dass es anscheinend Tradition ist, auch tun, um furchteinflößender zu wirken. Weil sie so alt sind und so gebrechlich wirken, werden sie meist unterschätzt.

»Was wollt Ihr von mir?«, wiederhole ich ungeduldig.

Schweißperlen rinnen über meine Stirn. Hinter mir höre ich die Wachen durch die Gänge poltern, vor mir ist der Weg durch den viertältesten der Ältesten versperrt.

Er ist der freundlichste von ihnen allen und hat mich immer gut behandelt. Er war bisher immer wie ein zweiter Großvater für mich. Vielleicht liegt es auch daran, weil er und mein Großvater gute Freunde waren und er mich deshalb mag. Aber wenn er das wirklich tut, warum hat er zugelassen, was sie mir angetan haben?

»Willst du das wirklich tun, Junge? Weißt du, was du riskierst? Sie werden regieren. Wenn du uns jetzt verlässt, verlässt du den Platz, den sie für dich vorgesehen haben. Dann kann ich dir nicht mehr helfen.«

»Ich weiß, was ich tue. Ich weiß, wo mein Platz ist und der ist nicht hier. Das wisst Ihr genauso gut wie ich. Ich muss meine Familie beschützen. Ich muss mein Volk beschützen. Ich werde dagegen ankämpfen, solange ich lebe. Ich werde nicht noch einmal zulassen, dass sie mich umdrehen.«

Beinahe meine ich durch die Flamme der Fackel, deren Licht auf sein Gesicht fällt, zu sehen, wie sich sein Mundwinkel leicht hochzieht, als würde er schmunzeln. Doch dann ertönen weitere Rufe der Wachen und er greift nach meiner Schulter und zerrt mich schnell um das nächste Eck in den Schatten. Wobei uns das auch nicht viel helfen wird. Wenn die Wachen den Gang erreicht haben, werden sie uns sehen.

»Du weißt, wie du nach draußen gelangst?«, fragt er mich im Flüsterton.

»Ich kenne alle Gänge in- und auswendig. Ich weiß, wo sich ein Ausgang in der Nähe befindet.«

»Gut. Dann lauf. Lauf und blicke nicht mehr zurück. Ich habe deinem Großvater geschworen, dich solange zu beschützen, bis du deinen eigenen Weg gehst.«

Ich habe nicht die Zeit, mich groß über seine Worte zu wundern oder mich bei ihm zu bedanken, weil die ersten Wachleute auftauchen.

»Da ist er!« Sofort stürmen sie mit erhobenen Gewehren auf mich zu. Es sind mindestens fünfzehn Wachmänner- und frauen, die auf mich zielen.

Da tritt der Älteste mit erhobenen Händen vor mich und ehe die Wachen es sich versehen haben, werden sie mit rudernden Armen in die Luft gehoben. »Lauf!«, ruft er mir zu, ohne sich noch einmal nach mir umzudrehen. »Lauf und erfülle deine Bestimmung!«

Zuerst zögere ich, doch als er mich erneut anbrüllt, dass ich endlich verschwinden soll, wirble ich herum und stürme davon. Hinter mir höre ich, wie er die Wachen mit einem Aufschrei vermutlich gegen die Felswände katapultiert. Mein Magen zieht sich zusammen. Dafür werden sie ihn töten.

Aber ich darf mir jetzt keine weiteren Gedanken machen. Ich muss mich darauf konzentrieren, von hier wegzukommen, sonst war sein Opfer umsonst. Ich schlage weitere Haken, einmal muss ich mich in einer Nische verstecken, weil ein Wachtrupp vorbeiläuft – vermutlich, um ihn festzunehmen und mich zu suchen. »Wir haben ihn!«, brüllt auf einmal eine weibliche Stimme hinter mir, als ich aus der Nische heraustrete. »Stehen geblieben!«

Erschrocken fahre ich herum. Es hat nicht viel geholfen, die anderen Wachen aufzuhalten. Sofort ergreife ich die Flucht in den nächsten Tunnel. Mit rasendem Herzen beschleunige ich mein Tempo. Die Wächterin nimmt die Verfolgung auf.

Ein ohrenbetäubender Lärm ertönt, als sie das Feuer auf mich eröffnet. Betäubungskugeln prallen an den Wänden ab. Weitere Schritte und Rufe ertönen, als ihre Kollegen dazustoßen.

Ich schicke ihnen einen Luftzug, der die Kugeln vorerst abwehrt, ehe ich mich nach rechts in einen weiteren Tunnel begebe.

Vor mir tut sich eine Sackgasse auf, eine schwere geschlossene Holztür. Ohne anzuhalten, laufe ich direkt darauf zu, hebe die Hand und lasse einen gewaltigen Windstoß entstehen, der mit voller Wucht auf sie zuschießt, sodass diese nach draußen geschleudert wird.

Kühle Meeresluft weht herein. Es ist dunkel, als ich nach draußen trete, wo mich bereits die ersten Regentropfen treffen. Über mir befinden sich Bäume, darüber der dunkle wolkenverhangene Himmel. Am liebsten hätte ich mich hingestellt, die Augen geschlossen und den Kopf gen Himmel gereckt, um meine neu erlangte Freiheit einzuatmen. Aber ich habe nicht viel Zeit, auch nicht, um groß zu registrieren, wo ich mich befinde, da meine Verfolger mir dicht auf den Fersen sind. Mit einer Handbewegung lasse ich die Tür, welche ich nach draußen geschleudert habe, wieder zurückfliegen. Ich höre einen dumpfen Knall, der mir sagt, dass ich meine Verfolger getroffen habe. Der Gang ist so eng, dass sie erst die Tür aus dem Weg räumen müssen, was mir einen kleinen Vorsprung verschaffen wird.

Ohne mich umzudrehen stürme ich durch die dichten Bäume, die sich um mich herum befinden, hindurch. Äste und Zweige peitschen mir ins Gesicht, ich springe über umgestürzte Bäume oder aus der Erde hervorragende Wurzeln hinweg, während ich ihre Rufe hinter mir höre. »Stehen geblieben! Es hat keinen Zweck! Wir kriegen dich so oder so!«

Ihre Rufe im Nacken, der Gedanke an meine Familie und das Adrenalin treiben mich voran, obwohl ich sehr geschwächt bin. Einmal wäre ich fast über eine Wurzel, die ich in der Hektik übersehen habe, gestolpert, kann mich aber gerade noch fangen. Zwischen den Rufen vernehme ich ein Rauschen, das immer näher kommt. Plötzlich lichten sich die Bäume und ich komme schlitternd zum Stehen.

Ich befinde mich am Rande einer Klippe. Kalter Wind rauscht um meine Ohren. Vor mir liegt das tosende Meer, dessen Wellen an herausragenden Felsen brechen. Es ist heute sehr aufgewühlt. Dunkle Wolken hängen tief am Himmel, der Regen hat sich mittlerweile in einen starken Regenguss verwandelt, der mir kalt ins Gesicht peitscht. In Sekundenschnelle bin ich durchnässt, sodass meine Kleidung unangenehm am Körper klebt. Meine Glieder beginnen durch die beißende Kälte zu zittern. Ein Blick über die Schulter zeigt, dass sie mich immer noch verfolgen.

Entweder jetzt oder nie.

Obwohl mein Herz schmerzhaft in der Brust pocht, nehme ich Anlauf, stoße mich an der Kante ab und springe mit ausgebreiteten Armen in die Tiefe. Meine dunkelblauen Flügel entfalten sich hinter mir und tragen mich mit dem Wind, der um mich herum weht, übers Meer. Weg von denjenigen, die mich manipuliert und jahrelang belogen haben. Weg von denen, die mich meine Familie und mein wahres Erbe haben vergessen lassen. Weg von meinem Gefängnis.

Ich bin endlich frei.

KAPITEL 13

Lucy

Ich muss mehrmals blinzeln, als ich die Augen wieder öffne. Die Erinnerung, die uns Dylan gezeigt hat, es war, als wäre ich er gewesen. Ich habe gedacht, was er gedacht hat. Ich habe gefühlt, was er gefühlt hat. Tränen brennen in meinen Augen. Dabei weiß ich bestimmt noch nicht alles, was er durchgemacht hat. Doch das, was ich gesehen habe, hat mir gereicht. Ich komme mir richtig blöd vor, weil ich mich monatelang darüber aufgeregt habe, dass Freya und Delavar mich all die Jahre über angelogen haben. Derweil hatte ich viel mehr Glück als mein großer Bruder. Meine Tante und mein Onkel haben mich immer gut behandelt, doch Dylan …

»Es tut mir so leid«, schluchze ich und schlinge meine Arme um seinen Körper. Es tut mir so leid, was er durchmachen musste. Mehr bringe ich nicht hervor und das muss ich auch nicht. Er weiß auch so, was ich ihm sagen will. Auch Danny umarmt ihn, sodass wir zu dritt dastehen.

Als ich ihn ansehe, hebt er den Kopf und erwidert meinen Blick. Eine einzelne Träne rinnt über seine Wange.

Da wir alle nicht mehr stehen können, lassen wir uns auf dem Boden nieder. Danny lehnt sich gegen die Wand, die Füße an den Oberkörper gezogen und seine Arme darum geschlungen. Er achtet darauf, Abstand zu mir zu halten, und kann mir, obwohl wir uns gerade eben aneinander festgehalten haben, nicht mehr in die Augen sehen.

Dylan wiederum hat sich im Schneidersitz zu unseren Seiten niedergelassen. Ich habe mich genauso hingesetzt wie er, denn ich trage noch mein bodenlanges Ballkleid, welches ich wie eine Glocke um mich herum ausgebreitet habe. Es schränkt mich ein wenig ein und ich fühle mich nicht gerade sehr wohl darin. Aber da ich gerade nichts anderes dahabe, muss es auch so gehen.

Dylan fährt sich aufgewühlt durch die Haare. »Nachdem ich euch gezeigt habe, wie ich entkommen konnte, fange ich am besten in der Nacht vor knapp zehn Jahren an, als wir beide verschwunden sind«, meint er mit einem Blick auf mich.

Ich muss schlucken und eine eiskalte Gänsehaut kriecht mir bei der Erinnerung über den Rücken.

»Wir haben uns alle drei früher sehr gut verstanden. Manchmal habe ich mich heimlich durch die Geheimgänge in eure Zimmer geschlichen, wo wir gespielt haben. An dem letzten Tag warst du sehr wütend, weil du nicht mit Danny und mir trainieren durftest und stattdessen Etikette lernen musstest. Ich habe dir versprochen, dass ich am nächsten Morgen gemeinsam mit dir trainieren würde, bevor Mutter und Vater aufstanden.«

»Ich erinnere mich«, flüstere ich. Vor ein paar Monaten, nach dem Angriff der Orks auf der Rückfahrt vom Zentrum und meiner Rede, wo ich meine Eltern das erste Mal nach neun Jahren wiedergesehen habe, hatte ich einen Traum, in dem es um Dylan ging. Ich hatte es bereits geahnt, dass es eine Erinnerung ist. Es jetzt von ihm bestätigt zu bekommen, verursacht mir einen weiteren Schauer.

Es fällt mir schwer, gegen die erneut ansteigenden Tränen anzukämpfen. Erst recht, wo meine Gefühle wieder zurück sind, die für so viele Tage unterdrückt wurden. Ich bin so traurig und wütend, weil wir voneinander getrennt wurden und weil mir meine Erinnerungen genommen wurden. Wichtige Erinnerungen an Personen in meinem Leben, meine Brüder, die ich sehr geliebt habe und immer noch liebe. Wir haben nie richtig zusammen aufwachsen können. Uns trennen neun Jahre unseres Lebens. Wir sind wie Fremde füreinander. Das wird mir jetzt erst so richtig bewusst.

Zugleich verspüre ich eine unbändige Wut in mir hochlodern, weil ich andauernd als Marionette benutzt werde. Nicht nur ich, wir alle. Weil sie uns, wie es ihnen gerade gefällt, manipulieren. Dabei steht es den Ältesten nicht zu. Es sollte niemandem zustehen, einer Person oder einem Lebewesen die Erinnerungen zu nehmen oder ihre Persönlichkeit zu formen, wie man es gerade will.

»Als ich durch den Geheimgang in mein Zimmer zurückkehren wollte, bin ich am Schlafzimmer unserer Eltern vorbeigekommen. Ich wollte nicht lauschen, aber als ich mitbekam, dass sie nicht allein waren und dass sie verzweifelt klangen, blieb ich stehen, um mitzuhören, was da vor sich ging. Freya, Delavar und Gregor waren bei ihnen. Sie waren ganz aufgewühlt und haben alle aufeinander eingeredet. Es ging um den Beschluss, den der Ältestenrat aufgrund des Drucks durch die Revolte der Bürger nun auch für Royals durchsetzen wollte. Sie haben von ihnen verlangt, einen von uns zu töten, um dem Volk zu zeigen, wie sehr sie hinter den Ältesten stehen und dass sie dafür sogar ihr eigenes Kind opfern würden. Es sollte die aufmüpfigen Bürger und Rebellen in die Schranken weisen.«

»Und das hätten sie nie übers Herz gebracht«, vollendet Danny seinen Satz mit tonloser Stimme, den Blick auf Dylan geheftet. Mich ignoriert er konsequent.

»Wir wussten Bescheid, oder?«, murmle ich bedrückt. »In einer Vision, die ich vor ein paar Wochen hatte, haben wir drei uns umarmt und darüber geredet. Wir wussten, dass ihnen keine andere Wahl bleiben würde. Aber wir wussten auch, dass unsere Eltern nie zulassen würden, dass uns etwas geschieht.«

Dylan nickt. Aus meinen Erinnerungen weiß ich noch, dass er immer der Zuversichtlichste von uns dreien war und dass er unsere Eltern immer verteidigt hat.

»Ich habe gehört, dass sie geplant haben, Dannys Entführung vorzutäuschen, weil er der Jüngste war und es ihn getroffen hätte.«

Obwohl wir es wussten, verschränkt mein Zwillingsbruder seine Hände, mit denen er zuvor Fuseln aus dem Teppich gezupft hat. Wortlos starrt er mit gefurchter Stirn zu Boden.

Dylan holt tief Luft. »Ich habe euch beiden versprochen, euch zu beschützen. Ich wollte nicht, dass unsere Eltern das tun mussten. Also bin ich abgehauen und habe mich dem Ältestenrat ausgeliefert. Ich habe ihnen angeboten, mich an Dannys statt zu nehmen. Sie hätten mich töten können. Aber Großvater, der ein Mitglied von ihnen war, konnte sie davon überzeugen, dass ich noch nützlich sein könnte. Sie wollten schon damals die Königspaare stürzen, um selbst zu regieren, weil unsere Eltern und auch die anderen Königsfamilien gegen den Beschluss waren und sich nicht an ihre Regeln halten wollten. Großvater Richard konnte sie davon überzeugen, dass ein Prinz oder ein König vom Volk mehr geliebt und respektiert werden würde als ein regierender Ältestenrat. Also haben sie mich unter ihre Fittiche genommen und mich aufgezogen.« Seine Miene verfinstert sich und seine Hände ballen sich zu Fäusten, als denke er über etwas Unangenehmes nach. »Ich kann mich an nicht mehr viel erinnern, denn es ist alles verschwommen.« Er sieht mir in die Augen. Sowohl Schmerz und Frust als auch Zorn spiegelt sich in den seinen wider. »Du bist nicht die Einzige, die manipuliert wurde oder der die Erinnerungen genommen wurden. Mir haben die Ältesten meine Erinnerungen genommen. Ich wusste nicht mehr, dass ich Dylan Áquila bin.«

Stille entsteht, die nur vom unaufhörlichen Ticken der Wanduhr durchbrochen wird.

»Erinnerst du dich noch an den ersten Moment, als wir uns wiedergesehen haben? In dem Gang im Supermarkt, als ich dich angerempelt habe?«

Bilder tauchen vor meinem inneren Auge auf. Wie ich mit Freya und Delavar in ein Einkaufszentrum gefahren bin. Es war mein letzter Tag auf der Erde gewesen. Ich war durch die Gänge des Supermarkts geschlendert, als Dylan gegen mich gestoßen war. Meine Kopfhörer waren zu Boden gefallen und wir sind beide in die Hocke gegangen, um sie aufzuheben.

»Das war der Augenblick, als wir uns in die Augen gesehen haben«, sagt Dylan, der meine Gedanken gehört hat. »Von den Ältesten wusste ich, wer du warst. Aber ich dachte, dass ich dir noch nie zuvor begegnet war, weil du ja auf der Erde auf der Flucht lebtest. Aber als wir uns angesehen haben, hatte ich plötzlich so ein komisches Gefühl, dass ich dich von irgendwoher kenne. Es kam mir so vor, als würde eine Verbindung zwischen uns herrschen. Bilder sind mir durch den Kopf geschossen, wie du jünger warst und ich dich getröstet habe. Wie ich dich Kätzchen genannt habe.«

Mir wird ganz flau im Magen. Es war sein Spitzname für mich. Kätzchen, weil ich so klein war, aber auch ganz schön austeilen konnte, weil ich mir nichts gefallen ließ.

»Als wir dich, Freya und Delavar in eurem Haus angegriffen haben und ich die Pistole auf dich gerichtet habe, hatte ich erneut einen Flashback. Ich sah dich und Danny lachend im Palastgarten umherlaufen. Ich hatte plötzlich das Gefühl, dich beschützen zu müssen.«

Ich weiß noch genau, wie er mich mit der Waffe bedrohte. Und ich weiß auch noch, dass er gezögert hatte. Dass er auf einmal ganz verwirrt ausgesehen hatte.

Mein großer Bruder nickt. »Ja, ich war verwirrt. Die ganze Zeit über wurde mir eingetrichtert, dass du eine Schande für unser Volk wärst. Deine Entführung war so lange und gut durchgeplant, aber ich konnte es einfach nicht. Obwohl mein Kopf gesagt hat, ich muss es tun, weil die Ältesten es mir befohlen haben und doch eigentlich immer recht hatten – zumindest dachte ich das bis zu unserem ersten Aufeinandertreffen noch – hat mein Herz auf einmal nicht mehr mitgemacht. Also bin ich abgehauen.«

Er schweigt, hängt seinen eigenen Gedanken nach. Danny atmet hörbar aus. Noch immer schaut er mich nicht an. Stattdessen hat er seine volle Aufmerksamkeit auf Dylan gelegt.

»Warum wollten die Ältesten mich entführen? Wenn ich ihnen doch so ein Dorn im Auge war, hätten sie mich aus dem Weg räumen können«, meine ich und verschränke meine Finger ineinander, weil sie so sehr zittern. »Immerhin wollte Reagon mich töten. Er hat dafür extra Talorion manipuliert!« Vor meinem inneren Auge sehe ich meinen Cousin vor mir. Die Verzweiflung in seiner Miene, die Träne, die über seine Wange geronnen war.

Wut auf meinen Onkel kocht in mir empor, denn er ist für all das verantwortlich! Hätte er Talorion nicht manipuliert, hätte dieser mich nie angegriffen oder versucht, mich zu töten. Dann wäre er nie gestorben.

Der einzige Trost ist, dass mein Onkel nie wieder jemandem so etwas antun kann. Ich schiele zu meinem Zwillingsbruder, der wieder damit begonnen hat, weitere Fuseln aus dem Teppich zu pulen. Anscheinend weiß er nicht wohin mit seinen Händen und braucht eine Beschäftigung, um sich zu beruhigen. Erst jetzt fällt mir auf, dass seine Hände voller Blut sind. Vermutlich dem Blut von Reagon. Ob er das überhaupt bemerkt?

Dylan seufzt leise auf. »Das hast du wie ich unserem Großvater Richard zu verdanken. Er hat sich für uns eingesetzt und die Ältesten davon überzeugt, dich am Leben zu lassen. Immerhin bist du eine lebende Legende und du hast dir den Respekt von so vielen Natura verschafft. Er konnte sie davon überzeugen, dass du noch nützlich sein könntest für sie. Deshalb war es ursprünglich der Plan, dich zu entführen. Wegen der Prophezeiung wollten die Ältesten dich unter ihren Fittichen haben und dich manipulieren oder notfalls töten, solltest du dich nicht nach ihren Wünschen richten. Erst recht, als durch dich die Unruhen stärker geworden sind. Davor hätten sie dir jedoch noch deine Kräfte genommen – ein Grund, warum sie dich unbedingt lebendig wollten. Je mehr Macht, desto besser«, fügt er grimmig hinzu. Dann hebt sich sein linker Mundwinkel, ein erbittertes Funkeln liegt in seinen Augen. »Sie haben nicht nur Angst, dass die Prophezeiung sich erfüllt. Sie haben Angst, dass sich wegen dir die Völker gegen sie wenden und sie ihre Macht verlieren.«

Die Prophezeiung. Mir stockt der Atem. Angst macht sich in mir breit. Irgendwie hängt alles, was geschehen ist, mit dieser bescheuerten Prophezeiung zusammen! Wenngleich alle so überzeugt davon sind, dass sie sich bewahrheiten wird, kann ich nicht verstehen, wie sie an etwas glauben können, was sich meine Großmutter zu meiner Geburt ausgedacht hat. Niemand kann in die Zukunft blicken. Oder?

»Talorion und ich kannten uns durch Reagon, weil dieser ihn ja aufgezogen hat. Da ich diese merkwürdige Begegnung mit dir nicht mehr aus dem Kopf bekommen habe, habe ich nachgeforscht. Durch Talorion habe ich herausgefunden, wer ich wirklich bin. Zuerst wollte ich es nicht glauben. Aber tief in mir drin wusste ich es.«

»Der Streit mit Talorion«, hauche ich. Ich weiß worauf mein Bruder hinauswollte.

Lorcan erzählte mir einmal, dass er mitbekam, wie Talorion und Brendon beziehungsweise Dylan kurz vor der Nacht der Toten einen heftigen Streit hatten, in dem Dylan anscheinend etwas herausgefunden hatte, woraufhin er meinen Cousin als Lügner bezeichnet hatte.

»Ja, das stimmt, da hatte ich es erfahren. Im ersten Moment konnte ich es auch nicht glauben. Und dann war da noch unser Auftrag, den wir ausführen mussten, wie es uns befohlen wurde. Ich wusste nicht, dass ihn Reagon dazu gezwungen hatte, dich zu töten«, erklärt Dylan bedauernd. »Aber ich ahnte es bereits, als er mich mit Daan wegschickte und mir befahl, auch ihn zu töten, damit sich die Prophezeiung nicht erfüllen kann.«

»Aber Daan ist entkommen. Du hast ihn laufen lassen«, murmle ich, weil Daan, als ich ihn danach gefragt habe, meinte, dass Brendon ihn einfach hat gehen lassen. Was ich merkwürdig fand. Immerhin war er der Feind. Jetzt weiß ich, warum.

»Hätte ich mich geweigert, seinen Befehlen nachzukommen, hätten die Ältesten mitbekommen, dass ich Bescheid weiß und ihre Manipulation nicht mehr länger anhält.« Mein großer Bruder macht eine kurze Pause. »Ich wusste, wie skrupellos sie sein können. Also musste ich mitspielen. Ich wusste nicht, ob Daan dir rechtzeitig helfen konnte, weil er noch betäubt war. Also bin ich wieder zurückgelaufen, um Talorion aufzuhalten.«

»Aber da war es bereits zu spät«, flüstere ich leise und schließe die Augen, als ich meinen Cousin wieder vor mir sehe, wie er mit dem Messer auf mich zielte und mich damit beinahe getötet hätte.

Er nickt. »Da war dieses hellblonde Mädchen mit den langen Haaren, die auf ihn geschossen hat. Es war bereits zu spät, also musste ich fliehen. Ich wollte dir aber zumindest noch deine Lebensstatue geben, die du verloren hast, als wir euch auf der Erde angriffen. Ich hatte gehofft, dass du dadurch irgendwie dahinterkommst, wer ich wirklich bin.«

Ich werde hellhörig. Mein Kopf fährt nach oben. »Ein hellblondes Mädchen mit langen Haaren?«

Er nickt stirnrunzelnd. »Ja, sie ist …« Er unterbricht sich. »Oh, tut mir leid. Sie war deine Leibwächterin, richtig? Sie hieß Ashley oder so?«

»Aislinn. Sie hieß Aislinn ...«, hauche ich.

Die Welt dreht sich und mein Magen rumort. Ich beuge mich vornüber und stütze meine Hände auf dem Teppich ab. Ich muss würgen, doch ich übergebe mich nicht.

Das, was Dylan da sagt, kann nicht sein. Aislinn soll Talorion getötet haben? Das kann ich nicht glauben. Doch dann erinnere ich mich zurück an die Nacht der Toten. Sehe die ganze Szenerie plötzlich mit anderen Augen.

Aislinn war erst aufgetaucht, nachdem Talorion bereits tot war. Eine andere Leibwächterin hatte sie begleitet und eine Pistole in der Hand gehalten. Meine Leibwächterin war völlig durch den Wind gewesen. Was, wenn die andere Personenschützerin ihr die Pistole abgenommen hatte, nachdem sie auf meinen Cousin geschossen hatte?

Gregors Worte kommen mir wieder in den Sinn. *Du hast getan, was getan werden musste. Es ging nicht anders. Du hast richtig gehandelt.*

Aislinns Tränen.

»Nein«, flüstere ich kopfschüttelnd. »Nein!«

»Dylan hat recht.«

Mein Kopf fährt hoch und ich sehe Danny in die Augen, der mir jetzt endlich nicht mehr ausweicht. Ein trauriger Ausdruck liegt in seiner Miene. »Ich habe es aus ihren Gedanken herausgehört, die sie nicht vor mir verbergen konnte. Sie hat darunter sehr gelitten. Sie hat sich große Vorwürfe gemacht und sich immer wieder gefragt, ob es nicht eine andere Möglichkeit gegeben hätte.«

Es ist wie ein weiterer Schlag ins Gesicht. »Du wusstest es? Warum hast du mir nichts gesagt? Warum hat sie mir nichts gesagt? Ich dachte, wir wären Freundinnen!«

Gewesen, flüstert eine dumpfe Stimme in meinem Kopf.

Danny streckt tröstend die Hand nach mir aus, dann zieht er sie schnell wieder zurück, als hätte er sich verbrannt. »Ich habe dir nichts gesagt, weil es ihre Sache war. Wenn, dann hätte sie es dir selbst sagen müssen. Und sie wollte dir nichts sagen, weil sie Angst hatte, du würdest sie dafür hassen.«

Mein Herz schlägt unglaublich schnell, während sich die Gedanken in meinem Kopf unaufhörlich drehen.

Meine beste Freundin hatte meinen Cousin getötet.

Um mein Leben zu retten.

Um mein Leben zu retten, hat sie ihres gegeben.

Und ich dachte schon, nach allem, was geschehen ist, könnte mich nichts mehr aus der Fassung bringen oder überraschen. Da hatte ich mich wohl geirrt. Tränen rinnen mir über die Wangen.

»Es tut mir leid, Lucy«, flüstert Danny mitfühlend.

»Es tut dir leid?«, fahre ich ihn an. »Es tut dir leid? Was tut dir leid? Das mit Aislinn? Oder das, was du uns allen angetan hast? Du hast die Sympathisanten der Rebellen verraten. Du hast mich, deine eigene Schwester, verraten.«

Stille entsteht, in der Danny, nun schon zum dritten Mal damit beginnt, an dem Teppich herumzuwursteln, was mich wütend werden lässt. Es frustriert mich, dass er mich stur anschweigt.

»Jetzt hör endlich auf, daran herumzufummeln und antworte mir, verdammt!« Wütend springe ich auf. Meine Kräfte rauschen durch mich hindurch, sodass ein Windstoß durchs Zimmer fegt. Die Gemälde an den Wänden verrutschen und die Unterlagen von Mrs Mare werden vom Schreibtisch geweht.

Dylan richtet sich ebenfalls auf und hält mit einer Handbewegung eines der Bilder noch davon ab, herunterzufallen, und schiebt es mithilfe seiner Kräfte wieder zurück an seinen Platz. Die Papiere landen in einem Haufen auf dem Tisch. Danny rappelt sich auf, er scheint sich allein auf dem Boden noch unwohler zu fühlen als ohnehin schon.

»Was tut dir leid, Danny?«, wiederhole ich und blicke ihm fest in die Augen. Meine Sicht ist von den Tränen ganz verschwommen, doch ich mache mir nicht die Mühe, sie wegzuwischen. »Dass du zugelassen hast, dass friedliebende Elfen, Kobolde und Elben getötet wurden?«

»Alle waren bestimmt nicht friedliebend«, murmelt Danny mit leiser Stimme, was bei mir das Fass zum Überlaufen bringt.

»Richtig, ich hatte ja vergessen, es gilt: entweder für oder gegen die Regierung beziehungsweise den Ältestenrat. Und alle, die dagegen sind, werden umgehend abgeschlachtet.« Ich mache eine Pause und konzentriere mich darauf, ruhig zu bleiben, da meine Kräfte wie kochendes Wasser in mir brodeln und nur darauf warten, komplett aus mir herausgelassen zu werden. Dafür brechen all die Gedanken, die Reagon in mir blockiert hat, aus mir heraus: »Ist es dir völlig egal, dass Kinder ums Leben gekommen sind? Der kleine Elbenjunge mit der Behinderung wurde getötet! Die Mutter des kleinen Koboldmädchens wurde vor deren Augen erschossen! Und du hast es zugelassen. Du bist einfach nur dagestanden und nicht eingeschritten. Wie kann man nur so herzlos sein? Ich verstehe es einfach nicht. Es ist immer wieder dasselbe. Als würden wir in einem endlosen Teufelskreis festhängen. Wir streiten und vertragen uns wieder. Aber dann hast du mit dieser Kräftebetäubungspistole auf mich geschossen! Auf deine eigene Schwester! Du hast zugelassen, dass sie mich wie eine Verbrecherin in *Eisenhandschellen* abgeführt haben. Mit deinem Verrat hast du dem Ganzen die Krone aufgesetzt. Denn der Tod lässt sich nicht mehr rückgängig machen.«

Meine Stimme bricht, weshalb ich mir weitere Worte spare. Mein Zwillingsbruder weiß nun auch so, was ich von der ganzen Sache halte.

Und seine Reaktion überrascht mich. Ich hatte geglaubt, es wäre alles spurlos an ihm vorbeigegangen. Immerhin hatte er nicht einmal mit der Wimper gezuckt, als er mich verraten hatte. Jetzt sieht mich Danny aus glänzenden Augen hindurch an. Sein Gesicht läuft rot an, Tränen kullern über seine Wangen.

»Ich dachte, ich hätte das Richtige getan! Sie haben mir eingebläut, dass die Rebellen schlecht sind! Dass sie uns stürzen wollen. Dass sie nur Schlechtes wollen. Oder hast du vergessen, was Cian und seine Freunde dir angetan haben und beinahe angetan hätten? Die Rebellen sind nicht zu unterschätzen oder zu verharmlosen! Sie sind Diebe, Vergewaltiger und Mörder!«

»Verbrecher gibt es überall. Auch in unseren eigenen Reihen. Es war nicht richtig, was sie getan haben. Aber sie wussten sich nicht mehr anders zu helfen! Sie waren verzweifelt!«, schreie ich zurück.

Hitze steigt in mir empor, lodert wie Feuer in meinen Adern. Ehe ich es mich versehe, bricht es aus mir heraus. Ohne dass ich es will, schießt ein fußballgroßer Feuerball auf Danny zu, der erschrocken die Hände schützend vors Gesicht hält.

Ich bin viel zu perplex, um zu reagieren. Ebenfalls wie mein Zwillingsbruder. Wäre Dylan nicht eingeschritten, der den Feuerball mit einer Handbewegung auffängt und in der Luft verpuffen lässt.

Schockiert blicke ich meine Brüder an. »Es tut mir leid«, krächze ich und wäre am liebsten auf Danny zugetreten, um ihn wieder in meine Arme zu schließen. Doch unser Streit und die Tatsache, dass er uns alle verraten hat, halten mich davon ab. Stattdessen balle ich die Hände zu Fäusten und konzentriere mich auf meine Atmung.

»Ist schon okay. Es ist verständlich, dass du wütend bist. Ich habe es nicht anders verdient.« Er senkt den Kopf, ehe er mir direkt in die Augen blickt. »Es tut mir leid, Lucy.«

Er fragt nicht, ob ich ihm verzeihen kann. Vielleicht weiß er auch, dass das eine schwierige Situation für uns beide ist und ich Zeit brauche.

Danny ist mein Zwillingsbruder. Er war schon immer mein Zwillingsbruder und er wird es auch immer sein. Irgendwann werde ich ihm verziehen haben, wenngleich ich es nie werde vergessen können. Doch gerade kommen jedes Mal, wenn ich ihn ansehe, wieder diese schrecklichen Erinnerungen hoch.

Ich verschränke die Arme vor der Brust. Eigentlich will ich nicht, dass wir streiten, ich will ihm nicht noch weitere Schuldgefühle geben oder den Druck vergrößern – immerhin hat er uns jetzt geholfen. Dennoch kann ich jetzt nicht aufhören. Vielleicht brauchen wir das Gespräch auch, um damit abzuschließen.

»Danke«, bringe ich knirschend hervor. »Das bringt die Opfer aber nicht wieder zurück ins Leben. Sie sind tot.«

Er seufzt und lässt die Schultern hängen. »Ich weiß. Und ich weiß auch, dass du mich dafür hasst. Aber ich kann es nicht ändern. So gern ich es auch rückgängig machen würde. Das würde ich wirklich, Lucy. Das musst du mir glauben!«, bittet er mich fast schon verzweifelt, ehe sich ein entschlossener

Ausdruck in seiner Miene breitmacht. »Ich habe dir gestern gesagt, dass ich Fehler gemacht habe und dass ich versuche, jetzt das Richtige zu tun.«

Verwirrt sehe ich ihn an. Bis mir einfällt, dass eine Fee vor seinem Zimmerfenster herumschwebte, und mir einiges klar wird. Seit Daan und ich eine von ihnen vor vielen Jahren, als wir noch jünger waren, gerettet haben, folgen sie und unterstützen sie uns, soweit es ihnen möglich ist. So haben sie schon mehrmals Hilfe geholt, wenn ich in Schwierigkeiten steckte.

»Du hast Daan benachrichtigt, oder?«

Er nickt. »Ich wusste nicht, wie ich sonst helfen konnte. Du warst nicht mehr du selbst. Ich habe dich nicht mehr wiedererkannt.« Nervös pult er an seinen Fingernägeln herum. »Deshalb habe ich mich auch von dir ferngehalten. Ich wusste, dass du mich dafür hasst, was ich getan habe. Und dann war dir plötzlich alles egal. Sogar …« Er schluckt und spricht den Satz nicht zu Ende. Dennoch weiß ich, was er meint. Die Hinrichtung der vier Rebellen.

Ein stechender Schmerz breitet sich bei dem Gedanken an die Elfenjungen in meinem Herzen aus. Doch ich weigere mich, jetzt daran zu denken, und verdränge es in meinen Hinterkopf.

»Als sie dich manipuliert haben, das hat mir die Augen geöffnet. Ich wollte meine Schwester wieder zurück«, flüstert er. Sein Blick ist so eindringlich, als wolle er, dass ich ihn verstehe. »Du hast recht. Niemand sollte jemand anderes manipulieren. Der Tod der Rebellen in dem Dorf ist nicht einfach so an mir vorbeigegangen. Ich sehe sie noch heute in meinen Träumen sterben. Glaub mir, ich habe kein einziges Gesicht von den Toten vergessen. Sie werden mich für immer verfolgen.«

»Warum hast du ihnen dann nicht geholfen? Warum hast du zugelassen, dass sie sterben?«, frage ich bemüht ruhig, weil es uns nicht weiterbringt, uns gegenseitig anzuschreien. Dabei hätte ich ihn wegen seinem Verhalten in dem Dorf der Rebellensympathisanten am liebsten an den Schultern gepackt und kräftig durchgeschüttelt. Aber ich will ihn und seine Entscheidungen wenigstens ein wenig verstehen können.

»Ich …« Er zögert. Zum ersten Mal sehe ich jetzt auch die Schuldgefühle in seinen Augen, die an ihm nagen. »Reagon hat irgendwie meine Gedanken gehört und daher gewusst, dass ich vorhatte, mich mit Daan und den Rebellen zu verbünden, als du bei Turan gefangen warst. Er hat mich sofort zu den Ältesten gebracht, als ich gerade aufbrechen wollte. Indem ich dir quasi im Alleingang helfen wollte und damit die Entscheidungen des Rates infrage gestellt habe, waren die Ältesten sehr wütend. Ich wollte ihnen klarmachen, dass deren Plan falsch war. Es hätte viele unnötige Tode gegeben. Also haben sie mir einen Deal angeboten. Sie würden mir einen Tag geben, um dich im Alleingang zu befreien. Damit würde ich quasi zwei Fliegen mit einer Klappe schlagen: Zum einen hätte ich die Chance, dich da rauszuholen, und zum anderen würde ich dadurch verhindern, dass unsere Soldaten den Palast der Kobolde stürmen und so einen Krieg ausbrechen lassen würden. Im Gegenzug dazu gaben sie mir klare Befehle.« Er macht eine Pause, als kosten ihm die nächsten Worte viel Kraft. »Ich sollte die Rebellen ausliefern – immerhin sind sie Verbrecher. Und ich sollte keine Gnade zeigen beziehungsweise mich nicht in die Arbeit der Soldaten einmischen, wenn die Rebellen unseren Befehlen nicht nachkommen würden. Und ...« Er stockt und fängt meinen Blick auf. »Ich sollte dich und Daan zurück in den Palast bringen.«

War ich vorher noch so wütend auf ihn gewesen, fange ich plötzlich an, zu verstehen, was sich wirklich abgespielt hat. »Aber warum hast du den Schwur nicht einfach gebrochen oder zumindest die Soldaten davon abgehalten, die Rebellensympathisanten zu töten?«

»Wie schon gesagt: Ich war an diesen Schwur und ihre Befehle gebunden. Die Befehle waren klar formuliert. Außerdem war es kein einfacher Schwur. Es war ein Blutsschwur.«

»Ein Blutsschwur?«

»Nicht, was du denkst«, schaltet sich Dylan ein, der wohl meine Gedanken gehört haben oder mir ansehen muss, was ich mir darunter vorstelle. »Ein Blutsschwur hat nichts mit Blut zu tun. Der Ausdruck ist etwas veraltet. Es ist eher ein Pflichtschwur. Beide Parteien *müssen* sich daran halten. Ihnen bleibt gar keine andere Wahl. Sie liegen quasi unter einer Art Zwang, diesen zu erfüllen.«

Wut kocht in mir hoch. »Wisst ihr, was ich glaube? Sie wollten uns alle gegeneinander ausspielen. Sollten wir nicht so sein, wie sie es sich wünschen, hätten sie immer noch innere Unruhen in der Familie gehabt, wegen denen sie uns irgendwie dranbekommen hätten. Womöglich hätten sie sogar dafür gesorgt, dass wir uns gegenseitig umbringen, damit sie uns loshaben und selber herrschen können, weil die Königsfamilien ja zu unfähig dazu sind.«

Ich wende mich wieder an meinen Zwillingsbruder, greife nach seinen Händen und sehe ihm in die Augen. »Danke, Danny, dass du mir das Leben gerettet hast. Mir, Aaron und Daan.«

Er zuckt nur mit den Achseln, aber seine Hände zittern und er sieht mich hoffnungsvoll an. »Kannst du mir irgendwann vergeben?«

Ich schlinge meine Arme um ihn und drücke ihn fest an mich. »Jetzt, wo ich die Hintergründe kenne, fällt es mir leichter, dich zu verstehen. Irgendwann werde ich dir vergeben können. Aber ich brauche Zeit.«

»Danke«, murmelt Danny in meine Haare hinein, ehe wir uns wieder voneinander lösen.

Dylan blickt uns mit glänzenden Augen, aber auch ein wenig stolz an. »Es ist so schön zu sehen, dass ihr euch ausgesprochen habt«, meint er und legt uns beiden jeweils eine Hand auf die Schulter.

»Wussten unsere Eltern davon, dass der Ältestenrat dich erpresst hat?«, frage ich an Danny gewandt.

Er schüttelt den Kopf. »Sie waren zu dieser Zeit in einer Besprechung mit dem zuständigen Kommandeur für den Angriff auf den Königspalast. Ich habe aber erfahren, dass sie dagegen waren, den Koboldpalast anzugreifen. Aber sie haben den Soldaten vorgeschrieben, nur im äußersten Notfall zu töten. Sie wollten so wenige Opfer wie möglich haben. Mutter arbeitete sogar an einem Wiedereingliederungsprogramm für Rebellen, das die Ältesten ihr schließlich verboten haben.«

Ich schweige, weil ich nicht weiß, was ich darauf sagen soll. Das klingt so gar nicht nach meinen Eltern, denen es schier egal war, als ich nach Phönix zurückgekehrt bin. Immerhin haben sie sich nicht darum geschert, mich persönlich zu treffen, sondern mir nichts weiter als einen Brief geschrieben, bis ich wegen dieser Rede in den Palast eingeladen war. Wir hatten so viele Auseinandersetzungen in den letzten Wochen und Monaten, in denen ich sie eher als Monster gesehen habe.

Seit heute hat sich meine Sichtweise geändert. Langsam bekomme ich das Gefühl, dass ich sie nie wirklich kannte. Zudem ich ihr Verhalten überhaupt nicht verstehen kann. Oder doch? Scheinbar hängt alles mit dem Ältestenrat zusammen.

Danny lächelt. Er hat meine Gedanken gehört. »Das wurde mir auch erst klar durch den Blutschwur und die Manipulation, die sie an dir vollzogen haben. Deshalb habe ich die Verlobung mit Aaron verhindern wollen. Ich dachte mir schon, dass Daan, Gregor, Freya und Delavar einen Plan aushecken würden. Viel konnte ich nicht tun, weil die Ältesten auch mich bewachen ließen. Aber ich konnte ihm noch Bescheid geben, wann die Verlobung genau stattfindet und wie er ungesehen durch einen bestimmten Geheimgang hereingelangt.« Er schaut zu unserem großen Bruder. »Es hat mich nur voll überrascht, dass du auch im Ballsaal aufgetaucht bist. Ich dachte, du wärst in den Fängen der Ältesten.«

Dylan lächelt verärgert. »Das war ich auch. Nachdem sie herausgefunden hatten, dass ich mich auf den Neujahrsball geschlichen habe, um mit dir zu reden, wo ich auf Freya und Delavar getroffen bin, die mir alles erzählt haben, haben die Ältesten mich nicht mehr gehen lassen. Die nächsten Monate hatte ich im Kerker verbracht. Wie ich geflohen bin, habe ich euch ja vorhin gezeigt.«

Ich schlage mir die Hand vor den Mund. Mein Herz schlägt vor Aufregung schneller. »Ich hatte mehrere Träume, in denen ich dich in einem Kerker festgekettet gesehen habe. Ich habe nach dir gerufen, aber jedes Mal hat mich eine unsichtbare Kraft davon abgehalten, zu dir zu gelangen. Aber einmal hast du mich gehört und den Kopf gehoben.«

Dylan weitet die Augen. »Dann warst du wirklich da?«

»Was meinst du damit?«

»Ich war in dem Kerker. Ich war festgekettet. Sie haben mich jahrelang ausgebildet. Deshalb kannte ich mich mit ihren Methoden, jemanden umzudrehen, bestens aus. Selbst die Manipulation wirkte nicht mehr bei mir. Also haben sie mich gefoltert, wollten mich so lange quälen, bis mein Geist gebrochen wäre, damit sie mich wieder zu ihren Zwecken hätten einsetzen können.« Er bricht ab und marschiert unruhig auf und ab. In seiner Miene kann ich die unausgesprochenen Qualen sehen, die er durchleben musste. Körperlich sind an ihm keine Narben zu sehen, aber bei uns Royals heilen Verletzungen schneller wieder. Ich vermag mir gar nicht auszumalen, was er alles durchmachen musste.

»Aber jetzt bist du hier«, flüstere ich.

»Ich war kurz davor, aufzugeben«, erwidert er und sieht mich an. »Aber dann habe ich deine Stimme gehört. Als wärst du wirklich da gewesen. Ich dachte, ich hätte es mir nur eingebildet. Ich weiß nicht, warum, aber es hat mir neue Hoffnung gegeben, dass ich mich nicht von ihnen unterkriegen lasse, sondern für meine Familie kämpfen werde.«

Gerührt drücke ich seine Hand. »Ich dachte auch, es wäre ein Traum gewesen. Vermutlich bin ich, ohne es zu bemerken, in die Zwischenwelt gewechselt. Oder ...« Ich halte inne. Wäre es möglich, dass unser Großvater dafür verantwortlich war? Die Toten können nicht in das Leben der Lebenden hineinpfuschen und umgekehrt. Aber seinen Enkeln eine kleine Hilfestellung geben?

Dylan erwidert meinen Blick mit einem aufgeregten Funkeln in den Augen. Er hat meine Gedanken gehört. »Du hast ihn in der Zwischenwelt getroffen?« Erleichterung schwingt in seiner Stimme mit. Erleichterung, aber auch Trauer. »Ich glaube, er wusste, dass er sterben würde«, murmelt er. »Sie wollten nicht, dass er an den Palast zurückkehrt, aber er hat darauf bestanden, dass ihr euch kennenlernt. Die Ältesten haben ihm gedroht, dass er sich ihren Befehlen widersetzt. Er ist trotzdem gefahren. Einen Tag vor Aufbruch kam er zu mir in den Kerker und hat sich von mir verabschiedet. Er hat gesagt, dass ich irgendwann herauskommen werde und bis dahin durchhalten müsse. Er meinte, ich wüsste, wann der passende Zeitpunkt gekommen wäre. Und er sagte mir, dass ich nicht vergessen soll, dass wir eine Familie sind und dass wir aufeinander aufpassen sollen, wenn er uns nicht mehr länger beschützen kann.«

Eine Gänsehaut jagt über meinen Rücken. Nach und nach ergeben die Puzzleteile, das sich über die Monate hinweg zusammengesetzt hat, ein Bild.

Dylan zuckt mit den Achseln. »Ich habe deine Stimme als dieses Zeichen gesehen und auf den passenden Augenblick gewartet, um zu flüchten. Allein wäre ich aber nicht entkommen, wenn mir nicht der Freund von Großvater geholfen hätte.« Sein Blick verliert sich in der Ferne. »Ich weiß gar nicht, was aus ihm geworden ist. Auf dem Ball habe ich ihn nicht gesehen. Vermutlich haben sie ihn bereits durch ein neues Ratsmitglied ersetzt.«

Er spricht es nicht laut aus, aber er vermutet, dass sie den Mann umgebracht haben. Erneut kocht Wut in mir auf diese machtgierigen Ältesten hoch.

»Sie denken, ihnen gehöre die Welt!«, schimpfe ich erbost und würde am liebsten auf irgendetwas einschlagen, um meiner Wut, die in meinen Adern brodelt, freien Lauf zu lassen. Jedoch will ich Mrs Mares Zimmer nicht zerstören.

»Ganz ruhig, Kätzchen«, meint Dylan und legt mir wieder die Hand auf die Schulter. Die andere platziert er auf der von Danny, der mit bleicher Miene dasteht. Ihn beschäftigt Großvaters Tod genauso sehr wie mich.

»Wir werden uns gegen die Ältesten wehren. Und wir werden unseren Eltern helfen. Sie haben viele Fehlentscheidungen getroffen, weil sie sich nicht anders zu helfen wussten. Weil sie nicht wussten, wem sie noch vertrauen konnten«, erklärt Dylan. »Aber sie haben uns immer beschützt.«

»Glaubst du, die Ältesten werden ihnen wehtun oder sie ...« Ich breche ich den Satz ab, aus Angst, dass es real werden könnte, wenn ich es ausspreche.

Doch Dylan hat gehört, was ich mir gedacht habe.

»Sie haben bereits zwei Königspaare in ihren Händen. Egal, was sie mit ihnen vorhaben, es wird nichts Gutes sein. Doch wir werden alles dafür tun, um das Schlimmste zu verhindern und um die Ältesten aufzuhalten«, sagt er bestimmt. »Sie haben uns immer beschützt. Jetzt werden wir sie beschützen.«

Er greift nach Dannys und meiner Hand und drückt diese fest, während er erst meinem Zwillingsbruder und dann mir fest in die Augen blickt, als wäre das ein Versprechen.

Ich muss an Großvaters Worte denken.

Drei Opfer.

Ein Opfer für die Freundschaft. Aislinn.

Ein Opfer für die Familie.

Ein Opfer für die Liebe.

Ich muss schlucken.

Welche Opfer werden die Opfer für die Familie und die Liebe sein? Einer von meinen Brüdern? Werde ich sie wieder verlieren, wo ich sie erst für so kurze Zeit wiederhatte? Wen werde ich noch verlieren, ehe dieser Wahnsinn endlich ein Ende hat? Ehe alles vorbei ist?

KAPITEL 14

»Gibt es schon was Neues?«, fragen wir, kaum, dass wir Gregors Büro betreten haben. Dort haben sich nun auch Garrett und Lorcan, der mir um den Hals fällt, versammelt. Sein Duft von Wald und Wiese weht mir entgegen.

»Hey«, flüstert der Elfenrebell an meinem Ohr und drückt mich fest an sich. »Ich bin froh, dass du einigermaßen wohlauf bist.«

Er löst sich wieder von mir, die Hände auf meinen Schultern, ein erleichtertes Funkeln in den Augen. Er lächelt mir zu und ich erwidere es. Nach der Aussprache mit meinen Brüdern fühle ich mich jetzt viel besser. Sie an meiner Seite zu wissen, gibt mir neue Kraft und Hoffnung. Ich muss das nicht alleine durchstehen. Ich habe meine Brüder und Freunde, die bei mir sind.

Lorcan drückt meine Schultern kurz, dann tritt er beiseite. Erst da kann ich in die ernsten Gesichter von Gregor, Freya und Delavar blicken. Freyas Wangen glänzen ein wenig, Delavar stehen Schweißperlen auf der Stirn. Seine Haare stehen ihm in alle Richtungen ab, als hätte er sich nachts im Bett umhergewälzt und als wäre er heute nicht dazu gekommen, sie zu kämmen. Gregor hat die Lippen zu einer schmalen Linie aufeinandergepresst.

In einer Ecke kniet Aaron, die Hände auf den Boden gestützt, als wäre er dort zusammengebrochen. Seine Augen sind rot, als hätte er geweint. Sein Brustkorb hebt und senkt sich schnell. Reena hockt neben ihm. Sie hat ihre Arme um seine Seiten geschlungen. Daan, der sich an der Wand abgestützt hat und ganz blass um die Nase ist, ist von Siana und Alainna umgeben. Siana hat seinen Unterarm umklammert und ihren Kopf an seine Schulter gelehnt, als hätte sie Angst, er würde davonlaufen. Neben ihm befindet sich Garrett, der die Arme vor dem Oberkörper verschränkt hat. Er nickt mir kurz zu, was mich überrascht, da er jedes Mal, wenn wir aufeinandergetroffen sind, nicht gerade sehr begeistert war, mich zu sehen. Obwohl er mir gegenüber anfangs sehr misstrauisch war, scheint er mir langsam zu vertrauen.

Sie alle wirken sehr angespannt. Mir rutscht das Herz in die Hose. Das ist kein gutes Zeichen.

Danny und Dylan, die neben mir stehen, greifen wie automatisch nach meinen Händen. Ich spüre ihre Angst. Vielleicht ist es aber auch meine eigene, die sich mit der meiner Brüder vermischt.

»Was ist los? Sagt es uns bitte«, sagt Dylan für uns alle. Seine Stimme zittert leicht.

Freya, um deren Hüften Delavar seine Arme geschlungen und sie an seinen Oberkörper gezogen hat, nickt Gregor zu. Der holt tief Luft und schaltet als Antwort den Fernseher ein. Mit einem unguten Gefühl im Magen starre ich auf den Screen.

Eine Videosequenz zeigt, wie unsere Eltern sich im Ballsaal beschützend vor uns aufgebaut haben. Wie sie gemeinsam mit dem Königspaar der Schattenelfen den Wirbelsturm aufrechterhalten. Ein gleißendes Licht erscheint und wir sind verschwunden. Als unsere Eltern das bemerken, lassen sie den Sturm von einer Sekunde auf die andere verebben. Sie sehen sich an. Und als hätten sie sich abgesprochen, gehen sie mit gesenkten Köpfen in die Knie. Mir bleibt die Luft weg. Sie haben sich ergeben. Sie haben sich kampflos ergeben.

Die Ältesten hören mit ihren Angriffen auf, schweben nach unten, halten jedoch Abstand zum Boden, wo sie aus der Luft auf sie herabschauen können.

»Im Namen des vereinten Ältestenrates aller Völker von Phönix ist das Königspaar der Elfen und der Schattenelfen festgenommen«, donnert der kleinste Älteste mit seiner tiefen Stimme.

Sofort kommen Soldaten des Rates angelaufen und umzingeln unsere und Aarons Eltern, die schweigend da knien, die Köpfe gesenkt. Die Haare unserer Mütter sind zerzaust, ihre Frisuren zerstört. Jedoch hat meine Mutter einen Ausdruck im Gesicht, den ich noch nie so offen bei ihr gesehen habe. Entschlossenheit, aber auch stumme Wut, die sich gegen die Ältesten richtet.

Mein Vater neben ihr blutet aus der Nase, doch er hat sein Haupt stolz erhoben. Er zuckt kein einziges Mal mit der Wimper, als er den Blick des kleinsten Ältesten herausfordernd erwidert.

»Ihr habt euch dem Ältestenrat widersetzt. Habt uns angegriffen. Ihr habt euch dem Beschluss widersetzt. Deswegen verurteilen wir euch wegen Hochverrats zum Tode.« Er wendet seinen Kopf in Richtung Kamera, sein Blick scheint mich geradezu zu durchbohren. Ein eiskalter Schauer jagt über meinen Rücken.

»Die Hinrichtung findet in genau drei Tagen gegen Mittag im Zentrum öffentlich statt.«

Dann wird das Bild schwarz.

Einige Sekunden lang herrscht eine erdrückende Stille.

»Sie werden sie hinrichten lassen«, keuche ich entsetzt, was alle bereits wissen.

Danny muss sich an mir festhalten. Ich höre Dylan schlucken. Insgeheim haben wir es geahnt, dennoch ist es ein großer Schock.

»Es war vorherzusehen, dass sie sofort handeln werden«, murmelt Gregor. »Nur, dass es so schnell geht, hätte ich nicht erwartet.«

»Was tun wir jetzt?«, will Dylan wissen.

»Meine Mutter meinte, wir sollten einen Stein finden, mit dem wir die Ältesten besiegen können.« Ich sehe Gregor, Freya und Delavar an. »Sie meinte, wir sollten uns an euch halten. Ihr wüsstet, was zu tun ist.«

»Ein Stein? Wie soll uns ein Stein gegen die Ältesten helfen?«, wirft Garrett spöttisch ein.

»Reagon hat gesagt, dass es einen Stein gibt, mit dem man einem Royal die Kräfte entziehen kann«, antworte ich. »Mit diesem haben sie unserem Großvater und damaligen Elfenkönig Aden Áquila die Kräfte vor allen versammelten Vertretern aller fünf Völker entzogen. Dadurch haben sie sie gezwungen, dem Beschluss zuzustimmen und das zu tun, was die Ältesten von ihnen verlangen. Durch ihn konnten sie die Kräfte auf sich übertragen. Das ist der Grund, weshalb sie die Elemente kontrollieren können.«

Siana verschränkt die Arme vor der Brust. »Statt gerecht damit umzugehen, missbrauchen sie ihre Macht.«

Ich nicke. »Deshalb hat mein anderer Großvater Richard Fénix ihn auch versteckt. Ich weiß nur leider nicht, wo.«

Gregor holt einen Zettel hervor, den ich als die Prophezeiung wiedererkenne. Jedoch dreht er ihn so, dass die Schrift nach unten zeigt und wir die Hinterseite mit den verschnörkelten Linien sehen. Wir treten alle näher.

»Was hat das zu bedeuten?«, murmelt Garrett verwirrt, der über Gregors Schulter auf das Papier schaut.

»Richard hat ihn in dem unterirdischen Labyrinth versteckt, das sich unter dem Zentrum von Phönix befindet. Die Karte wird euch dorthin führen«, erklärt Delavar, der die Hände in die Taschen seiner dunklen Trainingshose geschoben hat. Erst jetzt fällt mir auf, dass sie alle Klamotten von Sicherheitsbeamten tragen und bewaffnet sind. Sie haben sich bereits vorbereitet.

»Das ist auch ein Grund, weshalb er sie zu vier Teilen zerrissen hat, die wir versteckten, damit du sie finden konntest, sollten wir nicht mehr am Leben sein«, fügt Freya mit einem Blick auf mich sanft hinzu.

»Also sollen wir diesen Stein beschaffen und damit den Ältesten die Kräfte nehmen«, fasst Dylan mit zusammengezogenen Brauen zusammen. »Und das innerhalb von drei Tagen? Was ist mit den Soldaten? Sie werden das Zentrum gut bewachen, wenn sie unsere Eltern dort festhalten. Mal abgesehen von dem Platz der Hinrichtung. Wie sollen wir nahe genug an sie herankommen? Die Ältesten werden wissen, dass wir unsere Eltern retten wollen. Was, wenn wir in einen Hinterhalt gelangen? Zuzutrauen wäre es ihnen.«

Gregor strafft die Schultern. »Dass wir in einen Hinterhalt gelangen, ist gut möglich. Aber wir haben keine andere Wahl, wenn wir verhindern wollen, dass sie Phönix zerstören und eure Eltern töten. Heute werden wir noch letzte Besprechungen und Planungen durchführen. Nur, wenn wir zusammenarbeiten, können wir es schaffen. Jeder bekommt eine Aufgabe zugeteilt. Ich werde gemeinsam mit Freya, Delavar, Garrett, den besten Kampflehrern wie Damon und Rebellenkommandanten den Angriff auf die Mauern und das Zentrum planen.«

Damon. An ihn erinnere ich mich noch sehr gut. Er ist unser Lehrer in

Selbstverteidigung und schien es anfangs auf mich abgesehen zu haben, bis ich feststellte, dass er mit jedem Schüler ruppig umgeht.

»Sie werden jedoch zu wenig sein, wenn die Ältesten die Königshäuser der Kobolde, Schattenkobolde und Elben unter Kontrolle haben«, wirft Aaron, der sich einigermaßen wieder gefasst hat, nachdenklich mit ein. Sorge steht in sein Gesicht geschrieben.

Gregor schüttelt den Kopf. Ein kleines Lächeln bildet sich auf seinen Lippen. »Ricardo und Oliver sind bereits zu ihren Familien aufgebrochen. Sie werden sie davon überzeugen, dass sich die Schattenkobolde und Elben ebenfalls gegen die Ältesten wenden müssen.«

Alle Blicke richten sich auf Daan.

Er holt tief Luft holt. Angst, aber auch Entschlossenheit stehen in seiner Miene geschrieben. »Ich werde morgen an den Palast der Kobolde zurückkehren. Ich werde mich meinem Vater stellen. Wir haben eine größere Chance, wenn eine Arme von Kobolden auf Drachen mithilft. Das wird die Soldaten der Ältesten noch mehr einschüchtern. Außerdem gelangen wir mit ihnen ebenfalls über die Mauer. Das wird unsere Verluste reduzieren.«

»Und ihr glaubt, das wird so einfach funktionieren? Ihr kennt Turan!«, werfe ich entsetzt dazwischen. »Er wird Daan entweder manipulieren oder umbringen!«

Es behagt mir gar nicht, dass Daan zurück in seinen Palast kehren will. Es grenzt an ein Selbstmordkommando. Immerhin gilt er als Volksverräter.

Daan öffnet den Mund, aber bevor er etwas sagen kann, kommt ihm Gregor zuvor.

»Mein Bruder mag ein Monster sein. Und ich habe ausführlich über die Konsequenzen nachgedacht. Aber der Plan wäre perfekt. Es gibt kein Portal, das euch ins Labyrinth schaffen kann. Der Palast der Kobolde liegt am Nächsten zum Zentrum. Und somit auch die Geheimgänge, von denen aus ihr in das Labyrinth gelangt. Turan ist nicht übermächtig. Und ich kenne meinen Bruder. Er lässt sich nicht gern vorschreiben, wie er sein Volk zu regieren hat. Und auch er ist heimlich gegen die Ältesten. Wenn ihr ihm verdeutlicht, wie ausweglos die Situation ist und dass er der Nächste sein wird, der hingerichtet wird, wird er kooperieren und sich mit uns verbünden.«

Gregor stößt die Luft aus. »Ich wäre gern selbst zu ihm gegangen, aber ich werde hier gebraucht. Außerdem soll Daan der nächste König der Kobolde werden. Er soll endlich zeigen dürfen, was für ein König in ihm steckt.« Er bedenkt seinen Neffen mit einem liebevollen als auch stolzen Blick, was Daan geradere Haltung annehmen lässt. »Und ich weiß auch, dass du dir den nötigen Respekt verschaffen wirst.«

»Ich werde dich begleiten«, wende ich mich an Daan. »Ich werde dich ganz sicher nicht allein zu deinem Vater gehen lassen. Und wenn es so ist, wie Gregor es sagt, ist es mit der Lage wegen dem Labyrinth auch perfekt.«

»Ich bin auch dabei.« Dylan stellt sich neben mich und nickt Daan zu, der erleichtert lächelt.

»Ich auch«, sagt Danny mit fester Stimme. »Ich will meine Geschwister unterstützen. Außerdem geht es um unsere Eltern.«

»Danke«, erwidert Daan und sieht jedem einzelnen von uns in die Augen.

»Zwar haben die Ältesten meine Eltern, aber nicht unsere Soldaten«, bringt Aaron ein anderes Thema ein. »Ich weiß, wie ich Kontakt zu ihnen aufnehmen kann. Also werde ich mich darum kümmern, dass diejenigen, die fest hinter meiner Familie stehen, sich auch gegen die Ältesten stellen. Ich könnte mithelfen, den Angriff zu koordinieren. Auf mich werden sie eher hören als auf euch.«

»Das ist eine sehr gute Idee, Aaron«, stimmt Gregor ihm zu.

»Auch das Meeresvolk wird sich anschließen«, erklärt Alainna mit fester Stimme, während sie einen Blick mit ihrer Mutter wechselt, die bestätigend nickt. »Laut den Ältesten gehören die ›Fischschwänze‹ ins Meer und nicht aufs Land, weswegen wir uns versteckt halten mussten. Das hat jetzt ein für alle Mal ein Ende. Wenn Kobolde mit Drachen und Elfen selbst oder mithilfe von Pegasi über die Mauern fliegen und wir über den Wasserweg ins Zentrum gelangen, greifen wir sie von allen Seiten an. Sie werden uns nicht kommen sehen. Es wird uns nur Vorteile verschaffen.«

»Darauf haben wir seit Jahren hingearbeitet. Es wird tatsächlich enden.« Mrs Mare berührt geistesabwesend einen Anhänger an ihrer Kette.

Darauf erkenne ich dasselbe Symbol, das meine Eltern auf ihren Ringen heute trugen. Es kann kein Zufall sein, dass sie heute alle dasselbe Symbol an irgendwelchen Schmuckstücken tragen. Als ich Freya und Delavar genauer mustere, erkenne ich auch bei ihnen dieselben Ringe an den Fingern.

»Was hat das zu bedeuten?«, frage ich sie und zeige auf ihre Kette. »Ich habe das bei meinen Eltern schon gesehen. Und bei Gregor!«, fällt es mir wieder ein. Er trug an meinem ersten Tag an der Akademie denselben Ring wie meine Eltern heute.

»Wir gehören zu einer internen Gruppe von Royals, die heimlich gegen den Ältestenrat rebellieren. Wir nennen uns *Das Auge*«, erklärt Gregor mir. »Dein Großvater König Aden Áquila hat diese Organisation gegründet, nachdem die Ältesten ihm auf der Versammlung seine Kräfte entzogen hatten. Durch uns haben die Rebellen zusätzlich die nötigen Gelder für Lebensmittel und Waffen erhalten. Auch hat König Áquila gemeinsam mit den ersten Mitgliedern die Akademie der vereinten Völker gegründet.«

Ein Schauer läuft über meinen Rücken. Meine Brüder sind ebenfalls sprachlos. Jetzt verstehe ich auch, warum Mrs Mare einmal meinte, meine Mutter und sie seien gute Freundinnen. Sie waren nicht nur Schulkameraden an der Akademie, sie gehörten derselben geheimen Organisation an.

Eine wilde Entschlossenheit macht sich in mir breit. Unsere Eltern können uns nicht mehr helfen. Aber wie Dylan bereits sagte: Jetzt sind wir an der Reihe, für sie einzutreten. Wir werden beenden, was sie begonnen haben.

Mit zu Fäusten geballten Händen blicke ich nach draußen auf das Schulgelände, wo die Schüler miteinander trainieren. Meine Kräfte brodeln in mir, warten nur darauf, freigelassen zu werden. »Wir werden diesen Stein holen und die Ältesten werden für ihre Verbrechen bezahlen.«

KAPITEL 15

Nachdem die Versammlung vorbei ist und mir der Kopf vor lauter Informationen raucht, bin ich die erste, die das stickige Büro von Gregor verlässt. Meine Blase drückt, weshalb ich auf die Toilette möchte.

Jedoch tritt mir auf dem Weg dorthin ein Elf mit dunklen Haaren in den Weg. Es ist Eron, den ich nur vom Sehen her kenne und mit dem ich bisher nicht viel zu tun hatte.

»Was willst du?«

Tiefe dunkle Ringe liegen unter seinen Augen. Seine Haare stehen ihm unordentlich zu allen Seiten ab, seine Schultern hängen herab. Er zögert, ehe er sagt: »Du warst dabei, als sie gestorben ist. Hatte sie Schmerzen? Ging es schnell?«

Ich bin wie vor den Kopf gestoßen. »Wen meinst du?«

»Aislinn.« Er legt so viel Gefühl in ihren Namen, das ich aufhorche.

»Aislinn?«, frage ich wachsam. »Warum …« Erst da wird es mir klar. Ich reiße die Augen auf. »*Du* warst ihr Freund?! Der, wegen dem sie sich anfangs immer heimlich davongeschlichen hat?«

Er starrt zu Boden. »Ja. Ich habe sie geliebt.«

Ich weiß nicht, was ich darauf sagen soll. Aislinn hatte mit mir nie viel über ihre Beziehung gesprochen. Sie hatte nur gemeint, dass Liebe nicht so einfach wäre.

Er tritt nervös von einem Fuß auf den anderen. »Ich war Talorions Freund. Und nicht nur das …« Er holt tief Luft. »Aislinn und ich waren schon lange heimlich ein Paar. Talorion wollte, dass ich mich mit ihr treffe, damit seine Leute dich angreifen können. Ich wollte aber Aislinn nicht ausnutzen. Deshalb hatten wir auch einen großen Streit auf der Party, wo uns die Sicherheitsleute auseinandergezogen haben.«

Mir bleibt die Luft weg. Ich erinnere mich. Er hatte an meinem ersten Tag an der Akademie auf der Party am See einen großen Streit mit Talorion. Die beiden hatten sich geprügelt. Aislinn war ganz entsetzt gewesen, weshalb ich mich bereits gefragt hatte, ob sie ihn kannte. Jetzt weiß ich, warum.

»Weil ich es Gregor beichten wollte, hat er mich manipuliert, damit ich mich mit ihr treffe. Das ist mir erst nach seinem Tod klar geworden. Es war so, als wäre bei mir ein Schalter umgelegt worden, durch den ich endlich wieder klar denken konnte.«

Ich werde hellhörig. Kann es sein, dass die Manipulation mit dem Tod desjenigen, der die Manipulation befiehlt, endet?

Eron seufzt schwer. »Doch da war es bereits zu spät. Ich habe es Aislinn gebeichtet. Sie hat mir gesagt, dass sie es verstehen könnte, dass es zwischen uns aber aus wäre, weil ich sie nur von ihrem Job ablenken würde. Sie wollte voll und ganz als Personenschützerin für dich da sein. Es war immer ihr Wunsch gewesen, in die Fußstapfen ihrer Mutter zu treten und dich zu beschützen.« Er macht eine Pause. »Es ist mir schwergefallen, ihre Entscheidungen zu respektieren. Ich bin stolz auf sie, aber ich vermisse sie so sehr«, murmelt er leise und mit Schmerz in der Stimme.

»Ich auch«, erwidere ich und muss schlucken. Eron muss sie sehr geliebt haben. Er konnte sich nicht mehr von ihr verabschieden, nicht einmal an ihrer Beerdigung teilnehmen, obwohl sie das bestimmt gewollt hätte. Zugleich frage ich mich, warum sie mir nichts von ihm erzählt hat. Hat sie sich geschämt, weil sie wegen ihm ihre Aufgaben vernachlässigte?

Ich habe Respekt für Aislinn, dass sie sich gegen ihre Liebe für ihren Job entschieden hat. Zugleich fühle ich mich schuldig, obwohl ich das nicht sollte. Immerhin hat sie sich aus freien Stücken dafür entschieden. Es waren ihre Entscheidungen. Dennoch frage ich mich, ob es anders verlaufen wäre, wäre sie nicht meine Leibwächterin geworden. Wäre sie einfach nur meine beste Freundin geblieben.

»Ich dachte mir nur, das solltest du wissen. Eure Freundschaft hat ihr sehr viel bedeutet«, meint Eron noch und legt mir schwach lächelnd eine Hand auf die Schulter.

»Es ging schnell. Ich glaube nicht, dass sie Schmerzen hatte. Sie war tot, ehe wir sie hätten heilen können«, flüstere ich tonlos.

Er schluckt hörbar. Schließlich sagt er: »Danke.« Wieder erfolgt eine kurze Pause, in der er sich sammelt. »Ich habe mich für sie der Rebellion angeschlossen. Wir werden das schaffen«, sagt er entschlossen, ehe er sich abwendet und Garrett folgt, der mit Gregor an uns vorbeigeht. Eron wirkt so, als wäre ein schweres Gewicht von ihm gefallen. Vermutlich hat er dieses Gespräch gebraucht.

Ich vielleicht auch, denn jetzt habe ich mehr Klarheit. Er war ihr Freund. Und noch wichtiger: Ich habe mich verraten gefühlt, als ich erfuhr, dass sie meine Leibwächterin ist. Jetzt weiß ich mit Sicherheit, dass sie wirklich meine beste Freundin und es nicht nur vorgespielt war.

In meinem Innersten braut sich ein Sturm zusammen, den ich nicht mehr länger aufhalten kann. Ich habe meine Brüder wieder, doch meine Eltern sollen in drei Tagen hingerichtet werden. Wenngleich ich unter der Manipulation von Reagon stand, habe ich tatenlos dabei zugesehen, wie die vier Rebellen vor meinen Augen erschossen wurden. Und ich habe dabei zusehen müssen, wie meine beste Freundin starb, um mir das Leben zu retten. Ich konnte nichts für sie tun. Und jetzt ist sie tot. Und sie wird nie wieder zurückkommen.

»Sie ist tot«, flüstere ich tonlos. »Sie ist tot. Sie ist tot«, wiederhole ich immer wieder.

»Lucy?«, höre ich entfernt eine Stimme.

Jemand kommt auf mich zu, doch meine Sicht ist ganz verschwommen, sodass ich nur noch einen einzelnen Schemen sehen kann.

Kopfschüttelnd vergrabe ich das Gesicht in meinen Händen. Erst jetzt wird mir alles so richtig klar. »Nein, nein, nein! Das darf nicht wahr sein! Es kann nicht wahr sein!« Schluchzend stolpere ich zurück, pralle mit dem Rücken gegen die Wand und rutsche daran hinunter, bis ich auf dem Boden hocke.

»Was darf nicht wahr sein?« Jetzt ist die Stimme ganz nah.

Ich blinzle und erkenne Lorcan, der vor mir in die Hocke gegangen ist und mich traurig anschaut.

»Aislinn, sie ist weg. Tot! Sie wird nie wieder zurückkehren! Bei ihrer Beerdigung bin ich einfach nur gleichgültig dagestanden und habe zugesehen, wie sie verbrannt ist!«, wimmere ich, weil ich plötzlich keine Kontrolle mehr über meine Gedanken oder Gefühle habe. »Ich habe zugelassen, dass Reagon mich umgekrempelt hat. Ich habe zugelassen, dass Cian, Shon, Kay und Noah getötet wurden. Klar, sie wollten mir wehtun und mich töten, aber ... es ist nicht richtig, sie umzubringen. Und ich stand wegen dieser Gehirnwäsche nur daneben und habe dabei zugesehen! Das werde ich mir nie verzeihen können!«

All die Gefühle, die blockiert wurden, stürmen auf mich ein. Tränen rinnen unaufhaltsam über meine Wangen. Schweiß bricht auf meinem Körper aus, Übelkeit überkommt mich. Mein Herz rast und ein enges Band schnürt sich um meinen Brustkorb.

»Ich ... ich kriege keine Luft mehr«, keuche ich. Meine Atmung geht schnell und flach, doch ich kann es nicht kontrollieren. Die Welt dreht sich wie in einem Karussell um mich, sodass ich nicht mehr weiß, wo unten und oben ist.

Lorcan legt seine Hände auf meine Schultern. »Atme tief ein und aus. Ich mache es dir vor und du machst mit, okay?«, sagt er mit eindringlicher, ruhiger Stimme.

Und dann macht er es mir vor, atmet ein und aus und zählt mit. Irgendwann hat er mich damit so weit, dass meine Atmung sich beruhigt hat. Dafür hickse ich unentwegt.

»Du warst nicht du selbst.« Lorcan legt einen Arm um meine Schultern und zieht mich an sich. Dann legt er seine Finger unter mein Kinn und dreht es zu sich, damit ich ihm in die Augen schauen kann. »Sie sind tot. Das kannst du nicht mehr ändern. Aber was du ändern kannst, ist, für Gerechtigkeit und dafür zu sorgen, dass so etwas nie wieder vorkommt. Du kannst sie nicht mehr retten«, wiederholt er eindringlich. »Aber du kannst verhindern, dass es weiteren Natura so ergehen wird wie ihnen. Lass Aislinns Tod nicht umsonst sein. Du darfst trauern, aber du darfst dich jetzt nicht gehen lassen. Wir brauchen dich jetzt, Lucy. Wir müssen jetzt alle zusammenhalten. Gemeinsam werden wir das alles beenden.«

Ich sehe ihm in die haselnussbraunen Augen und nicke langsam, während er seine Hände über meine Arme gleiten lässt, um mich zu wärmen. »Danke, Lorcan. Ich wüsste nicht, was ich ohne dich machen würde.«

Ein Lächeln breitet sich in seinem Gesicht aus. »Geht mir genauso.« Er kaut auf seinem Lippenpiercing herum. »Ich bin übrigens nicht durch Zufall hier. Ich habe bereits mit Daan und deinen Brüdern gesprochen und sie meinten, ich soll dich fragen, ob es für dich okay ist, wenn ich als Rückendeckung mitgehe?«

Wenngleich ich Angst habe, weitere Freunde zu verlieren, nicke ich. Wenn er nicht mitkäme, würde er mit den Rebellen kämpfen. Und ich bin froh über jeden einzelnen Freund, den ich an meiner Seite habe. Und Lorcan ist mittlerweile mein engster männlicher Freund.

»Wenn du ...« Ich hickse. »Sorry. Wenn du das möchtest, gerne. Danke für deine Unterstützung. Mir bedeutet das wirklich viel, Lorcan«, sage ich ehrlich.

Der Elf streicht mir lächelnd eine Strähne aus dem verweinten Gesicht. »Mir auch.«

***

Den restlichen Nachmittag verbringe ich bis auf eine Stunde, in der ich mithilfe von Alainna etwas wichtiges erledige, mit meinen Brüdern.

Wir kämpfen zur Übung miteinander. Es erinnert mich beinahe an die alten Zeiten aus meinen Erinnerungen, wo Danny und Dylan Bogenschießen übten, während ich von oben aus zuschauen musste. Jetzt darf ich mit ihnen kämpfen.

Gemeinsam stehen wir in unserer Trainingskleidung auf einer Wiese neben dem Trainingsgebäude und feuern unsere Pfeile auf die Zielscheiben, die in mehreren Abständen aufgebaut sind. Dylan trifft jedes einzelne Ziel. Er korrigiert unsere Haltung immer wieder und gibt uns Tipps. Dafür habe ich ihnen zuvor im Schwertkampf geholfen. Zur Sicherheit gehen wir alle Waffen durch. Immerhin ist es möglich, dass wir in einem Kampf unsere Pfeile verlieren oder einem Gegner oder Toten ein Schwert abnehmen. Es würde uns nicht helfen, könnten wir nicht damit umgehen.

»Wenigstens kann ich mein Versprechen endlich einhalten, wenn auch ein wenig verspätet«, grinst Dylan und zwinkert mir zu, als wir unsere Pfeile anspannen und gemeinsam loslassen. Mit einem lauten Zischen schießen sie durch die Luft und bohren sich in die aufgestellten Hindernisse. »Wir trainieren gemeinsam, wie ich es dir versprochen habe, Kätzchen.«

KAPITEL 16

Nachdem wir solange trainiert haben, bis die Sonne untergegangen ist und sich die ersten Sterne am Himmel abzeichnen, verabschieden wir uns bis zum nächsten Morgen voneinander. Dylan und Danny, die beide sehr müde und erschöpft sind von den letzten Ereignissen, wollen ins Bett gehen. Auch ich bin fertig, aber ich gehe erst duschen, ehe ich mich etwas wacher nach der kalten Dusche zu Daans Wohnhaus aufmache.

Allerdings kann ich ihn in seinem Zimmer nicht finden. Dafür steht sein Fenster offen. Ich habe so eine Vermutung, wo er sein könnte, weshalb ich meine Flügel transformiere und aus dem Zimmer in Richtung Dach fliege.

Es wird von den dichten Baumkronen eingeschlossen, sodass sich dort eine kleine Höhle, wie ein kleines Versteck, gebildet hat, durch die man durch eine schmale Lücke hineingelangt und die man von unten aus nicht sehen kann. Der Boden beziehungsweise das Dach besteht aus weichem Moos, zwischen dem neonblau leuchtende Blüten hervorragen, die die Höhle in ein mystisches Licht tauchen.

Am Eingang sitzt Daan, zusammengesunken mit hängenden Schultern. Er hat die Füße angezogen, die Arme darum geschlungen und den Kopf darauf gebettet. Um ihn herum schwirren unzählige Feen. Mit leerem Blick starrt er auf das Schulgelände. Sein Anblick versetzt mir einen Stich ins Herz.

Ich lasse mich neben ihm nieder, schweige jedoch erstmal. Ich hätte ihn gern berührt, traue mich jedoch nicht, weil er so abwesend wirkt. Ich habe so das Gefühl, dass er noch ein wenig Zeit für sich braucht, weshalb ich die Aussicht genieße, denn von hier aus haben wir eine wunderschöne Sicht auf den See, auf dessen Wasseroberfläche das Vollmondlicht glitzert und sich die Silhouetten der darüber schwirrenden Feen spiegeln. Der Schulgebäudekomplex mit den zu beiden Seiten nach hinten versetzten Gebäuden – die Trainings- und die Schwimmhalle – liegen still da. Die Trainingshalle ist hell erleuchtet. Hin und wieder kann man Schatten an den Fenstern sehen. Entweder handelt es sich um Pfeile, die zur Übung herumgeschossen werden oder um Elfen, die letzte Flugübungen machen.

Im Schulgebäude wiederum deuten lediglich vereinzelte Lichter darauf hin, dass noch jemand wach ist. Gregor und die Rebellen werden vermutlich noch die ganze Nacht durchplanen und Lücken in ihrem Plan suchen.

Daan, Aaron, meine Brüder und ich haben Angst um unsere Eltern. Wir alle haben Angst, die zu verlieren, die wir lieben. Angst, dass unser Plan scheitert und die Ältesten gewinnen.

Zudem müssen wir jeden Moment mit einem Angriff durch die Soldaten der Ältesten rechnen, sodass wir alle wie auf heißen Kohlen sitzen. Jedes Rascheln im Gebüsch, jeder unerwartete Laut hat uns alle heute zusammenschrecken lassen. Die Stimmung war schon den ganzen Tag über sehr angespannt. Bei allen liegen die Nerven blank.

Es ist ein merkwürdiges Gefühl, in diesem Wissen hier zu sitzen. Wieder an der Akademie zu sein, wo ich mich trotz der Angriffe so wohlgefühlt habe und immer noch wohlfühle. Sie ist seit meiner Rückkehr auf Phönix mein Zuhause geworden. Hier habe ich Freunde gefunden. Meinen Bruder. Und meine große Liebe.

Und jetzt ist sie keine Schule mehr, sondern der neue Hauptstützpunkt der Rebellen, wo wir unsere Truppen formieren, um zum entscheidenden Schlag gegen die Ältesten auszuholen. Obwohl es mitten in der Nacht ist, trainieren nicht nur in der Trainingshalle, sondern auch vor dem Schulgebäude noch einige Natura.

Das einzige Licht spenden neben den umherschwirrenden Feen Laternen an den Wegen, die sich über die weiten Wiesenflächen und in den Wald ziehen. Elfen fliegen in unterschiedlichen Formationen mit Pfeil und Bogen durch die Luft. Die Schwerter der Kobolde knallen laut klirrend aufeinander, Elben bekämpfen sich mit ihren Stöcken.

Der Wind trägt den leisen Kampflärm zu uns herüber. Bis auf diesen höre ich noch das Zirpen von Grillen und den gelegentlichen Ruf einer Eule und das Rauschen des Windes, als er durch die Baumkronen hindurchfährt.

Bis auf die Kämpfe vor dem Schulgebäude liegt das Gelände ruhig und friedlich da. Es ist so komisch, hier zu sitzen, während sich außerhalb der schützenden Mauern ein Sturm zusammenbraut, der über unser aller Leben und unsere Zukunft entscheiden wird. Ein Sturm, von dem wir nicht wissen, welche Auswirkungen er haben wird. Welche Schneisen der Verwüstung er hinterlassen wird.

Ich war so in Gedanken, dass ich gar nicht bemerkt habe, wie Daan, der sich scheinbar wieder gefangen hat, sich mir zugewandt hat. Seine eisblauen Augen liegen auf meinem Gesicht. Seine Miene ist unergründlich.

»Ich würde am liebsten einfach nur weglaufen«, murmelt er so leise, dass ich es kaum verstehen kann. »Alles hinter mir lassen.«

»Geht mir genauso«, flüstere ich und schiebe mir bedrückt eine Strähne hinters Ohr. »Aber wir können nicht davonlaufen. Wir müssen uns unseren Problemen und unseren Ängsten stellen.«

Sein Mundwinkel zuckt. Statt einer Antwort umarmt Daan mich und drückt mich fest an seinen zitternden Körper. Das Gesicht vergräbt er in meinen Haaren. »Ich wollte dich schon die ganze Zeit umarmen, aber es war so viel los und ich wollte dir und deinen Brüdern Freiraum geben.«

Mein Herz macht bei seinen Worten einen Satz. Daan ist so rücksichtsvoll. »Danke«, gebe ich zurück. »Für alles.« Ich kann gar nicht genug in Worte fassen, wie dankbar ich ihm bin, dass er mich nicht aufgegeben hat. Dass er immer hinter mir steht und mir beisteht.

»Ich habe dich so vermisst. Ich dachte schon, ich dachte ...«, murmelt er leise und schüttelt den Kopf. »Ich dachte, ich hätte dich verloren.«

Ich erwidere seine Umarmung mit dergleichen Verzweiflung. Weil wir den ganzen Tag mit der Planung beschäftigt waren und Daan sich zurückgezogen hat, damit ich den Nachmittag mit meinen Brüdern verbringen konnte, hatten wir keine Zeit füreinander. Zeit, die ich jetzt nachholen will.

»Hast du aber nicht. Jetzt bin ich ja wieder da«, erwidere ich mit belegter

Stimme. Ich umklammere seine Hände so fest, dass ich sie ihm beinahe zerquetsche. Unzählige Schuldgefühle brechen über mich herein. Obwohl ich weiß, dass ich nichts hätte tun können, bekomme ich das Bild nicht mehr aus den Augen, wie ich ihm den Sauerstoff entzogen habe. Wie ich hinter ihm gestanden bin und ihn beinahe getötet hätte.

»Es tut mir so leid, Daan«, hauche ich mit erstickter Stimme. Eine Träne schleicht sich aus meinem Augenwinkel, die Daan mit dem Daumen auffängt, ehe ich sie hätte wegwischen können.

Seine Hand wandert zu meiner Wange, die er sanft streichelt. »Das warst nicht du, Lucy. Es warst nicht du, die mir wehgetan hat, sondern Reagon, weil er dich dazu gezwungen hat. Es ist schwer, sich einem Zwang oder einer Gedankenmanipulation zu entziehen. Vor allem, wenn der Geist des anderen stärker ist als der eigene.«

»Was meinst du damit?«

»Reagon ist viel älter als du. Er hat die Gedankenmanipulation jahrelang angewandt und seinen Geist dadurch gestärkt. Dadurch, dass er nur die Gedankenmanipulation hatte, hat er sich darauf konzentriert. Während er jahrelange Erfahrung hatte, hattest du gerade einmal ein halbes Jahr, um das alles zu lernen. Doch am Ende hast du dich gegen ihn wehren können.«

Ich schnaube. »Ja, aber nur ganz kurz. Vermutlich lag es sogar an unserem Seelenbund, dass ich die Mauern seines Zwangs durchbrechen konnte. Hätte Danny ihn nicht getötet ...« Ich führe den Satz nicht zu Ende. Und das muss ich auch nicht. Wir wissen beide, wie es ausgegangen wäre, hätte mein Zwillingsbruder nicht eingegriffen.

Daan lächelt traurig. »Es hätte auch anders herum sein können. Du kannst nichts dafür. Ich weiß, dass du mich nie absichtlich verletzen würdest. Und das weißt du auch. Es war Reagon. Nicht du«, erklärt er mir eindringlich.

Ich schweige, weil ich es trotzdem nicht aus meinem Kopf kriegen kann. Daan streicht eine Strähne, die ich vorhin schon zurückgestrichen habe und die mir wieder ins Gesicht gefallen ist, zurück.

»Ich bin nur froh, dass du jetzt wieder du bist. Die erste Hürde ist überwunden. Reagon ist tot. Du bist frei. Und das ist das, was jetzt erstmal zählt.«

Ich sehe ihm in die eisblauen Augen. Irgendwie haben sie eine beruhigende Wirkung auf mich.

»Hast du Angst?«, frage ich ihn leise und lege meine Hände um seinen Nacken, sodass er mich an sich ziehen kann und ich auf seinem Schoß sitze.

Obwohl es nur ein paar Tage waren, in denen wir voneinander getrennt waren, vermisse ich seine Nähe. Denn bei ihm fühle ich mich wohl und behütet. Diese kleinen Momente zwischen Daan und mir fühlen sich an, als befänden wir uns in einer kleinen Schneekugel. Und nichts außerhalb dieser Schneekugel kann uns etwas anhaben.

»Ja«, gibt er genauso leise zurück und spielt mit einer anderen Haarsträhne, die er durch seine Finger fahren lässt. »Ich habe große Angst. Ich habe Angst, meine Familie zu verlieren. Ich habe Angst, dich zu verlieren.«

Er blickt mir tief in die Augen. Die seinen glänzen verdächtig und er schiebt mich noch näher an sich heran, sodass kein Blatt mehr zwischen uns passt. Seine Hände verschränken sich hinter meinem Rücken. »Beim großen Kieran, Lucy, wenn ich dich oder meine Familie verlieren würde ...«

Ich würde ihm gern sagen, dass wir es schaffen. Würde ihm und mir gern die Angst nehmen. Aber es wäre eine Lüge, denn das, was wir vorhaben, gleicht einem Selbstmordkommando. Es heißt, entweder wir oder die Ältesten. Ich glaube auch nicht, dass wir es alle lebend aus dem Krieg herausschaffen werden, weshalb meine Angst nur umso größer ist, noch mehr Leute zu verlieren, die ich liebe. Andauernd spukt die Prophezeiung in meinem Kopf umher. Ebenso wie die Warnung meines Großvaters mit den drei Opfern. Ich will nicht daran denken. Will mir nicht vorstellen, was es bedeuten könnte, wen ich alles verlieren könnte.

Wieder sehe ich Daan in die Augen, verliere mich in seinen eisblauen Tiefen. Meine Finger streichen wie seine zuvor bei mir über seine Wangen, fahren die Konturen seiner Lippen nach, ehe ich mich nach vorn beuge und meine mit den seinen verschließe.

Daan erwidert den Kuss. Er ist sanft und so voller Liebe, dass mein Magen aufgeregt flattert. Wir seufzen leise auf, seine Hände wandern über meinen Rücken zu meinem Hintern, wo sich sein Griff verfestigt. Der Kuss wird leidenschaftlicher, Hitze steigt in mir empor. Doch dann unterbreche ich ihn.

Daan sieht mich verwirrt an, als ich mich von ihm löse.

»Was ist los? Habe ich etwas falsch gemacht?«, fragt er besorgt und sucht in meiner Miene nach einer Antwort.

Ich schüttle den Kopf und muss lächeln, weil es mich rührt, dass er sich Sorgen um mich macht. Was mich in meiner Entscheidung nur noch bestärkt.

»Nein, ganz im Gegenteil. Du machst alles richtig.«

»Aber warum …«, beginnt er voller Verwirrung.

Ich sehe ihn an, gebe ihm meine Gedanken frei und warte mit klopfendem Herzen auf seine Reaktion. Nervös kaue ich auf meiner Unterlippe herum. Was, wenn er nicht will? Dann wäre das jetzt richtig peinlich.

Er hört meine Gedanken. Seine Augen weiten sich überrascht, seine Lippen öffnen sich leicht. »Du willst …«

Meine Wangen färben sich rot. »Nur, wenn du auch willst.«

Plötzlich ist es mir peinlich. Das ist eine ganz blöde Idee. Ich will von ihm heruntersteigen und mache bereits Anstalten mich zu erheben, doch Daan greift nach meinen Handgelenken und zieht mich wieder zu sich zurück. Beschämt will ich mir die Hände vors Gesicht schlagen, um meine Röte zu verdecken, doch er hindert mich daran und drückt meine Handgelenke sanft nach unten, damit wir uns in die Augen sehen können.

»Hey«, flüstert er mit sanfter Stimme. »Das ist gar keine blöde Idee. Ich dachte nur, du willst noch warten. Wir müssen das nicht tun. Wir können solange warten, wie du willst. Ich bin glücklich, solange ich nur ein wenig Zeit mit dir verbringen kann und weiß, dass es dir gut geht.«

Seine Worte rühren mich und bestärken mich noch mehr in meiner Entscheidung.

»Ich will es aber« erwidere ich. »Ich bin bereit. Es sei denn, du willst noch warten.«

»Ich will es auch«, sagt er sofort. »Ich will, dass es etwas Besonderes für dich wird. Ich will nicht, dass du dich zu etwas gedrängt fühlst …« Er spricht den Satz nicht zu Ende, aber ich weiß, was er meint. Und in seinen Augen kann ich erkennen, dass er dieselbe Angst hat.

Ich umfasse seine Wangen und sehe ihm fest in die Augen. »Was geschehen ist, ist geschehen. Wir können die Vergangenheit nicht mehr verändern. Und was in der Zukunft liegt, nun, das werden wir noch erfahren. Ich weiß, wir wollten warten. Aber wir wissen nicht, wie dieser Krieg enden wird.« Ob wir überhaupt überleben werden. Diesen Gedanken wage ich nicht, laut auszusprechen. »Doch was jetzt zählt, ist die Gegenwart. Dieser Moment. Dieser Augenblick. Und den will ich mit dir verbringen und genießen. Nicht, weil ich mich dazu gedrängt fühle oder Angst habe, dass es unsere letzte Nacht sein könnte, sondern weil es sich richtig anfühlt. Ich bin bereit dafür.« Ich lege meine Hand an seine Wange. »Und es ist mir egal, wo wir es tun. Das wo und wie ist mir egal. Ich brauche keinen Kerzenschein oder Rosenblätter oder was auch immer man sich beim ersten Mal vorstellt. Wichtig ist mir, dass es mit dir ist. Es geht mir nur um uns beide. Ich brauche nur dich. Ich liebe dich, Daan.«

Obwohl wir uns unsere Liebe jetzt schon öfters gestanden haben, kann ich es nicht oft genug sagen.

Er lächelt. »Ich liebe dich auch, Lucy.«

»Gut. Dann hätten wir das ja geklärt«, meine ich und lächle ihn unsicher an. Dabei bin ich das reinste Nervenbündel. Ich will mit Daan schlafen. Gleichzeitig habe ich Angst, es zu vermasseln.

»Dieselbe Angst habe ich auch«, meint Daan, der meine Gedanken natürlich wieder gehört hat und feixt, wenngleich sich seine Wangen im Schein des schwachen Lichts der neonblauen Blumen dunkelrot färben. »Wir beide haben das noch nie gemacht. Ich habe Angst, dass ich dir wehtue und ...«

»Hey.« Ich lege meine Hand wieder an seine Wange. Irgendwie beruhigt es mich, dass er genauso nervös ist wie ich. »Ich weiß, dass du vorsichtig sein wirst. Lass es uns einfach ausprobieren und nicht zu viel darüber nachdenken.«

»Da hast du recht.« Daan lächelt leicht.

Zögernd schlinge ich die Arme um seinen Hals und sehe ihm in die Augen.

Mein Herz rast so schnell in meiner Brust, dass ich mir sicher bin, dass er es hören kann. Wir waren uns in all den Monaten, die wir zusammen verbracht haben, öfters auf dieser bestimmten Ebene näher. Doch noch nie haben wir miteinander geschlafen. Und obwohl das erste Mal jetzt nur ein weiterer Schritt ist, ist es doch etwas anderes.

»Was ist mit Verhütung?«, fragt Daan.

»Ich habe schon dafür gesorgt«, beruhige ich ihn und laufe rot an, als er mich verblüfft ansieht.

»Hast du das geplant, Sternchen?« Ein anzügliches Grinsen breitet sich auf seinem Gesicht aus und er wackelt mit den Brauen, was meinen Magen ganz flau werden lässt.

»Kann sein?«, erwidere ich, wenngleich ich ultranervös bin, muss aber grinsen, als ich mich daran erinnere, wie ich Alainna nach einer der schier unzähligen Besprechungen heute beiseitegezogen habe.

»Was ist?«, hat sie mich stirnrunzelnd gefragt.

»Ich ... also ich ...«, begann ich stotternd, weil ich nicht wusste, wie ich anfangen sollte. »Ich muss mit irgendjemandem darüber reden und da du gerade die einzige weibliche Freundin bist, die ich hier ...«

»Spucks schon aus. Was liegt dir auf dem Herzen?«, forderte sie mich ungeduldig auf, wenngleich ein aufmunterndes Lächeln auf ihren Lippen lag.

»Hast du vielleicht Tipps wegen ... Sex?« Das letzte Wort habe ich nur noch geflüstert, weil es mir ultrapeinlich war. Dabei sah ich mich zu allen Seiten um, aus Angst, irgendjemand könnte es hören. Doch außer uns befand sich in dem Gang niemand.

Alainna war überrascht gewesen. Ihr Lächeln war noch breiter geworden. Ein freudiges Funkeln hatte sich in ihren Augen breitgemacht und sie wackelte anzüglich mit den Brauen. »Haben du und Daan etwa vor, es zu tun?«

Ich habe nicht einmal mehr ein Nicken zustande bekommen und mein Kopf war mittlerweile so rot geworden wie eine überreife Tomate.

Sie legte einen Arm um meine Schultern. »Ich bin froh, dass du dich an mich wendest und mich als Freundin ansiehst. Das freut mich. Ich würde dir empfehlen, wenn du dir wirklich sicher bist und du dich bereit dazu fühlst, dir nicht allzu viele Gedanken zu machen und es einfach laufen zu lassen. Und an Verhütung zu denken. Wir Royals haben zwar eine größere Widerstandkraft, aber theoretisch sind Krankheiten auch möglich. Und außerdem: Nicht, dass in einem Jahr kleine Lucys und Daans hier herumspazieren. Auch wenn das sicher sehr süß wäre«, schob sie noch zwinkernd hinterher.

Auf kleine Lucys und Daans konnte ich momentan verzichten, wenngleich ich mir schon Kinder wünschen würde. Doch diese Gedanken habe ich erst einmal beiseitegeschoben. Ich bin erst siebzehn. Um Kinder sollte ich mir jetzt noch keine Gedanken machen.

Und dann war Alainna mit mir zur Schulfrauenärztin gegangen, die mich einmal durchgecheckt und mit mir die verschiedenen Verhütungsmöglichkeiten durchgegangen war. Im Anschluss hat sie mir auch Verhütungsmittel mitgegeben.

Es war mir zwar im ersten Moment sehr peinlich gewesen, aber ich war froh, dass Alainna an meiner Seite war. Ohne sie hätte ich mich vermutlich nie allein zur Frauenärztin getraut. Eigentlich hätte Aislinn als meine beste Freundin an ihrer Stelle sein müssen. Ich vermisse sie sehr. Ich wünschte, sie wäre hier, denn trotz ihrem Job als meine Leibwächterin war sie meine erste beste Freundin gewesen, die ich je hatte.

Dafür bin ich froh, dass die Tochter der Direktorin zu einer so guten Freundin geworden ist. Einer Freundin, der ich vertrauen kann und die für mich da ist, wenn ich sie brauche.

»Das war sehr vorsorglich von dir«, holt mich Daan aus meinen Gedanken.

Erschrocken zucke ich zusammen. »War das blöd von mir? Hätte ich erst mit dir darüber reden müssen?«

Schmunzelnd schüttelt er den Kopf. »Nein, das ist überhaupt nicht blöd. Ganz im Gegenteil: Ich finde es super, dass du Vorsorge getroffen hast. Außerdem reden wir doch jetzt darüber. Besser später als zu spät oder nie, meinst du nicht auch?« Damit bringt er mich zum Lächeln.

»Da gebe ich dir vollkommen recht.«

»Außerdem scheinst du dir schon länger darüber Gedanken gemacht zu haben und es ist keine Kurzschlussreaktion, die du im Nachhinein bereuen könntest«, fügt er noch hinzu.

»Ich würde es nie bereuen, Daan.«

Erleichterung macht sich in seiner Miene breit. »Da bin ich aber froh.« Lächelnd betrachtet er mich. »Ich bin übrigens auch clean.«

»Oh. Ach so. Gut.« Ich nicke heftig. »Das finde ich gut.« Beinahe hätte ich die Hand vor die Stirn geschlagen, weil ich mich dafür schäme, dass ich keinen richtigen zusammenhängenden Satz mehr herausbekomme. Weniger reden, Lucy!

»Ich finde es nicht schlimm, was du denkst oder sagst, Sternchen. Ich finde es eher süß«, meint Daan grinsend. »Wenngleich ich den Gedanken, weniger zu reden gerade sehr gut finde, weil wir stattdessen etwas anderes tun können.«

Er erläutert nicht, was er mit »etwas anderes« meint, sondern beugt sich nach vorn und küsst mich sanft. Ich muss an Alainnas Tipps denken und lasse mich in dem Kuss fallen. Irgendwie haben Daan und ich es zuvor auch immer laufen lassen, wenngleich man diese Momente, als wir uns körperlich so nahe waren, an einer Hand abzählen kann. Zwar habe ich mir da auch Gedanken gemacht, ob ich etwas falsch mache, aber Daan konnte mich immer beruhigen. Er hat mich immer so behandelt, dass ich mich wohlfühlte. Es war ihm immer wichtig, dass es mir gut geht. Deshalb vertraue ich ihm. Ich weiß, dass er mir nicht wehtun wird.

Kurz unterbrechen wir den Kuss, um uns anzusehen. In seinen Augen flackert es kurz auf, was meinen Magen aufgeregt flattern lässt. Dann neigt er seinen Kopf erneut zu mir herunter und ich komme ihm entgegen. Als sich unsere Lippen berühren, fühlt es sich wie eine kleine Explosion an. Ich vergrabe meine Hände in seinen Haaren und halte mich an ihm fest, während der Kuss intensiver und leidenschaftlicher wird.

Bis wir ihn kurz unterbrechen, als ich nach dem Saum seines Pullovers greife, um ihn ihm über den Kopf zu ziehen. Dann streiche ich mit den Händen über seine durch das viele Training definierte Brust, seine Arme bis hin zu seinem Rücken, wo sich seine Narben befinden, die er durch seinen Vater bekommen hat. Er verspannt sich ein klein wenig. In seinen Augen sehe ich kurz Schmerz und Hilflosigkeit aufflackern, was mich traurig macht. Er wäre ein so viel besserer König als sein Vater, der ihm so schreckliche Dinge angetan hat. Wut auf diesen grausamen Mann lodert in mir empor. Aber auch Mitgefühl für Daan. Für alles, was er durchmachen musste. Durch den Seelenbund spüre ich seine Gefühle noch stärker. Wenngleich er immer noch unter der Tyrannei seines Vaters leidet, hat er große Angst um seine Familie, sowie ich Angst um die meine habe.

Doch jetzt, in diesem Augenblick, können wir nichts für sie tun. Zumal in einer Ecke zu sitzen und zu heulen uns auch nicht weiterbringt. Morgen können wir uns immer noch Sorgen um unsere Eltern machen und wie es weitergehen soll. Dieser Moment gehört nur uns, deshalb verdränge ich all diese Gedanken in den Hintergrund und sperre das niederschmetternde Gefühl der Angst weg.

Ich konzentriere mich voll und ganz auf Daan, der den Atem anhält, als ich von seinem Schoß herunterklettere und mich hinter ihn knie, um seine Narben wie beim letzten Mal wieder zu küssen. Auch wenn ich ihm schon einmal gesagt habe, dass seine Narben für mich Stärke darstellen und sie für mich ein Teil von ihm sind, ist es mir wichtig, ihm das immer und immer wieder klarzumachen, damit er es nicht vergisst.

Daan dreht sich zu mir herum und küsst mich stürmisch. Er zieht mich an sich, lässt seine Hände über meine Schultern, meine Arme und meine Hüften bis hin zu dem Saum meines Kleids gleiten, das er langsam hochschiebt. Ich schnappe nach Luft, weil mich unter seinen zärtlichen Berührungen eine angenehme Gänsehaut befällt.

Dann hebe ich die Hände und helfe ein wenig mit, als er mir das Kleid auszieht, sodass ich nur noch in Unterwäsche vor ihm sitze. Obwohl wir jetzt schon öfters halbnackt voreinander hockten, fühlt es sich noch immer so an wie beim ersten Mal. Ich bin ganz verlegen, als er seinen glühenden Blick über mich wandern lässt und sich dann seiner Hose entledigt.

Wieder küsst er mich und drückt mich, ohne den Kuss zu unterbrechen, sanft in das weiche und warme Moos. Seufzend ziehe ich ihn näher zu mir heran. Ich will ihm so nahe wie irgendwie möglich sein.

Irgendwann streift er mir den Träger meines BHs über die Schulter, seine Lippen wandern über meine Haut, während seine Hände an meinen Seiten entlangfahren und über meine Oberschenkel streichen. Er verteilt überall Küsse auf meinem Hals und ich wölbe mich ihm seufzend entgegen. Seine Lippen verziehen sich auf meiner Haut zu einem Lächeln. Während seine Hände auf meinem Körper auf Wanderschaft gehen, streichen meine über den seinen. Ich kann nicht genug von ihm bekommen und würde ihn am liebsten gar nicht mehr loslassen.

Das Herz schlägt mir bis zum Hals, als seine Finger über meinen Rücken wandern und nach meinem BH greifen. Es dauert ein paar Sekunden, bis er ihn endlich aufbekommen hat.

Ich halte den Atem an, als er ihn mir herunterzieht, die Augen auf meinen Oberköper gerichtet.

»Du bist so wunderschön, Lucy«, flüstert er ehrfürchtig, als wäre ich das Schönste, das er je gesehen hätte.

»Du auch«, flüstere ich an seinen Lippen, woraufhin er sich kurz von mir löst und auf mich herablächelt.

Statt etwas zu sagen, küssen wir uns erneut. Immer und immer wieder. Unsere Küsse werden tiefer und inniger, unsere Berührungen drängender und leidenschaftlicher.

Wenige Zeit später tragen wir gar nichts mehr.

Die erste Verlegenheit ist überwunden. Unser beider Atem geht schneller und ich keuche leise auf, als er mich an einer Stelle streichelt, wo mich bisher niemand außer ihm berührt hat.

»Und du bist dir wirklich sicher?«, hakt er sicherheitshalber noch einmal nach.

Ich lege meine Hände auf seine Brust, dort, wo ich sein Herz spüre, das mit meinem im Gleichklang schlägt, und nicke. »Ja, ich bin mir sicher.«

»Okay.« Er hadert nach dem viereckigen Päckchen, das mir die Schulfrauenärztin für Daan mitgegeben hat und strahlt mich an. »Ich liebe dich, Lucyana.«

»Ich liebe dich auch, Daan.«

Und dann lieben wir uns zum ersten Mal. Daan tut alles dafür, dass ich mich wohlfühle und entspanne. Zwar sind wir beide anfangs ein wenig unbeholfen und im ersten Moment tut es ein wenig weh, aber der Schmerz vergeht schnell wieder. Stattdessen breitet sich ein atemberaubendes Gefühl in meinem Körper aus, das mich alles um mich herum vergessen lässt. Es gibt nur noch Daan und mich.

Danach liegen wir ineinander verschlungen da und blicken auf das Geflecht aus Ästen und Blättern über uns, das durch die neonblauen Blüten beleuchtet wird. Meinen Kopf habe ich auf seine Brust gebettet, meine Füße sind mit den seinen verheddert. Unsere rechten Hände sind miteinander verschränkt, während seine linke um meine Hüfte geschlungen ist und mich sanft streichelt.

Durch den kleinen Spalt kann ich nach draußen in den Sternenhimmel blicken, von dem Abertausende von Sternen auf uns herableuchten.

Ich bin glücklich. Ich bin überglücklich. Es war unser beider erstes Mal. Es war schön. Es war sehr schön.

Und wenngleich ich große Angst vor morgen habe und am liebsten gar nicht einschlafen würde, um jede einzelne Sekunde mit Daan zu genießen, sollte das unsere letzte gemeinsame Nacht gewesen sein, fühle ich mich gerade wie die glücklichste Elfe auf ganz Phönix.

KAPITEL 17

Ich werde von den ersten Sonnenstrahlen geweckt. Ich liege halb auf Daan. Gähnend reibe ich mir die Augen. Ich blicke durch die Lücke zwischen den Ästen nach draußen. Die Sonne geht gerade auf und taucht das ganze Schulgelände oder zumindest das, was ich von hier aus sehen kann, in ein orangefarbenes Licht, sodass es aussieht, als würden die Bäume in Flammen stehen. Vögel zwitschern und das leichte Rauschen des Windes fährt durch die Baumkronen. Neben mir höre ich Daan gleichmäßig atmen. Sein Kopf ist zur Seite gefallen und liegt nun auf meiner Brust. Dadurch liegen ihm ein paar seiner dunklen Strähnen über der Stirn. Er lächelt im Schlaf. Sein Lächeln lässt meinen Bauch Purzelbäume schlagen.

Er sieht so friedlich und viel jünger aus. Gar nicht wie der Koboldprinz und Thronfolger, der er ist, sondern einfach nur wie Daan. Ein ganz normaler Junge.

Lächelnd streiche ich ihm die Strähnen zur Seite, fahre die goldenen Punkte seines Gesichtsmerkmals nach und hauche ihm einen Kuss auf die Stirn, woraufhin er sich im Schlaf ein wenig bewegt.

Mittlerweile habe ich gelernt mit meinem Hörsinn umzugehen, den ich meinen beweglichen Ohren zu verdanken habe, sodass ich seinen Herzschlag vernehmen kann, der nur minimal schneller geworden ist. Ich will ihn nicht wecken. Immerhin waren wir noch lange wach. Viel gesagt haben wir nicht. Stattdessen lagen wir ineinandergeschlungen da und haben uns immer wieder geküsst, bis uns die Müdigkeit übermannte. Und in dieser innigen Umarmung liegen wir immer noch.

Ich schmiege mich an seinen warmen Körper, wobei sein Arm, der auf meinem Rücken lag, ein wenig nach unten rutscht und ich bemerke, dass wir beide nackt sind. Splitterfasernackt.

Ich reiße die Augen wieder auf, als ich mich an die gestrige Nacht erinnere und es mir erst jetzt so richtig bewusst wird: Ich habe mit Daan geschlafen! Und es war so schön. Schöner als ich es mir vorgestellt hatte.

Grinsend vergrabe ich das Gesicht in der Decke, die nach meinem Freund duftet. Meinem Freund. Gedanklich lasse ich mir das Wort auf der Zunge zergehen. Ich kann es immer noch nicht fassen, dass wir tatsächlich zusammen sind, einen Seelenbund geschlossen haben und den nächsten Schritt gegangen sind. Wäre dieses ganze Drumherum nicht, könnten wir zwei ganz normale Teenager sein.

»Was ist los, Sternchen? Kannst du meinen Anblick etwa nicht ertragen, sodass du dich verstecken musst? Oder ... suchst du unter der Decke etwas Bestimmtes?«, ertönt da Daans verschlafene, aber belustigte Stimme. Sein Oberkörper vibriert, als er über seinen eigenen Scherz lacht.

»Daan!« Ich schlage ihm auf den Oberarm.

Er lässt es lachend über sich ergehen. Allerdings muss auch ich lachen. Ich bin viel zu gut gelaunt, um ernsthaft beleidigt zu sein. Als ich den Kopf hebe, funkeln seine Augen mich warm an und mein Herz macht einen Satz.

»Wenn ich einen Anblick genießen wollen würde, der durch die Decke verdeckt ist, hätte ich sie dir weggezogen«, witzle ich grinsend. Mein Grinsen wird noch breiter, als Daan leicht verunsichert dreinblickt. Früher hat er mich mit seinen Sprüchen oft zum Erröten gebracht oder aus der Bahn geworfen, mittlerweile bin ich schlagfertiger geworden, sodass ich den Spieß umdrehen kann.

»Und das gefällt mir«, sagt Daan, der meine Gedanken gehört hat, die ich ihm freigegeben habe. Ich habe keine Geheimnisse vor ihm, also kann er auch hören, was ich denke.

Er schiebt mir ein paar Strähnen meines zerzausten Haars zurück, ehe er sich nach vorn beugt und mir erst einen Kuss auf die Stirn, dann auf die Wange und schließlich auf den Mund haucht.

»Guten Morgen, Sternchen«, raunt er mit rauer Stimme, die mir einen angenehmen Schauer über den Körper jagt. »Hast du gut geschlafen?«

»Guten Morgen«, hauche ich und erwidere sein anzügliches Grinsen. Seit heute Nacht fühle ich mich seltsam beschwingt. »Ich habe sehr gut geschlafen. Und du?«

»Kann mich nicht beklagen. Schließlich habe ich die wundervollste Frau der ganzen Welt an meiner Seite.« Seine Finger ziehen auf meiner Haut Kreise. Ich schließe kurz die Augen, weil es sich so gut anfühlt. Am liebsten hätte ich gleich nochmal mit ihm ...

»Geht mir genauso, Sternchen. Aber wir müssen bald aufstehen«, meint Daan bedauernd. »Bevor sie uns such ... «

»Lucy? Daan?«, ertönt es da von draußen.

Wir sehen uns mit großen Augen an. Doch zu spät. Ehe wir reagieren können, schaut Danny durch die große Lücke in den Baumkronen herein. Geistesgegenwärtig zieht Daan die Decke über uns. Als mein Bruder uns entdeckt, hält er sich schnell die Hand vor die Augen. »Oh verdammt, das wollte ich nicht sehen! Tut mir leid.« Er läuft knallrot an und dreht sich um, sodass wir nun den Blick auf seine moosgrünen Schmetterlingsflügel bekommen.

»Das nächste Mal warte ich erst auf eine Antwort, ehe ich nachschaue!«, hören wir ihn gedämpft von draußen, ehe er etwas lauter sagt: »Ich wollte euch nur Bescheid geben, dass Dylan und ich in einer dreiviertel Stunde frühstücken gehen, falls ihr mitkommen wollt.«

Ich sehe Daan an und er nickt. Dieses Mal tauschen wir uns nicht über unsere Gedanken aus. Wir verstehen uns auch so. »Wir kommen gern mit.«

»Super.« Danny klingt erfreut, wenngleich er peinlich berührt ist. »Dann treffen wir uns unten vor dem Baum. Bis gleich.«

»Bis gleich.«

Mein Bruder fliegt nach unten. Daan und ich sehen uns betreten an, dann brechen wir in schallendes Gelächter aus, das mir Tränen in die Augen steigen lässt. Es tut gut zu lachen. Ich weiß gar nicht mehr, wann ich das letzte Mal so gelacht habe.

»War ja klar, dass das passieren musste. Jetzt haben wir zumindest den peinlichen Moment, wo man von einem Familienmitglied erwischt wird, abgehakt«, meint Daan zwinkernd.

»Glaubst du, wir schaffen es, in einer halben Stunde zu duschen?«, frage ich.

Er beugt sich über mich. Grinsend blickt er auf mich herab. »Ich denke, das kriegen wir hin. Wenn du willst, können wir ja zusammen duschen. Wobei ich mir nicht so ganz sicher bin, ob ich die Finger von dir lassen kann.«

»Ich habe nichts dagegen. Und ich mag übrigens den Anblick unter der Decke. Ich mag alles an dir, Daan«, hauche ich an seinen Lippen und muss lächeln, als er überrascht die Augen weitet und sich ein Strahlen über sein Gesicht ausbreitet.

»Das kann ich nur zurückgeben, Sternchen«, murmelt er, ehe wir uns wieder küssen und aneinander festhalten. Einmal angefangen, kann ich meine Finger nicht mehr von ihm lassen und ihm scheint es genauso zu gehen. Erst recht, wo wir wieder zueinandergefunden haben und unsere Beziehung nicht mehr geheim halten. Und ein kleiner Teil von uns beiden will die Zweisamkeit wenigstens noch für ein paar Minuten genießen, ehe wir uns unseren Problemen stellen müssen.

***

Eine Stunde später sitzen wir frisch geduscht im Speisesaal. Es ist fast wieder wie früher, als das Leben an der Akademie noch »normal« war. Lorcan, Garrett, Alainna, Siana, Eron und Livia, Dannys Freundin, haben sich zu uns gesellt. Auch Aaron und Reena, die ihre Blicke kaum voneinander lassen können, haben sich mit an unseren Tisch gequetscht. Wenngleich eine gedrückte Stimmung herrscht, ist es laut im Speisesaal, weil sich alle miteinander unterhalten.

»Ich kann nicht fassen, dass ich das jetzt sage, Leute, aber ich wünschte, wir wären hier, um einen Test zu schreiben«, meint Aaron, woraufhin ihm alle zustimmen.

Sofort entbrennt eine heftige Diskussion über unsere Lehrer und ihre schlimmsten Prüfungsfragen. Wir wissen alle, was auf uns zukommen wird. Aber für diese wenigen Minuten blenden wir es noch aus.

»Euren geröteten Wangen und dem unverkennbaren Strahlen in euren Gesichtern

nach zu urteilen, habt ihr es wirklich getan, oder? Wie war es?«, fragt mich Alainna mit erhobener Braue und einem wissenden Lächeln auf den Lippen.

»Ja, haben wir. Am Anfang hat es ein wenig wehgetan, aber es war sehr schön.« Mir wird ganz warm, als ich daran denke. Ich sehe kurz zu Daan, der neben mir sitzt. Es ist nicht nur offiziell, dass wir zusammen sind. Wir haben unsere Beziehung öffentlich gemacht. Und aufgrund der derzeitigen Lage werden wir von niemandem mehr schief angesehen.

Wir stehen für die Rebellion, für den Wunsch nach dem legalen Zusammenleben von Natura verschiedener Völker. Und nicht nur wir haben es öffentlich gemacht. Auch andere sind unserem Beispiel gefolgt. Das habe ich auf unserem Weg hierher gesehen oder wenn ich die Natura hier beobachte. Die Völker haben sich vermischt. Einige zeigen deutlich, dass sie jemanden aus einem anderen Volk mögen, lieben oder mit demjenigen befreundet sind. Wir müssen uns nicht mehr verstecken. Auch wir sind Hand in Hand hierhergelaufen und er hat mich dabei mit diesem Blick angesehen, der mir jedes Mal ein Magenflattern beschert. Es ist so, als wären wir ein ganz normales, verliebtes Pärchen.

Daan legt eine Hand auf meinen Oberschenkel und streichelt abwesend darüber. Mit der anderen hält er ein Brot, das er isst.

»Ich könnte mich daran gewöhnen«, meint Daan.

»Ich mich auch.«

Ich sehe wieder zu Alainna, die herzhaft in ihr belegtes Brötchen beißt. Was mich auf die Frage bringt, ob Meerjungfrauen was anderes essen als die Natura, die auf dem Land leben.

Alainna, die meine Gedanken gehört hat, schnaubt. *»Nein, wir essen keinen Fisch. Wir essen ganz normale Nahrung wie ihr. Aber wenn wir unter Wasser leben, sind wir natürlich auf die dortigen Lebensmittel angewiesen. Wir versuchen auf Fisch und lebendige Tiere zu verzichten. Algen schmecken nicht schlecht.«*

Ich verziehe angeekelt das Gesicht, da ich kein Sushi mag und mir deshalb nicht vorstellen könnte, Meerespflanzen zu essen.

Alainna grinst breit. *»Ich esse lieber Algen als ein Lebewesen.«*

»Wo lebt ihr unter Wasser?«, frage ich neugierig. Aufgrund von Filmen mit Meerjungfrauen denke ich an Höhlen, in denen die Meernatura leben.

»Manche von uns leben wirklich in Höhlen. Das ist ganz praktisch und man spart sich viel Arbeit. Die meisten haben aber Wohnungen, die sie selber bauen. Viele ziehen aber auch an Land in Hütten oder Baumhäuser und arbeiten untertags im Meer. Meine Mutter ist ein der wenigen Ausnahmen, die den Großteil ihres Lebens komplett an Land bleiben.«

»Und dein ...« Ich zögere, weil es nie zur Sprache kam.

Alainna lächelt, wenngleich sie ein wenig traurig wirkt. *»Ja, mein Vater lebt noch. Als der Meerkönig lebt er in einem Palast in den Tiefen des Ozeans. Irgendjemand muss ja da unten alles leiten, während meine Mutter hier an Land ist. Ich wollte aber nicht nur unter Wasser leben, deshalb wohne ich teilweise an der Akademie, besuche ihn aber auch sehr oft.«* Sie zögert kurz. *»Wenn du möchtest, kann ich dich irgendwann dorthin mitnehmen. Siana wollte ich das Königreich meiner Familie auch schon zeigen. Wir könnten alle zusammen einen Ausflug dorthin machen.«*

»Das wäre sehr schön.« Mein Lächeln gefriert. Wer weiß, wer von uns bis dahin noch leben wird. *»Danke nochmal für deine hilfreichen Tipps und dass du mich zur Frauenärztin begleitet hast ... Und danke auch nochmal dafür, dass du mich, als ich mich beinahe selbst verloren hätte, wieder auf den rechten Weg gebracht hast.«*

Alainna wirkt überrascht, dann lächelt sie warm und greift über den Tisch hinweg nach meiner Hand. *»Kein Problem, das habe ich gern gemacht. Dafür sind Freundinnen doch da.«*

Sie zieht ihre Hand wieder zurück, um sie mit der von Siana zu verschränken. Verspürte ich gerade noch Freude darüber, sie als Freundin an meiner Seite zu haben, gefriert plötzlich etwas in mir. Freundinnen.

Ich lasse meinen Blick nochmal über den Tisch wandern. Sehe in die Gesichter meiner Freunde. Allerdings fehlt eine Person. Und ihr Fehlen lässt ein tiefes Loch in meinem Herzen zurück. Ein Kloß bildet sich in meinem Hals.

Aislinn fehlt mir so. Ich vermisse ihr Lachen, ihren Optimismus und ihren Beschützerinstinkt, der mir manchmal auf die Nerven ging. Ohne sie fühle ich mich ganz komisch. Merkwürdig leer. Ich vermisse auch Talorion. Er war mein Cousin. Weil ich ihn nur kurz kennengelernt habee und er von Reagon manipuliert worden war, kannte ich ihn nie wirklich. Immer wieder frage ich mich, wie es wohl gewesen wäre, hätten wir uns richtig kennengelernt. Hätten wir uns gut verstanden? Wären wir dann gute Freunde geworden?

Es ist ein merkwürdiges Gefühl, hier zu sitzen, während die beiden tot sind. Es fühlt sich so unwirklich an. So falsch. Sie hätten nicht sterben dürfen. Sie hatten noch ihr ganzes Leben vor sich. Und wer weiß, wie viele von uns, die heute hier sitzen, in ein paar Tagen noch hier sein werden. Wer von uns wird noch alles sterben, ehe das Ganze ein Ende hat?

Merkwürdig ist auch die Tatsache, dass uns keine feindseligen Blicke mehr zugeworfen werden. Noch vor ein paar Monaten herrschte an der Akademie der Völkerhass. Elfen, Kobolde und Elben machten sich aufgrund ihrer Zugehörigkeit gegenseitig fertig oder mobbten sich. Es war keine Seltenheit, dass mir Schimpfworte oder gehässige Bemerkungen entgegengeworfen wurden oder man meinen Spind demolierte, mich verbal oder körperlich angriff.

Heute begegnen mir meine Mitschüler und die Rebellen mit Respekt. Statt Beleidigungen bekomme ich ein grüßendes, respektvolles Kopfnicken. Statt an nach Völkern zugeteilten Plätzen, sitzen Elfen, Kobolde und Elben gemischt an den Tischen. Dieser Anblick gibt mir Hoffnung für die Zukunft, denn es zeigt, dass wir alle in Frieden leben können.

Allerdings herrscht eine angespannte Stimmung. Schon bei unserem Hinweg fiel es uns auf. Das Gelände ist voll von trainierenden Schülern, Lehrern und Rebellen. Man kann sie nicht mehr auseinanderhalten, weil alle die bequeme, aber robuste Trainingskleidung tragen, die die Schule allen zur Verfügung gestellt hat.

Obwohl wir alle keinen richtigen Appetit hatten, zwingen wir uns dazu, etwas zu essen. Wir müssen bei Kräften bleiben. Erst recht wegen dem, was auf uns zukommen wird.

Die ganze Zeit über kann ich meinen Blick kaum von Dylan und Danny lassen. Ich kann immer noch nicht glauben, dass Dylan tatsächlich wieder hier ist. Dass wir Geschwister wirklich wieder vereint sind.

In diesem Augenblick wirkt der Schulalltag so friedlich, dass ich kurz die Anspannung und die dauernde Angst, was als Nächstes geschieht, vergesse.

Ich wünsche mir ein unbeschwertes Leben für uns alle. Ein Leben mit denjenigen, die wir verloren haben. Eine Welt ohne Völkerhass. Eine Welt ohne Vorurteile, Hass, Manipulation, Gewalt und Krieg. Eine Welt, in der wir friedlich miteinander leben. Eine Welt, in der wir alle frei und gleich sind. Eine Welt, in der wir glücklich sind und nicht Angst vor dem nächsten Tag haben müssen.

Meine Brüder lachen wegen eines Witzes von Aaron, wenngleich es ihre Augen, unter denen aufgrund des Schlafmangels tiefe Schatten liegen, nicht ganz erreichen kann. Bei dem Gedanken an die Prophezeiung kriecht Angst in mir empor. Sie umfasst mein Herz mit eiskalter Klaue und drückt so fest zu, dass sie mir die Luft zum Atmen raubt.

Ein Bruder muss fallen.

Was, wenn Danny oder Dylan damit gemeint sind? Was, wenn ich einen von ihnen beiden verliere?

Ich wünsche mir eine Welt ohne den Einfluss der Ältesten. Eine Welt, in der meine Familie wieder vereint ist. Meine Brüder, meine Eltern und ich.

Dylan fängt meinen Blick auf. Er scheint meine Gedanken zu hören, denn sein Mund verzieht sich zu einem schwachen Lächeln. *»Das wünsche ich mir auch, Lucy«*, flüstert er in meinem Kopf und greift über den Tisch hinweg nach meiner Hand.

Danny, der mitgehört hat, reicht uns ebenfalls die Hände. Bis auf einmal alle an unserem Tisch ihre Hände auf die unseren legen. Wir sehen alle einander an. In unseren Blicken liegt Angst, aber auch Entschlossenheit.

»Egal, was kommen mag, wir stehen hinter euch und wir werden für unsere Freiheit kämpfen. Wir werden für ganz Phönix und eine bessere Zukunft für uns alle kämpfen. Und egal, welche Opfer es fordern wird, wir sind bereit«, sagt Lorcan mit fester Stimme. Er steht neben mir und sieht mir dabei so eindringlich in die Augen, dass ich neue Hoffnung schöpfe.

Gerade, als ich meine Hand wieder zurückziehen will, wackelt der Tisch. Besteck, Gläser und Teller klirren. Wir sehen uns an, springen gleichzeitig auf. Auch an den anderen Tischen herrscht Unruhe. Einige Schüler deuten nach draußen. Ein Blick durch die Fenster lässt meinen Atem stocken.

Unzählige Vögel verschiedenster Arten fliegen auf das Schulgelände zu. Doch sie allein können das Vibrieren nicht verursachen.

Gemeinsam verlassen wir den Speisesaal, um uns vor das Schulgebäude zu begeben. Immer mehr Vögel tauchen vom Horizont her auf, der Himmel ist voll von ihnen. Sie lassen sich in den Baumkronen und auf den Ästen oder Dächern nieder. Lautes Flügelschlagen und ihr Gekreische liegt in der Luft.

»Wow. So etwas habe ich noch nie erlebt«, murmelt Lorcan und Garrett, der neben ihm steht, stimmt ihm zu.

»Hört ihr das?«, fragt Dylan, der angestrengt lauscht.

»Ja. Das kommt von der Mauer«, meint Danny mit zusammengekniffenen Augen.

»Lasst uns nachsehen«, bestimmt Dylan und schon transformieren die Elfen die Flügel, um zur Geräuschquelle zu fliegen. Die Kobolde und Elben folgen uns zu Fuß. Auf unserem Weg kommen uns weitere aufgescheuchte Vögel entgegen, die sich aufgeregt zwitschernd in den Baumkronen auf dem Schulgelände niederlassen, über die wir hinwegfliegen.

Von hier oben erkenne ich die mit Efeu überzogene Steinmauer, die das Gelände der Akademie einschließt, und mir klappt der Mund auf, weil ich nicht glauben kann, was ich sehe. Zahlreiche Einhörner und Pegasi kommen wie eine Welle aus hell schimmernden Körpern aus dem Wald geschritten. Das schneeweiße Fell der Einhörner und ihre elfenbeinfarbenen Hörner glänzen in der Sonne, die Federn der Flügel der Pegasi schimmern perlmuttfarben. Unter ihnen sind hin und wieder auch pechschwarze oder braune Tiere zu erkennen. Sogar ein paar Alicorne entdecke ich, quasi ein Pferd mit einem Einhorn und den Flügeln eines Pegasus. Sie alle wiehern und schnauben, als sie auf die Mauer zulaufen, vor der sie stehen bleiben, bis es davor nur noch so von den Tieren wimmelt, dass man die Wiese nicht mehr richtig erkennen kann. Über ihnen kreisen Vögel und Feen. Unzählige Feen, die ihren silbernen und goldenen Glitzerstaub in der Luft verteilen.

Dryaden haben sich aus ihren Stämmen geschält, die katzenartigen Augen auf uns gerichtet. Mir fallen weitere Tiere auf. Drei bis sechs Meter lange grüne Echsen, die sich zwischen den unzähligen Tieren und Bäumen hindurchschlängeln. Es sind Komodowarane. Und wenn ich mich nicht ganz irre, sind es genau die Komodowarane, auf die Daan und ich vor ein paar Monaten am Strand bei unserem ersten Date getroffen sind und die uns vor den Soldaten beschützten, die Daan festnehmen wollten, weil er als Kobold unerlaubt auf Elfenterritorium eingedrungen war.

»Was wollen sie nur? Denkt ihr …«, beginnt Lorcan voller Ehrfurcht, wird jedoch von Gregor unterbrochen, der mit einem schwarzen Alicorn neben uns landet.

»Sie wollen sich uns anschließen«, sagt er und tätschelt sein Tier, dessen dunkle Flügel zum Ende hin in ein tiefes Dunkelblau übergehen und dessen Horn ebenfalls eine dunkelblaue, fast schwarze Farbe hat. Ein erleichtertes Lächeln liegt auf seinen Lippen. »Ganz Phönix steht hinter uns.«

Neben ihm schwirren Freya und Delavar, die ich jetzt das erste Mal mit Flügeln sehe. Freyas sind passend zu ihren Augen dunkelgrün und bilden einen starken Kontrast zu ihrem ellenbogenlangen, in der Sonne feuerrot leuchtenden Haar, das ihr durch den Wind ins Gesicht weht.

Dabei fällt mir Gregors Blick auf, der seine Hände fester in die Mähne seines Alicorns gräbt. Sein Blick ist so voller Sehnsucht, dass ich seinen Schmerz beinahe fühlen kann. Ob er auch dazu gezwungen wurde, sich von ihr fernzuhalten, wie Daan von mir? Hat er sich von meiner Tante abgewandt, um sie zu beschützen?

Ich erinnere mich an Dannys Worte, als er meinte, ob ich mir wirklich sicher sei, dass Freyas Herz nur für Delavar schlägt. Denn die Blicke, die sie Gregor zuwirft, sagen einiges aus. Trotzdem ist sie mit Delavar zusammen, dessen Hand sie ergreift und sich von Gregor abwendet, als könne sie ihn nicht mehr länger ansehen. Dabei verbindet Freya und Delavar ihr Sohn, mein toter Cousin.

Mein Onkel scheint die Spannung zwischen den beiden mitbekommen zu haben. Er drückt Freyas Hand, küsst sie jedoch nicht, wie er es sonst immer gemacht hat. Seine dunkelbraunen Flügel schlagen schneller, weshalb ich vermute, dass sich seine Stimmung darauf auswirkt.

Da ertönen auf einmal erschrockene Ausrufe. Ich höre meine Brüder und

Freunde fluchen und folge ihren Blicken. Als ich sehe, was sie so in Aufruhr versetzt, rutscht mir das Herz in die Hose.

Ein Dutzend Soldaten kommen vom Horizont auf ihren Pegasi oder mithilfe ihrer Flügel auf uns zugeflogen. Es sind alles Elfen und Schattenelfen in Militäruniformen. Weitere reiten auf Einhörnern von einem Waldstück aus auf uns zu. Die Tiere machen ihnen den Weg frei, sodass sie an ihnen vorbei und auf uns zuschreiten und zufliegen können.

»Wieso müssen wir jedes Mal, wenn wir uns näherkommen oder schöne Momente hatten, angegriffen werden?«, höre ich Daan murmeln, der ebenfalls auf einem dunklen Alicorn fliegend neben mir auftaucht und mit finsterer Miene die näherkommenden Soldaten fixiert. Eine Hand hat er in der Mähne des Tiers vergraben, die andere ballt er zur Faust.

»Sonst wäre es ja langweilig, oder?«, gebe ich zurück, wenngleich mir nicht zu scherzen ist.

Der Kobold schenkt mir ein schiefes Lächeln. Doch mehr Zeit bleibt uns nicht, denn die Armee ist schon fast bei uns angelangt. Wir gehen alle in Verteidigungshaltung. Lorcan flucht leise, weil er seinen Bogen nicht dabeihat.

Wir haben keine Waffen mitgenommen, da wir ja direkt vom Speisesaal aus hierhergeflogen sind. Sie müssten sich mit ihren Fäusten verteidigen. Nur die Prinzen und ich sowie Freya, Delavar und Gregor könnten unsere Kräfte verwenden. Mit ihnen könnten wir sie aufhalten. Ich spüre, wie sie bereits in meinen Adern brodeln, doch Gregor hebt die Hand, um uns alle zurückzuhalten.

»Wartet. Sie haben eine weiße Flagge dabei.«

»Eine weiße Flagge?« Irritiert halte ich Ausschau und tatsächlich: Einer der Elfensoldaten schwingt eine große weiße Flagge. Er begleitet einen weiteren Elfen, der auf einem schneeweißen Pegasi sitzt und an der Spitze fliegt. Vermutlich ist er der Anführer. Von weitem sehe ich in der Sonne ein goldenes Abzeichen auf seiner Brust aufblitzen.

Danny und Dylan, die nicht von meiner Seite gewichen sind, rücken wie Lorcan und Daan näher an mich heran.

»Lasst sie durch!«, ruft Gregor und raunt uns ein leises »Bleibt hinter mir.

Wir wissen nicht, was sie wollen, aber wir müssen in Alarmbereitschaft sein« zu, während er sein Alicorn nach vorn bewegt, sodass er mit Freya und Delavar an seiner Seite an unserer Spitze in der Luft schwebt.

»Was wollt ihr von uns?«, fragt er ohne Umschweife, als sich die Soldaten hinter ihrem Anführer und dessen Begleitelfen mit der weißen Flagge aufbauen. Der skeptische Unterton in seiner Stimme ist unverkennbar. Mit zusammengekniffenen Augen lässt er seinen Blick über die Soldatenarmee schweifen, deren Pegasi ruhig in den Lüften schweben. Auch wenn sie keine Waffen auf uns richten, über ihren Schultern hängen Gewehre oder Pfeil und Bogen.

Sind sie vom Ältestenrat geschickt worden? Wollen diese uns jetzt erpressen und wenn wir ihren Aufforderungen nicht nachkommen, haben die Soldaten den Befehl, uns anzugreifen?

Ich betrachte sie genauer, als ich die beiden an der Spitze wiedererkenne und erschrocken die Luft anhalte. Das sind Elsurion und Aislinns Vater!

Elsurion, der muskulöse Elf mit den kurz geschorenen Haaren und der Narbe, die seine linke Gesichtshälfte durchzieht und recht einschüchternd wirkt, trägt die weiße Flagge. Er ist der stellvertretende Sicherheitschef meiner Familie. Seine Schwester Kierra war eine meiner Personenschützerinnen, die im Kampf gegen die Orks nach der Presseveranstaltung im Zentrum ums Leben kam.

Aislinns Vater ist anscheinend der Anführer. Denn er schwebt direkt an der Spitze auf seinem Pegasus. Das Abzeichen mit dem Wappen meiner Familie und einem Stern darüber als Zeichen für den Sicherheitschef auf seiner Brust schimmert im Sonnenlicht golden. Er hat kurzes, aber dasselbe hellblonde Haar wie Aislinn. Seine Augen sind jedoch nicht strahlend blau wie ihre, sondern grau. Er sitzt mit aufrechter Haltung auf seinem Pegasus. Das Tier scheint mich direkt anzusehen, wodurch ein Kribbeln in mir emporsteigt.

Was tun sie hier? Sollten sie nicht im Palast sein und dort – ich halte inne. Die Ältesten werden meine Eltern nicht im Palast festhalten, sondern im Zentrum, soweit wir wissen. Doch wer ist dann noch im Palast?

»Wir sind in Frieden gekommen«, beginnt Aislinns Vater mit tiefer Stimme. Und als hätte er meine Gedanken gelesen, erklärt er: »Die Ältesten haben sich im Zentrum verschanzt, aber einige ihrer Soldaten und einen Kommandanten als Wachtposten im Elfenpalast gelassen, solltet ihr zurückkehren. Wir sind geflohen. Unser König und unsere Königin sind gefallen.«

Gefallen? Meint er damit, dass sie tot sind? Übelkeit macht sich in mir breit. Meine Eltern leben doch, oder? Zumindest hoffe ich das. Die Ältesten hätten nichts davon, sie zu töten. Sie sind ihr Druckmittel, um uns aus der Reserve zu locken. So lange werden sie sie noch am Leben lassen. Da bin ich mir sicher.

»Ebenso wie unser König und unsere Königin«, mischt sich ein weiterer Soldat ein – ein junger Schattenelf mit langen dunklen Haaren – und gesellt sich auf seinem dunklen Pegasi zu Aislinns Vater. Seinen Blick hat er direkt auf Gregor geheftet. »Wir sind Soldaten, die im Zentrum oder den entlegenen Elfen- und Schattenelfendörfern stationiert sind. Wir haben mitbekommen, was auf dem Ball im Elfenpalast geschah. Die Ältesten haben das Königspaar der Schattenelfen und das der Elfen verhaften lassen und zum Tode verurteilt. In unseren Dörfern und im Zentrum herrscht Chaos. Die Bürger begehren auf. Es gab in den letzten Stunden unzählige Widerstände. Immer mehr schließen sich der Rebellion an. Die Soldaten der Ältesten haben die unseren unterwandert und gehen brutal gegen die Bevölkerung vor. Sie metzeln alle nieder, die sich gegen die Regierung und die Ältesten wehren.«

»Was die Ältesten getan haben, war nicht richtig«, fährt Aislinns Vater fort. »Wir dienen nur unserem König und unserer Königin, nicht diesen machtbesessenen Intriganten. Wir wollen ein freies Phönix. Wir wollen Gleichberechtigung. Also sind wir dem Aufruf unserer Königin und unseres Königs gefolgt. Wir haben schon lange die Medien und vor allem das Geschehen um unsere Königsfamilie, insbesondere das Verhalten der Prinzessin der Elfen mitverfolgt.« Sein Blick wandert zu mir und meinen Brüdern und ich halte den Atem an. »Wir vertrauen euch. Wir wollen uns dem Aufstand anschließen. Für unser Land. Für Phönix. Und für unsere künftige Königin.«

Zur Überraschung aller verneigen sich die Anführer der Elfen- und Schattenelfensoldaten vor uns. Alle Soldaten, die sich ihnen angeschlossen haben, machen es ihnen nach. Und nicht nur die Soldaten. Auch alle Tiere, die Einhörner, Pegasi, sogar die Komodowarane und Feen, alle neigen ihre Köpfe vor uns. Nein, nicht ganz vor uns. Denn alle haben sich mir und meinen Brüdern zugewandt. Unserer Familie.

Als mir das klar wird, jagt mir ein eiskaltes Prickeln durch den ganzen Körper und ein ungewohntes Gefühl macht sich in mir breit. Das Gefühl von Macht, aber auch großer Verantwortung. All diese Natura legen ihr Vertrauen in meine Hände und die meiner Brüder und Freunde. Ihr Leben. Nicht jeder von ihnen wird diesen Krieg überleben. Es wird noch schlimmer, als Gregor mich lächelnd ansieht. Ebenso wie meine Brüder, Freya und Delavar. Unverhohlener Stolz liegt in ihren Mienen.

Erst da bemerke ich, dass viele der Rebellen auf dem Schulgelände ebenfalls zur Mauer gelaufen sind. Sie alle verharren abwartend, haben das Gespräch aber anscheinend mitbekommen, denn aller Aufmerksamkeit liegt auf mir.

Daan, der mein Unwohlsein gespürt hat, ergreift meine Hand und schenkt mir ein ermutigendes Lächeln. *»Ich bin bei dir.«*

Garrett, der sich hinter Lorcan gehalten hat, wendet sich an mich. »Erinnerst du dich an die Schlacht im Elfensektor, als wir gemeinsam gegen die Orks gekämpft haben?«

Ich nicke und frage mich zugleich, auf was er hinauswill.

»Der Moment, als wir an der Schlucht standen, kurz, bevor wir uns nach unten begaben ...« Sein Blick wandert kurz zu Lorcan und Daan, der immer noch meine Hand hält. »Du hast nach ihren Händen gegriffen. Auf der einen Seite ein Rebell, auf der anderen Seite der Prinz eines verfeindeten Volkes. Du hast dich an ihnen festgehalten, als würden sie dir Kraft schenken. Du standest da, mit zwei Feinden an deiner Seite. Mit zwei Feinden, die zu Freunden wurden. Zwei Freunden, die sogar ihr Leben für dich geben würden. Nur eine wahre Königin verbündet sich mit ihrem größten Feind, um ihr Volk zu retten.«

Garretts Worte machen mich sprachlos. Ich weiß nicht, was ich darauf sagen soll. Ehe ich ihm antworten könnte, berührt Danny mich an der Schulter. »Es ist an der Zeit, dass du deinen Platz als Prinzessin der Elfen offiziell einnimmst. Dein Volk braucht dich. Und als Prinzessin gehört es sich auch, zu unseren Untertanen zu sprechen. Denn sie sehen zu dir auf, nicht zu uns Prinzen.«

»Unserem Volk. Und zu euch sehen sie genauso auf. Es gibt nicht nur mich. Ihr gehört alle dazu«, korrigiere ich ihn, wenngleich sich in meinem Magen ein nervöses Magenkribbeln ausbreitet. Denn ich weiß, was er meint.

Ich habe mir ihr Vertrauen und ihren Respekt erarbeitet. Danny und Dylan misstrauen sie. Ich wiederum war in den Medien immer zu sehen, ich habe die Rebellen unterstützt, gegen meine Eltern und die Regierung rebelliert. Ich bin ihr Aushängeschild. Sowie Daan. Doch das hier ist mein Volk. Mein Volk, das nach der langen Zeit des Misstrauens endlich hinter mir steht.

Mein Herz schlägt schneller, Schweiß bricht auf meiner Stirn aus. Das letzte Mal, als ich zur Masse gesprochen habe, ist Monate her, als ich die Rede im Zentrum halten musste. Alle Augen waren auf mich gerichtet. Wie jetzt. Kurz fühle ich mich zurückversetzt zu dem Moment, als ich allein am Pult stand und alle mich anstarrten, während ich vor Nervosität beinahe zusammengebrochen wäre. Doch heute bin ich nicht allein. Meine Brüder, meinte Tante und mein Onkel und meine Freunde sind an meiner Seite.

Ich halte den Atem an, sehe Danny fest in die Augen. Das Verhältnis zu meinem Zwillingsbruder hat sich drastisch verändert. War es vorher von Unsicherheit, Distanz und Misstrauen gezeichnet gewesen, weil wir wegen Daan oft aneinandergerieten und Danny der Meinung war, ich wäre als Prinzessin unfähig, vertraut und unterstützt er mich jetzt. Und das bedeutet mir sehr viel, was ich ihm in Gedanken auch mitteile. Er lächelt daraufhin und drückt meine Schulter.

Kurz schaue ich zu meiner Familie. Ich lasse meinen Blick über die anwesenden Rebellen, Soldaten und Wesen schweifen. Sie alle sind aus einem bestimmen Grund hier. Weil sie ihr Zuhause, ihre Liebsten verloren haben oder weil sie für Gerechtigkeit kämpfen wollen. Viele von ihnen haben bestimmt schlimme Dinge erlebt, die sie nie vergessen werden.

Ich sehe den Schmerz in Elsurions Augen. Ebenso den in denen von Aislinns Vater, der nicht nur seine Tochter, sondern auch seine Frau durch den Krieg verloren hat. Ich kann ihren Schmerz so gut nachempfinden. Dazu war ich dabei, wie Kierra und Aislinn starben. Es hat mich an die Hilflosigkeit erinnert, dabei zusehen zu müssen, wie jemand stirbt, den man liebt oder der stirbt, um einem das Leben zu retten.

Ich will nicht, dass noch einmal jemand sein Leben für mich geben oder dass noch jemand wegen diesem Krieg sterben muss. Ich verdränge die aufkeimende Trauer wieder zurück und konzentriere mich auf das Hier und Jetzt.

»Wir alle haben durch diesen Krieg Schreckliches erlebt«, beginne ich und sehe wieder zu Elsurion und Aislinns Vater. Tränen treten mir in die Augen und ich muss schlucken, weil meine Lippen zu beben beginnen. »Wir alle haben jemanden verloren, den wir sehr geliebt haben. Haben jemanden sterben sehen, ohne dass wir helfen konnten.« Ich muss an Talorion, Kierra, Aislinn, die vier Elfenrebellen und die weiteren Opfer denken. »Egal, weshalb ihr hier seid. Danke, dass ihr euch uns angeschlossen habt. Ich danke euch allen. Jeder einzelne von euch zählt. Denn nur gemeinsam können wir es schaffen, dieses Unrecht zu beenden. Elfen, Kobolde, Schattenelfen, Schattenkobolde und Elben.« Ich greife nach den Händen meiner Brüder. Danny sieht Daan an, ehe sie einander festhalten, sowie Lorcan und Garrett es ihnen nachtun. »Egal ob Rebell, Soldat, Royal, Bürger. Wir alle müssen zusammenhalten, um gegen diese Ungerechtigkeit vorzugehen, die schon so viele Leben gekostet hat. Aber nicht nur wir Natura, wir brauchen alle Wesen. Feen, Pegasi, Einhörner, Alicorns, Komodowarane und so viele weitere. Denn es ist Phönix, unser aller Leben, das auf dem Spiel steht. Gemeinsam werden wir kämpfen. Für all die Opfer, die dieser Krieg gefordert hat. Für unsere Freunde und Familien. Für ein freies Phönix.«

Ich hebe meine Arme in die Höhe und ziehe dadurch die Hände von Dylan und Danny mit nach oben. Diese tun es mir mit Lorcan und Daan nach.

»Für Kierra!«, ruft Elsurion mit erhobener Faust.

»Für Careen und Aislinn!«, brüllt Aislinns Vater und tut es ihm nach.

Immer mehr schließen sich uns an, rufen Namen von denen, die sie verloren haben oder für die sie kämpfen wollen, Rebellen und Soldaten halten sich an den Händen, die sie wie wir in die Luft gereckt haben. Feen schwirren aufgeregt umher, Einhörner, Alicorns und Pegasi, die sich auf dem Boden aufhalten, steigen auf ihre Hinterbeine und recken ihre Vorderbeine in die Höhe, während sie wiehern. Komodowarane recken ihre Köpfe nach oben und lassen ihre Zungen zischend rein- und rausfahren. Vögel stoßen laute Rufe aus. Immer wieder werden meine letzten Worte wiederholt, bis sie wie ein einziger Kanon durch die Gegend hallen.

»Für ein freies Phönix!«

KAPITEL 18

Nachdem alle Soldaten und Tiere an der Akademie einquartiert sind – aufgrund der großen Anzahl an Soldaten wurden die Klassenräume übergangsweise zu Wohnräumen hergerichtet –, ziehen wir uns nochmal um. Gregor hat uns unsere Trainingsklamotten beziehungsweise Funktionswäsche gegeben, bestehend aus schnell trocknender Thermounterwäsche, einer elastischen Hose und einem Kapuzenpullover, sodass wir genug Bewegungsfreiheit haben, und bequeme Laufschuhe. Ich kann nicht verstehen, wie manche Frauen in den Filmen hohe Schuhe anziehen und mit diesen noch laufen oder gar kämpfen können. Ich könnte es nicht. Zudem habe ich meine Haare mit einem Haargummi nach hinten geflochten, damit sie mich nicht stören.

Danach müssen wir uns von unseren Freunden verabschieden. Viel Zeit haben wir dazu nicht. Von Aaron fällt es mir besonders schwer. Dadurch, dass wir wegen der Verlobung viel gemeinsam durchmachen mussten, haben wir uns sehr eng angefreundet. Er bleibt aber mit Reena zurück, um gemeinsam mit ihr und seinen Soldaten, die sich von den Ältesten abgesagt haben, weitere Vorgehen zu erläutern.

Die Einzige, von der ich mich nicht verabschieden kann, ist Alainna, die als Prinzessin und Botschafterin für das Meeresvolk zurück zu ihrem Vater gekehrt ist, um ihn um Hilfe und eine Armee zu bitten.

Anschließend begeben wir uns gemeinsam mit Gregor, Delavar und Freya vor die Mauer. Diese reichen uns mit ernsten Mienen prallgefüllte Taschen.

»Da ist alles drin, was ihr braucht«, erklärt Freya, die wie eine besorgte Mutter klingt. »Kleidung und genug Proviant und Energiereserven, um drei

Tage überleben zu können. Ebenso kleine Multifunktions-Klappmesser, Seile, Klebeband, Taschenlampen und dünne Thermodecken.«

»Wir haben auch an ein Erste-Hilfe-Set gedacht«, fügt Delavar hinzu. »Ich weiß, ihr könnt euch mit euren Kräften heilen, aber ihr solltet eure Energiereserven sparen. Es kann euch auch passieren, dass ihr voneinander getrennt werdet und ihr auf euch allein gestellt seid. Deshalb müsst ihr auf alles vorbereitet sein.«

Gregor reicht mir einen kleinen Beutel, in dem sich nach kurzem Abtasten vermutlich irgendwelche kleinen Figuren befinden. »Den werdet ihr erst brauchen, wenn ihr den Stein gefunden habt.«

Ich öffne den Beutel neugierig. Zu meiner Überraschung liegen darin unsere Lebensstatuen. »Wozu brauchen wir die?«, hake ich stirnrunzelnd nach.

»Der Stein befindet sich in einer Höhle innerhalb des Labyrinths. Er wird mithilfe eines Schutzmechanismus festgehalten, den dein Großvater entwickelt hat. Die Lebensstatuen sind Schlüssel, um ihn zu befreien«, erklärt Delavar geduldig.

»Klingt ja so, als wäre dieser Stein auch ein Natura«, scherzt Lorcan nervös.

»Habt ihr noch weitere Fragen?«, übergeht Gregor ihn, der uns alle aufmerksam mustert.

Da wir mehrmals den Plan durchgegangen und alle Fragen jetzt geklärt sind, schütteln wir die Köpfe, woraufhin er Daan und mir, da wir nebeneinanderstehen, jeweils eine Hand auf die Schulter legt und erst mir, dann ihm in die Augen blickt.

»Ihr seid noch so jung. In eurem Alter solltet ihr euch lieber Sorgen um Prüfungen in der Schule und solche normalen Dinge machen. Aber da unser aller Zukunft davon abhängt … Ich würde euch nicht losschicken, wenn es nicht wirklich wichtig wäre und ich euch nicht vertrauen, es euch nicht zutrauen würde, diese Aufgabe zu erledigen.«

»Wir wollen euch keinen Druck machen, aber wir legen euch damit sehr viel Vertrauen in die Hände«, ergänzt Delavar.

»Klingt nach überhaupt nicht viel Druck«, raunt Lorcan ironisch, der schräg hinter uns steht, woraufhin er sich von Gregor einen scharfen Blick einfängt. Aus den Augenwinkeln sehe ich, wie er kapitulierend die Hände hebt. »Bin schon ruhig.«

»Wir stellen euch nur vor vollendete Tatsachen. Aber ihr seid nicht allein«, sagt Delavar, der ihn einfach übergeht.

»Ihr habt einander. Und diese Freundschaft, diese Bündnisse und euer Vertrauen zueinander sind sehr wichtig, um das, was vor euch liegt, durchzustehen«, fügt Freya noch hinzu.

»Wenn alles klappt, beginnt in drei Tagen in Phönix eine neue Ära«, ergänzt Gregor mit bedeutsamer Stimme.

Wenn alles klappt. Und wenn nicht?

Ich schultere meinen Rucksack. Dann trete ich vor und umarme zuerst Gregor. Ich wünschte mir, ich hätte meine Eltern auch noch einmal umarmt, denn ich weiß nicht, ob ich je wieder die Möglichkeit dazu haben werde. Genauso geht es mir mit Freya und Delavar. Ich wende mich an sie und drücke sie so fest an mich, dass meine Tante überrascht aufkeucht. Am liebsten hätte ich sie gar nicht mehr losgelassen.

Diese wenigen Sekunden, die wir noch miteinander haben, sind so unglaublich kostbar. Mit geschlossenen Augen atme ich Freyas blumigen und Delavars herben Duft nach Duschgel ein, der mich an früher erinnert, als ich noch ahnungslos mit ihnen auf der Erde lebte. Eine andere Zeit, zu der noch nicht so viel Verantwortung auf meinen Schultern lastete. Eine andere Zeit, in der ich eine andere Lucy war. Bis sich innerhalb eines Wimpernschlags alles veränderte.

»Ich habe euch lieb«, flüstere ich und das Zittern, das meinen Körper befällt, bekomme ich nicht mehr kontrolliert. Was, wenn ich sie nicht wiedersehen werde? Was, wenn einer von ihnen stirbt? Ich habe ihnen vergeben, dass sie mich all die Jahre in Unwissenheit ließen und angelogen haben. Sie sind meine Tante und mein Onkel. Sie waren wie Zieheltern für mich.

Freya löst sich ein wenig von mir und schaut mich an. Sie streichelt meine Wange. Tränen schimmern in ihren Augen. Delavar schluckt hörbar. Beide greifen sie nach meinen Händen. »Wir dich auch, Lucy.«

Schließlich lösen wir uns voneinander und ich besteige gemeinsam mit Daan das schwarze Alicorn, auf dem er heute Morgen neben mir geschwebt war, als die abtrünnigen Elfen und Schattenelfen hier ankamen. So, wie ich hinter ihm sitze und meine Arme um seinen Bauch schlinge, um mich festzuhalten, erinnert es mich an unsere Flüge mit seinem Drachen Hertaz. Daans Vater brachte ihn um, als dieser uns auf unserer Flucht aus dem Palast der Kobolde beschützte.

Auch erinnert es mich an Coly, das Alicorn, auf dem wir saßen, als wir von den Soldaten der Ältesten durch den Wald gejagt wurden. Als sie mit Pfeilen nach uns schossen und wir abstürzten. Sein Körper war von lauter Pfeilen durchbohrt und sein rechter Flügel sowie die Beine gebrochen. Coly hat noch gelebt. Meine Eltern oder ich hätten ihn heilen können, doch der Kommandeur der Soldaten der Ältesten hatte ihn einfach erschossen. Und ich hatte nichts tun können, da ich aufgrund meiner schweren Verletzungen bewusstlos gewesen war.

Meine Hände verkrampfen sich um Daans Bauch. Bis er die seinen auf meine legt und mich eine beruhigende Wärme durchflutet. Er teilt mein Leid. Ich atme tief durch und versuche, diese Gefühle wieder zurückzudrängen. Wir können weder Hertaz noch Coly helfen. Doch wir können alles dafür tun, um weitere Opfer dieses Krieges zu vermeiden oder sie wenigstens zu reduzieren.

Ich blicke zu meinen Brüdern. Danny und Dylan sitzen jeweils auf einem weißen Pegasus. Auf ihren Rücken befinden sich Bögen mit Köchern voller Pfeile.

Bis auf Daan könnten wir alle auch mit unseren Flügeln fliegen, aber mit den Flugtieren sind wir schneller dran. Auch Lorcan sitzt auf einem Pegasus. Er schultert seinen Bogen und überprüft konzentriert nochmal seinen Köcher, in dem ein Dutzend Pfeile stecken. Daan und ich haben noch ein Schwert dabei. Jeder von uns hat für den Notfall zwei Messer in Taschen unserer Kleidung versteckt.

Wir sehen uns nochmal an und nicken uns entschlossen zu. Dann geben wir unseren Pegasi ein Zeichen, woraufhin sich diese in die Lüfte erheben.

Wir steigen immer höher und fliegen über die Baumkronen hinweg. Wind peitscht mir entgegen, weshalb ich meinen Kopf hinter Daans Rücken verberge.

Ich sehe mich noch einmal um. Fange das Bild ein, wie Freya dasteht, Gregor und Delavar links und rechts an ihrer Seite. Wie sie nach deren Händen gegriffen hat und sie uns nachblicken. Kurz muss ich an das denken, was Garrett gesagt hat. Wie Freya hatte ich nach Lorcans und Daans Hand gegriffen. Wir standen genauso da wie die drei jetzt. Mein Herz wird schwer, als sie immer kleiner werden, bis ich sie schließlich gar nicht mehr sehen kann und wir uns auf dem Weg zum Palast der Kobolde befinden. Von jetzt an sind wir auf uns gestellt.

***

Daan

Der Flug verläuft ohne Zwischenfälle und ist viel zu schnell zu Ende, als bereits die Spitzen meines Palastes vor uns auftauchen. Das Alicorn und die Pegasi landen auf einer versteckten Lichtung, die von hohen Bäumen und dichten Baumkronen sowie wucherndem Gestrüpp umgeben ist. Sie befindet sich nicht weit entfernt von einem Abschnitt der Mauer, wo meines Wissens nach keine Kameras montiert sind und die Wachen weniger patrouillieren.

Wir steigen alle ab und die Pegasi und das Alicorn breiten ihre weiten Schwingen aus, um sich wieder in die Lüfte zu erheben und zurückzufliegen. Sie können uns nicht mit hineinbegleiten. Für unseren restlichen Weg können wir keine Tiere mitnehmen. Außerdem habe ich Angst, dass ihnen das gleiche Schicksal erblüht wie Hertaz. Mein Magen verkrampft sich bei dem Gedanken an meinen geliebten Drachen und Freund. In meinen Träumen sehe ich immer noch, wie mein Vater mit seinem Schwert Hertaz enthauptete. Ebenso wie die Erinnerungen an Lucy, wie sie festgekettet in unserem Kerker saß. Wie mein Vater und die Ältesten mich vor die Wahl zwischen dem Thron und Lucy stellten.

Wenngleich sie äußerlich ruhig wirkt, vernehme ich ihr schnell schlagendes Herz. Ich spüre ihre schweißnassen Finger, als ich ihre Hand ergreife und fühle ihre Furcht. Wie gern hätte ich sie von meinem Vater ferngehalten. Doch sie hätte darauf bestanden, mitzukommen. Sie hätte sich nicht davon abbringen lassen, sowie ich dasselbe an ihrer Stelle getan hätte.

Dabei wäre es mir lieber gewesen, Lucy wäre nicht mitgekommen. Denn dann müsste ich jetzt nicht sorgen, dass die Kobolde ihr etwas antun. Ein kleiner Teil von mir ist aber froh, denn mit ihr an meiner Seite glaube ich, alles bewältigen zu können. Sie ist meine Freundin und sie gibt mir Kraft, das durchzustehen, vor dem ich so große Panik habe: die Begegnung mit meinem Vater. Meiner Familie.

Ich habe sie und die Kobolde verraten. Wegen einer Elfe.

Ich weiß nicht, wie er nach allem, was geschehen ist, reagieren wird, wenn ich plötzlich wieder vor ihm stehe. Aber ich kann mir vorstellen, dass er mich nicht gerade mit offenen Armen empfangen wird.

Was, wenn er Lucy etwas antut und ich es nicht verhindern kann? Das könnte ich mir nicht verzeihen. Wir haben so viel durchgemacht, haben so viel miteinander durchgestanden. Sie hat mich so verändert, hat mich Dinge tun lassen, die ich mich früher nie getraut hätte. Wegen ihr habe ich mich gegen meinen Vater und die Ältesten gewandt. Wegen ihr habe ich alles aufgegeben, um das Richtige zu tun und für Phönix zu kämpfen. Für die Opfer des Beschlusses, aber auch für unsere Liebe und diejenigen, denen es ähnlich ergeht wie uns.

Ich sehe sie an und mir wird ganz warm, als sie meinen Blick erwidert und ich in ihren grünen Augen mit den goldenen Sprenkeln versinke. Jedes Mal, wenn ich sie sehe oder nur an sie denke, schießt mein Puls in die Höhe. Sie ist meine Seelenpartnerin. Sie ist meine Freundin. Und sie ist meine große Liebe.

»Ich liebe dich, Sternchen. Ich liebe dich so sehr.«

Sie öffnet überrascht ihre Lippen. Vermutlich hat sie das nicht erwartet, weil ich es ihr heute bereits mehrmals gesagt habe. Doch aufgrund des ungewissen Ausgangs kann ich es ihr nicht oft genug sagen.

Als gingen ihr ähnliche Gedanken durch den Kopf, drückt sie meine Hand.

»Ich liebe dich auch, Daan.« Sie stellt sich vor mich und legt die freie Hand auf meine Wange. »Ich glaube daran, dass wir es schaffen können.«

Wenngleich ein leiser Zweifel in ihren Augen zu erkennen ist, überwiegen ihre Hoffnung und ihre Überzeugung. Mein Herz zieht sich zusammen. Auch wenn ihre Brüder und Lorcan neben uns stehen und dabei zusehen, ziehe ich sie an mich heran und küsse sie fest und innig. Am liebsten hätte ich sie gar nicht mehr losgelassen, aus Angst sie erneut und dieses Mal für immer zu verlieren.

»Es tut mir leid, euch Täubchen beim Turteln zu unterbrechen, aber wir müssen weiter«, kommt es von Danny, der mit zusammengekniffenen Augen die hohe, mit Efeu überwucherte Mauer anstarrt, während Lorcan und Dylan ihre Blicke wachsam über die Umgebung schweifen lassen. Lorcan hat seinen Bogen und einen Pfeil in der Hand, bereit, ihn abzufeuern, sollte uns jemand angreifen, während die Elfenprinzen ihre Hände erhoben haben und angestrengt lauschen.

Doch bis auf das Zwitschern von Vögeln, dem Rascheln im Unterholz und dem Wind, der durch die Baumkronen fährt, ist es ruhig. Etwas Nasses, Kaltes trifft mich auf der Stirn, und als ich nach oben blicke, sehe ich durch die Baumkronen hindurch einige Wolken am Himmel. Als wir hierherflogen, hatte es sich relativ schnell zugezogen. Die ersten Regentropfen fallen. Das Wetter passt perfekt zu unserer Gemütsstimmung. Wie ironisch.

»Wohin jetzt?«, wendet sich Dylan an mich.

Ich nicke zur Seite und gehe los, woraufhin sie mir folgen. Wir schlagen uns durch das dichte Gestrüpp, müssen uns unter Ästen hindurchducken oder uns von Dornen losreißen, die sich in unserer Kleidung verhaken. Doch es gibt keine andere Möglichkeit, ungesehen in den Palast zu gelangen.

Schließlich fällt das Gelände ein wenig ab, bis wir an eine weitere kleine Lichtung gelangen, die von weiteren Bäumen umschlossen ist. Unter einem Hügel versteckt und von Sträuchern, Gebüsch und umgestürzten Bäumen verdeckt, kommt eine zuerst unscheinbare Höhle zu Tage. Doch wenn man tiefer hineintritt, entdeckt man ein Eisengitter, hinter dem ein schmaler, niedriger Tunnel in die Dunkelheit führt.

Es hat schon einen Grund, weshalb dieser Geheimgang so gut versteckt liegt. Schließlich soll er so gut wie unauffindbar für mögliche Angreifer sein. Nur ausgewählte Leute wissen von ihm, damit er im Falle eines Angriffs oder einer Niederlage zur Flucht dienen kann.

»Langsam kann ich keine Geheimgänge mehr sehen«, murmelt Lucy und dreht sich daraufhin zu ihrem großen Bruder. »Alles in Ordnung?«, fragt sie besorgt.

Er erwidert ihren Blick mit einem schmalen Lächeln. »Alles in Ordnung. Ich hasse alles, was mit Kerkern und unterirdischen Tunneln zu tun hat.«

»Ich kann verstehen, wie es dir geht«, sagt sie leise, tritt auf ihn zu und legt die Hand auf seine Schulter. »Aber du bist nicht allein.«

»Genau«, stimmt ihr Danny zu. »Wir halten alle zusammen. Egal, was kommt.«

Bei dem Anblick, wie die drei Elfenthronfolger beieinanderstehen, verspüre ich einen Stich im Herzen. Zum einen, weil ich an meine Schwester denken muss, die ich jetzt auch so gern umarmen würde.

Ich habe keine Ahnung, wie es meiner Mutter und meiner kleinen Schwester geht, die ich tagtäglich vermisse und an die ich andauernd denken muss. Ich hätte sie nicht zurücklassen dürfen, dabei ist sie noch zu jung, als dass er sich trauen würde, ihr etwas anzutun. Zumindest hoffe ich das. Mein Vater ist unberechenbar.

Ich will wissen, dass es ihr gut geht. Dass die Ältesten sie nicht schon längst manipuliert haben. Sie ist noch zu jung. Sie darf nicht auch noch in diesen Krieg mit hineingezogen werden.

Ich wende mich um und öffne das Eisentor mit dem versteckten Mechanismus. Das Schloss klickt leise und ich schiebe die Tür mit einem lauten Quietschen, das an den Wänden des Tunnels widerhallt und uns alle zusammenfahren lässt, zurück. Der wohlbekannte Geruch nach Erde und Moder schlägt uns entgegen. Dieser Tunnel wird nur im äußersten Notfall genutzt, wenn der König evakuiert werden muss, weshalb ich vermute, dass er schon länger nicht mehr benutzt wurde.

Wenngleich ich am liebsten umgekehrt und davongelaufen wäre, lasse ich über meiner Handfläche eine Flamme entstehen und betrete den dunklen, kalten Gang. Besser, ich bringe es so schnell wie möglich hinter mich.

Lucy und ihre Brüder folgen mir nacheinander, Lorcan bildet die Nachhut. Er schließt das Tor wieder. Dieses Mal sind wir auf das laute Quietschen vorbereitet. Das Schloss rastet mit einem weiteren lauten Klicken ein und wir marschieren los. Der Gang ist so eng, dass wir hintereinander gehen müssen. Er ist so niedrig, dass er beinahe meinen Kopf berührt, den ich mir stoßen würde, ginge ich auf Zehenspitzen. Spinnweben hängen von der Decke und ich muss an Lucy denken, die sich vor den kleinen krabbelnden Tierchen fürchtet. Das ist fast lustig, wenn man bedenkt, dass sie sich einfach so den Orks oder den Ältesten entgegenstellt.

»*Wie geht es dir?*«, frage ich sie in Gedanken. Ich will sie nicht auf die Spinnen hinweisen, die vermutlich über die Wände krabbeln, doch sie hat es bereits gehört.

»*Wenn ich mich zwischen diesem dunklen Tunnel voller Spinnen oder deinem Vater entscheiden müsste, würde ich definitiv den Tunnel und die Spinnen vorziehen. Denn die tun mir wenigstens nichts. Hoffe ich zumindest*«, schiebt sie hinterher.

Ich muss lächeln und greife mit der freien Hand nach hinten, um die ihre kurz zu drücken, ehe ich mich wieder auf den Gang konzentriere. Schweigend gehen wir voran. Lauschen angestrengt auf verräterische Geräusche, die darauf hindeuten würden, dass uns jemand folgt, entdeckt hat oder auflauert. Doch nichts rührt sich. Lediglich unsere Schritte ertönen gedämpft auf dem Erdboden.

»Weiß dein Vater eigentlich, dass Gregor Ariel ist?«, fragt Lucy mich, anscheinend um sich abzulenken.

Ich bleibe kurz stehen und wende mich ihr zu. »Ja, er weiß es. Gregor hätte verbannt werden sollen, weil er sich in eine Elfe verliebte. Mein Vater hasst die Elfen. Das hat ihm sein eigener Vater so eingetrichtert. Aber Gregor ist auch sein Bruder. Er hat ihn vor die Wahl gestellt: entweder Freya oder seine Familie.«

»Und er hat sich für seine Familie entschieden? Dabei wirkt er so, als läge ihm etwas an Freya«, murmelt Lucy.

Ich schweige, denn dasselbe fiel auch mir auf. »Ich war noch sehr jung, als das geschah. Aber ich kann mich daran erinnern, dass die geschwisterliche Beziehung zwischen meinem Vater und meinem Onkel danach nicht mehr dieselbe war.«

Lucy wirft einen Blick über die Schulter zu ihren Brüdern, die sich dicht hinter uns halten. Auf Dylans Stirn stehen die Schweißtropfen, dennoch kämpft er sich mit zusammengebissenen Zähnen vor.

»Ich kann es nach wie vor nicht verstehen, warum er seinem Bruder das Glück einfach nicht gönnen konnte«, meint sie.

»Nicht jeder denkt so wie du, Sternchen«, schmunzle ich.

Lucy lächelt kurz. Dann wird sie wieder ernst. »Familie ist mehr, als das gleiche Blut zu besitzen.«

Sie sieht mich an, hört meine Gedanken, die ich ihr freigebe. Wenngleich mir meine Schwester und meine Mutter wichtig sind, habe ich von meinen Freunden und Lucy mehr Liebe erfahren als von meinen Eltern.

»Da gebe ich dir recht«, erwidert sie. Kurz herrscht

Schweigen, ehe sie fortfährt. »Aber was ich nicht verstehe: Du meintest, Gregor wäre vor die Wahl zwischen Freya und seiner Familie gestellt worden. Doch da war er noch nicht verbannt worden. Erst als er den Elfen von dem bevorstehenden Angriff der Kobolde berichtete«, überlegt sie laut. »Ehrlich gesagt kommt mir Gregor nicht so vor wie jemand, der einfach aufgibt. Wenn man bedenkt, was er alles auf die Beine gestellt hat. All die entlegenen Dörfer für die Rebellensympathisanten. Der Schutz an der Akademie für Rebellen und diejenigen, die von der Regierung gejagt werden. Und Freya meinte einmal, dass er sich ohne jegliche Erklärung von ihr abgewandt hatte. Glaubst du, er wurde vielleicht dazu gezwungen?«

Sie spricht es nicht aus. Aber sie denkt an uns. An mich. Ich verkrampfe mich, weil frische Erinnerungen in mir aufkommen, wie mein Vater und die Ältesten mich dazu zwingen wollten, sie zu töten. Ich hätte niemals eine Waffe gegen Lucy richten, geschweige denn sie verletzen können.

»Könnte gut möglich sein«, sage ich leise.

Ehe noch jemand etwas sagen kann, müssen wir halten, da es nicht mehr weitergeht. Vor uns befindet sich eine schwere verschlossene Tür.

Mein Herz klopft schneller. Meine Kehle schnürt sich zu. Wieder verging die Zeit schneller. Wieder sind wir viel zu schnell an unserem Ziel angelangt. Und viel zu leicht. Das alles ist viel zu leicht. Ich würde mir gern wünschen, dass es wirklich so einfach ist, aber ich befürchte, dass die ganze Sache irgendwo einen Haken hat. Immer, wenn etwas leicht scheint, stellt es sich als ein Hinterhalt oder Reinfall heraus.

Dabei weiß ich, was sich hinter dieser Tür befindet. Erinnerungen stürmen auf mich ein, wie mein Vater mich folterte. Wie er mir Narben verpasst, die ich nie wieder loswerde, die ich aber durch Lucys Hilfe mit Stolz trage.

Da spüre ich ihre Hand, die sich in die meine schiebt. Sie verflechtet ihre Finger mit den meinen und haucht mir von hinten einen Kuss auf die Wange, als ich meinen Kopf zu ihr drehe.

»Ich bin bei dir. Wir alle sind bei dir. Wir alle stehen an deiner Seite«, wispert sie.

Wenngleich ich vor lauter Furcht kaum mehr atmen kann, schenken mir ihre Worte neue Kraft. Also hole ich tief Luft und lege meine Hand an die Tür. Zuerst lausche ich auf Stimmen oder Anzeichen, dass sich jemand in dem Raum hinter der Tür aufhält. Doch wieder regt sich nichts. Also lasse ich sie vorsichtig nach innen gleiten. Und dann betreten wir mein Zuhause, das all die Jahre über eher ein Gefängnis für mich war. Den Palast der Kobolde.

KAPITEL 19

Daan

Ich öffne die Tür einen Spalt breit und luge in den Raum. Durch die zurückgezogenen Vorhänge fällt schwaches Licht herein. Der Himmel hat sich mittlerweile ganz zugezogen, Regen prasselt gegen die Fensterscheiben. In der Mitte steht ein langer Tisch, an dem bei Besprechungen unsere Berater, mein Vater und in besonders wichtigen Fällen die Ältesten sitzen. Doch heute ist er leer. Ebenso wie der ganze Raum, was um die Mittagszeit nicht unnormal ist.

Da niemand da zu sein scheint, gebe ich meinen Freunden das Zeichen, mir zu folgen. Allerdings hält in mir das ungute Gefühl an, dass etwas nicht stimmt. Es ist zu einfach. Auch Lucy, ihre Brüder und Lorcan wirken angespannt und wachsam. Doch wir haben keine andere Wahl. Und wenn das hier eine Falle sein sollte, meinem Vater muss ich mich so oder so stellen.

Leise schleichen wir durch die in der Wand versteckte Tür in den Konferenzsaal. Der Saal, in dem mich mein Vater schon einmal vor allen Anwesenden Kommandanten, Beratern und Ältesten gefoltert hatte. Mein Blick wandert automatisch zum Kamin auf der Seite, der allerdings erloschen ist. Eiseskälte befällt mich, als ich meinen Vater vor mir sehe, wie er mit seinen nahezu schwarzen Augen in aller Seelenruhe zu dem Kamin schlendert und seine Eisenstange hineinhält, während zwei Wachen mich am Boden halten. Ich höre das Zischen geradezu, als die Flammen die Stange umschlingen. Spüre die Hitze und den Schmerz, wie er sich in meinen Rücken brennt.

»Daan«, ertönt Lucys Stimme neben mir. Ruckartig drehe ich den Kopf zur Seite. Sie hat einen Arm um meine Schultern und ihre Hand auf meine Wange gelegt. Eine angenehme Wärme durchflutet mich, die mein rasendes Herz langsam beruhigt.

Danny und Dylan sehen mich stumm an. Lorcans Blick zuckt zum Kamin und zu der Eisenstange, die daneben an die Wand gelehnt wurde und auf der das Wappen meiner Familie zu sehen ist. Er hat die Narben mit dem eingebrannten Familienwappen auf meinem Rücken gesehen, als ich diese herzeigte, um die kleine Ella im Rebellenversteck zu beruhigen, und versteht, was in mir vorgeht.

Auch Danny und Dylan scheinen mich jetzt mit anderen Augen zu sehen. Vor allem Lucys Zwillingsbruder, der mich so hasste, denkt jetzt nach allem, was wir zusammen erlebt haben und nach allem, was er jetzt über mich weiß, anders über mich. Dabei wussten sie es teilweise schon.

Wenngleich schon früher Gerüchte die Runde über die Erziehungsmethoden meines Vaters machten, war nie jemand eingeschritten. Ich war ganz allein gewesen.

»Doch das bist du jetzt nicht mehr. Ich werde nicht zulassen, dass er dir noch einmal wehtut. Das hat jetzt ein für alle Mal ein Ende«, sagt Lucy leise und küsst mich sanft auf den Mund. Ich schließe die Augen und lasse mich von ihrer Wärme einhüllen, bis das Zittern, das meinen Körper befallen hat, abebbt.

»Daan?«, ertönt die Stimme meiner Mutter hinter mir.

Wir fahren zusammen. Lucy sieht mit leicht geöffneten Lippen an mir vorbei, ihre Hand, die sie beim Kuss auf meiner Schulter abgelegt hatte, verkrampft sich leicht.

Langsam drehe ich mich um und blicke in ernste blaue Augen. Ihre Hände hat sie ineinander verschränkt an ihre Brust gedrückt, dort, wo sich ihr Herz befindet. Ihre typische Geste, wenn sie sich Sorgen macht oder große Angst hat. »Mutter?«

Am anderen Ende des Saals, direkt vor der Tür, steht meine Mutter. Die dunklen Haare hat sie zu einem Dutt gesteckt. Sie sieht genauso aus wie ich sie in Erinnerung habe. Wenngleich es nur Tage, höchstens zwei oder drei Wochen sind, in denen wir uns nicht mehr gesehen haben, kommt es mir vor wie eine halbe Ewigkeit. Allerdings wirkt sie sehr erschöpft und abgemagert. Sie sieht in ihrem bodenlangen Kleid dünner aus, ihre ohnehin schon scharfen Wangenknochen treten noch deutlicher hervor.

»Daan, er …«, beginnt sie, wird jedoch von einer zarten Stimme unterbrochen, die meine Beine wacklig werden lässt und ebenfalls meinen Namen ruft. Meine kleine Schwester tritt hinter meiner Mutter hervor und stürmt auf mich zu.

»Lily!« Ich falle auf die Knie und schließe sie in die Arme. »Oh Lily!« Ich drücke sie fest an mich. Heiße Tränen rinnen über meine Wangen, aber es ist mir egal, dass ich weine und alle es mitbekommen. Ich habe meine kleine Schwester wieder. Und es geht ihr augenscheinlich gut.

»Daan!«, schluchzt sie an meinem Hals. »Ich hab dich so vermisst.«

»Ich habe dich auch vermisst, Lily.« Ich schließe die Augen. »Sehr. Ich habe dich lieb.«

Sie schaut mich an. Ein kleines Lächeln breitet sich auf ihrem Gesicht aus. Dann drückt sie sich nochmal an mich. »Ich hab dich auch lieb, Daan.«

»Er weiß, dass ihr hier seid«, drängt meine Mutter und blickt über die Schulter hinweg ängstlich zur Tür. »Er wird gleich hier sein. Er weiß von eurem Seelenbund. Er ist außer sich. Er …« Sie spricht den Satz nicht zu Ende, dafür kann ich in ihrer Miene und ihren Gedanken lesen, was sie ihm jetzt zutraut. Und obwohl ich es bereits geahnt habe, jagt mir die Vorstellung, dass mein eigener Vater dazu in der Lage wäre, mich zu töten, einen Schauer über den Rücken.

Sie schaut kurz zu den Elfen, ehe sie sich wieder an mich wendet. »Ihr müsst verschwinden! Lauft zurück und ich sage ihm, ihr würdet euch im Palast irgendwo verstecken.«

Sie hat oft auf mich eingeredet, Vater zu gehorchen, damit er mir nicht mehr wehtat. Lieber geht sie den Konflikten aus dem Weg. So wie jetzt.

So war meine Mutter schon immer. Sie kann es sich nicht leisten, sich meinem Vater entgegenzustellen und einzuschreiten, aber sie hat schon immer versucht, mir anderweitig zu helfen. Sie ist nicht wortlos verschwunden, als ich gefoltert wurde, weil sie es sich bloß nicht anschauen wollte, sondern weil sie Gregor heimlich kontaktierte, damit dieser mich nach den Erziehungsmaßnahmen meines Vaters heilte.

»Nein.« Ich löse mich – wenn auch widerstrebend – von meiner kleinen Schwester und richte mich entschlossen auf. »Ich werde kein weiteres Mal weglaufen. Ich werde mich ihm stellen.«

»Aber …«, fleht meine Mutter und tritt einen Schritt auf mich zu, als sie erneut unterbrochen wird. Dieses Mal von einer dröhnenden Stimme, die mir das Blut in den Adern gefrieren lässt.

»Wo ist er?! Wo ist mein Sohn? Wo sind dieser Verräter und seine Elfenschlampe?«

Lily drückt sich ängstlich an mich; Lucy, ihre Geschwister und Lorcan stellen sich neben mir auf, die Hände zum Kampf erhoben, während Lorcan einen Pfeil in seinen Bogen gespannt und auf die offene Tür gerichtet hat, durch die mein Vater bereits mit federnden Schritten hereinstürmt. Mutter weicht zur Seite, ihren hilflosen Blick auf mich gerichtet.

Seine engsten Berater und ein Dutzend Wachen folgen ihm mit gezückten Waffen. Sie sind in der Überzahl und umzingeln uns. Wir rücken näher zusammen. Vor uns befinden sich unsere Feinde, hinter uns die Wand. Nun gibt es kein Entkommen mehr, denn bis wir den Tunneleingang erreicht hätten, hätten sie uns schon längst niedergeschossen. Und wenn ihre Kugeln aus Eisen sind, könnten sie uns schwer verwunden oder gar töten. Panik befällt mich, die mich zugleich ganz heiß und kalt werden lässt. Was, wenn mein Vater mir nicht zuhört und uns angreift? Was, wenn wir gegen ihn und die Soldaten nicht ankommen? Was, wenn ich uns alle in den Tod führe?

»Wie kannst du es nur wagen, wieder zurückzukehren? Und dann noch mit dieser Elfenbrut!«

Es fällt mir schwer, ein Schaudern zu unterdrücken, als ich ihm in die dunklen Augen schaue. Die dunklen Augen, die jedes Mal das Letzte waren, was ich sah, bevor der Schmerz einsetzte, als er mich folterte. Die Augen, die mich bis in meine Albträume verfolgen.

Flammen schießen über seine Hände, hüllen seinen ganzen Körper ein, sodass er wie eine lebendige Fackel vor uns steht. Hitze schlägt uns entgegen. Seine Soldaten weichen einen Schritt zurück, da die Flammen unkontrolliert umherzüngeln.

Ich höre meine kleine Schwester leise wimmern, meine Freunde weichen zurück. Ich spüre ihre Angst um mich. Auch ich habe Angst. Aber ich werde mich von ihm nicht mehr einschüchtern lassen. Ich muss mich ihm endlich stellen, damit dieser Albtraum ein Ende hat.

Das Wissen, nicht allein zu sein, gibt mir Kraft. Obwohl sie Angst hat, steht Lucy entschlossen an meiner anderen Seite, ihre Brüder haben sich neben ihr aufgebaut, während Lorcan sich mit weiterhin gezücktem Pfeil neben Lily platziert hat und ihr zuflüstert: »Daan will nur mit eurem Vater reden. Stell dich hinter mich. Ich passe auf dich auf.«

Lily wirft mir einen fragenden Blick zu, und als ich ihr ermutigend zunicke, versteckt sie sich zaghaft hinter Lorcan, dem ich ein leises Danke zuflüstere, ehe ich mich an Lucy wende, die mich nervös anschaut.

»Das ist mein Kampf«, sage ich, woraufhin sie kurz zögert. Schließlich tritt sie zurück. *»Ich werde aber einschreiten, wenn es zu brenzlig wird.«*

Ich nicke nur, da ich weiß, dass ich dasselbe auch für sie tun würde. Mittlerweile sind wir ein eingespieltes Team. Die Aufmerksamkeit meines Vaters wandert von mir zu meiner Freundin. Sie hat das Kinn gehoben, den Rücken durchgedrückt und die Schultern gelockert. Es muss sehr schwer für sie sein, nicht von den schrecklichen Erinnerungen überwältigt zu werden. Dennoch bleibt sie stark und erwidert seinen stechenden Blick.

Seine Miene verfinstert sich. »Du wagst es, diesen Elfendreck wieder hierherzubringen? Und dann nicht nur diese Schlampe, sondern auch noch ihre Brüder? Sind wir neuerdings ein Zufluchtsort für Gesindel? Willst du die Kobolde nicht gleich von ihnen unterwerfen lassen?«, schimpft er aufgebracht. »Du wagst es nach allem, was geschehen ist, wieder zurückzukehren? Ich habe dich verbannt.« Die Flammen, die ihn umgeben, züngeln höher. »Soll ich noch deutlicher werden?«

»Diese Elfe heißt Lucy«, erwidere ich mit ruhiger Stimme, wenngleich ich innerlich zittere und mich davon abhalten muss, in Verteidigungsstellung zu gehen. Stattdessen bleibe ich mit geradem Rücken stehen und erwidere seinen Blick. »Und ich liebe sie, wie ich dir schon einmal erklärt habe. Daran wirst du nichts ändern können. Weder mit Drohungen noch mit Folter oder Manipulation. Und ja, ich wage es, wieder zurückzukehren. Du magst mich aus diesem Palast verjagt haben, aber nur weil ich eine Elfe liebe, bin ich im Herzen immer noch ein Kobold. Ich bin immer noch der Prinz der Kobolde. Und ich bin hier, um mit dir zu reden. Denn jetzt geht es nicht um Lucy, die Elfen oder mich, sondern um unser Volk. Um uns alle. Es geht um ganz Phönix. Deshalb hör dir bitte an, was ich zu sagen habe.«

Ich trete einen Schritt nach vorn, sodass ich in der Mitte stehe. Mein Vater starrt mich einige Sekunden lang an, die mir wie eine Ewigkeit vorkommen und in der ich die Luft vor lauter Anspannung anhalte. Plötzlich lässt er das Feuer, das seinen Körper umhüllt, wieder erlöschen. Stattdessen hebt er den Kopf und verschränkt die Hände vor der breiten Brust, während seine dunklen Augen mich fixieren.

»Sprich«, ist alles, was er mit überraschend neutraler Stimme sagt.

Ich sehe es als positiv an, dass er das Feuer erstmal hat erlöschen lassen und uns nicht gleich angreift. Dass er sich erst anhört, was ich zu sagen habe. Wenn er will, kann er auch zuhören und mit sich reden lassen.

Trotzdem steht mir der Schweiß auf der Stirn, denn auch wenn das Feuer vorerst erloschen ist, kann er es genauso schnell wieder entzünden – außerdem haben die Soldaten immer noch ihre Waffen auf uns gerichtet.

»Vater, ich appelliere an deine Vernunft. Du musst die Rivalitäten mit den Elfen und den anderen Völkern ablegen. Lass uns einen Waffenstillstand schließen. Wir stecken da alle mit drin. Du hast bestimmt gesehen, was im Palast der Elfen geschehen ist. Die Ältesten wollen Lucys Eltern und das Königspaar der Schattenelfen hinrichten, weil diese sich gegen sie gewandt haben. Was wirst du tun, wenn sie von dir etwas verlangen, mit dem du gar nicht einverstanden bist?«

Ich schweige kurz, damit er darüber nachdenken kann. Er ist es gewöhnt, dass alle nach seiner Pfeife tanzen. Er hört sich zwar die Meinungen seiner Berater an, entscheidet jedoch selbst, was er für richtig und für falsch hält.

Doch ich bin mir sicher, dass er mit einigen Regeln der Ältesten nicht einverstanden sein wird.

Als er nicht darauf antwortet, mache ich mit neuer Hoffnung weiter. »Die Ältesten werden nicht ruhen, ehe sie alle von uns unterworfen haben. Willst du dir von ihnen vorschreiben lassen, wie du dein Volk zu regieren hast?«

Mein Vater schweigt, während er mich mit zusammengekniffenen Augen anschaut. Seine engsten Berater nicken zustimmend. Da er nicht antwortet, spreche ich mit klopfendem Herzen weiter. Alle Blicke liegen nun auf mir.

»Ist es nicht ermüdend, andauernd Krieg zu führen und unser eigenes Volk sterben zu sehen? Wir wollen endlich Frieden.«

Aus den Augenwinkeln bemerke ich, wie die Soldaten ihre Waffen langsam sinken lassen, was mich darin bestätigt, die richtigen Worte gefunden zu haben. »Erinnerst du dich an den Tag, an dem der Beschluss entschieden wurde?«

»Natürlich erinnere ich mich daran. Ich durfte zwar nicht an der Konferenz teilhaben, habe jedoch die Folgen erlebt. Es gab zahlreiche Unruhen und viele Tote«, gibt mein Vater zwischen zusammengebissenen Zähnen zurück. Eine steile Falte hat sich auf seiner Stirn gebildet, als würde er nachdenken.

»Elfen und Kobolde waren schon einmal derselben Meinung. Mein Großvater – *dein* Vater – und der frühere Elfenkönig Aden Áquila waren beide gegen den Beschluss.« Dass ich das von Lucy erfahren habe, weil ihr Großvater es ihr in einem Traum gezeigt hat, lasse ich lieber aus. »Doch sie haben sich von den Ältesten einschüchtern lassen. Elfen und Kobolde haben *nicht* zusammengehalten und haben sich dem Willen der Ältesten gebeugt. Und wohin hat sie das geführt?«

Ich stoppe kurz, ehe ich fortfahre: »Die Ältesten müssen aufgehalten werden. Wir alle wollen nur dasselbe: unsere Völker beschützen. Du musst Elfen nicht mögen, aber denk an unser Volk. Denk an *dein* Volk. Du magst als eiskalt und skrupellos gelten, aber du bist dennoch auch ein König. Deshalb spreche ich hiermit nicht zu dir als meinem Vater, sondern zu meinem König.« Ich sehe ihm fest in die Augen, die sich vor lauter Verblüffung geweitet haben.

»Mach nicht die gleichen Fehler wie dein Vater. Sei du der Koboldkönig, der den Ältesten gemeinsam mit den anderen Völkern die Stirn bietet. Sei du der Koboldkönig, der dabei mitgewirkt hat, dieses Unrecht zu beenden. Sei du der König, der sein Volk gerettet hat. Schließe einen Waffenstillstand mit den anderen Völkern. Schließe dich mit Gregor zusammen und kämpfe gemeinsam mit den anderen Völkern gegen die Ältesten, um diese Tyrannei ein für alle Mal zu beenden.«

Ich hole tief Luft. »Du bist der König. Du triffst die Entscheidungen. Und wenngleich wir gewisse ...« Ich stoppe kurz. »Differenzen als Vater und Sohn hatten, hoffe ich, dass du dir meine Ratschläge als Prinz der Kobolde, dem das Wohl seines Volkes trotz seiner Liebe zu einer Elfe dennoch am Herzen liegt, durch den Kopf gehen lässt und die richtige Entscheidung triffst.« Ich mache eine Pause, weil ich unterm Sprechen kaum die Luft angehalten habe. »Das war alles, was ich dir sagen wollte, mein König.«

Und dann tue ich etwas, das mir viel Überwindung kostet. Ich gebe jeglichen Selbstschutz auf, indem ich vor ihm auf die Knie gehe und den Kopf senke, um mich vor ihm zu verbeugen.

Das Herz rast mir mittlerweile bis zum Hals, meine Kehle ist wie zugeschnürt und meine Beine zittern so sehr, dass ich fürchte, gleich zusammenzubrechen. Eine Zeit lang passiert gar nichts. Es ist mucksmäuschenstill im Raum geworden. Die Schweißperlen auf meiner Stirn rinnen über mein Gesicht und tropfen auf den kalten Steinboden. Ich traue mich gar nicht, den Kopf zu heben.

Eine weitere gefühlte Ewigkeit geschieht nichts. Zwar lasse ich meinen Kopf gesenkt, dennoch spüre ich seinen stechenden Blick bis unter die Haut. Ich kann nicht sagen, ob er bereits vor Wut brodelt oder ob er sich in der Zeit, in der er nichts sagt, überlegt, wie er mir am besten wehtun könnte. In mir ist alles angespannt.

Als die dröhnende Stimme meines Vaters ertönt, zucke ich zusammen und bereite mich innerlich auf den Kampf vor. »Gut«, ist alles, was er zunächst sagt.

Überrascht hebe ich den Kopf, weil ich glaube, mich verhört zu haben.

Doch er macht keine Anstalten, mich anzugreifen. Er hat tatsächlich »Gut« gesagt. Ehe er fortfährt, bedenkt er mich mit einem seltsamen nachdenklichen Ausdruck im Gesicht, den ich bei ihm noch nie gesehen habe und den ich nicht ganz deuten kann.

»Ich stimme deinen Ratschlägen zu. Die Kobolde werden mit den anderen Völkern einen Waffenstillstand schließen, der so lange anhalten wird, bis der Krieg gegen die Ältesten vorbei ist. Wir werden uns mit meinem Bruder zusammenschließen. Ich tue das für unser Volk.«

KAPITEL 20

Lucy

Als König Turan Dragón seine Entscheidung preisgibt, atmen alle im Raum erleichtert aus. Nicht nur wir, auch die Soldaten und Berater. Jeder einzelne in diesem Raum hatte während der Zeit des Schweigens des Koboldkönigs die Luft angehalten. Auch sie scheinen von dem Krieg ganz ermüdet. Auch sie wünschen sich, dass es endlich vorbei ist. Ich glaube, innerlich wissen sie, wie zermürbend und sinnlos dieser Krieg und der Hass gegen die Elfen ist. Innerlich wissen sie, dass es falsch ist. Doch sie wollten ihrem König und den Ältesten nicht laut widersprechen, aus Angst, dafür bestraft zu werden. Dabei sollte ein Königreich oder eine Regierung nicht aus Angst, Manipulation, Unterdrückung und Einschüchterung bestehen, sondern aus gegenseitigem Vertrauen. Vertrauen zu den Regenten, aber auch Vertrauen zum Volk.

Mein Blick wandert zum König der Kobolde, der uns alle wohl überrascht hat. Ein kleiner Teil in mir hat sich kurz gefragt, ob das eine Falle ist. Ob er nur so tut, als würde er klein beigeben, nur um uns hinterrücks anzugreifen und den Ältesten auszuliefern. Aber dieses Risiko müssen wir eingehen.

Doch ich erinnere mich noch gut an unsere Flucht aus dem Palast der Kobolde. Ich erinnere mich noch gut an seine Reaktion, als die Ältesten drohten, Daan zu exekutieren, wenn er nicht das tat, was sie von ihm verlangten: mich zu töten. Sein Vater hatte Angst um ihn. Obwohl er ihm all diese schrecklichen Dinge angetan hat, ist Daan dennoch sein Sohn. In dieser Hinsicht kann ich Turan sogar verstehen. Er ist auch nur ein Vater, der seinen Sohn beschützen will. Wenngleich das seine Erziehungsmethoden und wie er Daan behandelte nicht entschuldigt.

Sein Vater mag es zwar gut versteckt halten. Doch auch vorhin bemerkte ich es. Als er Daan anschaute, huschte für einen kurzen Augenblick eine Emotion über sein Gesicht. Es kam mir so vor, als hätte er seinen Sohn auf einmal mit anderen Augen gesehen. Als hätte er Respekt vor Daan gehabt. Und nicht nur er. Ich habe die Soldaten und die Berater beobachtet. Sie alle sahen Daan an, als wäre er nicht nur ihr Prinz. Er hat sich nicht nur verhalten wie ein Diplomat, was auch seine Stärke ist. Nein, er hat sich vor allem verhalten und gesprochen wie ein wahrer König. Er hat sich nicht nur seinem Vater und somit seiner größten Angst gestellt, er hat diesen Konflikt sogar friedlich und ohne Kampf oder Blutvergießen geregelt. Und ich bin verdammt stolz auf ihn.

Jetzt steht er – wenn auch weiterhin etwas angespannt abseits bei seiner Mutter Ophelia und unterhält sich mit ihr. Sie zeigen keine körperliche Nähe, dafür habe ich bemerkt, wie sie ihn angesehen hat. Sie war sehr erleichtert, dass Turan ihn nicht angegriffen hat. Und es ist unverkennbar, wie sehr sie sich freut, ihren Sohn wohlbehalten wiederzusehen.

Sein Vater hat sich zu seinen Beratern gestellt, um mit ihnen die Informationen durchzugehen, die Daan ihnen gegeben hat.

»Er hat das wirklich gut gesagt. Ich hatte schon geglaubt, wir würden hier nicht ohne einen Kampf rauskommen. Aber wie er geredet hat …«, meint Lorcan, der sich sichtlich unwohl im Palast der Kobolde fühlt. Er hält seinen Bogen fest umklammert und seinen Blick lässt er immer wieder umherschweifen, besonders in die Richtung des Ganges, in den die Soldaten nach Turans Entscheidung verschwunden sind.

Auch wenn das Aufeinandertreffen mit dem Koboldkönig gut ausgegangen ist, wir befinden uns trotz des Waffenstillstands im Palast von Natura, die uns Elfen abgrundtief hassen. Und diese Spannungen sind hier noch deutlich spürbar.

»Wie ein wahrer König«, wiederholt Danny meine Gedanken von vorhin. »Die Kobolde könnten sich keinen besseren Thronfolger vorstellen. Er könnte der erste König in der Geschichte von Phönix sein, der mit den Elfen richtigen Frieden schließt.«

Als hätte dieser gespürt, dass wir über ihn reden, wendet er den Kopf in meine Richtung und schenkt mir ein verkrampftes Lächeln, ehe er noch ein paar Worte mit seiner Mutter wechselt und gemeinsam mit Lily, die sich an seinen Arm geklammert hat, zu uns kommt. Sie ist seitdem nicht von seiner Seite gewichen und auch er hält sie fest, als hätten die Geschwister Angst, sie könnten jede Sekunde voneinander getrennt werden.

Daan stellt sich neben mich und greift mit der freien Hand nach der meinen. »Na? War doch gar nicht mal so schlimm, oder?« Er versucht, es beiläufig klingen zu lassen, doch ich höre die Erleichterung in seiner Stimme deutlich heraus.

»Du warst großartig.« Ich sehe ihn lächelnd an. »Ich bin so stolz auf dich, weißt du das?«

»Jetzt schon.«

Weiter kommt Daan nicht, denn der König der Kobolde gefolgt von seinen Beratern tritt auf uns zu, die dunklen Augen auf mich gerichtet. Kurz rutscht sein Blick zu meiner Hand, die ich mit Daans verschränkt habe. Jedoch sagt er nichts dazu, seine Miene bleibt undeutbar.

»Da eure Eltern, die Oberhäupter der Elfen, in Gewalt der Ältesten sind, ist der nächste Thronfolger der Elfen das neue Oberhaupt.« Er wendet sich an Dylan.

Dylan bleibt standhaft, so wie ich weicht er dem Blick des Königs nicht aus. Aber so wie ich muss auch er seine Angst verbergen, obwohl er als ältester Prinz schon früh darauf vorbereitet wurde, der Thronfolger der Elfen zu sein. Er ist der geborene Beschützer und Diplomat. Er war derjenige, der sich für seine Geschwister opferte. Und dennoch spüre ich seine Anspannung.

»Nein.« Dylan sieht zu mir. »Lucy sollte das vorübergehende Oberhaupt der Elfen sein. Sie hat das alles ins Rollen gebracht. Sie hat für ihr Volk gekämpft und für ihr Volk gesprochen.«

Er nickt mir aufmunternd zu. *»Die Elfen stehen nicht hinter mir, sondern hinter dir. Du sprichst für sie alle. Du sprichst für uns alle.«*

Ich starre auf die ausgestreckte Hand des Koboldkönigs. Der Gedanke, ihn auch nur zu berühren, lässt es mir eiskalt den Rücken hinunterjagen. Doch jetzt bleibt keine Zeit für meine persönlichen Probleme mit Turan. Also hole ich tief Luft und greife nach seiner Hand, die sich fest um meine schließt. Wider Erwarten hat er einen warmen, wenn auch kräftigen Händedruck. Seine dunklen Augen bohren sich in die meinen.

»Hiermit schwöre ich, Turan Dragón, König der Kobolde, Waffenstillstand mit den Elfen, der so lange anhält, bis die Ältesten besiegt wurden.«

Dass er den Stillstand nur bis zum hoffentlichen Sieg über die Ältesten ausspricht, gibt mir zu denken und lässt meine Alarmglocken schrillen. Es war ja klar, dass er die Konflikte mit den Elfen nicht so einfach fallen lassen will. Doch im Moment müssen wir alles nehmen, was wir kriegen können. Wir sind auf die Kobolde angewiesen. Wir können uns auch noch später um weitere Gefahren kümmern.

»Hiermit schwöre ich, Lucyana Áquila, Prinzessin der Elfen und vorübergehende Vertreterin meiner Eltern, dem Königspaar der Elfen, Waffenstillstand gegenüber den Kobolden.«

KAPITEL 21

Kurze Zeit später begeben wir uns gemeinsam mit Turan und seinen Leibwächtern in den spärlich beleuchteten Keller des Koboldpalastes. Die Flammen der Fackeln werfen unheimliche Schatten auf die Wände. Wir kommen immer wieder an verschlossenen Türen oder Gittern von leeren Zellen vorbei. Hier unten herrscht eine erdrückende Stille. Je tiefer wir gelangen, desto kühler wird es, weshalb ich meine Jacke enger um mich ziehe.

Die Kälte und die spärliche Beleuchtung durch die Fackeln erinnern mich an meine Gefangenschaft und die damit verbundenen Ängste und Gefühle. Dylans Atem geht schwer, aber er läuft konzentriert weiter. Dadurch weiß ich, dass es ihm genauso zusetzt wie mir. Er wird an die Zeit erinnert, in der er bei den Ältesten festgehalten wurde. Doch von hier aus geht es in die Tunnel, die uns zum Zentrum und dorthin führen, wo dieser Stein versteckt sein soll. In meinen Hintergedanken spuken immer wieder die Sorgen um Turan herum, dass er uns trotz seines Schwurs verraten könnte oder der Stein nicht da ist, wo wir ihn vermuten, dass die Ältesten ihn vielleicht schon haben und alles umsonst war. Ich mache mir Sorgen um meine Eltern. Immer wieder frage ich mich, wie es ihnen ergeht, was sie wohl gerade machen. Haben sie Angst? Tun die Ältesten ihnen weh? Was, wenn sie sie manipulieren?

Daan schweigt die ganze Zeit über. Sicherlich denkt er an seine Schwester, die nicht verstehen konnte, wieso er wieder gehen musste, und ihn unter Tränen angefleht hat zu bleiben. Es hat nicht nur ihm, sondern uns allen das Herz zerrissen, als die beiden sich verabschiedeten, auch wenn er ihr versprach zurückzukommen. Der Anblick, wie die kleine Lily an der Hand ihrer Mutter stand und beide uns traurig nachsahen, wie Daan sich ein letztes Mal zu ihnen umgedreht und Lily zugezwinkert hatte, hat sich tief in mein Gedächtnis eingebrannt.

Was mich aber irritiert hat, war, dass Daan seinem Vater einen kurzen Blick zugeworfen hat, den dieser erwiderte. War es eine Lüge gewesen, was Daan zu seiner kleinen Schwester gesagt hat? Hat er mit Turan womöglich etwas ausgemacht, von dem ich nichts weiß?

Mir gefällt es nicht, wie der König der Kobolde Daan angesehen hat. Einerseits schien er vor seinem Sohn für einen Augenblick Respekt gehabt zu haben. Doch aufgrund seines Auftretens wird er Daan deshalb nicht sofort auf den Thron setzen, geschweige denn ihn freiwillig mit mir zusammen sein lassen. Dafür ist Turan zu sehr auf seinen Hass auf die Elfen fixiert. Mir geht sein Schwur auch nicht mehr aus dem Kopf. Er unterstützt uns so lange, bis die Ältesten besiegt sind. Doch was kommt danach? Ein weiterer Krieg?

Lorcan ist ebenfalls skeptisch. Er läuft neben Danny hinter uns und behält die Wachen im Blick, die uns zum weiteren Schutz des Königs folgen. Vielleicht wollen sie auch nur verhindern, dass wir im Falle eines Hinterhalts flüchten können.

Meine Gedanken werden unterbrochen, als wir um die nächste Ecke biegen und in eine Sackgasse gelangen. Vor uns, am anderen Ende befindet sich eine mächtige Eisentür, zu deren Seiten zwei große Fackeln an den Wänden hängen. Vor der Tür haben sich vier Wachen aufgebaut, die sich verbeugen, als Turan vor ihnen stehen bleibt.

Ich habe nach wie vor keine Ahnung, wo genau wir uns jetzt befinden und warum dieser Raum dahinter so wichtig zu sein scheint, dass er von gleich vier Wachen bewacht werden muss. Zudem uns auf unserem Weg hierher immer wieder patrouillierende Koboldsoldaten entgegengekommen sind.

Der Koboldkönig nickt den Wachen zu, die sich vor ihm verneigt haben. Dann wendet er sich uns mit ernster Miene zu. »Ihr werdet jetzt einen Raum betreten, den niemand außer den Kobolden sehen dürfte. Da es jedoch keine andere oder schnellere Möglichkeit gibt, ungesehen dorthin zu gelangen, wo ihr hinmüsst, und ihr aufgrund des Waffenstillstands hier im Palast unter meinem Schutz steht, werde ich euch den Eintritt gewähren lassen.« Seine dunklen Augen durchbohren jeden einzelnen von uns. »Doch wenn ihr je einer Naturaseele erzählt, dass ihr hier wart und ich euch diesen Raum habe durchqueren lassen, dann Gnade euch eure Urahnen.«

Wir nicken stumm.

Auf einen Wink von Turan treten die Soldaten zur Seite, sodass er sich vor die Tür stellen kann, die, wie ich jetzt erst erkenne, gar kein Schlüsselloch hat. Stattdessen ist ein Handabdruck in ihr eingelassen, in den er seine Hand legt.

Ich blinzle, weil ich glaube, nicht richtig zu sehen, als mit der Berührung ein goldenes Licht aufleuchtet und die Tür mit einem leisen Knarren nach innen aufschwingt. Was wir dann sehen, lässt uns alle vor lauter Staunen den Atem anhalten. Es ist hell, es ist verdammt hell. Wärme strömt uns entgegen, die Temperatur steigt, je näher wir der Tür kommen. Turan, der zur Seite getreten ist, die Arme hinter dem Rücken verschränkt und das Kinn gehoben hat, beobachtet uns misstrauisch.

Vor uns befindet sich eine gewaltige Höhle. Ich weiß sofort, wo wir hier sind. Mich schaudert, als wir die Höhe betreten und an der Schwelle stehen bleiben. Es sind Millionen von Kerzen, die dort flackern. Sie wachsen aus dem Boden, den Wänden oder hängen von der Decke. Sie haben unterschiedliche Formen und Größen – kleine Kerzen, große, dicke, dünne. Doch alle sind sie perlmuttweiß gefärbt. Bereits an der Türschwelle ist es so heiß, dass mir schon Schweißperlen auf die Stirn treten.

»Ist es das, was ich glaube, dass es ist?«, murmelt Danny ehrfürchtig. Daan nickt stumm.

»Die Lebenskerzen der Kobolde«, hauche ich.

Ich habe schon einmal davon gehört. Meine Mutter hat mir von ihnen erzählt. Sie entstehen bei der Geburt eines Natura und brennen so lange, bis derjenige seinen letzten Atemzug aushaucht. Erst dann erlöschen sie. Sie meinte, zu den Lebenskerzen der Elfen gelange nur ein Áquila. Die Tür ohne Schloss. Der Handabdruck, den Turan berührte. Jetzt verstehe ich auch warum. Anscheinend kann man diese Türen nur öffnen, wenn man jeweils ein Royal oder sogar König oder Königin des zugehörigen Volkes ist.

Ein Schaudern überkommt mich, als mir einige Kerzen auffallen, deren

Docht schon fast niedergebrannt ist. Ihr Lebenslicht ist schon fast erloschen. Wer sind diese Kobolde wohl? Haben sie ein langes Leben hinter sich oder sind sie noch ganz jung und leiden an einer schweren Krankheit?

»Aber wie ist das möglich?«, murmelt Lorcan. »Es gibt so viele Kobolde und die Bevölkerungsdichte steigt doch trotz des Beschlusses, oder nicht? Müsste da nicht irgendwann der Platz ausgehen?«

»Die Höhle weitet sich von selbst«, erwidert Turan. »Für jeden Kobold, der geboren wird, entsteht eine Kerze. Wenn er stirbt, ist ihr Docht ganz abgebrannt. Doch aus dieser entsteht dann eine neue für einen neugeborenen Kobold oder eine neugeborene Koboldin. Es ist ein ewiger Kreislauf.«

»Was passiert, wenn ich sie auspusten würde?«, hakt Lorcan stirnrunzelnd nach. Dieselbe Frage habe ich mir auch schon gestellt. Immerhin sehen diese Kerzen wie ganz normale Kerzen aus. Sie haben keine besonderen Merkmale, außer dass sie so lange brennen, bis der zugehörige Natura stirbt.

Turan lächelt grimmig. »Denkst du, du könntest mich damit töten?«

Lorcan weicht, seinen Bogen fest umklammernd, erschrocken einen Schritt zurück, sodass er gegen mich prallt. »Nein, natürlich nicht! War nur so ein Gedanke.«

»Sie gehen nicht aus«, antwortet Daan, den Blick auf die Kerzen gerichtet. Er steht halb in der Höhle in der Nähe der ersten Kerzen, deren Flammen auf sein Gesicht fallen. Er hat seine Augen nicht transformiert, doch die Flammen spiegeln sich in seinen Iriden wider.

»Ihr solltet jetzt gehen, ehe mir die Ältesten noch einen Überraschungsbesuch abstatten und euch hier entdecken«, meint Turan.

Das klingt so, als tauchten sie immer gerade dann auf, wenn es ihnen gerade passt. Oder sie kontrollieren ihn. Ich beobachte den Koboldkönig genauer. Er hat die Lippen aufeinandergepresst, seine Miene ist finster, doch ich sehe auch die Sorge darin.

Meine Brüder treten mit Lorcan im Schlepptau in die Höhle. Daan bleibt am Eingang stehen. Als ich an Turan vorbeigehe, bemerke ich seinen eindringlichen Blick auf mir. Auf gleicher Höhe verharre ich kurz und erwidere ihn standhaft. Ich sehe den Mann an, der meiner Familie, Daan und mir so viel angetan hat. Den Mann, vor dem sich so viele fürchten und der trotz der Krone auch nur ein Kobold, ein Natura ist. Den Mann, der jetzt unser Verbündeter ist.

»Danke für die Hilfe«, sage ich, woraufhin er überrascht eine Braue hebt. Doch er wird gleich wieder ernst und nickt mir nur zu. »Geht nun.«

Ich laufe an Daan vorbei, welcher mir folgen will, als Turan ihn zurückhält, indem er ihm eine Hand auf die Schulter legt. Aus den Augenwinkeln bemerke ich, wie Daan sich verkrampft, die Hand seines Vaters jedoch nicht abschüttelt. Langsam dreht er sich zu ihm um. »Was ist?«

»Ich weiß, ich habe mich nie wie ein Vater verhalten. Aber Gefühle machen einen verletzlich und das kann ich mir als König nicht erlauben. Je mehr Gefühle du zeigst, je mehr Personen du liebst, desto angreifbarer wirst du.« Er macht eine kurze Pause. »Ich will nur, dass du weißt, dass ich dich nie getötet hätte. Du bist trotz allem mein Sohn. Ich habe das alles getan, weil ich nicht wollte, dass dir etwas zustößt. Aber die Ältesten und mein Vater …«

»Sind noch lange kein Grund, mich zu foltern oder Lucy zu entführen«, erwidert Daan mit scharfer Stimme und schüttelt seine Hand ab. Dann strafft er die Schultern. »Ich kann verstehen, dass du nicht wolltest, dass ich angreifbar werde. Doch das entschuldigt dein Verhalten nicht.«

Daan tritt einen Schritt auf seinen Vater zu, sodass sie nahe beieinanderstehen. Und obwohl sein Vater um einige Zentimeter größer ist, wirkt Daan gerade sehr einschüchternd. »Großvater als Entschuldigung zu benutzen ist eine dumme Ausrede. Denn ich weiß genau, dass wenn ich später einmal Kinder haben sollte, ich sie niemals so behandeln werde wie du mich. Ich will sie nicht mit Hass, sondern mit Liebe erziehen. Und wenn ich später einmal, wenn ich alt genug und bereit dafür bin, Kinder haben will, dann nicht, weil es von mir verlangt wird. Nicht, weil sie unsere Thronfolger werden und unsere Blutlinie fortführen sollen.« Er wirft mir über die Schulter einen kurzen, liebevollen Blick zu, der meinen Magen kribbeln lässt. Seine Gesichtszüge werden weicher. »Wenn ich Kinder möchte, dann, weil ich Lucy liebe und mit ihr gemeinsam welche will, wenn sie das auch möchte.«

Mein Herz macht einen Satz. Will Daan wirklich Kinder mit mir? Wir haben nie darüber geredet und erst recht aufgrund unserer derzeitigen Situation sollten wir uns eigentlich um ganz andere Probleme Sorgen machen. Aber allein der Gedanke über diese mögliche Zukunft lässt mich warm werden.

»Du liebst sie wirklich«, stellt sein Vater müde fest.

Daan nickt. »Ja, das sollte dir mittlerweile klar sein.«

Kurz wandert Turans Blick zu mir. Doch es liegt keine Feindseligkeit darin, lediglich Resignation. Schließlich schaut er wieder zu Daan und seufzt. »Ich verstehe.« Er macht eine kurze Pause, ehe er mit ernster Miene fortfährt. »Ich werde Gregor kontaktieren und ihn im Kampf gegen die Ältesten unterstützen. Du hast mein Wort.«

»Danke.« Mehr sagt Daan nicht. Doch in diesem einzigen Wort liegen so viele Emotionen, die ich durch unsere Bindung noch deutlicher spüre.

Dann dreht er sich um und lässt seinen Vater stehen. Ich sehe Daan an, doch er weicht meinem Blick verbissen aus und dreht sich kein einziges Mal zu seinem Vater um, auch wenn dieser ihm mit einem undeutbaren Ausdruck im Gesicht nachblickt. Turan hat etwas in Daan gesehen. Etwas, das ihn nachdenklich macht.

Gerne hätte ich Daan in den Arm genommen, aber ich merke, dass er ein paar Minuten für sich braucht, also geselle ich mich zu meinen Brüdern und Lorcan, die auf uns warten.

Gerade, als wir bei ihnen ankommen, wird die Tür mit einem Quietschen, das in der Höhle widerhallt, hinter uns verschlossen, sodass es nun kein Zurück mehr gibt.

KAPITEL 22

Laut Turan führt der kürzeste Weg zum Zentrum und damit auch zum Stein durch die Höhle und die Tunnel, die von Kerzen ausgekleidet sind. Das Flackern schafft eine unheimliche Atmosphäre und lässt diese Höhle wie eine Grabstätte wirken. Die Kerzen sind einfach überall bis auf einen kleinen, schmalen Weg, der durch die Höhle führt, welcher noch viel weiter ins Innere der Erde geht. Ich nehme mir kurz die Zeit, mich in der Höhle umzusehen, um mich zu orientieren. Schließlich marschieren wir los.

»Ich habe schon einmal von den Lebenskerzen gehört, doch ich hätte nie gedacht, sie mit eigenen Augen zu sehen«, staunt Lorcan mit großen Augen. »Es ist so …«

»Überwältigend«, spricht Daan aus, was wir vermutlich alle denken. Er schiebt die Hände in die Taschen seiner Hose und lächelt.

»Ich habe die der Elfen schon oft gesehen. Wenn ich im Palast war, bin ich allein oder mit Mutter und Vater dorthin gegangen«, klinkt sich Danny in das Gespräch mit ein. »So konnten wir sichergehen, dass ihr beiden …«, er wirft einen Blick zu Dylan und mir, »noch am Leben seid.«

Schweigend gehen wir weiter. Irgendwann werden die Hitze und die stickige Luft unerträglich, sodass jeder einzelne Schritt uns erhebliche Anstrengung kostet, weshalb wir, obwohl wir unsere Kräfte sparen wollten, einen großen Luftschild um uns herum entstehen lassen, um unsere Kräfte zumindest zu teilen.

Nach einiger Zeit – ich habe keine Ahnung, wie lange wir schon unterwegs sind – gelangen wir an das Ende der Höhle. Auch hier ist wie am Anfang alles voller Kerzen. Aber es gibt eine kleine Fläche, genau dort, wo unser Weg endet, die frei ist. Als wir näher kommen, erkenne ich denselben Handabdruck wieder wie auf der Tür außen, durch die wir hereingekommen sind.

Daan tritt aus der Luftblase und legt seine Hand auf den Abdruck. Wie bei Turan geht ein helles Licht von ihm aus und hüllt seine Hand ein. Seine Augen beginnen zu glühen. Ein leises Klicken ertönt und die Tür in der Felswand schwingt auf. Sie gibt den Blick frei auf einen dunklen Felsgang.

Dylan starrt in die Finsternis. Die Fingernägel seiner rechten Hand bohren sich in seinen linken Arm und hinterlassen dort halbmondförmige Kratzer. Zwar kann ich die Emotionen meiner Brüder nicht spüren wie bei Daan. Aber ich sehe ihm an, wie sehr er mit sich zu kämpfen hat.

Als er meinen Blick auffängt, entkrampft er sich wieder und lächelt mir zu. »Keine Sorge, Kätzchen. Ich komme klar.«

Als er jedoch wieder nach vorne in die Dunkelheit schaut, auf die wir nun zutreten, schluckt er kaum merklich.

Wir lassen den Luftschild fallen und betreten den dunklen Felsgang. War uns gerade eben aufgrund der unzähligen Kerzen noch so heiß wie in einer Sauna, schlägt uns jetzt eisige Kälte entgegen, was vermutlich auch am Temperaturumschwung der beiden Räume liegt.

Kaum dass wir alle im Felstunnel stehen, fällt die Tür hinter uns zu und wir stehen in absoluter Dunkelheit da.

Neben mir höre ich Dylan stockend ein- und ausatmen. Da hat Daan bereits eine kleine Feuerflamme über seiner Handfläche entfacht, die düstere Schatten auf sein Gesicht wirft. Er schaut sich suchend um und entdeckt an der Wand zwei Fackeln, die er aus der Halterung nimmt. Eine drückt er Danny in die Hand, die andere Lorcan, ehe er beide mit seiner Flamme anzündet. Daan ist der einzige, der aufgrund seiner transformierten Augen auch ohne Licht in der Dunkelheit sehen kann.

Ich beobachte meinen großen Bruder besorgt, der sich mit blassem Gesicht an der Wand abgestützt hat. Die Augen hat er fest zusammengekniffen, während er seine Atemzüge zu kontrollieren versucht. Es zerreißt mir das Herz, ihn so zu erleben. Allein der Gedanke, was für Qualen er in seiner Gefangenschaft bei den Ältesten erleiden musste, schmerzt. Doch dann kommt mir ein

Gedanke. Ich trete an ihn heran und lege meine Hand auf seinen Unterarm. Mit nur einer einzigen Berührung schicke ich ihm tröstliche Wärme, die ihn etwas ruhiger werden lässt. Es ist keine Lösung auf Dauer, aber für den Moment reicht es.

»Ich bin der große Bruder. Eigentlich wäre es meine Aufgabe, dich zu beruhigen oder dir die Angst zu nehmen«, meint er mit einem gezwungenen Lächeln.

»Auch große Brüder brauchen manchmal Hilfe«, erwidere ich.

Er drückt meine Schulter, dann verhärtet sich seine Miene. Ich merke sofort, dass er die Erinnerungen irgendwie abgeschüttelt haben muss. Vorübergehend.

»Wir sollten weitergehen«, meint er und schiebt sich an mir vorbei, um sich zu Danny, Lorcan und Daan zu gesellen.

Da es hier unten kühler ist als in den Gängen unter dem Palast, ziehen wir unsere Jacken, die wir aufgrund der Hitze in der Höhle mit den Lebenskerzen ausgezogen hatten, wieder an. Dann schultern wir unsere Taschen und setzen unseren Weg durch den Felstunnel fort.

Hin und wieder gelangen wir an mehrere Abzweigungen, doch wir folgen dem eingezeichneten Weg auf der Karte, die Gregor uns mitgegeben hat und die Daan als unser Wegweiser in der Hand hält. Ich weiß nicht, wie lange wir schon unterwegs sind, als ich plötzlich auf eine kleine Erhebung trete und ein merkwürdiges Klicken ertönt. Augenblicklich bleiben wir stehen.

»Habt ihr das gehört?« Lorcan schwenkt seine Fackel herum, sodass die Schatten auf den Wänden umherhuschen.

»Ja«, hauche ich und sehe mich wachsam um, als ein Zischen ertönt und Dylan plötzlich brüllt: »Runter!«

Wir stürzen zu Boden, wo ich mir Knie und Arme aufschürfe, als etwas haarscharf über uns hinwegschießt. Danny fällt die Fackel aus der Hand, welche von ihm wegrollt. Doch er greift nicht danach, sondern drückt sich wie wir alle ganz flach auf den Boden. Aus dem wenigen Schein, den sie vom Boden aus gibt, kann ich mehrere Pfeile sehen, die aus kleinen Öffnungen aus den Felswänden, die mir vorher gar nicht aufgefallen waren, herausschießen.

Der Pfeilangriff ist nach nur wenigen Sekunden wieder vorbei, jedoch bleiben wir mucksmäuschenstill auf dem Boden liegen. Dafür schlägt mir mein Herz vor lauter Schreck bis zum Hals. Staub kriecht mir in die Nase, sodass ich niesen muss. Ich lausche auf Schritte, doch niemand kommt. Dylan ist der erste, der wieder aufsteht.

»Was tust du da?«, ruft Danny und kommt mir damit zuvor. »Bleib unten, ehe sie nochmal schießen!«

Doch Dylan hört nicht auf ihn. »Es gibt kein sie«, erklärt er nur und lässt über seiner Hand wie Daan vorhin eine Flamme entflammen, um den Gang auszuleuchten. Dann hebt er einen der Pfeile auf, während seine Augen die Wände abscannen, wo sich die Löcher befinden. Er dreht sich wieder zu uns und deutet mit dem Pfeil auf die kleine Erhöhung im Boden, auf die ich getreten bin und die sich von der einen Seite der Felswand auf die andere zieht. »Diese Erhebung hat einen Mechanismus ausgelöst, der die Pfeile abgeschossen hat. Es war eine Falle, um Eindringlinge aufzuhalten.«

»So etwas haben die Könige früher gebaut. Das hat ihnen etwas Zeit verschafft, um vor Feinden zu fliehen«, stimmt Daan ihm zu. »Ich wusste nur nicht, dass es so etwas noch gibt, denn heutzutage machen sie das eigentlich nicht mehr. Diese Falle muss noch sehr alt sein.«

Wir rappeln uns wieder auf. Daan, der mir hoch geholfen hat, legt eine Hand auf meine Schulter und lässt seinen Blick über mich wandern. »Ist alles in Ordnung? Hast du dich verletzt?«

Ich schüttle den Kopf. Zwar brennen meine Schürfwunden, die ich mir beim Sturz zugezogen habe, doch sie sind auszuhalten und außerdem verheilen sie bereits wieder. »Nein, schon okay. Und du?«

Er verneint ebenfalls. Dann lächelt er schwach. »Tut mir leid, wenn ich vorhin so abwesend war, aber …«

»Ich weiß«, sage ich und drücke seine Hand, während ich ihm fest in die Augen schaue. Es ist Daans Vater. Was passiert ist, ist nicht leicht für ihn. Ich verstehe sehr gut, dass er Zeit für sich gebraucht hat. »Aber wenn irgendwas ist, wenn dir was auf dem Herzen liegt oder du jemanden zum Reden brauchst, dann bin ich für dich da, das weißt du.«

»Natürlich weiß ich das.« Lächelnd streicht er mit dem Handrücken über meine Wange, während seine glühenden Augen meinen Blick einfangen, sodass mir trotz der Kälte, die in den Tunneln hier unten herrscht, ganz warm wird. Dann küsst er mich kurz, zieht mich in seine Arme und murmelt an meinem Ohr: »Danke, Lucy.«

Daan greift nach meiner Hand. Unsere Finger verschränken sich ineinander und wir treten näher zu Lorcan und meinen Brüdern, die den kompletten Tunnel wachsam absuchen. Tatsächlich befinden sich hinter den Löchern nicht wie zuerst vermutet kleine Hohlräume, wo sich eine Person aufhalten könnte, sondern lediglich dünne Röhren, durch die die Pfeile abgeschossen wurden.

Dylan sieht uns mit einem Funkeln in den Augen an. »Wenn diese Fallen früher zum Aufhalten der Feinde dienten, hätten diese in der Nähe des Palastes sein müssen. Doch von dem sind wir schon weit entfernt. Das kann nur eines bedeuten.«

»Wir kommen unserem Ziel immer näher«, beende ich seinen Satz von seiner Aufregung angesteckt.

Lorcan, der Dylan seine Fackel übergeben hat, sammelt mit einem breiten Grinsen die Wurfgeschosse auf und betrachtet diese ehrfürchtig. Wenn es um Pfeil und Bogen geht, ist er voll und ganz in seinem Element. »Das ist richtig gutes Material.« Bedächtig fährt er mit dem Finger über die Pfeilspitzen und das Holz. »Wer auch immer die gemacht hat, hat keine Mühen gescheut. Die lassen wir nicht hier. Ich kann sie noch gebrauchen, wenn meine leer werden.«

Dieses Mal setzen wir unseren Weg vorsichtiger fort. Daan hat meine Hand nicht mehr losgelassen, während er gemeinsam mit mir und Dylan an der Spitze geht, Danny und Lorcan bilden das Schlusslicht.

Es dauert nicht lange, bise wir an die nächste Falle gelangen. Dieses Mal ist es Lorcan, der über ein auf Knöchelhöhe über den Boden gespanntes Seil stolpert, das so dünn ist, dass wir es alle übersehen haben. In Sekundenschnelle öffnet sich vor ihm eine Klappe und ein Loch tut sich auf, in das er beinahe gefallen wäre, hätte Dylan ihn nicht geistesgegenwärtig am Kragen seiner

Jacke gepackt und zurückgezogen. Der Elfenrebell stolpert nach hinten und langt sich vor lauter Schreck an die Brust.

»Das ist ja wie im Mittelalter!«, flucht er.

Langsam treten wir an den Rand, wo sich die Klappe geöffnet hat. Danny und Dylan leuchten uns zwar mit den Fackeln, doch deren Flammen sind nicht hell genug, weshalb Daan eine kleine Feuerwalze nach unten schießen lässt, die das Loch vor uns ausfüllt und für kurze Zeit erhellt.

Neben mir höre ich Lorcan scharf die Luft einziehen. Er ist haarscharf dem Tod entronnen. Das Loch geht etwa drei Meter in die Tiefe, wo aus dem Boden spitze Pfeiler emporragen, die ihn aufgespießt hätten. Mich schaudert. Am Boden zwischen den Pfeilern liegen ein paar Knochen.

Mit großen Augen sieht der Elfenrebell Dylan an. »Danke. Du hast mir gerade das Leben gerettet.«

Der zuckt nicht einmal mit der Wimper. »Keine Ursache.«

Wir entscheiden uns, unsere Flügel zu transformieren, obwohl die Decke sehr niedrig ist und wir aufpassen müssen, dass wir uns unsere Köpfe nicht stoßen. Aufgrund der Fallen ist es sicherer. Lediglich Daan muss aufpassen, wo er hintritt.

Dylan und Danny fliegen an der Spitze und leuchten mit ihren Fackeln den Boden ab. Lorcan hält sich dicht hinter ihnen, während ich neben Daan herfliege, der am Ende geht und hin und wieder stehen bleibt, um auf die Karte zu blicken.

»Wie weit haben wir es denn noch?«, frage ich.

»Wir müssen schon noch ein gutes Stück gehen, bis wir überhaupt an den Rand des Labyrinths gelangen«, gibt er zurück.

Meine Zuversicht sinkt ein wenig. Wir sind schon so lange unterwegs, dass ich langsam müde werde. Ich muss aufpassen, vor lauter Erschöpfung nicht ins Straucheln zu geraten.

Schließlich gelangen wir in einen Gang, in dem sich an einer Seite in der Wand eine kleine Höhle befindet, in die wir gerade so reinpassen. Laut Daan, der seine Armbanduhr trägt, ist es bereits später Abend. Da wir nicht mehr weit entfernt von dem Labyrinth sind, beschließen wir, dass wir es uns erlauben können, eine Pause zu machen. Zwar würde ich am liebsten gleich weiterlaufen, doch werden meine Lider bereits schwer.

Wir teilen schließlich zweistündige Wachschichten ein, in denen wir uns gegenseitig abwechseln. Zwar wollten die Jungs mich davon ausschließen, doch auch wenn ich sehr angeschlagen bin, habe ich darauf bestanden, auch einmal Wache zu halten. Ich will von ihnen nicht anders behandelt werden, nur weil ich ein Mädchen, ihre Schwester oder Freundin bin. Ich will, dass sie anerkennen, dass ich ihnen ebenbürtig bin.

Danny übernimmt die erste Schicht. Da wir nicht zu viel Gepäck mitnehmen konnten und Gregor, Freya und Delavar unsere Taschen deshalb auf ein Minimum reduziert haben, müssen wir mit den dünnen Thermodecken vorliebnehmen, in die wir uns einwickeln, da durch den Steinboden Kälte dringt. Dadurch werden wir nur mäßig warmgehalten. Außerdem haben wir die Strickmützen aufgesetzt und die Kapuzen unserer Pullis über die Köpfe gezogen, damit unsere Ohren nicht frieren – ja, Elfenohren sind sehr empfindlich! – und wir nicht unnötige Körperwärme verlieren. Unsere Taschen nutzen wir als Kissen und unsere Jacken als zusätzliche Decken. Feuer können wir hier unten nicht machen, weil die Rauchentwicklung uns töten könnte, da es nirgends ein Loch gibt, das als Luftabzug dienen könnte.

Als wir auf dem kalten harten Steinboden liegen, den Daan mithilfe seiner Kräfte erhitzt, sodass wir ein wenig gewärmt werden, schließt er mich in seine Arme und ich kuschle mich müde an ihn. Um uns gegenseitig zu wärmen, legen sich Dylan und Lorcan auf seine andere Seite. Ich bette meinen Kopf auf seine Brust und lausche seinem Herzschlag. Da ich vor lauter Anstrengung so erschöpft und kaputt bin, falle ich irgendwann in einen leichten traumlosen Schlaf.

***

Als ich von Dylan geweckt werde, der die Wache vor mir abgehalten hat, fühle ich mich nicht einmal annähernd ausgeschlafen. Gähnend lehne ich mich an die Wand und starre in die Dunkelheit, die nur von der Fackel, die er mir überreicht hat, ein wenig erhellt wird. Nach allem, was geschehen ist, habe ich immer weniger Angst vor der Dunkelheit. Dennoch fühle ich mich nach wie vor ein wenig unwohl, weil ich bis auf die Reichweite, die die Flammen haben, nichts sehen kann. Was, wenn etwas auf uns zukommt, das wir nicht hören können und ich es erst zu spät sehe? Jemand könnte sich in der Finsternis verstecken und uns beobachten. Dieser Gedanke lässt mich frösteln.

Mein großer Bruder lässt sich in die freie Kuhle zwischen Danny und Lorcan fallen. Er ist so fertig, dass er sofort eingeschlafen ist. Zumindest bemerke ich das an seinen Atemzügen, da sich seine Brust nach nur wenigen Minuten gleichmäßig hebt und senkt.

Meine beiden Brüder nur wenige Meter von mir zu sehen, lässt ein komisches Gefühl in mir aufkeimen. Während sie schlafen, zucken ihre Lider immer wieder und sie verziehen ihre Mienen, als hätten sie Albträume. Wehmut befällt mich und ich denke an meine Eltern, die ich vollkommen falsch eingeschätzt habe und die den Ältesten gar nicht so treu waren, wie sie es ihnen und allen vorgespielt hatten. Meine Eltern, die alles dafür getan haben, um uns zu beschützen. Die sogar für uns sterben würden. Und sterben werden, wenn wir sie nicht rechtzeitig da rausholen können. Ich wünsche mir nichts sehnlicher, als dass wir alle wieder vereint sind. Dass wir einen Neuanfang machen können. Als Familie.

Nach einiger Zeit regt sich Lorcan. Schließlich schlägt er die Augen auf und dreht blinzelnd den Kopf in meine Richtung. Das einzige Licht spendet gerade nur die Fackel, die ich neben mir an der Wand gelehnt habe, sodass sein Gesicht nur teilweise beleuchtet und in einen rötlichen Schimmer getaucht wird. Ich erwidere seinen Blick. Vorsichtig rappelt er sich auf, um Dylan nicht zu wecken. Dann lässt er sich neben mir an der Wand nieder.

»Ich kann ohne mein Kissen nicht schlafen«, murmelt er leise und legt den Kopf in den Nacken.

»Hast du ein bestimmtes Kissen?«

Seine Mundwinkel heben sich leicht, wenngleich er sehr traurig wirkt. »Ja. Eigentlich ist es sogar ein wenig peinlich, weil es ein Flauschekissen mit dem Aufdruck eines Einhorns ist.« Seine Wangen nehmen einen rötlichen Schimmer an, obwohl er mir schon vor langem deutlich gemacht hatte, dass Einhörner schon immer meine Lieblingstiere waren. »Ich habe es schon, seit ich klein bin. Das Material ist nichts Besonderes. Aber es bedeutet mir sehr viel. Es war ein Geschenk von meinem Vater zum Tag des Phönix. Es war ...« Er holt tief Luft. »Es war das letzte Geschenk, das ich von ihm bekommen habe, bevor er starb.«

»Das ... das tut mir leid«, sage ich ehrlich. Sein Vater war ein Leibwächter meiner Familie und starb bei dem Angriff auf unseren Palast, als ich von meiner Tante und meinem Onkel entführt wurde.

Er zuckt mit den Schultern. »Das muss es nicht. Du kannst nichts dafür.«

Vor ein paar Monaten klang er noch anders. Doch in der ganzen Zeit hat sich viel verändert. Wir haben uns verändert und unsere Beziehung zueinander. Ein paar Sekunden lang starren wir schweigend in die Dunkelheit.

»Wie geht es dir wegen deinen Geschwistern und deiner Mutter?«, frage ich irgendwann leise, damit die anderen nicht wach werden.

Er sieht mich an. Die Besorgnis steht ihm ins Gesicht geschrieben. Für einen kurzen Moment bereue ich die private Frage. Ich weiß, wie viel ihm seine Familie bedeutet, und ich weiß auch, unter welchen Umständen sie leben. Aber dann sieht Lorcan wehmütig in die Dunkelheit. Es schien richtig zu sein, es angesprochen zu haben.

»Ich habe sie noch einmal besucht, als ich im Elfensektor war. Das war, bevor sie unseren Hauptstützpunkt angriffen.« Er grinst schräg. »Liam und Katy haben schon gefragt, wann du mal wieder zu Besuch kommst. Sie haben dich echt gern.«

Ich bin gerührt. Zwar habe ich seine Geschwister nur ganz kurz kennengelernt, aber ich habe sie sofort ins Herz geschlossen.

»Meine Mutter war anfangs misstrauisch. Aber sie vertraut mir. Und sie hat gesehen, wie du dich für uns eingesetzt hast.« Lorcan blickt mich an. »Sie hat gesagt, dass sie nie gedacht hätte, so etwas zu sagen, doch sie ist derselben Meinung wie ich. Sie meinte, dass du die geborene Königin bist.«

Ich weiß nicht, was ich darauf sagen soll. Einerseits bin ich bewegt, dass sich Margret, die mir anfangs wie ihr Sohn Misstrauen entgegenbrachte, mir öffnet. Immer wieder bekomme ich zu hören, was für eine tolle Prinzessin oder Königin ich doch wäre. Immer wieder habe ich damit gehadert. Aber wenn ich jetzt in mich hineinhöre, fühlt es sich nicht mehr so unglaublich an. Es kommt mir so vor, als wäre ich dabei, mein Erbe zu akzeptieren.

»Ich habe Angst um meine Familie«, fährt Lorcan nach einer längeren Pause fort. »Aber ich vertraue darauf, dass wir die Ältesten stoppen.«

»Was, wenn wir diesen Stein nicht finden? Wenn er sich doch nicht dort befindet? Oder er schon in ihren Händen ist?«, spreche ich meine Zweifel aus. Zwar hat mein Großvater uns diese Karte hinterlassen, doch wer kann uns garantieren, dass die Ältesten nicht schneller waren als wir? Sie sind nicht dumm. Sie werden so wie wir noch ein Ass im Ärmel haben.

»Dann werden wir einen Weg finden, ihnen den Stein zu nehmen und sie zu besiegen. Gegen ganz Phönix kommen sie nicht an«, erwidert er überzeugt. Er zieht seine Unterlippe zwischen seine Zähne und spielt mit seinem Lippenpiercing, während er mich nachdenklich betrachtet.

»Musst du auch manchmal an die alten Zeiten denken?«, fragt er plötzlich. »Als wir noch keine Freunde waren?«

Ich überlege kurz. »Manchmal. Es ist gerade einfach so viel vorgefallen, dass ich in letzter Zeit nicht darüber nachgedacht habe. Aber innerhalb so weniger Monate hat sich so viel verändert. Es fühlt sich alles so unwirklich an.«

»Geht mir genauso«, murmelt Lorcan. »Vor einem Jahr noch habe ich dich und deine Familie aus tiefstem Herzen gehasst. Und jetzt sind wir Freunde. Eine Zeit lang nach Neujahr, als wir uns besser kennengelernt haben, war ich sogar ein wenig verknallt in dich«, gibt er mit leicht geröteten Wangen zu.

Lorcan hebt abwehrend die Hände. Ich muss ihn wohl ein wenig erschrocken angesehen haben – schließlich lieben Natura, wenn sie sich richtig verlieben, diese Person für immer.

»Oh sorry, ich wollte nicht, dass du dich um mich sorgst.« Auf Lorcans Lippen liegt ein freches Grinsen. »Du bist eine tolle Frau, natürlich war ich verknallt in dich. Und natürlich war es schön, dich zu küssen. Ich hätte auch nichts gegen eine Beziehung mit dir. Aber ...« Er wirft einen Blick zu Daan hinüber. »Verliebt zu sein in *eine* tolle Frau und sich eine Beziehung mit ihr vorstellen zu können, ist etwas anderes, als die Frau zu lieben und einen Seelenbund mit ihr einzugehen.« Seufzend lehnt er sich zurück. »Ich will auch eine Seelenpartnerin.«

»Die wirst du bestimmt finden«, meine ich zuversichtlich.

Daraufhin sagt er erstmal nichts mehr. Dann grinst er verschmitzt und stupst mich kameradschaftlich mit der Schulter an. »Obwohl ich dich anfangs so sehr hasste, bist du jetzt meine beste Freundin. Zeigt das nicht, dass aus Feinden Freunde werden können? Genauso wie mit Daan und dir. Ein Kobold und eine Elfe. Frieden muss ja nicht immer durch Liebe, Freundschaft, ein Bündnis oder einen Waffenstillstand besiegelt werden. Aber ihr wärt das beste Beispiel für die Liebe. Wenn Turan uns nicht gerade in eine Falle gelockt hat, dann könntet ihr die Elfen und die Kobolde vereinen. Es könnte dauerhaft Frieden herrschen.«

»Du glaubst also auch, dass Turan etwas plant.«

»Mir hat nicht gefallen, mit welchen Worten er diesen Waffenstillstand besiegelt hat. Er hat dabei bestimmt noch einen Hintergedanken. Ich kann mir nicht vorstellen, dass er so einfach aufgeben wird.«

»Den hat er auf jeden Fall«, ertönt da Daans tiefe Stimme. »Mein Vater ist niemand, der einfach so aufgibt.«

Ich dachte, er schlafe. Doch er wirkt nicht gerade so, als wäre er gerade erst aufgewacht. Ganz im Gegenteil. Seine Augen mustern uns wach. Nachdem er vorsichtig von Dylan weggerutscht ist, rappelt er sich auf und kommt auf uns zu.

»Tut mir leid, ich wollte euch nicht belauschen und ich habe versucht wegzuhören, weil es mich nichts angeht. Aber ich konnte einfach nicht einschlafen und dann habe ich den Namen meines Vaters fallen hören.«

Er hockt sich vor uns im Schneidersitz auf den Boden. Dann greift er nach meiner Hand und streicht nachdenklich mit dem Daumen über meinen Handrücken. »Ich wollte seine Gedanken hören, aber er hat sie gut verschlossen. Zwar unterstützt er uns, aber ich bin mir sicher, sobald dieser Krieg gegen die Ältesten vorbei ist, wird er zuschlagen.«

Lorcan versteift sich kurz, ehe er seinen Oberkörper entschlossen aufrichtet und die Schultern strafft. »Das werden wir verhindern. Ich habe es Lucy gerade eben schon gesagt. Wir werden alles dafür tun, um die Ältesten zu stoppen. Und wenn es wirklich so ist, dann auch deinen Vater.«

Ich würde seinen Optimismus gern teilen, kann jedoch nichts dagegen tun, dass die Furcht anhält. Immer wieder muss ich an unsere Eltern denken, die bei den Ältesten festsitzen. Immer wieder stelle ich mir vor, was sie wohl gerade tun. Immer wieder drängt sich vor meinem inneren Auge die Vorstellung auf, wie sie wie die vier Elfenrebellen getötet werden, während ich nur dastehe und nichts dagegen tun kann.

Daan nickt, den Blick auf mich geheftet. Er spürt, was in mir vorgeht, weshalb er zu mir rutscht und einen Arm um meine Schulter legt. Ich bette meinen Kopf auf die seine und genieße die Wärme, mit der er mich einhüllt.

»Ich verschwinde mal kurz um die Ecke«, meint Lorcan und greift nach der zweiten Fackel, welche wir gelöscht hatten, da eine für die Wache gereicht hat. Er entzündet sie mit der ersten, zwinkert uns kurz zu und verschwindet in dem Gang, durch den wir hergekommen sind.

Da es hier logischerweise nirgends Toiletten gibt, müssen wir immer im nächstgelegenen Gang verschwinden, aus dem wir gekommen sind. Keine angenehme Sache, doch irgendwie müssen wir unsere natürlichen Geschäfte verrichten. Wobei es mir so vorkommt, als hätte Lorcan uns absichtlich ein wenig Zeit füreinander gegeben.

Ich sehe Daan, der mich die ganze Zeit über beobachtet, in die eisblau funkelnden Augen, in denen ich mich nur allzu gern verliere. Er hebt eine Hand und streicht mir damit zärtlich über die Wange. Sein liebevoller Blick, mit dem er mich bedenkt, lässt mein Herz flattern.

»Über was denkst du gerade nach?«, fragt er leise.

»Weißt du das nicht schon?«, gebe ich zurück. Immerhin kann er meine Gedanken hören. Ich habe sie ihm freigegeben, weil ich ihm bedingungslos vertraue.

Seine Mundwinkel heben sich leicht, sodass sich dort Grübchen bilden. »Es wäre ja langweilig, wenn ich immer deine Gedanken hören kann. Wo blieben da die Themen für eine Unterhaltung?«

Jetzt muss ich grinsen. »Hast du nicht vor ein paar Tagen noch gemeint, man müsse sich nicht immer unterhalten, da dir der Gedanke, weniger zu reden auch ganz gut gefällt, weil wir stattdessen andere Dinge machen können?«

Bei der Erinnerung an unser erstes Mal wird mir ganz warm. Daan, der ebenfalls daran denken muss, schmunzelt. Er greift nach meinen Händen, sein Blick fängt den meinen auf. Der Schein der Fackel fällt auf sein Gesicht, sodass seine Augen wie Feuer aufglühen. »Ich weiß nicht, ob ich es dir schon einmal gesagt habe, aber ich genieße die Zeit mit dir. Ich genieße jeden einzelnen Moment mit dir. Auch wenn es nur ein Wimpernschlag ist.«

»Ich auch. Geht mir genauso.« Ich kaue auf meiner Unterlippe herum. »Ich habe gehört, was du zu deinem Vater gesagt hast«, beginne ich stockend, weil ich nicht weiß, wie er darauf reagieren wird.

Vorher, als er wegen seines Vaters noch so viele Geheimnisse vor mir hatte, war er, wenn ich ihn auf persönlichere Themen angesprochen habe, immer ausgewichen. Noch schlimmer, oft hatte er sich daraufhin von mir zurückgezogen, was mich sehr verletzt hatte, weil ich da noch nicht verstanden hatte, was mit ihm los war. Doch jetzt blickt er mich offen an. Zwischen uns gibt es keine Geheimnisse mehr.

Sein Daumen streicht sanft über meinen Handrücken, weil er meine Hände immer noch hält. »Das, was ich gesagt habe, meinte ich ernst. Als wir den Seelenbund geschlossen haben, sagte ich, dass ich eine Zukunft mit dir will, Lucy.« Er sieht mir tief in die Augen. »Ich weiß, dass wir nicht wissen, ob wir in ein paar Tagen noch am Leben sein werden. Doch allein der Gedanke, mit dir eine gemeinsame Zukunft zu haben, in der wir uns nicht mehr verstecken müssen, gibt mir Hoffnung.« Er umfasst meine Hände fester. »Und gerade weil der Gedanke so schön ist, eine Zukunft mit dir zu haben, habe ich mir vorgestellt, wie es wäre, wenn wir Kinder hätten. Ich weiß, dass die Wahrscheinlichkeit höher ist, dass unsere Kinder unfruchtbar oder mit einer Behinderung auf die Welt kommen könnten. Dass die Gefahr von Fehlgeburten noch höher ist.« Er holt nochmals Atem, weil er unterm Reden kaum Luft geholt hat. »Aber mir gefällt der Gedanke, mit dir irgendwann eine Familie zu gründen, wenn wir beide dazu bereit sind.«

Mein Herz klopft schneller. Es ist eine Sache, eine Beziehung zu haben. Eine andere, einen Seelenbund oder eine Ehe zu schließen. Eine Familie ist etwas weitaus Größeres. Dazugerechnet mit unseren Problemen als Koboldprinz und Elfenprinzessin. Aber allein, dass er daran denkt und sich ein solches Leben mit mir vorstellen könnte, lässt meinen Magen kribbeln. Zwar habe ich es ja gehört, als er es seinem Vater sagte, doch jetzt, wie er mir dabei in die Augen blickt und es mir persönlich sagt, ist es noch einmal etwas ganz anderes. Es berührt mich zutiefst.

Da mir die Worte fehlen, rutsche ich an ihn heran, lege meine Hände in seinen Nacken und ziehe seinen Kopf zu mir heran, sodass wir uns küssen können. Ich lege alles, was ich ihm sagen will, in diesen Kuss.

Ich bette meinen Kopf auf Daans Schulter und schließe die Augen, während seine Hand geistesabwesend immer wieder über meinen Arm streicht. So bleiben wir eine Weile lang sitzen. Als Lorcan nach einiger Zeit wieder zurückkommt, lässt er sich neben Daan nieder. Die beiden unterhalten sich mit gesenkten Stimmen, bis ich wegdämmere.

Als ich wieder aufwache, reden sie noch immer miteinander. Es geht um mögliche Ideen, wie sie Daans Vater stoppen könnten. Auch Dylan und Danny regen sich und strecken sich verschlafen. Da nun alle wach sind und es laut Daans Uhr früh am Morgen ist, setzen wir uns zusammen und essen gemeinsam belegte Brötchen, die Freya uns eingepackt hat. Allerdings müssen wir uns unsere Rationen noch gut einteilen. Sie hat uns auch Obst und Energieriegel mitgegeben, was wir uns für unterwegs aufheben. Nachdem wir gegessen haben, gehen wir weiter. Beziehungsweise Daan geht, der Rest von uns fliegt.

Ich bin so in meine Gedanken versunken, dass ich direkt gegen meine Brüder stoße, als diese abrupt in der Luft verharren. Ich kann mich gerade noch an ihren Schultern festhalten und muss aufpassen, nicht von ihren Flügeln getroffen zu werden.

»Was ist los?«, frage ich und luge über ihre Schultern hinweg, als ich sehe, weswegen sie angehalten haben.

»Wir sind da«, raunt Dylan. »Vor uns liegt das Labyrinth.«

KAPITEL 23

Überrascht schaue ich über seine Schulter. Und tatsächlich: Der Tunnel, in dem wir uns befinden, weitet sich vor uns. Es scheint, als münde er in eine Höhle. Die linke Felswand geht in eine hohe glatte Mauer über, die bis zur Felsdecke reicht.

Ich hole die Prophezeiung hervor, auf deren Rückseite Linien eingezeichnet sind, welche die Wege des Labyrinths kennzeichnen. Jetzt verstehe ich die ineinander verschlungenen Linien. Es ist, wie Gregor, Freya und Delavar es erklärt haben, die Karte eines Labyrinths. Und in der Mitte, um die die Linien herumführen, befindet sich ein Kreis, in dem ein kleiner Punkt eingezeichnet ist. Dort muss dieser Stein sein.

Wir fliegen bis ans Ende des Tunnels, Daan hält laufend mit uns Schritt. An der Grenze zwischen Tunnel und Labyrinth, welches dunkel und gespenstisch vor uns liegt, halten wir wieder und lassen uns neben Daan zu Boden sinken. Die Schwärze, die sich vor uns auftut, ist unheimlich. An der rechten Wand gibt es mehrere große Löcher, von denen aus dunkle Tunnel ins Innere führen. Mich schaudert bei dem Gedanken, was sich dort wohl verbirgt. Ich will es gar nicht wissen.

Als Dylan seine Fackel herumschwingt, entdecke ich etwas an der Felswand.

»Stopp!« Ich greife nach seinem Handgelenk, um die Fackel dort hinzuhalten. Direkt am Eingang wurde etwas in den Stein geritzt:

Betritt das Labyrinth mit Ehrfurcht.
Habe Respekt vor seinen Wächtern.
Ansonsten wirst du sterben.

»Wie einladend«, meint Lorcan, der neben mich getreten ist und die Inschrift mit erhobener Braue ebenfalls gelesen hat. »Und was ist mit Wächter gemeint? Welche Wächter?« Suchend blickt er sich um, einen Pfeil in seinen Bogen gespannt, als erwarte er, dass jede Sekunde jemand vorgesprungen kommt. »Ich sehe hier niemanden.«

»Vielleicht sind sie ja schon längst tot«, mutmaßt Danny, doch er klingt nicht gerade sehr überzeugt.

Daan hat seine glühenden Augen auf den Eingang gerichtet. »Schön wäre es. Aber das kann ich ehrlich gesagt nicht so recht glauben.«

»So oder so müssen wir da durch«, wirft Dylan mit ein.

»Und falls wir diesen Wächtern begegnen, werden wir ihnen wie es da steht mit Respekt entgegenkommen«, füge ich hinzu.

»Dann wäre das ja geklärt. Lasst uns aufbrechen«, meint Danny mit entschlossener Miene, wenngleich er immer wieder nervös in die gähnende Dunkelheit blickt. »Je eher wir diesen Stein haben, desto besser.«

Schweigend betreten wir das Labyrinth. Auch ohne diese Inschrift hätten wir Respekt davor gehabt. Allein schon wegen der wuchtigen Mauern, die sich in die Höhe bis zur Decke erstrecken, sodass wir nicht darüber fliegen können. Ich habe keine Ahnung, wie tief wir uns unter der Erde befinden und wie viel Zeit und Arbeit es die Erbauer gekostet hat, dieses Labyrinth zu erschaffen, jedenfalls wirkt es sehr beeindruckend und beklemmend.

Schon nach wenigen Metern gibt es in der Mauer eine breite Lücke, die in einen weiteren Gang führt. Daan schickt eine kleine Feuerwalze hinein, um ihn zu erhellen, sodass wir feststellen, dass der Gang sich nochmals teilt. Mir wird noch mulmiger zumute, als mir ohnehin schon ist.

Bis auf die Fackeln haben wir kein Licht und es gibt nirgends weitere Lichtquellen. Einfach nichts. Nur die glatte Mauer. Und das stimmt mich noch unruhiger. War das Absicht oder waren das einfach Kobolde, die ohnehin im Dunkeln sehen können? Was, wenn wir uns trotz der Karte hier verlaufen? Wie viele Natura sind hier wohl schon verloren gegangen? Was, wenn wir die Nächsten sind? Niemand würde uns finden und wir würden elendig verhungern und verdursten.

»Wohin nun?«, wendet sich Dylan an mich und senkt die Fackel, sodass ihr Licht auf die Karte fällt.

Ich verdränge das unruhige Gefühl in meinem Inneren und starre auf das Papier in meinen Händen, folge den Wegen bis zu dem Punkt in der Mitte. Bis mir auffällt, dass sich ein weiterer kleiner Punkt an einem Eck befindet, der vorher noch nicht dort war. Mir kommt eine Idee und ich gehe ein paar Schritte nach vorn. Der Punkt bewegt sich. Als ich zurückgehe, bewegt er sich mit mir nach hinten.

»Was tust du da?«, kommt es von Lorcan, der mich ansieht, als hätte ich den Verstand verloren.

»Diese Karte funktioniert wie ein Navigationsgerät«, teile ich meine Feststellung mit. Meine Brüder, Lorcan und Daan treten erstaunt näher und blicken ebenfalls darauf. »Seht ihr?« Ich deute auf den Punkt in der Ecke. »Wir befinden uns hier. Das ist unser Standort. Wenn ich gehe, bewegt er sich mit mir. Wir müssen zu diesem Punkt.« Mein Zeigefinger wandert weiter zur Mitte, indem er den kürzesten Weg entlangfährt.

»Dann lasst uns losgehen«, meint Lorcan und wir laufen los. Entlang an den wuchtigen Mauern, die sich nach oben erstrecken. Da das Licht der Fackeln keine große Reichweite hat, sehen wir nur ein paar Meter weit. Ebenso können wir die Decke nicht ausmachen. Es ist alles schwarz um uns herum. Diese Schwärze macht mich ganz nervös. Und das unruhige Flackern des Feuers macht es nicht gerade besser. Ich erwarte schon jede Sekunde, dass etwas aus der Dunkelheit hervorspringt und uns angreift. Doch nichts regt sich. Wir hören nur unsere Schritte oder unsere Stimmen, die an den Wänden widerhallen. Mich fröstelt, weil mir unheimlich zumute und eiskalt ist. Ich bibbere, weshalb ich mir meine Strickmütze tiefer über die Ohren und ins Gesicht ziehe und meine Hände in die Ärmel meiner Jacke schiebe. Ich will nicht, dass Daan mich wieder wärmt. Er soll seine Energie wegen mir nicht unnötig verbrauchen.

Wir sind noch nicht weit gekommen, als Lorcan plötzlich stehen bleibt.

»Hört ihr das auch?«, raunt er mit gespitzten Ohren und schwenkt seine Fackel herum, sodass die Schatten an den Wänden wie Gespenster umherhuschen. Dann reißt er die Augen auf. »Ähm, Leute, ich will euch ja nicht beunruhigen, aber wir werden beobachtet!«

Wir fahren herum und folgen seinem Blick. In der Finsternis schweben acht große leuchtende Punkte.

Ich halte den Atem an, als sie kurzzeitig verschwinden und glaube schon zu halluzinieren, als sie wiederauftauchen und sich plötzlich nach vorn bewegen.

Zuerst taucht ein langes, dünnes haariges Bein aus der Dunkelheit im Schein von Lorcans Fackel auf, welche ihm beinahe entgleitet. Dann ein weiteres und noch eins, bis eine gigantische Spinne ihren schweren Körper aus der Finsternis hievt.

Der Schrei bleibt mir im Hals stecken. Ich fühle mich ja schon in Anwesenheit von kleinen Spinnen unwohl. Diese hier vor uns ist so groß, dass sie den ganzen Gang versperrt, in dem wir uns befinden. Ich würde dreimal in ihren Hinterleib passen, welcher von ihrem Kopf aus nach hinten immer dicker wird. Sie ist dunkelbraun, geradezu schwarz. Sie hat uns anvisiert und legt den Kopf schief, sodass ich mich frage, ob jedes Auge jeweils einen einzelnen von uns anstarrt. Ihre messerscharfen Mandibeln klappern aneinander, sodass ich zusammenfahre bei der Vorstellung, wie sie mich damit packt. Sie ist ein wahrgewordener Albtraum.

Aus den Augenwinkeln bemerke ich, dass Danny sich die Hände vors Gesicht geschlagen hat. Er ist ganz starr vor Schreck.

»Keine. Ruckartigen. Bewegungen«, warnt Dylan leise. Er hat seine Arme von sich gestreckt, als würde er die Spinne von sich fernhalten oder beruhigen wollen.

»Bist du etwa ein Spinnenexperte?«, gibt Lorcan mit gedämpfter Stimme zurück, in der dieselbe Nervosität mitschwingt, wie ich sie fühle.

»Nein, aber wenn wir losrennen, entfacht das vielleicht ihren Jagdtrieb.«

»Und was schlägst du dann vor? Sollen wir stehen bleiben und uns als elfische Delikatesse zum Mittagessen verspeisen lassen? Ich hänge an meinem Leben!«, versucht Lorcan zu scherzen, versagt dabei jedoch kläglich.

Ich bin so geschockt, dass ich kein Wort hervorbringe. Erst recht, da sie im

Schein der Fackeln ebenfalls stehen geblieben ist. Sie starrt uns einfach nur an. Als wäre sie eine Statue. Und das ist noch gruseliger, als wenn sie sich bewegen würde.

Als sie plötzlich ein Bein nach vorn bewegt und ihre Fühler wieder aufeinanderschlagen, wirbeln wir herum und stürmen los, die Spinne nimmt sofort die Verfolgung auf. Ihr folgen mehrere Spinnen, die plötzlich aus der Dunkelheit hinter ihr geschossen kommen.

Wir rennen um unser Leben. Lorcan und Dylan, die die Fackeln in den Händen halten, rasen voran. Schatten tanzen an den Wänden, als wir immer wieder in einen anderen Gang biegen, die Spinne dicht auf unseren Fersen. Ich höre ihre Mandibeln, die andauernd aufeinanderklackern. Trotz ihrer wuchtigen Körper, den ihre Beine tragen müssen, sind sie unglaublich schnell und holen rasant auf.

Immer wieder schlagen wir Haken, in der Hoffnung, so unsere achtbeinigen Verfolger abzuwimmeln. Doch sie holen immer mehr auf. Mit jeder weiteren Sekunde verringert sich unser Abstand zueinander. Als das Klackern ganz nah an meinem Ohr ertönt und ich einen warmen Atem hinter mir wahrnehme, wirbelt Daan eine Feuerwalze in Richtung der Spinnen, die sich bereits dicht hinter uns befanden, was uns nur einen kleinen Vorsprung gibt. Wir stürmen in den nächsten Gang, als plötzlich ein lautes Krachen ertönt. Zunächst glaube ich, nicht richtig zu sehen.

»Leute ... kommt es mir nur so vor oder bewegen sich die Mauern?«, keucht Lorcan, der vor uns herstolpert.

»Nein, du siehst richtig!« Dylan flucht laut.

Die Mauern bewegen sich tatsächlich. Eine Wand schiebt sich durch den Gang, sodass unser Fluchtweg versperrt ist und wir vor der nun plötzlich auftauchenden Sackgasse gezwungen sind, anzuhalten.

Mit rasendem Herzen blicke ich auf die Karte, die ich nicht losgelassen habe. Tatsächlich haben sich auch dort die Linien verändert.

»Was soll das?!« Verzweiflung macht sich neben der Panik in mir breit.

»Es muss sich um irgendeinen Mechanismus handeln«, murmelt Dylan, der den Blick über die Mauern schweifen lässt. Er scheint nach einem Fluchtweg zu suchen, doch den gibt es nicht. Wir sitzen in der Falle. Und das scheint unseren Verfolgern, welche ums Eck gekrochen kommen und unseren einzigen Fluchtweg versperren, auch klar zu sein.

Die Spinnen bleiben stehen, während die, die uns zuerst verfolgt hat, langsam auf uns zugekrochen kommt. Ein langes Bein nach dem anderen. Sowie die anderen Tiere hinter ihr nebeneinander im Gang verharren, erinnern sie mich an ... Mir kommt ein Gedanke. Ich bleibe ruckartig stehen und schließe die Augen, um meinen rasenden Puls und mich selbst zu beruhigen. Bitte, lass mich recht haben, flehe ich, als ich die Augen wieder öffne und einen Schritt nach vorn auf die Spinne – dem Tier, vor dem ich mich am meisten fürchte und ekle – zutrete. Dem Tier, bei dem es sich bei meinem Glück auch noch um seine Riesenmonsterversion handelt.

»Lucy, was tust du da?«, ruft Lorcan, der herumgewirbelt ist, seinen Pfeil in den Bogen gespannt hat und damit auf die Spinne zielt, welche langsam näherkommt.

»Nimm den Pfeil herunter.« Ich strecke den Arm aus und stelle mich direkt vor ihn, sodass ich im Schussfeld bin und er ihn sofort sinken lässt.

»Bist du vollkommen durchgedreht? Falls du es noch nicht gesehen hast, da kommt eine gewaltige Spinne auf uns zu!«

Vielleicht bin ich das ja auch. Aber ein Gefühl sagt mir, dass ich mit meiner Vermutung richtig liege, auch wenn es so unglaublich klingt.

»Vertraut mir. Ihr dürft sie nicht angreifen«, sage ich und ich weiß, dass sie es tun. Dass sie mir vertrauen. Dass sie hinter mir stehen, egal, was ich tue.

Schweiß steht mir auf der Stirn, als ich mich der Spinne zuwende, die angehalten hat, als warte sie ab. Auf zittrigen Beinen komme ich ihr entgegen. Das Herz schlägt mir mittlerweile bis zum Hals, doch ich atme tief durch und blicke ihr in die großen Augen. Da sie über mir aufragt, muss ich den Kopf in den Nacken legen. Ich weiß gar nicht, in welche ich eigentlich schauen soll, also konzentriere ich mich auf die größten, die ganz vorne an ihrem Kopf angebracht sind.

Sie starrt mich ebenfalls an. Einige Sekunden geschieht gar nichts. Sie schaut mich einfach nur an. Ich presse meine bebenden Lippen aufeinander und kämpfe gegen den Drang an, die Augen zusammenzukneifen oder wegzulaufen. Da neigt sie ihren Kopf nach unten. Ihre scharfen Zangen schnappen vor meinem Gesicht zusammen, sodass ich leicht zusammenzucke, mich jedoch nicht bewege. Ein beißender Geruch kriecht mir aus ihrem Maul entgegen. Ich will gar nicht wissen, was sie wohl vorher verspeist hat.

Weiterhin sieht sie mich an und es kommt mir so vor, als warte sie auf etwas. Ich lasse mich von meinem Gefühl leiten und neige den Kopf vor ihr, woraufhin sie das auch tut. Das gibt mir die Hoffnung und Bestätigung, dass ich richtig liege. Hinter mir höre ich meine Brüder und Freunde scharf die Luft einziehen.

Obwohl es mir widerstrebt und ich innerlich sterbe, bei dem Gedanken, sie auch nur anzufassen, hebe ich die Hand. Sie neigt ihren Kopf nach unten, sodass ich ihn berühren kann. Ich streichle ihre Flanke. Meine Finger fahren durch ihre dünnen Haare hindurch, die so dicht bewachsen sind, dass es sich so anfühlt, als berühre ich Fell. Eigentlich ist es gar nicht mal so schlimm. Es fühlt sich eher so an, als würde ich eine Katze streicheln. Diese Erkenntnis lässt meine Angst vor ihr verpuffen.

Als ich einen Schritt zurücktrete, sieht sie über mich hinweg. Ich drehe mich um. Meine Brüder, Lorcan und Daan, die uns verblüfft anstarren, neigen automatisch ihre Köpfe. Die Spinne nickt und wendet den Kopf, als wolle sie, dass wir ihr folgen. Ohne weiter abzuwarten, kehrt sie um.

Daan ist sofort bei mir. Er greift nach meiner Hand. Seine zittert genauso wie meine. Er drückt mich an sich und küsst mich auf die Stirn. »Ich vertraue dir, aber ich habe gerade tausend Ängste durchgestanden.«

»Ich auch«, erwidere ich und wäre vor lauter Erleichterung fast zusammengebrochen.

»Du bist echt verrückt, aber sehr schlau«, bemerkt Dylan.

»Da stimme ich ihm zu«, sagt Danny und lächelt mich an. »Ich dachte schon, sie frisst dich gleich.«

»Wow. Ich habe uns schon als Spinnenfutter gesehen. Du solltest dir ernsthaft Gedanken über einen möglichen Berufswechsel machen. Statt Königin solltest du Spinnenbändigerin werden«, scherzt Lorcan und stößt mich kumpelhaft mit der Schulter an.

Ich teile seine Erleichterung. »Danke, aber ich bleibe lieber bei der Prinzessin.«

Danny schaut mich stirnrunzelnd an. »Warum hat sie dich nicht gefressen? Warum hat sie uns nicht angegriffen?«

»Weil sie eine Wächterin dieses Labyrinthes ist«, sagt Dylan, der zu derselben Erkenntnis gekommen ist wie ich. Als wir Wächter gelesen hatten, dachten wir automatisch, dass es sich um Natura handeln müsse. Wir waren niemals auf den Gedanken gekommen, dass es Tiere sein könnten.

»Sie stehen immer noch da«, raunt Lorcan, der den Kopf zur Seite gedreht hat. Wir folgen seinem Blick. Die Spinnen beobachten uns vom Gang aus, als warten sie auf uns.

»Ich glaube, sie wollen, dass wir ihnen folgen«, sage ich.

»Denkt ihr, das ist eine gute Idee?« Lorcan wirkt nicht gerade sehr überzeugt.

Ich nicke. »Wenn sie die Wächter sind, könnten sie uns zu diesem Stein führen.«

»Was haben wir schon zu verlieren?« Dylan zuckt mit den Achseln. »Sie haben uns nicht angegriffen.«

»Nur zu Tode erschreckt und verfolgt«, kommentiert Lorcan sarkastisch.

Daan, der meine Hand fest umklammert hält, nickt zu den Tieren, welche uns weiterhin beobachten. »Wir müssen vorsichtig sein, das auf jeden Fall. Aber ich gebe auch Dylan recht: Was haben wir schon zu verlieren? Offensichtlich sind sie die Wächter. Würden sie uns für Feinde halten, hätten sie uns schon längst attackiert.«

Schließlich folgen wir der Spinne, welche ihren wuchtigen Körper nach vorn bewegt. Ihre Artgenossen schreiten uns nach.

»Ich fasse es nicht, dass wir gerade wirklich einer Monsterspinne hinterherlaufen«, murmelt Lorcan kopfschüttelnd, der die Spinne skeptisch im Auge behält. »Was, wenn sie uns in ihr Nest bringt, um uns dort zu verspeisen?«

»Das tut sie nicht«, erwidere ich.

»Und woher willst du das wissen? Kannst du jetzt auch noch Spinnengedanken lesen?«

»Sie bringt uns zum Stein«, antworte ich, den Blick auf die Karte gerichtet. Sie führt uns den kürzesten Weg zur Mitte, von der wir nicht mehr so weit entfernt sind.

Irgendwann wird die Spinne langsamer. Ich werfe einen Blick auf die Karte. Mein Herz schlägt schneller. »Wir sind da.«

Vor dem Eingang, der in eine dunkle Höhle führt, neigt die Spinne den Kopf vor mir, ehe sie sich umwendet und ihren wuchtigen Körper in den Gang hievt, durch den sie uns hierhergebracht hat, gefolgt von ihren Artgenossen.

KAPITEL 24

Der Eingang wird von Statuen flankiert, die doppelt so groß und breit sind wie wir. Einer Frau und einem Mann, die beide alle Gesichtsmerkmale der Elben, Kobolde und Elfen ineinander vereinen. Die geschwungenen Blumenmuster der Elfen um ihre Augen, die Punkte der Kobolde auf den Wangen und den Edelstein der Elben in der Mitte ihrer Stirn. Sie tragen bodenlange Kutten, deren Kapuzen über ihre Köpfe gezogen sind. Sie halten in jeder Hand eine Fackel, von denen aus jeweils ein Seil in die dunkle Höhle hineinführt. Wir entzünden die Fackeln mithilfe der unseren. Das Feuer geht auf die Seile über, woraufhin sich sofort weitere Fackeln entzünden, bis der ganze Raum erleuchtet ist. Als wir eintreten, stockt uns der Atem. Es handelt sich um eine hohe kreisförmige Höhle. An den Felswänden zwischen den brennenden Fackeln stehen ebenfalls in Kreisform angeordnet sich gegenüber insgesamt zehn Statuen. Jeweils ein Mann und eine Frau.

Das erste Paar stellt einen Elf und eine Elfe dar. Wer auch immer sie gemeißelt hat, hat auf jedes einzelne Detail geachtet. Auf ihre spitzen Ohren, die ineinander verschlungenen Muster ihrer Gesichtsmerkmale, welche sich über ihre Wangen und ihre Stirn ziehen. Sie tragen beide hohe Stiefel und altertümliche Kriegsmonturen mit Umhängen. Der Elf hat einen Langbogen um seinen Oberkörper geschlungen sowie einen Köcher voller Pfeile auf dem Rücken. In einer Hand hält er einen Pfeil, mit dem er auf die Mitte zeigt, wo im Boden ein Kreis eingelassen ist. Die Elfe steht spiegelverkehrt zu ihm mit denselben Waffen und derselben Haltung. Ihre freien Hände haben sie aneinandergelegt, sodass ihre Handflächen eine Kuhle bilden. Ihre Gesichter folgen der Richtung, in welche ihre Pfeile zeigen.

Das zweite Paar besteht aus Schattenelfen. Statt Langbögen tragen sie geschwungene Reiterbögen. Das dritte Paar sind Elben. Die in ihren Stein gemeißelten Haare sind lang und glatt. Anstatt Pfeilen haben sie lange Stöcke in den Händen, mit denen sie auf den Kreis zeigen.

Bei dem vierten Paar handelt es sich um Kobolde, welche jeweils ein Schwert in den äußeren Händen halten, die Inneren sind wie bei den anderen Teilen ineinandergelegt. Auch hier zeigen die Spitzen ihrer Waffen auf den Kreis in der Mitte. Das letzte Paar sind Schattenkobolde, die in derselben Position dastehen. Ihre Schwerter sind etwas länger, dünner und laufen spitzer zu als die der Kobolde.

Durch die Flammen der Fackeln, welche unruhig flackern und Schatten auf die Skulpturen werfen, wirken diese nur noch unheimlicher und ehrerbietiger. Mir fällt auf, dass sie alle Kronen auf den Köpfen tragen.

»Sie stellen die Königspaare der fünf Völker dar«, murmelt Danny ehrfürchtig, der sich vor das Königspaar der Elfen gestellt hat und mit großen Augen und offenem Mund zu ihm aufblickt.

Dylan tritt neben ihn und legt ebenfalls den Kopf in den Nacken, da die Statuen doppelt so groß und breit sind wie wir. »Ob das irgendwelche Vorfahren oder Urahnen von uns sind?«

Das Gleiche habe ich mich auch gefragt. »Sie wirken aber nicht wie Könige oder Königinnen«, murmle ich. Ja, aufgrund der Kronen sehen sie wie Herrscher aus. Doch irgendetwas an der Art, wie sie angezogen sind und an ihrer Haltung, lässt sie noch ein wenig anders wirken. Ich finde gerade nur nicht das passende Wort dafür.

»Schaut mal.« Lorcan fährt konzentriert mit den Fingern über die Handflächen. »Sieht so aus, als wären diese Hohlräume für etwas da.«

Meine Brüder und ich treten zu ihm heran und lugen über seine Schulter. Und tatsächlich: Auf den ersten Blick haben wir es noch nicht gesehen, doch jetzt, wo wir näher davorstehen, erkennen wir, dass in dem Hohlraum eine kleine ovalförmige Einbuchtung ist. So, als wäre dort etwas entnommen worden.

»Diese Form …«, überlegt Dylan gedankenverloren.

»Hier ist auch einer!«, ruft Daan von seinem Platz vor dem Königskoboldpaar aus.

»Hier auch!«, kommt es aufgeregt von Danny, der zu dem Königspaar der Schattenelfen gegangen ist.

»Die Form und die Größe passen zu unseren Lebensstatuen«, meint Dylan mit einem aufgeregten Funkeln in den Augen.

Auch ohne, dass wir uns per Gedankenverbindung miteinander austauschen, weiß ich sofort, was er meint. Ich erinnere mich noch daran, wie er mir damals, als Talorion starb und er vom Gelände der Akademie floh, etwas in die Hand schob. Es war meine Lebensstatue gewesen.

»Die Schlüssel, von denen Gregor gesprochen hat«, rufe ich und krame meine Tasche hervor. Ich hole den Beutel heraus, den Gregor mir übergeben hat, und öffne ihn mit klopfendem Herzen, um die sich darin befindlichen fünf Lebensstatuen herauszuholen. Es sind die fünf von jedem ältesten Thronfolger eines jeden Volkes.

Die Jungs treten heran. Ohne uns abzusprechen, nimmt sich jeder eine. Daan und Dylan haben nach ihren eigenen gegriffen, Danny die von Oliver, Lorcan die von Ricardo und ich die von Aaron. Wir gehen zu den jeweiligen Königspaaren und legen sie in die kleinen Vertiefungen. Dann treten wir zurück und warten gespannt.

Zunächst geschieht nichts. Bis plötzlich die Gesichtsmerkmale der Statuen in ein übernatürliches Licht getaucht werden. In Sekundenschnelle breitet es sich von ihren Wangen bis hin zu ihren Stirnen aus. Dann beginnen ihre Augen zu glühen. Lichtstrahlen schießen daraus hervor und treffen jeweils das gegenüberliegende Königspaar, sodass wir in einem hell strahlenden Pentagramm stehen. Dann leuchten auch noch ihre Waffen. Aus den Pfeil-, Schwert- und Stockspitzen schießt bläuliches Licht hervor und hüllt den Kreis am Boden ein.

Ich halte geblendet meine Hände vor die Augen.

Ein Krachen ertönt und für einen Moment glaube ich, dass die Höhle einstürzt, bis ich den Felsen sehe, der in dem im Boden eingelassenen Kreis erscheint. Er ist in etwa so groß wie ich. Kaum, dass er zum Stehen kommt, hören die Augen und die Waffenspitzen auf zu glühen. Nur die Gesichtsmerkmale flackern noch in ihrer übernatürlichen Farbe.

Da wir nun nicht mehr geblendet sind, treten wir näher heran und schauen uns den Fels genauer an.

»Da ist eine Einkerbung«, verkündige ich meine Betrachtung. »So wie ich es noch vage aus der Vision von meinem Großvater im Kopf habe, würde der Stein gut hineinpassen.«

»Und wo ist der? Sollte dieser Stein jetzt nicht auftauchen?« Mit schief geneigtem Kopf klopft Lorcan gegen den Felsen. Ohne Erfolg.

»Er ist weg«, meint Dylan, als er auf die leere Stelle auf dem Felsen blickt.

»Nein!«, rufe ich. »Das kann nicht sein. Er muss hier sein!« Was kann ich tun, damit dieser verdammte Stein endlich auftaucht?

»Lucy.« Daan will seine Hand auf meine Schulter legen, um mich zu beruhigen.

Hoffnungslosigkeit überwältigt mich. Der Stein war unsere einzige Möglichkeit, den Ältesten die Macht zu nehmen. Der Stein war der Grund, weshalb wir all die Strapazen auf uns genommen haben, hierher zu gelangen. Und jetzt soll alles umsonst gewesen sein? Haben sich meine schlimmsten Befürchtungen bewahrheitet? Sind uns die Ältesten zuvorgekommen und haben ihn mitgenommen?

Vor meinem inneren Auge tauchen Bilder von meinen Eltern auf, wie sie hingerichtet werden. Tränen steigen in meine Augen und rinnen über meine Wangen, als ich schluchzend zu Boden sinke.

Daan kniet sich neben mir auf den staubigen Boden, um mich zu umarmen, als plötzlich ein Geräusch ertönt, als würden Dutzende von Füßen auf dem Boden trampeln.

Vor lauter Schreck fahren wir hoch. Meine Brüder und Lorcan wirbeln herum. Etwa ein Dutzend Elfen stürmen durch den Eingang. Sofort springen Daan und ich auf und gehen in Verteidigungshaltung.

»Wir sind geliefert«, schluckt Lorcan, der seinen Bogen angespannt hat.

Die Elfen haben einen Kreis um uns gebildet. In den Händen halten sie Bögen und Pfeile, mit denen sie auf uns zielen. Wir sitzen in der Falle.

Bei genauerem Hinsehen erkenne ich, dass es gar keine normalen Elfen sind. Zusätzlich zu den für die Elfen spezifischen Gesichtsmerkmale ziehen sich weitere ineinander verschlungene Linien über ihre Nasenwurzeln, ihre Wangen, ihr Kinn und über ihre Arme. Größtenteils haben sie lange Haare, die stellenweise zu Dreadlocks gedreht wurden und deren Farbe in ein dunkles glänzendes Silber übergeht.

Eine Elfe in einem bodenlangen Kleid schreitet zwischen den Elfen hindurch, die respektvoll zurückweichen. Vermutlich ist sie die Anführerin. Die Kapuze des Umhangs hat sie zurückgeschlagen, sodass man ihr schmales Gesicht sehen kann, das schon erste Falten zieren. Neben ihr läuft eine jüngere Elfe und es folgen zwei weitere. Wenige Schritte vor uns bleibt die Anführerin stehen und betrachtet mich eindringlich.

Ich spüre ein leichtes Ziehen in meinem Kopf. Derweil zeigt sie kein einziges Mal eine Regung, sodass mir schon ganz mulmig zumute wird. Wollen sie uns angreifen? Gehören sie zum Ältestenrat? Ist das eine Falle?

Schließlich hebt sie das Kinn. Mit einer Handbewegung ihrerseits lassen die Elfen, welche uns umzingelt haben, die Waffen sinken. Daraufhin werde auch ich aus dieser merkwürdigen Starre gerissen. Wäre es möglich, dass sie gerade in meine Gedanken eingedrungen ist? Wenngleich diese Elfen nun nicht so wirken, als würden sie uns angreifen wollen, geben wir unsere Verteidigungshaltung nicht auf, sondern bleiben misstrauisch.

»Wer seid ihr?«, frage ich.

»Wir sind die Bewahrer der Geschichte Phönix'«, antwortet die Elfe mit glasklarer Stimme, die in der Höhle widerhallt. »Wir beschützen das wahre Wissen von Phönix.«

»Die …«, beginne ich.

»Das …«, will Danny im selben Moment fragen.

»Sind sie das?«, unterbricht uns die helle Stimme der jüngeren Elfe. Ihr helles silberglänzendes Haar reicht ihr bis zu den Hüften. Sie hat sich einen Bogen um die Schulter gelegt. Auf ihrem Rücken befindet sich ein Köcher voller Pfeile. Sie hat dieselbe braune Haut, dasselbe schmale Kinn und dieselben Gesichtszüge und hohen Wangenknochen wie ihre Anführerin, weshalb ich vermute, dass es ihre Tochter ist. Sie trägt ein silbernes Nasenpiercing.

»Ja, Dhara, sie sind es.« Der Blick der älteren Elfe wandert von mir zu meinen Brüdern. Wir sehen erst uns an, dann die Elfe.

»Sie …«, will ich fragen, als sie mir zuvorkommt und nickt.

»Ja, wir wissen, wer ihr seid. Wir haben schon auf euch gewartet, Prinzessin Lucyana Áquila«, erklärt sie lächelnd. Ihre Augen wandern zu meinen Brüdern. »Kronprinz Dylan und Prinz Danny Áquila.« Ihr Blick schweift weiter zu Daan. »Und der Prinz der Kobolde: Daan Dragón.«

Warum haben diese Elfen uns erwartet? Anscheinend wussten sie, dass wir kommen. Mein Herz klopft schneller und mir kommt ein schlimmer Verdacht, der es kurz stoppen lässt. Hat uns jemand verraten?

»Entschuldigt die etwas unhöfliche Begrüßung. Wir mussten sichergehen, dass ihr keine Diebe oder Anhänger des Ältestenrats seid. Ich bin Derya und das ist meine Tochter Dhara.« Sie macht eine ausschweifende Handbewegung zu der jungen Elfe neben sich.

»Du kannst deinen Pfeil und Bogen ruhig herunternehmen. Wir tun euch nichts, sonst hätten wir euch schon längst angegriffen«, wendet sich Dhara an Lorcan, welcher neben meinem großen Bruder rechts von mir steht und seinen Pfeil immer noch auf sie gerichtet hat. Seine Arme zittern bereits vor lauter Anstrengung. »Und es lässt sich besser reden, wenn man nicht mit Waffen bedroht wird.«

»Wir sind nicht diejenigen, die einfach hereingestürmt sind und uns bedroht haben«, raunt Lorcan leise. Er wechselt einen fragenden Blick mit mir und als ich ihm aufmunternd zunicke, lässt er ihn langsam sinken. Ich weiß nicht, warum, aber ich habe das Gefühl, dass sie uns nichts tun werden.

»Sie sagten, Sie wären die Bewahrer der Geschichte von Phönix?«, wende ich mich an Derya. Wenngleich ich ihr nicht so leichtfertig glauben will – immerhin könnte es immer noch ein Hinterhalt sein – bin ich dankbar für jede Information, die uns weiterhilft.

»Wir sind eine Gruppe von Elfen, die sich vor langer Zeit vom Volk abgewendet hat, um das Wissen und alte Werke von der Geschichte von Phönix aufzubewahren und zu beschützen«, erklärt Derya. »Wir unterstützten euren Großvater Richard Fénix und tun dies auch nach seinem Tod noch. Wir haben euch bereits erwartet. Ihr habt bestimmt viele Fragen und ihr habt eine lange Reise hinter euch. Wie wäre es, wenn wir uns in unser Lager begeben und dort bei einer Mahlzeit über alles reden? Wir haben etwas, das ihr gesucht habt und das ihr braucht.«

»Habt ihr den Stein?«, entfährt es mir und ich schöpfe neue Hoffnung. Sind uns die Ältesten doch nicht zuvorgekommen?

Derya lächelt nur. »Folgt uns.« Und damit wendet sie sich um und marschiert nach draußen.

»Das könnte auch eine Falle sein«, warnt Lorcan, der an Dylan vorbei zu mir getreten ist. Er legt eine Hand auf meine Schulter, während er die Elfen, welche Derya ins Labyrinth folgen, skeptisch beobachtet. »Was, wenn die Ältesten dahinterstecken?«

»Dann treten wir ihnen früher als gedacht von Angesicht zu Angesicht gegenüber«, meint Danny ironisch.

»Nein, das glaube ich nicht.« Dylan schüttelt den Kopf. »Sie gehören nicht zu den Ältesten. Ich war fast zehn Jahre lang bei ihnen. Sie haben nie irgendwelche Bewahrer erwähnt. Und sie wussten auch nicht, wo sich dieser Stein befindet. Dein Großvater hat die Karte gut versteckt. Wie hätten sie an den Wächtern des Labyrinths vorbeikommen sollen? Wie hätten sie den Stein finden sollen? Und wie hätten sie es lebendig aus dem Labyrinth herausschaffen sollen? Wie wir gesehen haben, wird es gut bewacht.«

Daraufhin wissen wir nichts einzuwenden. Derya, die bereits mit ihren Gefolgsleuten die Höhle verlassen hat, dreht sich kein weiteres Mal um. Niemand bleibt hier, um uns zu bewachen oder dazu zu drängen, ihnen zu folgen. Es scheint so, als wüsste sie, dass wir nachkommen werden. Was wir schließlich auch tun, da uns nichts anderes übrig bleibt.

Sie will uns Antworten auf unsere Fragen geben und sie behauptet, etwas zu haben, was wir suchen. Der Stein? Oder etwas anderes, das uns gegen die Ältesten helfen kann? Dennoch können wir ihnen nicht blindlings vertrauen.

Wir müssen wachsam bleiben, sollte es sich hierbei um einen Hinterhalt durch die Ältesten handeln.

Wir gehen am Rand des Labyrinths entlang, bis wir in etwas breitere Felsgänge gelangen. Mehrere Elfen tragen Fackeln, sodass die Gänge erleuchtet werden. Daan, der mein inneres Gefühlschaos zwischen Hoffnung und Verzweiflung spürt, hat seine Hand mit der meinen verschränkt und schickt mir immer wieder seine beruhigende Wärme. Dylan und Danny halten sich gemeinsam mit Lorcan vor uns.

Dhara, die an der Spitze neben ihrer Mutter ging, lässt sich zurückfallen, bis sie auf gleicher Höhe mit Lorcan ist. Interessiert betrachtet sie ihn. »Ich habe schon viel von dir gehört, Elfenrebell.«

Lorcans Augen weiten sich. »Woher …?«

»Denkst du, wir haben die ganze Zeit nur hier unten verbracht, abgeschottet von der Außenwelt?« Sie grinst schräg. »Denkst du, wir wüssten nicht, was dort oben abgeht?« Sie wirft einen Blick zur Decke. »Du bist ihr Beschützer.« Sie sieht zu mir und lächelt mir zu, ehe sie sich wieder an Lorcan wendet. »Ich finde es sehr interessant, wie ein Rebell, der seine Prinzessin über alles hasst, zu ihrem Freund und Beschützer werden kann. Ich habe von deiner Tapferkeit, deiner Loyalität und deinem Mut gehört, wie du dich für andere einsetzt und die Rebellen unterstützt. Ich habe gehört, wie du dieses kleine Elfenmädchen aus dem brennenden Haus in dem Elfendorf, das angegriffen wurde, gerettet hast. Du bist hineingelaufen, obwohl du wusstest, dass die Flammen dich verbrennen könnten. Obwohl du wusstest, dass es einstürzen und dich unter sich begraben konnte.«

»W-woher weißt du davon?«, fragt Lorcan irritiert.

Dhara lächelt weiterhin. »Wie schon gesagt, wir leben nicht hinterm Mond.« Sie legt den Kopf schief, sodass ihr ein paar ihrer Dreadlocks ins Gesicht fallen. »Mich würde nur eins interessieren: Warum hast du dieses Risiko aufgenommen? Du hättest draufgehen können. Für ein fremdes Mädchen. Ebenso wie du dich so dafür eingesetzt hast, dass Lucyana mehr über die Rebellen erfahren hat. Du bist gewaltige Risiken eingegangen und du hast gut gespielt.«

Lorcans Miene verhärtet sich und er schultert den Bogen. »Manche Sachen fühlen sich einfach richtig an. Ich folge meiner eigenen Moral«, erwidert er ernst. »Und was Lucy angeht: Ich habe ihr vertraut, sowie sie mir vertraut hat. Warum fragst du mich das überhaupt?« Er hebt eine Braue und verschränkt die Arme vor der Brust. »Ihr wisst doch eh alles.«

»Da stimme ich ihm zu«, meint Danny, der wie Dylan nicht weitergegangen ist und das Gespräch mitverfolgt hat.

Dhara lächelt nur. »Wie meine Mutter es schon gesagt hat: Wir sind die Bewahrer der Geschichte von Phönix. Wir alle haben einen bestimmten Platz in dieser Welt. Wir alle haben mindestens eine Aufgabe, die wir erledigen sollen.«

Ehe jemand etwas sagen kann, wird die Stille, die sich zwischen uns allen ausgebreitet hat, unterbrochen. Die anderen Elfen sind ebenfalls stehen geblieben und warten auf uns. Ich kneife die Augen zusammen, weil ich am Ende des Tunnels zwischen den Elfen eine Tür ausmachen kann.

»Dhara!«, ruft die Anführerin. »Hör auf, unsere Gäste aufzuhalten. Der lange Aufenthalt in diesen dunklen Gängen kann irgendwann aufs Gemüt schlagen.«

»Ich komme, Mutter!«, ruft sie und tritt so nahe an Lorcan heran, dass ihre Gesichter nur noch einen Windhauch voneinander entfernt sind. Ihr Grinsen wird noch breiter. »Ich finde dich sehr mutig, Elfenrebell und Beschützer.«

Mit diesen Worten lässt sie ihn stehen und sprintet nach vorn. Im Laufen wirft sie jedoch einen Blick über die Schulter und zwinkert Lorcan zu, der ihr verdutzt hinterherschaut. Er klappt den Mund auf und wieder zu und weiß anscheinend nicht, was er dazu sagen soll.

Auch mir fehlen die Worte, weil ich nicht weiß, was ich davon halten soll. Dennoch muss ich grinsen. »Ich sehe schon, ihr werdet beste Freunde.«

Lorcan brummt nur etwas Unverständliches, sieht Dhara jedoch hinterher. In seinen Augen funkelt es. »Ich kenne sie noch nicht einmal fünf Minuten und schon nervt sie mich gewaltig.«

Ich stupse ihn grinsend mit der Schulter an. »Mich hast du anfangs auch nicht leiden können. Du hast mich auch genervt mit deinem Verhalten.« Herausfordernd hebe ich eine Braue. »Und jetzt sind wir Freunde.«

KAPITEL 25

Als die Elfen uns die Flügeltüren öffnen, empfängt uns eine gewaltige Bibliothek. Hunderte von Büchern reihen sich bis nach hinten, mehrere Stockwerke bis nach oben an die Decke, wo einige Kronleuchter verteilt hängen und warmes Licht spenden.

Da die Bibliothek jedoch so groß ist, kann ihr Licht nicht alle Winkel erreichen, weshalb an jeder Regalreihe weitere Lampen hängen. An den Stockwerken befinden sich jeweils Geländer mit kunstvoll verzierten Verschnörkelungen. Leitern hängen an den Regalen, mit denen man auch die oberen Bücher der Reihe erreichen kann. Einige Wendeltreppen mit demselben Geländer wie bei den Regalreihen führen bis ganz nach oben. Bei jeder Regalreihe sind kleine Türchen angebracht, sodass man durch diese auf jedes Stockwerk gelangen kann.

Staunend betrete ich den Saal. Meine Schritte werden von dem dunkelblauen goldgemusterten Teppich abgefangen. Wir folgen Derya, laufen durch die Gänge zwischen den Regalreihen, an deren Seiten sich Lesetische mit Leselampen und gemütlichen Ledersesseln befinden. Als ich nach oben an die Decke blicke, muss ich den Kopf in den Nacken legen, weil die oberen Regalreihen so hoch liegen.

Ich blicke zu Daan, weil ich genau weiß, wie sehr er Bücher liebt. Ein Lächeln breitet sich auf meinem Gesicht aus. Seine Augen funkeln vor Staunen und Begeisterung. Fasziniert wandert er an dem nächstgelegenen Regal entlang und streicht mit den Fingern über die Buchrücken, während er mit schräg geneigtem Kopf die Titel überfliegt.

»Das ist ja eines der ersten Exemplare von der *Geschichte der Kobolde!*«, ruft er plötzlich und zieht vorsichtig ein altes, in Leder gebundenes Buch heraus.

Derya bleibt lächelnd neben ihm stehen und sieht ihm dabei zu, wie er im Buch herumblättert. »Diese Bibliothek ist nicht nur eine Bibliothek, sondern das Archiv der Geschichte von Phönix. Deshalb darf nichts ausgeliehen werden. Sollte dieser Krieg bald vorbei sein und wir ihn überleben, kannst du gerne zum Lesen hierherkommen.«

Vor lauter neuen Eindrücken haben wir unsere derzeitigen Probleme kurz vergessen. So auch Daan, dessen Miene sich nun verdüstert. Er nickt und schiebt das Buch zurück an seinen Platz, ehe er sich Derya zuwendet. »Danke, das fände ich sehr toll.«

Sie nickt nur. Dann marschiert sie weiter. Als wir in der Mitte ankommen, wird der Mittelgang breiter und wir erkennen, dass die Regalreihen zu beiden Seiten noch weiter nach hinten reichen. Vor uns taucht ein breites Geländer mit Verschnörkelungen auf, welches in der Mitte in einem riesigen Kreis angeordnet ist. Ich blicke von dort aus in die Tiefe, wo sich weitere Regale kreisförmig bis in die Dunkelheit nach unten reihen, in der die Lampen schwach leuchten.

»Das ist ja beeindruckend.« Lorcan hat sich auf die andere Seite neben mich gestellt, den Blick mit großen Augen in die Tiefe gerichtet. Ebenso wie meine Brüder, denen es die Sprache verschlagen hat.

Dhara tritt an die freie Stelle neben Lorcan und legt eine Hand auf das Geländer. »Wie meine Mutter schon sagte: Das ist das Archiv der Geschichte von Phönix.«

»Ich habe schon einmal davon gehört.« Ich sehe zu Daan hinüber. »Du hast einmal von einer geheimen Bibliothek gesprochen. Einer uralten Sammlung, welche sich unter der Regierungsbibliothek der fünf Völker befindet.«

»Ja, das habe ich gesagt. Ich habe aber nur davon gehört. Niemand, den ich kenne, war je dort, weil sie geheim ist.«

»Manche Legenden oder Mythen sind wahr oder haben ihren Ursprung in einer wahren Geschichte«, meint Dhara mit geheimnisvoller Stimme. »Und ja, ihr befindet euch in dieser geheimen Bibliothek. Es ist uns bestimmt, sie zu bewachen. Normale Natura gelangen nicht hierher. Die einzige Ausnahme bilden Könige und Königinnen sowie die Ältesten.«

»Das heißt ja, dass wir uns bereits im Zentrum befinden!« Mein Herz klopft schneller, als ich diese Erkenntnis laut ausspreche. Das bedeutet, dass wir nicht mehr weit weg sind von unseren Eltern. Wo auch immer sie festgehalten werden, wir sind unserem Ziel deutlich näher als gedacht.

»Genauer gesagt befinden wir uns unter dem Mittelpunkt des Zentrums«, korrigiert Dhara mich. »Aber ja, wir befinden uns im Zentrum.«

»Du sagtest, die Ältesten könnten auch hierhergelangen«, fasst Lorcan Dharas Worte wieder auf.

Sie erwidert seinen skeptischen Blick seelenruhig. »Ja, das habe ich gesagt. Worauf willst du hinaus, Beschützer?«

»Mein Name ist Lorcan«, korrigiert er mit ruhiger kalter Stimme. »Wenn die Ältesten hierher gelangen können, könnten sie uns entdecken. Ihr wisst sicher, dass sie hinter uns her sind.«

»Genau genommen sind sie hinter den Royals her«, verbessert Dhara ihn trocken. »Und ich kann dein Misstrauen nachvollziehen. Jedoch kann ich dich beruhigen. Sie waren schon lange nicht mehr hier unten. Zum einen, weil sie wissen, dass wir gut auf all diese Schätze aufpassen. Zum anderen, weil sie gerade besseres zu tun haben: ganz Phönix zu zerstören.« Bei ihrem letzten Satz verengt Dhara die Augen. Unverkennbarer Hass auf die Ältesten schwingt in ihrer Stimme mit, den ich ihr sofort abnehme. Auch Lorcan scheint das zu bemerken, denn er entspannt sich ein wenig und nickt.

»Daan, du meintest einmal, dass wichtige Aufzeichnungen einfach über Nacht verschwunden seien, die mit dem Ursprung des Hasses bei der Entstehung von Phönix zu tun hatten«, wende ich mich an meinen Freund. »Angeblich waren es meine Tante und mein Onkel, die sie entwendet haben.«

»Sie haben sie nicht entwendet. Wir haben sie hier«, mischt sich Derya ein und dreht sich um. »Lasst uns setzen und ich erzähle euch alles.«

Sie führt uns in einen weiteren Nebengang, der in eine große freie Fläche mit mehreren antiken Tischen, Leselampen und gemütlichen Ledersesseln oder Ledersofas mündet.

Derya lässt sich in einer Ecke mit mehreren nebeneinanderstehenden Lederstühlen und Sofas nieder. Davor befindet sich ein großer Tisch mit einer Steinplatte als Tischplatte. Sie macht eine Handbewegung zu den Sitzmöglichkeiten um den Tisch. »Setzt euch doch.«

Wir lassen uns darauf nieder. Daan und ich auf der Couch, meine Brüder und Lorcan suchen sich Ledersessel aus. Auch Dhara hat es sich auf einem Sessel neben ihrer Mutter bequem gemacht. Ihren Pfeilköcher und den Bogen hat sie wie wir unsere Waffen und Taschen griffbereit neben sich an die Armstütze gestellt. Sie hat sich zurückgelehnt und die Füße angezogen. Ihr Blick ist aufmerksam auf uns gerichtet.

Ich bin erleichtert, dass wir endlich sitzen können, weil meine Füße vom langen Laufen bereits wehtun, und lasse mich seufzend in das weiche Polster zurücksinken. Daan hat seinen linken Arm auf der Lehne hinter mir abgelegt, sodass ich ihn als Kopfstütze verwenden kann. Ich lehne mich an ihn.

Mit einer Handbewegung schickt Derya ihre Elfenwächter fort. Diese verschwinden lautlos in den mehr oder weniger schwach beleuchteten Gängen. Mir fällt auf, dass es nirgends Fenster gibt. Keine Ausgänge, die im Falle eines Hinterhalts als Fluchtweg dienen könnten. Wir sind eingeschlossen und ich habe keine Ahnung, wo sich die nächste Tür nach draußen befindet. Diese Erkenntnis lässt mich unwohl schlucken, weshalb ich etwas unruhig hin- und herrutsche, bis Daan seine rechte Hand auf meinen Oberschenkel legt und mir seine beruhigende Wärme schickt.

Derya winkt ein paar Elfen heran, die hinter ihr stehen geblieben sind und wendet sich an uns. »Was wollt ihr trinken? Ich kann euch Tee, heiße Schokolade und Kaffee, aber auch kalte Getränke anbieten.«

»Heiße Schokolade klingt gut. Vielen Dank«, meine ich lächelnd.

Nachdem auch meine Brüder, Daan und Lorcan ihre Bestellungen aufgegeben haben und die Elfen sofort verschwunden sind, um etwas zu Essen und zu Trinken für uns zu holen, lehnt sich Derya in dem Sessel zurück und sieht mich auffordernd an.

Da ich nicht weiß, wo ich anfangen soll, beginne ich mit der einfachsten Frage. »Die Spinnen gehören zu euch?«

Sie nickt. »Wir sind die Bewahrer der Geschichte von Phönix. Sie sind die Wächter des Labyrinths. Unser beider Aufgabe ist es, Phönix zu beschützen. Wir arbeiten zusammen.«

Daraufhin fällt mir ein, was mir vorhin durch den Kopf gegangen ist. »Woher wusstet ihr, dass wir kommen?«

»Dein Großvater hat uns vor seinem Tod mitgeteilt, dass er dir die Karte zum Labyrinth hinterlassen hat und dass du kommen wirst, wenn der Zeitpunkt da ist. Als ihr euch in das Labyrinth begeben habt, wussten die Wächter sofort von eurer Anwesenheit. Sie haben uns augenblicklich benachrichtigt.«

»Wenn ihr von uns wusstest, warum wurden wir trotzdem verfolgt und bedroht?«, hakt Lorcan skeptisch nach.

»Weil man sich auch irren kann. Wir mussten auf Nummer sicher gehen«, erwidert Derya. »Wie ihr selbst bereits wisst, können unsere Feinde zu unseren Freunden werden. Wir leben hier alle friedlich miteinander. Es gibt auch Spinnen, die Elfen fressen. Diese sind meines Wissens nach jedoch nicht hier, sondern in den dunkelsten und entferntesten Wäldern sesshaft, in die die Orks verbannt wurden.«

»Warum wurden die Orks verbannt?«, will Danny wissen. Er hat seinen Stuhl ganz nahe an Dylan herangeschoben. Allgemein fällt mir auf, dass er unserem großen Bruder kaum mehr von der Seite weicht.

»Die Orks kommen wie die Kobolde aus der Unterwelt, allerdings wurden sie von Anfang an diskriminiert. Die Natura hatten aufgrund ihres Aussehens Angst vor ihnen, weshalb sie sie verteufelten. Man schrieb ihnen Unzivilisiertheit und Brutalität zu. Es wurde behauptet, sie wären eine Gefahr für die Allgemeinheit. Von denjenigen, die sie fürchten verbannt, haben sie sich an diejenigen gewandt, die ihnen versprachen, ihnen einen Platz in der Welt zu geben. Natura, die böse Pläne im Sinn hatten.«

»Die Ältesten und Turan«, hauche ich, weil es für mich die plausibelste Erklärung ist. Sie hatten die Kobolde bei dem Angriff auf meinen Palast vor zehn Jahren unterstützt. Doch seit ich wieder hier bin, sind sie erst ins Spiel gekommen, als die Soldaten der Ältesten gescheitert waren, uns zu entführen oder zu töten. Dabei nutzen die Ältesten die Orks nur für ihre eigenen Zwecke aus.

Ich hatte Angst vor den Orks. Weil sie aufgrund ihres Aussehens so furchteinflößend wirken. Mir war nie der Gedanke gekommen, dass sie ganz normale Natura waren, die ebenfalls nur akzeptiert werden wollen. So wie ich, die als Prinzessin und Elfe anfangs mit den Vorurteilen meiner Mitschüler und allen Natura mir gegenüber zu kämpfen hatte. Jetzt schäme ich mich dafür, dass ich die Orks wie alle anderen verurteilt habe.

»Es stimmt, die Orks haben meinem Vater damals geholfen«, murmelt Daan. »Es ist gut möglich, dass er ihnen etwas dafür versprochen hat.«

»Ich stimme deiner Theorie zu«, mischt sich Dylan ein. Sein Blick geht ins Leere, als erlebe er eine Erinnerung wieder. »Sie haben die Orks für ihre Zwecke missbraucht. Sie sind ihre Sklaven. Ich war einmal dort. Die Ältesten sperren sie in die dunkelsten Höhlen, bis sie sie wieder brauchen. Wer nicht gehorcht, wird getötet.«

Bedrückendes Schweigen entsteht. Daan hält meine Hand fest umklammert, als mir ein Gedanke kommt. Ich weiß zwar noch nicht wie, aber vielleicht können wir die Orks irgendwie auf unsere Seite ziehen. Und wenn dieser Krieg vorbei ist, dafür sorgen, dass ihnen Gerechtigkeit wiederfährt. Es hat geklappt, den Völkerhass zwischen Elfen, Kobolden und Elben zu durchbrechen. Warum sollte man Orks nicht als gleichwertige Natura anerkennen können?

»Derya, was meintest du vorhin mit ›die Aufzeichnungen wären noch hier‹?«, unterbricht Dylan meine Überlegungen.

»Die Aufzeichnungen wurden nie entwendet«, eröffnet sie, woraufhin wir sie verwirrt anschauen. »Euer Großvater unterstand noch nicht ganz dem Vertrauen der Ältesten. Er hatte jedoch einen guten Freund, der dem Rat angehörte und ihn mit geheimen Informationen versorgte. So hatte dieser von diesen Aufzeichnungen erfahren und mitbekommen, dass sie diese stehlen und zerstören wollten. Daraufhin kam Fénix mit Delavar und Freya hierher, um sie sich anzusehen. Doch sie haben sie nie entwendet. Wir haben es nur behauptet, damit die Ältesten sie nicht verbrennen konnten.«

Diese Information muss ich erst einmal sacken lassen.

»Um was handelt es sich bei diesen Aufzeichnungen?«, kommt Danny mir zuvor. Er hat grübelnd die Brauen zusammengezogen.

Ehe Derya antworten kann, sind ihre Leute bereits mit mehreren Tabletts zurückgekehrt, die sie auf der Tischplatte abstellen. Vor uns stehen Kaffee- und Teekannen und belegte Brötchen. Zusätzlich haben sie uns Wasserkrüge und Gläser hingestellt. Erst da spüre ich, wie hungrig und durstig ich bin. Da ich misstrauisch bin – immerhin könnte das Essen oder das Trinken vergiftet sein – warte ich noch etwas ab. Meinen Mitstreitern geht es anscheinend auch so.

»Lasst uns zuerst essen, dann zeige ich euch die Aufzeichnungen. Sie sollen nicht dreckig werden, aber ihr solltet erst einmal zu Kräften kommen. Lasst es euch schmecken.« Derya greift ebenfalls nach einem Sandwich und gießt sich Wasser aus dem gemeinsamen Krug ein. Sie trinkt einen großzügigen Schluck.

Nachdem Dhara uns und sich selbst Kaffee einschenkt, greift Lorcan zu einer Tasse – zu der, die eigentlich für Dhara bestimmt war. Das Gift könnte ja auch an den Tassenrand geschmiert worden sein. Wenngleich ich noch ein wenig misstrauisch bleibe, siegen Hunger und Durst.

Wir essen erst einmal, bis kein einziges Brötchen mehr auf den Tabletten liegt und die Bewahrer-Elfen den Tisch bis auf unsere Getränke wieder abräumen.

Lorcan nippt an seinem Kaffee und leckt sich genüsslich über die Lippen. Daan hält eine Tasse dampfenden Tee in der Hand. Sein Blick schweift immer wieder fasziniert zu den Bücherregalen. Bestimmt juckt es ihn in den Fingern, diese Bibliothek zu erkunden.

»Wir haben das Wissen von Phönix hier aufbewahrt«, fängt Derya schließlich an. »Und es gibt da etwas, das euer Großvater herausgefunden hat. Ein Dokument, das die wahre Abstammung aller fünf Völker beinhaltet und das die Ältesten jahrtausendelang hier unten versteckt gehalten haben, um den Krieg zwischen den Völkern aufrechtzuerhalten.«

Derya schnipst mit den Fingern, woraufhin ein junger Elf mit einer Pergamentrolle herantritt und sie der Elfe mit einer kleinen Verbeugung überreicht.

Sofort stellen wir alle unsere Tassen auf dem Tisch ab und neigen uns neugierig nach vorne. Erst nachdem zwei Bewahrer-Elfen unsere Tassen weggenommen und auf einen Nebentisch gestellt haben, breitet sie das Pergament auf dem Tisch aus. Es ist ein wenig vergilbt und an den Seiten etwas eingerissen. Dafür sieht es so kostbar und alt aus, dass ich schon Angst habe, es kaputt zu machen, sollte ich es anfassen.

Wir rutschen alle näher zusammen und beugen uns über das Dokument. Ein langer Text steht dort mit kleiner, kunstvoller verschnörkelter Handschrift geschrieben.

Was wir dann lesen, lässt uns erst einmal lange schweigen. Ungläubig starre ich auf das Schriftstück.

Die Natura waren einst ein Volk. Ein Volk, das sich in Elfen, Kobolde und Elben aufteilte – verschiedene Völker mit unterschiedlichen Merkmalen. Sie alle gehören der Naturaheit an. Um ihre Völker zu beschützen, gaben ihnen ihre Götter Azulon (Gott der Elfen), Kieran (Gott der Kobolde) und Bindeglied (Gott der Elben) jeweils eine eigene Blutlinie. Die der Elfen waren die Lichtelfen und die der Schattenelfen Dunkelelfen, die der Kobolde und Schattenkobolde die Lichtkobolde und Dunkelkobolde und die der Elben die Lichtelben, da Elben aufgrund ihrer neutralen Mentalität nicht dunkel sein können.

Um ihre Völker beschützen zu können, erhielten Licht- und Dunkelnatura besondere Kräfte, mit denen sie die Elemente Feuer, Wasser, Erde, Luft und Geist kontrollieren können. Neben dem Schutz ihrer Völker ist es ihre Aufgabe, den Zusammenhalt aller fünf Völker zu stärken. Denn sie sind die Hüter ihrer Völker. Sie sind die Hüter von Phönix.

Zwei dieser Hüter – eine Elfenprinzessin und ein Koboldprinz – verliebten sich ineinander. Es herrschte Frieden.

Doch dann, als die Bevölkerungsdichte zunehmend stieg und jeder mehr Gebiete wollte, gerieten einige Kobolde und Elfen in Streit, der in einem grausamen Blutbad endete. Elfen und Kobolde gaben sich gegenseitig die Schuld. So wurde aus Liebe irgendwann Hass und diejenigen, die sich liebten, bekriegten sich und kämpften gegeneinander bis zum Tod. Seither herrscht Krieg zwischen Elfen und Kobolden.

Es wird wieder Paare dieser Konstellation geben. Die Geschichte wird sich wiederholen, bis dasjenige Paar gemeinsam auftritt, diesen Krieg beendet und alle Völker wieder zu einem vereint.

Phönix 31.12.0100, Bindeglied II.

Eine Zeit lang sagt niemand etwas. »Die... diese Hüter der Völker«, beginne ich stotternd, weil mir nach wie vor die Worte fehlen. »Sie ... wir ...«

»Es war von Anfang an die Aufgabe der Königsfamilien, ihre Völker mithilfe der Kräfte zu beschützen«, murmelt Dylan überwältigt. »Aber es ist in Vergessenheit geraten. Und die Ältesten haben dafür gesorgt, dass es auch so bleibt.«

»Weil wir die Beschützer, die Wächter unserer Völker sind.« Aufgeregt blicke ich in die Gesichter der Anwesenden. »Jetzt weiß ich auch, warum ich der Meinung war, dass die Statuen in dieser Höhle nicht wie Herrscher wirken. Sie wirken eher wie Wächter. Hüter. Die Hüter von Phönix.«

Daan sieht uns an. »Das verändert alles.«

»Warum habt ihr euch nie an die Bevölkerung von Phönix gewandt, wenn ihr das bereits wusstet?« Vorwurfsvoll schaut Lorcan Derya an, welche verständnisvoll nickt.

»Wir sind nur die Bewahrer der Geschichte. Unsere Aufgabe ist es, darauf zu achten, dass sie nicht in falsche Hände gerät. Es ist jedoch Aufgabe der Hüter der fünf Völker, es zum richtigen Zeitpunkt öffentlich zu machen.«

Schweigen tritt ein. Niemand weiß, was er sagen soll. Ich kämpfe noch mit den neu erfahrenen Informationen, die mein Weltbild vollkommen auf den Kopf stellen.

»Diese Elfe und dieser Kobold ...«, beginne ich. »Sie waren wie wir.«

»Es gibt noch eine eigene Geschichte über die beiden«, erzählt Derya. »Sie hießen Azula und Kieran.«

»Azula ...«, wiederholt Danny leise.

Derya lächelt. »Sie wurden nach ihren Göttern benannt. Ihr Zwillingsbruder, der erste Prinz der Elfen hieß Azulon.«

Danny und ich wechseln einen Blick. Wenngleich wir uns nicht über unsere Gedankenverbindung austauschen, weiß ich, dass er dasselbe denkt: merkwürdiger Zufall.

»Damals herrschte Frieden. Als Angehörige und Vertreter der Königshäuser mussten sie an vielen Treffen und Versammlungen teilnehmen. So lernten sie sich kennen, trafen sich auch privat, bis aus Freundschaft Liebe wurde. Eine so starke Liebe, dass sie geglaubt hatten, sie wären für die Ewigkeit bestimmt. Bis sich ihre Eltern über die Grenzteilungen nicht mehr einig wurden. Die Kobolde, welche bisher immer unter der Erde lebten, wollten ans Licht. Der Platz wurde immer knapper. Für alle Völker. Es gab unzählige Diskussionen, doch keine führte zu einem Ergebnis, das alle Parteien akzeptiert hätten. Es ging so weit, dass sie sich gegenseitig drohten, um den jeweils anderen einzuschüchtern. Bis es die ersten Toten gab.« Derya macht eine Pause.

Ich habe Daans Hand festumklammert, weil ich mit dem Schicksal von Azula und Kieran so sehr mitfühlen kann.

»Diese Opfer veränderten die Beziehungen zwischen den Völkern«, fuhr Derya fort. »Azula und Kieran gerieten in einen Interessenkonflikt: ihre Liebe zueinander oder ihre Liebe zu ihrer Familie und ihrem Volk?«

»Sie haben sich für ihr Volk entschieden«, schlussfolgert Daan mit belegter Stimme und drückt meine Hand fester.

Derya nickt. »Wenngleich sie sich liebten, hatten sie sich für ihr Volk und ihre Familie entschieden. Von da an standen sie auf verschiedenen Seiten. Aus Liebe wurde Hass. Aus Freundschaft Krieg. Irgendwann standen sie sich auf dem Schlachtfeld gegenüber, wo sie sich im Kampf gegenseitig töteten.«

Ein Schaudern durchfährt sowohl mich als auch Daan. Ich mag mir gar nicht vorstellen, wie Azula und Kieran sich gefühlt haben mussten. Was in ihnen vorgegangen sein musste, als sie diese Entscheidung trafen. Waren sie sehr unglücklich gewesen? Hatten sie es bereut?

Der Rest wirkt ebenfalls sehr betroffen. Danny umklammert seine Tasse. Dylan hat die Schultern sinken lassen und macht ein trauriges Gesicht. Lorcan kaut auf seinem Lippenpiercing herum.

»Azula und Kieran haben beide eine Entscheidung getroffen, die ihnen nicht leichtgefallen ist. Sie haben eine Entscheidung getroffen, wie Elfenprinzessinnen und Koboldprinzen sie schon vor euch getroffen haben. Freya und Gregor haben sich aus unterschiedlichen Gründen den Wünschen ihrer Familien gebeugt.« Derya wendet sich an Daan und mich.

Ihr eindringlicher Blick durchbohrt uns, sodass mir eiskalt wird, obwohl ich mich an Daans warmen Körper geschmiegt habe. Mein Herz rast. »Auch ihr wurdet vor die Wahl gestellt. Und ihr habt euch für die Liebe entschieden. Eine wahre Liebe, die durch die engste und festeste Bindung besiegelt wurde: die Seelenbindung.«

»Dasjenige Paar, welches diesen Krieg beenden und die Völker wieder vereinen wird«, murmelt Daan.

»Wir allein können die Ältesten aber nicht besiegen. Wir brauchen diesen Stein. Weißt du, wo er ist?«, frage ich mit klopfendem Herzen.

»Wir haben den Stein, den ihr sucht. Wir haben ihn woanders aufbewahrt für den Fall, dass euch die Ältesten zuvorkommen sollten. Morgen ist der Tag der Entscheidung. Und morgen, bevor ihr aufbrecht, werden wir ihn euch geben.« Ich will schon protestieren, als Derya aufsteht. »Es ist unsere Aufgabe, diesen Stein zu beschützen. Ihr habt mein Wort, dass wir ihn euch morgen mitgeben. Ihr habt eine lange Reise hinter euch. Ihr solltet euch schlafen legen. Morgen steht euch ein schwerer Tag bevor. Wir werden euch rechtzeitig wecken, damit ihr noch etwas essen könnt. Von hier aus ist es nicht mehr weit zu dem Ort, an dem die Hinrichtung stattfinden soll.«

Sie bringen uns schließlich Kissen und Decken, die wir auf die Sessel und Sofas legen, die wir als Schlafplatz benutzen. Kurz hatten wir auch überlegt, einfach auf dem Boden zu schlafen, doch der Teppich kann die Kälte nicht ganz abdämpfen, die durch den Boden kriecht. Daan hat sich ein wenig abseits an ein Bücherregal gestellt und überfliegt die Titel. Derya unterhält sich mit ihm. Sie scheinen in eine angeregte Diskussion vertieft.

Derweil stellt sich Lorcan zu mir und meinen Brüdern, die Bewahrer-Elfen im Auge behaltend. »Was, wenn sie lügen und den Stein gar nicht haben? Wenn es ein Vorwand ist, um uns hierzubehalten? Sie könnten uns im Schlaf überwältigen.«

»Ich weiß auch nicht genau, ob wir ihnen trauen sollen«, stimmt ihm Danny zu. »Aber was haben wir schon für eine Wahl? Sie hätten mehrere Möglichkeiten gehabt, uns etwas anzutun oder uns auszuliefern.«

»Danny hat recht«, mischt sich Dylan mit ein. »Ich verstehe dein Misstrauen, Lorcan. Aber warum sollten sie uns die Aufzeichnungen geben und uns all diese Dinge über unseren Großvater erzählen, wenn sie uns verraten wollen? Ich habe den Frust und die Wut in ihren Augen gesehen. Sie hassen die Ältesten genauso sehr wie wir.«

»Sie haben mir durch diesen Krieg meinen Vater genommen«, ertönt die ruhige Stimme von Dhara hinter uns. Erschrocken fahren wir herum. Die Bewahrer-Elfe steht mit vor der Brust verschränkten Armen vor uns. »Er war ein Soldat. Wie dein Vater.« Sie nickt zu Lorcan, welcher den Mund leicht öffnet, aber nichts sagt. Stattdessen bedenkt er sie mit einem bohrenden Blick. »Wir alle wollen Frieden«, fährt sie fort, ehe sie sich umdreht.

Kurz darauf kommt Derya herein, als würde ihre Tochter sie gerade geschickt haben. »Ich hoffe, das Nachtlager ist einigermaßen in Ordnung.«

»Es ist perfekt«, erwidert Dylan lächelnd. »Vielen Dank, dass wir hier übernachten dürfen. Und auch danke nochmals für das Essen und Trinken und eure Hilfe.«

Derya nickt ihm zu. »Wir werden auch hier in dieser Leseecke der Bibliothek übernachten. Ich habe zusätzliche Wachen eingeteilt, die nach den Ältesten oder unwillkommenen Eindringlingen Ausschau halten, damit wir im Falle eines Angriffs schnell flüchten können.«

Derya wünscht uns eine gute Nacht und begibt sich gemeinsam mit Dhara und ein paar Wächtern an das andere Ende, wo sie sich in zwei noch freie Ledersessel setzen. Diejenigen Bewahrer-Elfen, für die keine Sessel oder Sofas mehr frei sind, legen sich wie selbstverständlich auf den Boden. Andere halten in den Gängen Wache.

Lorcan und Danny waren dafür, dass wir ebenfalls wieder Wachablösen einteilen. Dylan beginnt die erste Schicht. Er macht es sich neben Danny auf einem Sessel bequem. Lorcan liegt auf einem kleinen Ledersofa. Daan und ich teilen uns die Ledercouch. Wir haben nicht gerade sehr viel Platz, aber wenn ich mich halb auf ihn lege, ein Bein zwischen den seinen, meinen Oberkörper an seinen gepresst, geht es einigermaßen. Er hat den Arm um meine Hüfte geschlungen und mich an seine Brust gezogen, sodass wir in einer innigen Umarmung daliegen und ich seine Wärme an jeder einzelnen Stelle spüre, wo er mich berührt. Das Licht der Lampen wurde so weit heruntergedämmt, dass wir die Regale nur noch sehr schwach beleuchtet erkennen können.

Der Anblick und das Wissen, in dieser riesigen Bibliothek, umgeben von so vielen Bücherregalen zu schlafen, ist unglaublich. Neben uns höre ich ein leises Schnarchen, welches von dem Eck kommt, wo die Bewahrer-Elfen sich schlafen gelegt haben. Dylan sitzt ruhig in seinem Sessel da, die Wächter, die zur Wache aufgestellt wurden, aufmerksam beobachtend, während sich Lorcan immer wieder unruhig hin und her wirft.

Wenngleich ich sehr müde bin, kann ich nicht einschlafen. Zu viele Gedanken halten mich wach. Sie könnten uns im Schlaf überwältigen und uns den Ältesten ausliefern. Angenommen, wir kommen nicht rechtzeitig zu unseren Eltern. Was ...

»Ich habe mal gehört, dass es Paare geben soll, die in der Bibliothek zwischen den Regalen Liebe machen«, raunt Daan so leise an meinem Ohr, dass nur ich es hören kann. Dabei kitzelt sein Atem meine Haut. Seine Finger schlüpfen unter meinen Pullover und streichen über meinen Rücken, wo sie ein angenehmes Prickeln hinterlassen.

Ich laufe knallrot an und mir wird vor lauter Verlegenheit ganz heiß. Empört hebe ich den Kopf, den ich auf seine Brust gebettet hatte, damit ich ihm ins Gesicht blicken kann.

»Daan, es sind doch noch andere im Raum! Und seit wann nennst du es Liebe machen?«, schimpfe ich leise, kann mir allerdings ein Schmunzeln nicht verkneifen. Er weiß, wie er mich ablenken kann, wenn meine Ängste mich zu überwältigen drohen.

»Dein Lächeln ist es mir wert«, erwidert er verschmitzt grinsend. »Außerdem ist es doch so, dass man Liebe miteinander macht.« Er versucht, unbeschwert zu bleiben und sich abzulenken, damit auch ihn die unzähligen Sorgen nicht niederdrücken. *»Und bedeutet das, du würdest mit mir zwischen den Regalen Liebe machen, wenn die anderen nicht hier und wir allein wären?«*, fügt er noch feixend hinzu. Dieses Mal allerdings in Gedanken.

Meine Wangen glühen. »Du bist unmöglich!«, schimpfe ich.

»Dafür liebst du mich aber«, gibt er zurück.

Darauf weiß ich nichts zu sagen, weshalb ich ihm lächelnd einen Kuss auf die Lippen hauche. »Findest du es nicht unglaublich, dass wir nicht nur Prinz und Prinzessin, sondern Hüter sind? Ich kann es noch gar nicht richtig fassen«, murmle ich.

»Ich auch nicht«, erwidert Daan sofort wieder ernst geworden. »Das alles ist so … so …«

»Unglaublich«, beende ich seinen Satz, aber dieses Wort ist auch nicht stark genug. »Glaubst du, wir sind dieses Pärchen, von dem die Aufzeichnungen sprechen?«

Gedankenverloren wickelt er sich eine Strähne von mir um den Finger. »Nach allem, was Derya erzählt hat, wäre es möglich. Ich stelle mir immer wieder die Frage, wie sie sich gefühlt haben mussten. Wie es für Azula und Kieran war, als sie sich auf dem Schlachtfeld gegenüberstanden. Was Gregor dazu gebracht hat, sich von Freya abzuwenden. Ich habe immer mehr die Vermutung, dass mein Großvater irgendetwas gegen ihn in der Hand hatte. Aber am Ende hat er die Kobolde dennoch verraten, auch wenn es nicht nur wegen Freya, sondern auch wegen der Prophezeiung war. Ich habe gesehen, wie er Freya ansieht. Sie haben sich nie gehasst. Sie haben sich geliebt. Aber sie haben ihre Liebe zueinander aufgegeben.«

»Diese Frage habe ich mir auch immer wieder gestellt. Wenn ich doch jemanden liebe, dann kämpfe ich auch für ihn.«

»Das habe ich gemerkt, Sternchen. Es bedeutet mir so viel, wie du dich immer für mich eingesetzt hast, Lucy. Egal, was sie mir angedroht hätten, ich hätte mich jedes Mal wieder für dich entschieden.«

Ich rutsche noch näher an ihn heran, lege meine Hand in seinen Nacken und küsse ihn. »Ich hätte mich auch immer wieder für dich entschieden«, flüstere ich an seinen Lippen, woraufhin er mich zurückküsst.

»Vielleicht war das genau der Fehler, den Azula und Kieran gemacht haben. Sie dachten, sie müssten aus Loyalität und aufgrund ihres Erbes zu ihren Familien halten. Aber Pflicht ist nicht immer gleich das richtige Handeln. Mein Vater lag falsch. Liebe macht einen nicht schwach oder blind. Sie öffnet einem die Augen. Und du hast die meinen geöffnet.« Er hebt unsere ineinanderverschränkten Hände an seinen Mund und küsst meinen Handrücken, ehe er meine Wange streichelt. »Ich frage mich nur, ob Azula und Kieran wenigstens jetzt im Tod vereint sind.«

»Ich hoffe es für die beiden«, meine ich ehrlich. »Zwar kannte ich sie nicht, aber ich finde, dass jeder ein Happy End verdient hat.«

»Ich hoffe, wir werden unseres auch bekommen.«

»Das hoffe ich auch.«

Daan drückt mich an sich und küsst mich sanft. Ich erwidere den Kuss leise seufzend und wünschte mir, wir wären jetzt ganz allein. Nur für uns. Ohne die ganzen Sorgen, die mich wachhalten. Ich kuschle mich enger an ihn und schlinge meinen Arm um seine Hüfte, wie er es bei mir gemacht hat.

»Wenn dieser Krieg und deine Verpflichtungen als Thronfolger der Kobolde nicht wären, was wäre dann dein Wunsch für die Zukunft, der nur dich betrifft? Was würdest du gern machen wollen?«, frage ich, da ich noch nicht schlafen will. Denn je früher ich einschlafe, umso früher wache ich wieder auf und umso näher rückt die Hinrichtung.

Daan überlegt eine Weile, ehe er antwortet. »Ich würde meine Freizeit in dieser Bibliothek verbringen, um die Bücher zu studieren. Und ich würde schreiben wollen. Ich würde viele Bücher schreiben wollen. Ideen habe ich schon so viele, aber ich hatte nie die Zeit oder den Kopf dazu, ich habe mir nur hin und wieder mal im Unterricht nebenbei etwas notiert. Und ich würde unsere Geschichte festhalten wollen. Aber nur für uns beide.« Er schenkt mir ein einnehmendes Lächeln. »Was wäre dein Traum, den du dir erfüllen würdest?«

»Mein größter Traum bist du, also hat der sich ja schon erfüllt«, necke ich ihn, woraufhin Daan mich grinsend küsst und »Weiß ich doch« zurückgibt.

»Aber wenn es um das geht, was ich gern machen möchte, fallen mir gerade nur meine Hobbys ein: Singen und Tanzen.«

»Ah, ich erinnere mich.« Daan grinst breit und hebt anzüglich die Brauen. »Die Szene unter der Dusche.«

»Oh nein!« Beschämt vergrabe ich meinen Kopf wieder an seiner Brust. An meinem ersten Tag an der Akademie, als Daan mir von dem Gesangsunterricht erzählte, hatte ich an meine Tanz- und Singeinlage unter der Dusche denken müssen, bei der ich ausgerutscht war, wodurch ich mir beinahe das Genick gebrochen hätte. Daan hatte meine Gedanken gehört und gelacht, was ich zu diesem Zeitpunkt noch nicht wusste.

»Du hattest mir da ein schönes Kopfkino beschert, Lucy«, raunt er mit tiefer Stimme, welche meinen Magen Purzelbäume schlagen lässt.

»Solange es ein schönes Kopfkino war, passt es ja«, meine ich feixend. Es tut gut, so unbeschwert mit ihm zu reden und für ein paar Sekunden unsere Probleme zu vergessen.

»Das finde ich auch. Obwohl ich mir auch andere, noch schönere Dinge mit dir unter der Dusche vorstellen könnte. Wir beide. Zusammen«, schiebt er noch mit einem anstößigen Funkeln in den Augen hinterher.

»Du bist echt unmöglich«, hauche ich heute schon zum zweiten Mal, wenngleich mein Magen aufgeregt kribbelt. Die Vorstellung, wir könnten ganz normale, verliebte Teenager sein, ist einfach zu schön.

Statt einer Antwort küsst er mich sanft, ehe er mich wieder an sich drückt und ich mich noch enger an ihn kuschle. Seine Wärme und sein Duft hüllen mich ein. Ich höre seinen Herzschlag und spüre seine Finger, die meinen Rücken streicheln, als meine Augen zufallen und ich dem Schlaf entgegendrifte.

KAPITEL 26

»Aufwachen, Sternchen«, flüstert Daan liebevoll und er rüttelt sanft an meiner Schulter.

Grummelnd will ich mich umdrehen, als mir einfällt, wo wir uns befinden und was heute für ein Tag ist. Ich richte mich so ruckartig auf, dass ich Daan beinahe mit dem Kopf am Kinn treffe, weil er sich über mich gebeugt hat. Gerade noch kann er außer Reichweite treten.

Ich rutsche zurück. Blinzelnd sehe ich mich um. Die Helligkeit der Lampen wurde erhöht. Meine Brüder und Lorcan sind bereits wach. Sie sitzen gemeinsam mit Derya und Dhara an dem Tisch von gestern und unterhalten sich, während sie ab und zu an ihrem Kaffee nippen. Vor sich haben sie Frühstücksbrötchen liegen.

»Warum habt ihr mich nicht früher geweckt?«, murmle ich verschlafen und blitze Daan vorwurfsvoll an.

»Du hast so friedlich ausgesehen, deshalb wollten wir dich noch ein wenig schlafen lassen«, antwortet der und hebt abwehrend die Hände. »Lass uns jetzt frühstücken. Danach will Derya uns den Stein geben.«

Ich verliere keine Zeit und lasse mich gemeinsam mit ihm am Tisch nieder. Nachdem wir gespeist haben und alles abgeräumt ist, sehe ich Derya abwartend an. »Und, wo ist jetzt dieser Stein?«

Sie winkt einem Bewahrer-Elfen, der sofort in einem der unzähligen Gänge zwischen den Bücherregalen verschwindet. Wir warten einige Minuten, bis mehrere Elfenwächter zurückkommen. Einer von ihnen trägt einen ovalen Gegenstand, der mit einem Tuch umwickelt ist. Mein Herz klopft schneller. Behutsam stellt der Wächter den Gegenstand auf dem Tisch ab und zieht das Tuch herunter. Alle um mich herum scheinen die Luft anzuhalten, als ein saphirblauer, etwa straußeneigroßer glatter Stein zum Vorschein kommt. Er sieht genauso aus wie in der Vision, die mein Großvater mir vom Tag der Verabschiedung des Beschlusses gezeigt hat.

»Das ist alles?« Lorcan wirkt skeptisch. »Er sieht so gewöhnlich aus.«

»Es ist nicht irgendein gewöhnlicher Stein«, verbessert Daan mit ehrfürchtiger Stimme. »Wie Gregor schon sagte: Dieser Stein hat mehr Macht als alle Royals zusammen. Er ist der Schlüssel, die Ältesten aufzuhalten.«

»Mein Großvater hat mir in einem Traum eine Vision gezeigt, eine Erinnerung, als der Beschluss besiegelt wurde. Ich habe gesehen, wie mein ...« Ich stoppe und sehe zu meinen Brüdern. »... unser Großvater sich dagegen gewehrt hat. Großvater Aden. Er hat sich den Ältesten entgegengestellt, weil er gegen den Beschluss war. Um ihn und alle anderen einzuschüchtern, haben sie ihm mithilfe dieses Steins die Kräfte genommen und auf sich übertragen.«

Lorcan ist ganz blass geworden. »Dann ist dieser Stein wirklich wichtig.«

Ich nicke. »Genau deshalb hat uns Gregor losgeschickt, ihn zu holen. Wenn sie keine Kräfte mehr haben, haben sie keine Macht mehr, uns zu unterdrücken.«

»Der Stein wurde von den Göttern Azulon, Kieran und Bindeglied erschaffen, um zu gewährleisten, dass kein Royal seine Kräfte missbraucht, um anderen damit zu schaden«, fügt Derya hinzu. »Deshalb können auch Nicht-Royals diesen Stein anfassen. Mit ihm können sie dem Hüter, welcher seine Kräfte missbraucht, jene nehmen. Dies geschieht, indem beide Parteien ihre Hände auf den Stein legen. Das einzige Problem dabei ist, dass diejenige Partei, die stärker ist, sich dagegen wehren kann. Das bedeutet, ihr müsst stärker sein, um den Ältesten die Kräfte zu nehmen, falls sie sich wehren. Oder ihr schafft es mit einer List.«

»Wenn sie von wer weiß wie vielen Royals die Kräfte genommen haben ...«, grübelt Dylan.

»Also wird es schwerer als wir dachten«, flucht Danny und kratzt sich im Nacken.

Derya schüttelt den Kopf. »Niemand hat gesagt, dass es einfach wird. Aber ihr habt etwas, das die Ältesten nicht haben: Liebe. Liebe zu euren Freunden, euren Familien oder eurem Volk. Und diese Liebe ist viel stärker als die Machtgier der Ältesten.« Sie sieht uns ernst an. »Euer Großvater hat viel Vertrauen in euch gesetzt. Dieser Stein kann noch mehr, als Kräfte zu rauben. So wie ihr in die Zwischenwelt wechseln könnt, ist auch er eine Verbindung zu euren Urahnen. Er funktioniert wie ein Portal, durch das ihr mit euren Verstorbenen reden könnt. Ihr könntet noch einmal Verbindung zu eurem Großvater aufnehmen. Richard meinte, er könnte euch helfen, wenn ihr soweit seid.«

Wir sehen uns an. Das wussten wir nicht. »Was müssen wir tun, um mit ihm zu reden?«, hake ich nach.

Derya lächelt. »Ich dachte mir schon, dass du nachfragst. Wie bei der Kräfteentnahme müsst ihr ihn berühren. Allerdings reicht die Berührung eines Fingers.«

Daan, Danny, Dylan und ich wechseln einen Blick.

»Was, wenn das ein Trick ist?«, wirft Lorcan ein. Er hat wieder einen skeptischen Ausdruck aufgelegt und die Arme vor der breiten Brust verschränkt. »Ihr berührt den Stein und sie bekommen eure Kräfte ohne großen Kampf.«

»Es gab unzählige Gelegenheiten, euch aus dem Weg zu schaffen«, erwidert Dhara ruhig. »Trotz eures Misstrauens seid ihr unvorsichtig. Aber ihr seid auch noch Kinder. Ihr könnt nicht alles richtig machen. Niemand kann das.«

»Wie wäre es, wenn ihr es macht und ich passe auf? Eine falsche Regung und ich kann die gesamte Bibliothek in Brand setzen, auch wenn mir das sehr missfiele«, schlägt Daan vor und seine Miene verdüstert sich. »Ich bin nicht gerade sehr erpicht darauf, meine Verwandtschaft zu treffen.«

»Wenn das für dich in Ordnung ist?«, frage ich ihn.

Er greift nach meiner Hand und sieht mir tief in die Augen. »Ich vertraue dir, Sternchen.«

»Und ich vertraue dir.«

»Ich vertraue dir mittlerweile auch. Was haben wir schon zu verlieren?« Danny zuckt mit den Schultern, gleichwohl er sehr aufgeregt wirkt.

Lorcan greift nach einem Pfeil aus seinem Köcher und nach seinem Bogen und steht auf. »Ich werde auch auf euch aufpassen.«

Derya hebt abwehrend die Hände, als ihre Wächter ebenfalls ihre Pfeile in die Bögen spannen, um damit auf Lorcan zu zielen. »Bis du das getan hast, haben dich meine Wächter schon längst getötet.« Sie nickt Dhara zu, welche sich gleichzeitig mit ihr erhebt und bis zu den Bücherregalen zurücktritt, sodass wir fünf alleine am Tisch sitzen. Dann nickt sie ihren Wächtern zu, welche ihre Pfeile und Bögen senken und zurücktreten.

Meine Brüder und ich sehen uns unsicher an. Doch unser Entschluss steht fest. Nach kurzem Zögern legen wir unsere Finger gleichzeitig an den Stein. Zuerst durchfährt mich ein Stromschlag, der sich mit einem gewaltigen Kribbeln in meinem ganzen Körper ausbreitet. Macht durchfließt mich, die mir den Atem raubt. Über den Stein hinweg sehe ich Dylan und Danny an, denen es genauso zu ergehen scheint. Plötzlich breitet sich in dem Stein ein gleißendes Licht aus, das meine Brüder und mich einhüllt. Zuerst kann ich nichts sehen, weil ich so geblendet bin. Doch als ich die Augen blinzelnd öffne, ist die Bibliothek verschwunden und wir befinden uns in Nebel, welcher sich langsam lichtet. Eine dunkle Gestalt taucht vor uns auf. Ihre Konturen werden immer schärfer, bis unser Großvater Richard vor uns steht.

»Großvater?«, haucht Danny und starrt ihn ungläubig an. »Bist du es wirklich?«

Er lächelt. »Ja, ich bin es.«

Ehe er es sich versieht, ist Danny auch schon losgestürmt und hat seine Arme um dessen Körper geschlungen.

»Wie schön, dich wiederzusehen, Danny.« Richard erwidert die Umarmung. »Ich bin so stolz auf dich, mein Enkel.«

Danny löst sich von ihm, tritt einen Schritt zurück und senkt beschämt den Kopf. »Du solltest nicht stolz auf mich sein. Ich habe schlimme Dinge getan und zugelassen. Ich war so sauer ... vor allem auf Daan. Weil sich Lucy für ihn gegen unsere Familie gestellt hat. Die Ältesten wollten sie daher töten.

Dafür habe ich ihn so gehasst ... Ich hab ihn sogar geschlagen, als er wehrlos war«, schiebt er kleinlaut hinterher.

Ich erinnere mich wieder daran, wie ich in den Kerker meiner Familie geschlichen bin, um Daan zu befreien. Er hatte ein blaues Auge und eine aufgeplatzte Lippe, hatte mir aber nicht verraten, wer ihm das angetan hatte. Jetzt weiß ich, wer das war.

Kurz kocht Wut auf meinen Zwillingsbruder in mir hoch, ich werfe ihm einen bösen Blick zu, doch ich versuche, mich zu beruhigen, da uns ein Streit nicht weiterbringt.

»Du hast das nur getan, weil du geblendet von den Ältesten warst«, meint Großvater Richard und lächelt mitfühlend, während er Danny eine Hand auf die Schulter legt und diese leicht drückt. »Sieh mich an, Danny. Sie haben dich manipuliert, so wie sie jeden manipuliert haben. Du hast die Kobolde gehasst, so wie es dir eingetrichtert wurde. Du hast einen Blutschwur geschlossen. Du hättest es nicht mehr rückgängig machen können. Wir alle treffen Entscheidungen und egal wie diese sind, es ist wichtig, dass wir die Konsequenzen dafür tragen und handeln. Und das hast du getan. Du hast Daan kontaktiert, obwohl du wusstest, wie gefährlich es war und was dich erwartet hätte. Du hast Frieden mit ihm geschlossen. Ohne dich wären er und Dylan nicht in den Palast gelangt. Und jetzt stehst du hier und unterstützt sie.«

»Trotzdem habe ich Elfenleben auf dem Gewissen«, murmelt Danny. »Das werde ich nie vergessen, geschweige denn mir jemals verzeihen können. All diese Elfen und diese unsinnigen Tode, sie werden mich für immer verfolgen.«

Als diese Elfen getötet wurden und ich weggeführt wurde, dachte ich, es wäre ihm vollkommen egal. Doch jetzt sehe ich, wie sehr er mit sich kämpft und wie sehr er unter dieser Last leidet.

Großvater legt ihm eine Hand auf die Schulter. »Du kannst nicht mehr rückgängig machen, was geschehen ist. Es ist gut, dass du es niemals vergisst, aber vielleicht kannst du dir irgendwann selbst verzeihen und weitermachen. Und das solltest du. Lass die Opfer nicht umsonst gewesen sein.«

»Ich stehe dir bei«, füge ich hinzu, trete um ihn herum und sehe meinem Bruder fest in die Augen. »Wir werden die Ältesten stoppen und dafür sorgen, dass sie niemals wieder jemandem so etwas antun können. Das verspreche ich dir.«

War ich vorher noch ängstlich gewesen, wird dies von meiner Entschlossenheit und der Wut auf die Ältesten verdrängt. Ich werde alles dafür tun, um sie aufzuhalten, und meine Brüder zu beschützen. Sogar, wenn es mein Leben kostet.

»Die Worte einer wahren Königin. Ich bin so stolz auf euch alle, dass ihr wieder zueinander gefunden habt – wenn auch unter solchen Umständen. Euer Familienzusammenhalt ist jetzt sehr wichtig.« Großvater blickt an uns vorbei zu Dylan. Der tritt zögernd näher.

»Hallo, Großvater. Lange nicht mehr gesehen.«

Richards Mundwinkel heben sich. Er lächelt, was ihn ein wenig jünger wirken lässt. »Dylan. Ich bin erleichtert, dass du es aus der Gefangenschaft der Ältesten geschafft hast. Mein Freund hat dich beschützt, wie er es mir geschworen hat?«

Dylan nickt. »Er hat mir zur Flucht verholfen. Ohne ihn wäre ich jetzt nicht hier.«

»Es freut mich, dass es euch gut geht.« Großvater schließt uns in seine Arme und drückt uns fest an sich. Als er sich wieder von uns löst, blickt er jedem Einzelnen von uns fest in die Augen. »Ihr habt endlich hergefunden und Derya hat euch den Stein gegeben. Nun liegt eure letzte Aufgabe vor euch. Wir Toten dürfen uns nicht in das Leben der Lebenden einmischen und umgekehrt. Doch ich kann euch dennoch die Gegenwart zeigen. Ihr sollt sehen, dass ihr nicht allein seid. Ganz Phönix steht hinter euch.«

Der Nebel verschwindet und wir schweben plötzlich in der Luft. Zuerst sehe ich nicht viel, bis mir auffällt, dass wir inmitten von weißgrauen Wolken schweben. Kalter Wind schlägt uns entgegen. Als ich mich gerade frage, wie es sein kann, dass ich fliege, bemerke ich meine Flügel, die sich entfaltet haben und unaufhörlich schlagen. Auch meine Brüder und mein Großvater schweben neben mir.

Wie ferngesteuert fliegen wir in die Tiefe, bis wir aus der dichten Wolkendecke brechen. Mir entfährt ein überraschter Ausruf, als ich nach unten blicke. Unter uns befindet sich ein gigantisches Pentagramm, das vor lauter Bäumen, die in die Höhe ragen, kaum zu sehen ist. Allerdings sind alle fünf Zacken des Pentagramms durch die großen, dicken Mauern, die sie voneinander abtrennen, klar erkennbar.

»Die fünf Sektoren!«, haucht Dylan ehrfürchtig. »Ich habe sie noch nie von oben gesehen. Aber es sieht beeindruckend aus.«

Ich stimme ihm zu. Danny hat mir einmal erzählt, dass jeder Zacke des Pentagramms für einen Sektor steht, in dem jeweils ein Volk lebt. Nur in der Mitte wohnen alle fünf Völker zusammen. Und genau dort im Untergrund scheint sich die Bibliothek zu befinden, wo sich unsere Körper aufhalten.

Wir fliegen jedoch über das Pentagramm und die Baumkronen in den Sektoren hinweg. Zwischen ihnen erkennt man immer wieder Hängebrücken, auf denen Soldaten patrouillieren. Auch auf den Mauern sind Wege angebracht, auf denen sich bewaffnete Wachen befinden. Sie alle lassen ihre Blicke wachsam über die Umgebung schweifen. Unzählige weitere Soldaten fliegen auf Pegasi oder Alicorns herum.

Schon als ich zum ersten Mal im Zentrum war, gab es hohe Militäranwesenheit. Doch heute scheinen sie die Soldaten um einiges vervielfacht zu haben.

Sie sehen uns jedoch nicht, weil wir unsichtbar sind. Irgendwann kommen die massiven, mit Efeu überwucherten Außenmauern mit Stacheldraht zum Vorschein, die hoch in den Himmel ragen und sich horizontal in die Länge erstrecken. Davor patrouillieren unzählige Militärfahrzeuge – was mich bei meiner ersten Ankunft hier ziemlich eingeschüchtert hatte. Auch jetzt wirkt es sehr abschreckend.

Die gewaltigen Tore der Mauern öffnen sich und ich halte vor lauter Schreck die Luft an, als eine Schar von Dutzenden Orks in viereckigen Formationen mit Schildern, Schwertern und Äxten herausmarschiert. Ihre großen Füße stampfen hart auf dem Boden auf, sodass ich glaube, diesen erbeben zu sehen. Immer wieder stoßen sie grölende Ausrufe aus, die mir das

Blut in den Adern gefrieren ließen, hätte ich in der Zwischenwelt einen Blutkreislauf. Begleitet werden sie von mehreren Soldaten, welche über sie hinwegfliegen oder auf Pegasi neben ihren Formationen herreiten. Es sind so viele, dass ich sie gar nicht zählen kann.

Sie stellen sich gemeinsam mit den Soldaten auf, welche ihre Fahrzeuge, auf denen sich Geschosse befinden, in Richtung Wald ausgerichtet haben. Sie warten.

Panik befällt mich. Plötzlich schießen wir gemeinsam mit Großvater voran, bis wir unter den Baumkronen des angrenzenden Waldes hinwegfliegen. Es ist unheimlich still. Weder rauscht ein Blatt noch hören wir ein Tier im Unterholz rascheln. Es ist, als hätte der Wald, nein, als hätte ganz Phönix die Luft angehalten.

Nach einer Weile gelangen wir über eine gewaltige Wiese, welche sich über eine weite Fläche erstreckt. Mehrere Truppen verschiedenster Völker marschieren von allen vier Himmelsrichtungen aufeinander zu.

Als erstes entdecke ich Aaron, der gemeinsam mit Reena Truppen der Schattenelfen anführt. Sie alle tragen Kampfuniformen mit dem Abzeichen der Königsfamilie ihres Volkes und kommen zu Hunderten in Keilformationen von Nordosten herangeflogen. Die Schattenelfen haben alle ihre spitz zulaufenden Flügel formatiert, welche im Sonnenlicht, das sich durch die Wolken am Himmel zwängt, in den verschiedensten Farben schimmern. Zwischen ihren Flügeln auf ihren Rücken befinden sich Köcher voller spitzer Pfeile, in den Händen halten sie ihre Bögen.

Aus dem westlichen Norden kommt eine weitere Armee: Es sind Elfen, wie ich es an ihren geschwungenen Flügeln erkenne. Auch sie tragen Kampfuniformen und haben Pfeile und Bögen mit dabei. Unser Volk wird angeführt von Delavar und Freya, welche ihren Platz als Vertreterin unserer Familie eingenommen hat, da wir körperlich nicht da sind.

Sie hat sich das rotblonde Haar zu einem Pferdeschwanz nach hinten gebunden und steckt in dunkler Kleidung und Kampfstiefeln. Ich habe sie noch nie in einer Kampfuniform gesehen. Jetzt sieht sie aus wie eine taffe Kriegerin. Ebenso wie Delavar, der sich dicht an ihrer Seite hält. Er hält einen langen Bogen fest umklammert und lässt den Blick aufmerksam über die Umgebung schweifen. Ich will schon nach ihnen rufen und auf sie zufliegen, als mir einfällt, dass wir uns ja in der Zwischenwelt befinden und sie uns gar nicht hören können.

Als Elfen und Schattenelfen zu Tausenden nebeneinander herfliegen – manche von ihnen sitzen auf Pegasi oder Alicorns, welche ihre großen Schwingen ausgebreitet haben, aber teilweise auch ohne Reiter fliegen – verdunkelt sich der Himmel. Ihre Mähnen flattern im Wind.

Vom Westen her kommen Elben mit langen Stöcken in den Händen anmarschiert. An ihrer Spitze reitet auf weiteren Flugtieren die Königsfamilie der Elben: Oliver und seine Eltern. Sie tragen ihre Kronen auf den Köpfen, haben aber wie ihr Volk auch Kampfkleidung an. Sie alle haben die Oberkörper erhoben und blicken die Zügel ihrer Reittiere in den Händen haltend stur geradeaus.

Erneut verdunkelt sich der Himmel. Ein lautes Brüllen zerreißt die Luft, als vom Süden her Dutzende von großen als auch kleineren Drachen in den verschiedensten Farben angeflogen kommen. Auf ihren Rücken reiten Kobolde und Schattenkobolde. Der Rest marschiert im Gleichschritt aus dem dichten Wald heraus, wo sie sich auf der Wiese sofort in ähnlicher Formation wie die Orks gruppieren.

Auf jeweils einem eigenen Drachen fliegt über ihren Soldaten die Königsfamilie der Schattenkobolde hinweg. Rechts von ihnen entdecke ich Turan, der mit einem schwarzen Drachen an der Spitze über seinem Volk fliegt – neben ihm zu meiner Überraschung Gregor auf einem dunkelroten, etwa ähnlich großen Drachen. Die Brüder sehen sich in die Augen. Statt Skepsis und Hass liegt eine grimmige Entschiedenheit und Verbundenheit in ihnen. Gregor hat seinen Platz als Königssohn der Kobolde eingenommen. Trotz allem, was zwischen ihnen vorgefallen ist, arbeiten sie jetzt zusammen. Nicht nur sie, alle Völker.

In der Mitte der Wiese treffen sich alle fünf Völker inklusive der Tiere. Aus den Augenwinkeln sehe ich weitere Tiere aus den Bäumen kriechen: Komodowarane. Auch Dryaden lösen sich von ihren Bäumen und beobachten das Schauspiel aus ihren katzenartigen Augen.

Freya, Delavar, Aaron und Reena lassen sich zu Boden gleiten, wo ihre Flügel im Takt ihrer Schritte wippen, als sie in die Mitte treten. Die Königsfamilie der Elben springt von ihren Reittieren und folgt den Elfen und Schattenelfen. Auch die Königsfamilie der Schattenkobolde sowie Turan und Gregor gleiten von ihren Drachen. An ihren Hüften baumelt jeweils ein langes Schwert.

Es dauert eine Weile, bis es still wird und nur noch die Alicorns, Einhörner, Pegasi und Drachen unruhig hin und her trippeln und ihre Köpfe schnaubend umherwerfen.

»Können wir dem Prinzen der Kobolde und den Königskindern der Elfen wirklich vertrauen?«, fragt der König der Schattenkobolde mit unverhohlenem Misstrauen.

»Sie mögen noch jung sein, doch sie werden alles tun, um diesen Krieg zu beenden. Sie kümmern sich um die Ältesten, wir nehmen uns deren Armee vor«, entgegnet Delavar sofort und hält dem Blick des Schattenkoboldkönigs stand.

»Natura aller Völker«, beginnt Gregor mit lauter Stimme. »Wir haben uns heute hier versammelt, um dem Beschluss und der Machtergreifung der Ältesten ein Ende zu setzen!«

»Wir haben uns vereint, um gemeinsam gegen die Ältesten vorzugehen!«, steigt Freya mit erhobener, kräftiger Stimme mit ein. »Deshalb lasst uns kämpfen! Für unsere Völker! Für unsere Familien. Und wie Lucy es so schön gesagt hat: Für ein freies Phönix!« Sie stößt die Faust in die Luft.

»Für unsere Völker! Für ein freies Phönix!«, wiederholen alle und tun es ihr nach, bis sich ihre Rufe wie eine donnernde Welle ausbreiten.

»Drache und Adler haben sich verbündet. Elfen, Schattenelfen, Kobolde, Schattenkobolde und Elben haben sich zu einem Volk vereint. So, wie es in der Prophezeiung steht«, haucht Dylan atemlos.

Erneut verwischt die Szene und zeigt einen breiten Fluss, der durch das Zentrum fließt. Zuerst kann ich nichts erkennen, nur die blaue Wasseroberfläche, die am Rand klarer ist, in der Mitte kann man den Boden jedoch nicht mehr erkennen. Doch dann fallen mir plötzlich Schatten auf, die immer größer werden, bis Dutzende Meerfrauen und Meermänner mit gezückten Waffen heraustreten. Sie tragen Speere, an deren Spitzen messerscharfe Haifischzähne angebracht sind. Einige unter ihnen halten Dreizacke in den Händen. Direkt an der Spitze entdecke ich Alainna. Mit entschlossener Miene stolziert sie mit einem silbern glänzenden Dreizack neben einem blonden Mann her. Ihre Kleidung ist nass und sie hinterlassen eine feuchte Spur. Auf dem Kopf des Mannes thront eine goldene Krone und er hält einen goldenen Dreizack in der Hand. Das muss Alainnas Vater sein, der König des Meervolkes. Dabei sieht er aus wie ein gewöhnlicher Mensch mit dem gewöhnlichen Dreitagebart.

Wir haben keine Zeit anzuhalten, denn wir schweben weiter über die Steinhäuser im Zentrum hinweg und an unzähligen Baumhäusern vorbei, deren Ästetreppen sich um die breiten Stämme ihrer Bäume winden. Auf den Hängebrücken ist jetzt kein Soldat mehr zu sehen. Dafür patrouillieren sie in den Lüften. In den Straßen wimmelt es nur so von eingeschüchterten Bürgern und Orks. Bestimmt haben die Ältesten sie absichtlich ins Zentrum geholt, um den Bürgern Angst einzujagen. Nach allem, was ich jetzt weiß und wie ich nun über die Orks denke, fällt mir auf, wie unwohl sie sich fühlen. Viele von den Orks werfen nervös ihre Köpfe umher. Sie lassen ihre Schultern hängen oder verziehen ihre Gesichter, als die Bürger vor ihnen zurückweichen, geradezu vor ihnen flüchten. Sie steuern alle auf einen großen ellipsenförmigen Platz zu, dessen Boden komplett von einer knöchelhohen, grünen Wiese gesäumt ist, aus der bunte Blumen in die Höhe sprießen, welche von den unzähligen Füßen zertrampelt werden.

Der Platz ist von einem äußeren Ring aus unzähligen Mammutbäumen, die schief nach oben wachsen, wo sie das Dach einer Kuppel formen, die kein Sonnenlicht hindurchlässt. Einen inneren Ring bilden halbrunde Säulengänge, die ihn von beiden Seiten umgeben. Blumenranken und Efeu winden sich von der Wiese, welche bis zu den Säulen reicht, an ihnen nach oben. Diese sind durch gleichhohe Steinbrücken verbunden, auf denen bewaffnete Soldaten patrouillieren. Zwischen den Baumkronen mancher Mammutbäume entdecke ich Hängebrücken, auf denen weitere Armeemitglieder hin- und hermarschieren.

In der Mitte des Platzes befindet sich eine Bühne. Vor dieser stehen ebenfalls unzählige von Soldaten mit erhobenen Waffen. Hier ist das Militär noch stärker vertreten. Sie halten die Bürger davon ab, sich der Bühne weniger als ein paar Meter zu nähern. Das hohe Militäraufgebot scheint nicht nur uns, sondern auch die Bürger einzuschüchtern. Immer wieder werden den Soldaten vorsichtige Blicke zugeworfen. Dennoch füllt sich der Platz langsam mit Elfen, Kobolden und Elben. Ein ungutes Gefühl macht sich in mir breit. Mein Großvater braucht nichts zu sagen. Ich weiß auch so, was hier gleich stattfinden soll. Und allein dieses Wissen lässt mir das Herz, welches ich gerade nicht spüren kann, da ich gerade nur noch aus meiner Seele bestehe, gefühlt in die Hose rutschen.

Ehe wir näher heranfliegen können, verwischt die Szene wieder und wir stehen erneut in dem dichten Nebel.

»Ich habe euch die Gegenwart gezeigt. Die Zukunft wird heute geschrieben«, sagt Großvater mit eindringlicher Stimme.

»Was ist mit den Opfern?«, frage ich aufgeregt. »Du sagtest, es würde drei Opfer geben. Ein Opfer für die Freundschaft, eins für die Familie und eins für die Liebe. Aislinn war das Opfer für die Freundschaft, oder? Bitte, wer sind die beiden anderen Opfer und was kann ich tun, damit sie nicht sterben?«

Mein Großvater lächelt bedauernd. »Du kannst es nicht verhindern. Das Schicksal hat bereits seinen Lauf genommen. Doch egal was geschieht, obgleich ihr mich nicht seht, werde ich bei euch sein.«

Und mit diesen Worten verblasst er nach und nach. Ich will nach ihm greifen wie beim ersten Mal, als ich mich in der Zwischenwelt befand, doch meine Finger gleiten einfach durch ihn hindurch, als wäre er Nichts.

»Großvater!«, rufe ich immer wieder, als der Nebel sich lichtet und wir uns wieder in der Bibliothek befinden. Mit rasendem Herzen fahre ich von meinem Platz hoch. Mein Herz droht mir aus der Brust zu springen und ich bekomme keine Luft mehr.

Daan legt seine Hände auf meine Schultern. Er sieht mir tief in die Augen. *»Atmen, Lucy. Atme.«*

Es dauert eine Weile, bis ich wieder einigermaßen atmen kann, ohne gefühlt zu ersticken.

»Ich kann mich nicht beruhigen!«, keuche ich verzweifelt.

»Du musst jetzt stark sein, Lucy«, sagt Daan mit leiser, aber fester Stimme. »Uns rennt die Zeit davon. Wir müssen sofort los. Die Hinrichtung ist in weniger als einer Stunde.«

KAPITEL 27

Das Herz schlägt mir bis zum Hals, als die Bewahrer-Elfen uns nach draußen begleiten. Während Daan die Wendeltreppe nehmen muss, fliegen wir mit ihnen auf die obersten Regalreihen. Von hier oben betrachtet sieht die Bibliothek noch imposanter aus. Und wir haben einen besseren Überblick über die gesamten Regalreihen. Von hier aus erkennt man besser, dass das Gebäude kreisförmig gebaut wurde. Die Bücherregale reihen sich von der Mitte aus wie Sonnenstrahlen bis ganz weit nach hinten, wo ich nur noch ganz leicht Lichter schimmern sehe.

Derya öffnet eine schmale Luke, durch die wir ins Freie hinausklettern. Ich atme tief die frische Morgenluft ein. Es riecht nach Tau und Frische. Als ich mich umblicke, stelle ich fest, dass wir uns auf einem flachen Dach befinden, das wie so viele Dächer hier auf Phönix mit weichem Moos und Gras überwuchert ist. Hin und wieder sprießen dazwischen Blumen hervor. Weit über uns befinden sich Dutzende von Baumkronen, sodass man den Himmel kaum sehen kann. Sie gehören zu den unzähligen breiten Mammutbäumen, um die herum Baumhäuser gebaut sind. Dazwischen stehen Steinhäuser für Kobolde und Hütten, die für Elben gebaut sind.

Auf den Wegen unter uns ist es bereits vollkommen leer. Doch weiter vorne sehe ich Massen an Bürgern in ein und dieselbe Richtung gehen. Mein Herz schlägt automatisch schneller.

»Wenn ihr der Masse an Natura folgt, gelangt ihr zum Zentrumsplatz. Dort werden sie eure Eltern hinbringen. Ihr habt noch weniger als eine Stunde«, erklärt Derya. Sie drückt zum Abschied unsere Hände, weil wir keine Zeit für große Dankesreden oder Verabschiedungen haben. »Viel Erfolg.«

Für den Stein hat sie uns einen Beutel gegeben, den ich mir umgehängt habe. Allein das Wissen, einen so mächtigen Gegenstand zu besitzen, lässt mich ganz unwohl werden.

Wir sind noch nicht einmal ein paar Meter weit gekommen, als wir vor dem nächsten Problem stehen. Wie gelangen wir ungesehen auf den Zentrumsplatz? Wir sind viel zu weit oben, als dass Daan einfach springen könnte. Die Bibliothek ist so hoch, dass ihr Dach fast bis zu den Baumkronen der Mammutbäume reicht. Dazu müssen wir über unzählige Dächer hinwegfliegen und uns vor den Soldaten in Acht nehmen, die nach uns Ausschau halten werden. Wir könnten uns unter die Bürger mischen, doch würden wir nahe genug an die Absperrung kommen? Würden sie uns nicht genau dort vermuten?

Hinter uns ertönen Schritte. Alarmiert wirbeln wir herum. Dhara kommt auf uns zugelaufen. Sie steckt in voller Kampfmontur, mit Köcher auf dem Rücken und Bogen um den Oberkörper.

»Ich bin es nur«, sagt sie, da Lorcan schon einen Pfeil in den Bogen gespannt hat und auf sie zielt. Langsam lässt er ihn wieder sinken. »Ich komme mit«, erklärt sie entschlossen. »Ich will nicht wie meine Mutter und die anderen da unten rumsitzen. Ich will kämpfen.«

Wir sehen uns an und ich zucke mit den Schultern. Mittlerweile vertraue ich den Bewahrer-Elfen. Weil Großvater ihnen vertraut und sie uns geholfen haben, den Stein zu beschaffen. Niemand hat etwas dagegen.

»Bist du dir bewusst, auf was du dich einlässt?«, hake ich vorsichtshalber nach.

»Ja. Ich habe lange genug da unten gesessen und Bücher bewacht. Aber das ist nichts für mich. Ich bin wie mein Vater. Deshalb will ich an vorderster Front mitkämpfen. Für ihn. Und für eine bessere Zukunft.«

Ich nicke. »In Ordnung.«

Wir wenden uns um und schauen über die Straßen in die Ferne zu unserem Ziel. Lorcan hat sich neben mich gestellt. Er fährt sich durch die Haare, den Blick auf den Naturaschwarm gerichtet. »Wie kommen wir jetzt dahin? Besser gesagt: Wie kommt Daan jetzt dahin?«

»Wir befinden uns innerhalb des Zentrums, umgeben von Dutzenden von Bäumen, in denen Dryaden leben, welche eure Freunde sind. Wenn ihr sie nett bittet, können sie euch beziehungsweise Daan bestimmt helfen«, meint Dhara.

»Die Idee ist gut. Sie haben uns schon einmal geholfen. Einen Versuch ist es wert.« Daan tritt vor und ruft laut: »Dryaden! Bitte, könnt ihr mir helfen? Ich möchte zum Zentrumsplatz gelangen. «

Wir verharren gespannt schweigend. Einige Sekunden geschieht nichts, sodass ich schon die Hoffnung aufgebe, als unzählige grünbläulichfarbene mit Blätterkleidern bedeckte Dryaden aus ihren Bäumen hervortreten. Obwohl die Mammutbäume so riesig sind, sind ihre Dryaden so klein wie alle anderen. Sie reichen mir gerade mal bis zur Hüfte, ihre langen mit Blättern und Moos bedeckten Haare reichen ihnen bis zu den Füßen. Aus ihren großen katzenartigen Augen blicken sie uns ernst an. Sie sagen nichts, als sie die Äste ihrer Bäume bewegen, sodass diese eine Art Brücke bilden, über die Daan über den Dächern parallel zu den Straßen laufen kann.

Wir fliegen unter den breiten Wurzeln der Mammutbäume hindurch. Daan versucht, mit uns mitzuhalten, als wir uns in Richtung Zentrumsplatz losbewegen.

Auf unserem Weg dorthin können wir noch kein Militär ausmachen, doch je näher wir dem Zentrumsplatz kommen, desto mehr Natura bewegen sich auf den Straßen. Um unentdeckt zu bleiben, spinnen die Dryaden ihre Äste so, dass Daan direkt unter den Baumkronen hinwegrennt. Wir müssen darauf achten, nicht zu hoch zu fliegen, da unsere Flügel an den Ästen hängen bleiben können.

Irgendwann sehen wir vor uns den äußeren Ring aus Mammutbäumen auftauchen. Die Dryaden leiten uns zu einem Hochsitz, wo sich zwei Soldaten befinden, welche uns den Rücken zugewandt haben und auf den Platz vor sich blicken. Noch ehe sie uns entdecken oder wir sie angreifen können, hat eine Dryade ihre Äste langsam am Stamm nach oben und über die Abzäunung des Hochsitzes wandern lassen. Diese schlingen sich um die Körper und die Münder der Soldaten, damit sie nicht schreien können. Die Äste ziehen sich um ihre Oberkörper und Hälse zu. Da die Dryaden sie von hinten angegriffen haben, sind sie herumgewirbelt, sodass wir in ihre Gesichter blicken können. Diese laufen erst knallrot, dann blau an. Ihre Augen sind vor Angst und Entsetzen weit aufgerissen.

Ich drehe den Kopf zur Seite und sehe weg. Dennoch reicht der kurze Anblick, um mich wieder daran zu erinnern, wie mich die Dryade im Wald auf dem Schulgelände der Akademie angriff. Fast kann ich ihre Äste wieder spüren, wie sie sich um meinen Körper, meinen Hals und meinen Mund winden. Wie sie immer fester zudrücken und ich keine Luft mehr bekomme. Wie mein Kopf droht zu explodieren und mich die Hilflosigkeit übermannt.

Ich spüre eine warme Hand, die nach meiner greift und sie leicht drückt. Daan versteht, was in mir passiert. Es ist nicht nur der Flashback. Man könnte glauben, dass es mich irgendwann abstumpft, so viel Gewalt und Tod zu erleben, aber es ist das Gegenteil der Fall. Ich ertrage es nicht mehr. Ich kann mir sehr gut vorstellen, wie es den Soldaten gerade ergehen muss. Nur dass sie keinen Daan haben, der ihnen zur Hilfe kommt.

Nachdem sie bewusstlos sind, knebeln und fesseln Dylan und Danny sie zur Sicherheit mit dem Klebeband und den Seilen, die Delavar, Freya und Gregor uns mitgegeben haben. Wir lassen uns auf der Hängebrücke nieder, welche von den Baumkronen verdeckt ist. Lorcan und Dhara stellen sich jeweils außen hin und beobachten zu beiden Seiten die Hängebrücke, damit wir nicht von patrouillierenden Soldaten überrascht werden.

Diese fliegen auf Pegasi über der Menge hinweg, ihre Sturmgewehre oder Bögen in den Händen suchen sie konzentriert die anwesenden Natura ab. Es sind so viele, dass sie sich bis auf die Straßen hinaus eng aneinanderdrängen. Wenn hier eine Massenpanik entsteht, ich will mir den Ausgang gar nicht ausmalen.

Durch unseren Aussichtspunkt stelle ich fest, dass es gut war, sich nicht unter das Volk gemischt zu haben. Wir wären niemals nahe genug an die Bühne herangekommen, ohne von den zahlreichen Wachen entdeckt zu werden.

Von hier aus, schräg oberhalb der Bühne, haben wir die perfekte Sicht auf den Platz. Es sind nur Meter, die uns vom Zentrumsplatz trennen, doch gefühlt eine unüberwindbare Distanz, die uns von unseren Eltern abschneidet, die gerade auf die Bühne geführt und neben Aarons Eltern auf die Knie gestoßen werden.

Meine Mutter beugt sich vornüber und verzieht vor Schmerz das Gesicht, als eine Soldatin ihr in die Haare greift und ihren Kopf ruckartig zurückzieht.

»Nein!«, haucht Danny mit erstickter Stimme und will durch die Blätterlücke nach unten stürzen, doch Dylan schlingt ihm von hinten einen Arm um den Oberkörper und drückt ihn an sich, während er unserem kleinen Bruder eine Hand auf seinen Mund presst, damit er nicht nach ihnen ruft und uns verrät.

Mein Vater wehrt sich heftig, rüttelt an seinen Fesseln, will auf die Soldatin losgehen, um Mutter zu beschützen. Da schlägt ihm einer der Soldaten seine Faust mitten ins Gesicht, sodass er kurz zusammensackt.

Meine Mutter stößt einen kleinen Schrei aus. Dann redet sie auf meinen Vater ein, als sie sich eine heftige Ohrfeige einfängt, sodass ihr Kopf zur Seite fliegt.

Sie greifen meinem Vater unter die Achseln und richten seinen Oberkörper wieder auf. Blut rinnt aus seiner Nase und tropft auf den Boden. Sein wütender Blick bohrt sich nicht in den Soldaten, welcher ihn, oder die Soldatin, die unsere Mutter geschlagen hat, sondern in die Ältesten, die von Leibwächtern umgeben seitlich hinter ihnen stehen. Diese halten wie alle anderen, die auf und über dem Platz Wache halten, ihre Sturmgewehre griffbereit. Ich traue ihnen zu, dass sie bei der kleinsten Bewegung sofort losschießen würden.

Dylan fängt meinen Blick auf. In seinen Augen sehe ich dieselbe Angst wie in meinen und Dannys. Es ist das erste Mal, dass wir unsere Eltern nach der Flucht von meinem Verlobungsball sehen. Dass wir so nahe an unserem Ziel sind. Doch jetzt, wo wir hiersitzen und das ganze Ausmaß sehen, scheint es plötzlich unmöglich, was wir vorhaben.

Sie tragen noch dieselbe Kleidung, die sie auf dem Ball anhatten, als sie verhaftet wurden. Ihre Kronen fehlen. Bestimmt ein Zeichen der Ältesten, dass unsere Eltern nichts weiter als einfache Natura sind. Ihre Haare sind verfilzt und fettig, ihre Kleidung ist eingerissen und voller Blut und Schmutz. Ihre Hände sind hinter ihren Rücken gefesselt, bestimmt mit Eisenhandschellen, um ihre Kräfte zu blockieren. An ihren Armen und ihren Gesichtern fallen mir bei genauerem Hinsehen blutige Schrammen und Kratzer sowie Verbrennungen auf. Da Verletzungen bei uns Royals eigentlich schnell verheilen, vermute ich, dass sie mit irgendwelchen Eisenwerkzeugen gefoltert wurden, um eine Wundheilung zu verhindern. Ich will mir gar nicht vorstellen, welche Torturen sie durchleiden mussten, während wir unter der Erde umherirrten, um den Stein zu finden oder als wir in der Bibliothek waren, Essen, Trinken und einen Schlafplatz erhielten, während sie vermutlich gequält wurden. Physisch als bestimmt auch psychisch. Dennoch haben sie die Köpfe erhoben und eine emotionslose Maske aufgesetzt.

Am liebsten würde ich irgendwie mit ihnen in Verbindung treten, damit sie wissen, dass wir hier sind. Dass wir sie nicht im Stich lassen werden. Dass wir alles tun werden, um sie zu retten.

Danny greift nach meiner Hand. Eine Träne rinnt seine Wange hinunter, Dylans Lippen beben kaum merklich. Ich sehe ihnen an, dass es sie viel Überwindung kostet, nicht gleich nach unten zu fliegen, um unseren Eltern zu helfen.

Gefühle bersten in mir hervor. Neben der Sorge und dem Kummer um meine Eltern lodert unbändiger Zorn in mir empor. Er schießt wie Feuer durch meine Adern, doch ich halte die Energie, die nur darauf wartet, freigelassen zu werden, zurück. Noch. Wir müssen auf den passenden Zeitpunkt warten. Nur ein Fehltritt und dann war es das.

Der kleinste Älteste löst sich aus der Reihe und tritt nach vorne. Mir fällt auf, dass zwei bis drei Älteste aus allen Völkern vertreten sind, jedoch nicht alle. Ein paar fehlen. Vermutlich diejenigen, die mit ihnen nicht konform gehen. Ebenso sehe ich nirgendwo einen Ältesten der Elben.

Ein Soldat betritt die Bühne und überreicht dem kleinen Ältesten ein Mikrofon, das er, ohne sich zu bedanken, entgegennimmt.

»Elfen, Kobolde und Elben«, donnert er mit seiner tiefen dröhnenden

Stimme, die mir keine Gänsehaut mehr über den Rücken jagt, sondern meine Wut auf ihn nur noch mehr entfacht. »Wir haben uns heute hier versammelt, um zwei königliche Paare hinzurichten, die Hochverrat begangen haben.« Er hält sich nicht weiter mit belanglosen Erklärungen auf. Das meiste hat ganz Phönix ohnehin im Fernsehen mitbekommen. Er richtet sich direkt an unsere und Aarons Eltern, welche mit verbissenen Gesichtern geradeaus starren. »Deshalb werdet ihr heute durch das Schwert sterben. Ein angemessener Tod, wenn man bedenkt, wie viel Leid ihr über so viele Familien gebracht habt«, fügt er mit falschem Bedauern hinzu.

Meine Hände ballen sich zu Fäusten. Es fällt mir schwer, den Zorn nicht aus mir herausschießen zu lassen. Sie schieben ihre Verbrechen meinen und Aarons Eltern in die Schuhe! Und diese widersprechen ihnen nicht. Meine Mutter, mein Vater und das Königspaar der Schattenelfen starren ihn jetzt nur ausdruckslos an.

Ich sehe, wie sich in den Augen meines Vaters etwas regt, seine Lippen formen Worte, doch nichts kommt heraus. Der Älteste hat sie manipuliert. So, dass sie sich nicht verteidigen können, aber alles mitbekommen.

Der Soldat, welcher dem Ältesten das Mikrofon überreichte, hält nun ein Schwert in den Händen. Ich muss schlucken, als er die lange scharfe Klinge dreht, sodass sie durch das Sonnenlicht aufblitzt.

Die Menge ist mucksmäuschenstill. Niemand regt sich. Elfen, Kobolde und Elben, welche nebeneinanderstehen, aber auch Orks blicken einfach nur nach vorn und warten ab.

Der Soldat gibt ihm nun auf Bedeuten des kleinsten Ältesten das Schwert, mit dem er sich vor meinem Vater aufbaut. Obwohl er so klein und das Schwert lang und schwer ist, hebt er es an und zielt damit auf die Herzgegend meines Vaters. Dieser erwidert seinen Blick nun fest, beinahe herausfordernd.

»Okay, es ist soweit«, flüstert Dylan Lorcan zu. »Wir können nicht mehr länger warten.«

Lorcan nickt und spannt einen Pfeil in seinen Bogen. Den Blick konzentriert auf die Bühne gerichtet, zieht er seine Unterlippe und sein Piercing zwischen die Zähne. Dann lässt er los. Es zischt, als der Pfeil nach unten an einem Wachmann und seinem Pegasi vorbeizischt, und den Ältesten direkt in der Schulter trifft. Dieser brüllt vor Schmerz laut auf und lässt das Schwert fallen, welches jedoch nicht auf den Boden fällt, sondern dank Dylans Kräften nach oben fliegt und in der Luft schwebt.

Noch während sich die Soldaten nach der Herkunft des Pfeils umsehen oder verdutzt nach dem Schwert greifen, springen wir durch die Lücken zwischen den Ästen von der Hängebrücke. Wir warten, bis wir die Baumkronen verlassen haben. Dann transformiere ich wie meine Brüder, Lorcan und Dhara meine Flügel. Daan lässt sich an dem Ast eines Mammutbaumes nach unten seilen und schnappt sich nebenbei das Schwert, welches Dylan in seine Richtung dirigiert hat.

Fast zeitgleich kommen wir auf der großen Bühne auf. Direkt vor unseren Eltern und dem kleinsten Ältesten. Meine Brüder links und rechts von mir, Dhara und Lorcan zu unseren Seiten und Daan als Rückendeckung. Um uns herum befinden sich lauter Soldaten, die sofort ihre Gewehre auf uns richten. Unsere Eltern haben die Köpfe gehoben und sehen uns sorgenvoll an, während sie anfangen, sich zu wehren.

»Bleibt ruhig. Wir haben einen Plan«, teile ich ihnen mit. Einen Plan, bei dem ich hoffe, dass er auch funktionieren wird.

Der kleinste Älteste baut sich vor uns auf. Obwohl er etwas kleiner ist als ich, wirkt er dennoch recht furchteinflößend. Der Pfeil steckt noch in seiner Schulter, doch er macht keine Anstalten, ihn herauszuholen. Blut tropft aus der Wunde, aber das scheint ihn auch nicht zu kümmern.

»Die Prinzessin der Elfen und ihre Freunde«, lacht er spöttisch.

»Tut nicht so überrascht. Ihr wusstet, dass wir kommen«, erwidere ich betont gelassen.

Sein wütender Blick wandert zu Dylan. »Der Kronprinz der Elfen. Wir haben dich aufgezogen. Du hättest den Thron haben können. Und so dankst du es uns? Wir hätten dich sofort töten sollen!«, spuckt er aus.

Dylan hebt das Kinn und hält dem Blick stand. »Von wegen aufgezogen. Ihr habt mich manipuliert, damit ich in eurem Willen regiere. Euretwegen sind viele Natura gestorben! Und ihr lasst zu, dass es weitergeht!«

Der Älteste lacht. »Du verstehst nicht, worum es geht. Es ist besser, ein Volk unter Kontrolle zu haben …«

»Ihr habt es nicht unter Kontrolle«, unterbricht Danny ihn herausfordernd. »Kontrolle würde bedeuten, dass ihr erfolgreich wärt. Was ihr tut ist Manipulation und Unterdrückung!« Er stand so lange hinter ihnen, hat ihre Ansichten bis vor Kurzem noch vertreten. Jetzt sehe ich den Hass, der in seinen Augen und in seinem Herzen lodert. »Ich kann es nicht fassen, dass ich euren Worten Glauben geschenkt habe. Euretwegen habe ich meine Schwester verraten. Wegen euch habe ich zugelassen, dass Elfen, Kobolde, Elben und Kinder ums Leben kamen. Euretwegen hätte ich beinahe meine Familie verloren!«

»Keine Sorge, junger Elfenprinz. Du wirst deine Familie sowieso verlieren. Sogar noch heute. Und du wirst ihr in den Tod folgen«, keift der Älteste.

Ich will schon nach vorne stürmen, doch Dylan hält mich und Danny, der ebenfalls auf ihn losgehen wollte, zurück. *»Nicht! Wartet noch.«*

»Denkt ihr, ihr wärt etwas Besseres, nur weil ihr unter der Krone geboren wurdet? Und ihr beide!« Der Älteste deutet auf mich und Daan, der mit dem Rücken zu mir dicht hinter mir steht.

»Sie alle sind Verräter! Sie müssen sterben!«, wendet sich der kleinste Älteste an die versammelten Natura. »Vor allem Lucyana Áquila und Daan Dragón. Sie haben nicht nur ihre Völker und ihre Familien verraten oder sich wie ihre Eltern über die Gesetze hinweggesetzt. Sie werden noch ein viel schlimmeres Verbrechen begehen. Sie werden Kinder bekommen. Kinder, die so viel Macht in sich tragen werden, dass diese sie zerstören wird. Sie wird euch alle zerstören!«, brüllt er.

Eiskalte Angst packt mich bei seinen Worten. Ich weiß, dass er uns nur einschüchtern will. Er will uns aus der Reserve locken. Doch ein kleiner Teil von mir fragt sich, ob er womöglich recht hat.

»Woher wollt ihr das wissen?«, erwidert Daan mit gerunzelter Stirn. »Das ist doch nur eine Ausrede, um uns zu verunsichern!«

Der glatzköpfige Älteste grinst schief. »Denkt ihr, wir könnten nicht in die Zukunft sehen? Ihr habt bereits die letzte Grenze an Intimitäten überschritten. Ihr seid jung und naiv. Es wird nicht lange dauern und ihr werdet in absehbarer Zeit euer erstes Kind, wenn nicht sogar Zwillinge erwarten. Die Erbanlagen dafür hätte Lucyana.«

Daan und ich sehen uns an. Mich schaudert. Unwohlsein überkommt mich. Woher wissen sie, dass wir Sex hatten? Wenn sie uns verunsichern wollten, wie Daan es vermutet, dann haben sie es bei mir jedenfalls erreicht.

»Lass meine Schwester und ihren Freund in Ruhe! Ihr seid nichts als Lügner«, knurrt Dylan mit so scharfer, bedrohlicher Stimme, dass ich kurz Angst vor ihm bekomme. Er tritt einen Schritt nach vorn, sodass er dicht vor dem Ältesten stehen bleibt. »Ihr habt Angst. Das ist alles. Ihr habt Angst, weil eure Marionetten nicht länger nach eurer Nase herumtanzen. Ihr habt Angst, weil euch eure Macht entgleitet. Und ihr könnt nichts dagegen tun. Es ist bereits zu spät.«

»Lucy, jetzt!«, ruft Dylan mir in Gedanken zu.

Ich verdränge die Zweifel, die der Älteste in mir hervorgerufen hat und wirble herum. »Volk von Phönix!«, wende ich mich an die versammelten Bürger. »Die Ältesten haben uns Jahrtausende lang angelogen! Wir haben alte Dokumente gefunden, die das belegen. Sie haben Informationen zurückgehalten, die beweisen, dass wir alle von ein und demselben Volk abstammen!«

Jetzt kommt das erste Mal Bewegung in die Leute. Ein Raunen geht durch die Menge. Verunsicherte Mienen blicken uns entgegen.

»Das sind reine Lügen!«, mischt sich nun ein anderer Ältester ein. Es ist einer der Kobolde, der im Palast der Kobolde mit dabei war, als sie von Daan verlangten, mich zu töten.

Da tritt Dhara nach vorn. »Ich bin eine der Bewahrerinnen der Geschichte von Phönix. Wir bewahren alle Schriften um Phönix auf. So auch die eben genannten Dokumente, welche die Ältesten stehlen und vernichten wollten. Wir haben jedoch Kopien gemacht, die in diesem Moment digital verbreitet werden.« Sie wirft den Ältesten einen grimmigen Blick zu und schenkt mir ein Lächeln. »Unter anderem auch Dokumente aus Krankenhäusern, in denen Geburten von Kindern vertuscht wurden, deren Eltern von verschiedenen Völkern abstammen. Diese wurden auf den Befehl hin der Ältesten exekutiert. Sie haben ganze Familien ausgelöscht, weil sie das Blut reinhalten wollten, wie sie es formulierten.«

In genau diesem Augenblick bricht ein tosender Klingelalarm los, als Dutzende von Nachrichten auf den Handys der Anwesenden eingehen. In der Ferne ist ein lautes Donnern zu vernehmen. Ich schrecke auf und im selben Augenblick befällt mich starker Schwindel, gefolgt von einer Schwärze, die mir den Boden unter den Füßen wegreißt. Ich taumle gegen Daan. Meine Seele wird aus meinem Körper herausgerissen und schießt in Lichtgeschwindigkeit über das Zentrum hinweg, bis ich mich neben meinem Großvater auf dem Platz vor dem Zentrum befinde, wo am Rande des Waldes vor den Mauern die Truppen der fünf Völker endlich angelangt sind.

»Großvater, was soll das?«, rufe ich entsetzt. »Ich muss wieder zurück!«

Doch er antwortet nicht, sondern blickt nur auf das Geschehen.

Da beginnen die feindlichen Armeen vor der Mauer mit der Bombardierung. Dutzende Panzer schießen ihre Ladungen in Richtung der ankommenden Truppen ab.

Gregor, Turan, Freya, Delavar und der Rest der Royals heben die Hände. Gewaltige Tornados entstehen aus dem Nichts und steigen wie dunkler Rauch in den Himmel, als sie über das Land wüten, wo sie nichts als Verwüstung hinterlassen. Die der Elfen und Elben bestehen aus Luft oder Erde, die teilweise umhergeschleudert wird und einfach durch mich hindurchfliegt. Turan und Gregor lassen gewaltige Tornados aus Feuer entstehen, vor denen die ersten Orks, welche sich vor dem Feuer fürchten, davonstürmen. Die Tornados ziehen ihre Wege an der Mauer entlang und reißen die Militärfahrzeuge mit sich. Elfen springen heraus und fliegen über die Mauern in die Sektoren. Als nur noch die Orktruppen und einige Soldaten übrig sind, die sich wieder formieren, sehen Gregor und Freya sich an.

»Angriff!«, brüllen meine Tante und Daans Onkel gleichzeitig. Ich wirble herum und erschrecke, als sie auf ihrem Drachen und Freya gemeinsam mit Delavar auf einem Pegasi direkt auf mich zufliegen. Schützend halte ich mir die Hände vors Gesicht, doch sie schießen einfach durch mich und meinen Großvater hindurch. Hunderte von Elfen und Schattenelfen folgen ihnen über die Baumkronen des dichten Waldes hinweg auf die Mauern des Zentrums und die dort wartenden Orks zu, gefolgt von den Kobolden auf ihren Drachen und den Elben auf ihren Flugtieren.

»Feuer!«, brüllt Freya, als sie nur noch wenige Meter von der Mauer und den dortigen Kampftruppen trennen, welche sofort in Verteidigungshaltung gehen.

Augenblicklich feuern die Elfen eine Salve von Pfeilen ab, die auf die Orks und die Soldaten niederregnen.

Bodentruppen, die aus Elben und Kobolden bestehen, kommen aus dem Wald gestürmt. Manche Elben sitzen auf Pegasi, Einhörnern und Alicorns und wehren mit ihren Stöcken die harten Schläge der Äxte und Schwerter der Orks ab. Kobolde laufen zwischen ihnen hindurch und hieben mit ihren Schwertern auf die angreifenden Orks ein. Die Luft ist erfüllt von Schmerzensschreien und Kampfgebrüll, als Pfeile durch die Luft zischen, Schwert auf Schwert oder Stock auf Axt prallt. Der Boden färbt sich schnell rot mit dem Blut der Verletzten.

Mein Großvater nickt mir zu. Auf einmal schieße ich wieder zurück über das Zentrum hinweg. In den Straßen herrscht Chaos. Bürger, die sich nicht auf dem Zentrumsplatz eingefunden haben, wehren sich gegen die Soldaten der Ältesten, die verzweifelt auf sie schießen. Viele von ihnen werden getroffen, landen mit lauten Schmerzensschreien im Fluss, der sich durchs Zentrum zieht und dessen Wasser sich schon rot gefärbt hat. Einige leblose Körper werden von den Fluten davongetragen.

Hunderte von Meeresleuten folgen Alainna und ihrem Vater durch die Straßen. Mit ihren Dreizacken gehen sie auf die Soldaten los und verteidigen verletzte Bürger. Ich sehe, wie Mütter und Väter mit ihren Kindern in den Armen wegstürmen und nach sicheren Unterschlüpfen suchen oder sich in Hausgassen drängen, um den Kämpfen zu entkommen. Andere laufen direkt auf das Kampfgetümmel zu. Es sind mittlerweile so viele Meeresleute und Bürger, dass die Soldaten und Orks zurückgedrängt werden.

Über ihnen fliegen bereits die ersten Kobolde auf ihren Drachen sowie Elben auf Pegasi durch die Lüfte, welche die Mauern überwunden haben und mit ihren Speeren auf weitere Soldaten zielen, die nicht so recht wissen, wen sie zuerst angreifen sollen.

Dann fahre ich mit einem heftigen Ruck wieder zurück zum Zentrumsplatz in meinen Körper. Als ich blinzelnd die Augen öffne, hat sich Daan über mich gebeugt. »Lucy, alles okay? Du warst kurz weg.«

»Ich ...«, stottere ich und sehe mich um. Hinter uns stehen unsere Brüder und halten die Ältesten zurück. Sie haben ihre Pfeile auf sie gerichtet, während die Wachen wiederum ihre Waffen auf meine Brüder gerichtet haben. Ansonsten scheint nichts groß passiert zu sein.

Ich drehe mich um und sehe, dass die Leute während meines kurzen Aussetzers die Benachrichtigungen gelesen haben. Ihre Mienen haben sich verändert. Wenngleich auch ich nach meiner ungewollten, abrupten Abwesenheit schockiert über diese erfahrene Neuigkeit bin und die Bilder der Kämpfe, die sich in mein Gehirn gebrannt haben, nicht weggehen wollen, nutze ich diesen Moment, während meine Brüder und Lorcan die Ältesten und die Wachen in Schach halten.

Ich weiß, was mein Großvater mir zeigen wollte. Draußen und in den Straßen kämpfen unsere Truppen. Doch hier sind wir noch allein. Ich muss die letzten unsicheren Bürger überzeugen, damit wirklich ganz Phönix hinter uns steht.

Ich wende mich an die Menge und erhebe meine Stimme: »Wir Royals haben die Elementarkontrolle aus einem ganz bestimmten Grund. Wir sind nicht nur Könige, Königinnen, Prinzessinnen oder Prinzen. Wir sind Hüter. Eure Hüter. Dazu bestimmt, *euch* zu beschützen. In genau diesem Moment greifen die Königsfamilien gemeinsam mit ihren Völkern das Zentrum und die Soldaten der Ältesten an. Ich habe es gerade gesehen. Die Königsfamilien haben Fehler gemacht. Doch sie wurden von den Ältesten geblendet, manipuliert oder dazu gezwungen, Dinge zu tun, die sie nie tun wollten. Alles, was sie wollten, war, für ihre Völker zu kämpfen. Und das tun sie gerade. Sie brauchen eure Hilfe, wir brauchen eure Hilfe. Wir alle brauchen einander. Und damit meine ich nicht nur Elfen, Kobolde, Elben oder andere Wesen, sondern auch euch Orks, die von den Ältesten versklavt wurden«, wende ich mich direkt an die Orks, welche ihre großen grünen Augen vor Überraschung geweitet haben. Ihre Münder, die ihre schiefen, spitzen Zähne zeigen, öffnen sich vor Erstaunen. Ihren Reaktionen nach zu urteilen kommt es mir so vor, als wäre noch nie jemand für sie eingestanden. »Bewohner von Phönix, wollt ihr euch weiter unterdrücken und zulassen, dass diese Morde so weitergehen? Nur weil ein paar Natura der Ansicht sind, die Vermischung der Völker wäre widerlich?« Ich mache eine Pause und hole tief Luft. Mein Herz klopft gegen die Brust, als ich in die Menge blicke. Hinter mir bemerke ich Getümmel, weil der kleinste Älteste mich anzugreifen versucht, doch meine Brüder halten ihn in Schach. »Oder wollt ihr uns unterstützen und wie wir alle ein Leben in Freiheit? Dann kämpft!«, rufe ich laut. »Lasst euch das nicht länger gefallen! Kämpft für eure Freiheit und für das Leben eurer Familien!«

Zunächst bleibt es ruhig, entschlossene Gesichter blicken mich an. In diesem Moment weiß ich, dass die Bürger sich entschieden haben. Und dann bricht das Chaos aus. Elfen, Kobolde, Elben und Orks stürmen nach vorn. Viele von ihnen lassen ihre Handys fallen. Sie gehen auf die Soldaten der Ältesten los, welche ziellos auf Natura schießen. Da öffnen sich von oben die Baumkronen. Wie ein Bienenschwarm schwirren Elfen und Schattenelfen herein sowie Kobolde auf ihren Drachen.

Vor Erleichterung werden meine Knie ganz weich, weil ich Freya, Delavar und Gregor erkenne. Turan ist ebenfalls dabei.

Aaron rast gefolgt von Reena an ihnen vorbei auf uns zu. Während er nach unten fliegt, feuert er Pfeile auf die Wachen ab, welche seine Eltern bewachen. Reena gibt ihm Rückendeckung. Die restliche Leibwache der Ältesten ist damit beschäftigt, auf die angreifenden Natura zu feuern, welche auf die Bühne zustürmen, während die Ältesten selbst dichter zusammenrücken. Sie bilden eine Mauer und was sie antreibt, ist Wut.

»Ihr seid erledigt!«, sagt Danny zu den Ältesten und grinst siegessicher. Wir wollen gerade zu unseren Eltern laufen, als sich der kleinste Älteste uns in den Weg stellt.

»Ihr Narren!«, donnert er. »Denkt ihr wirklich, wir wären so dumm zu glauben, ihr würdet zulassen, dass wir eure Eltern töten? Denkt ihr wirklich, wir wussten nicht, wo ihr die letzten Tage über wart, was ihr gesucht habt? Ihr habt uns das, was wir brauchen, hergebracht. So, wie wir es wollten.« Sein Blick richtet sich auf mich beziehungsweise den Beutel mit dem Stein auf meinem Rücken.

Ich weiche vor ihm zurück. Meine Geschwister schieben sich beschützend vor mich. Da erheben sich die Elfenältesten mit ihren grauen Flügeln in die Höhe. Sie greifen einander an den Händen. Eine gewaltige Windhose entsteht, welche zunächst um die Bühne herumwirbelt, ehe sie in sich zusammenfällt und sich Windstöße wie Wellen zu allen Seiten ausbreiten. Die Augen der Koboldältesten glühen auf, als sie die Luftwellen mit Feuer verbinden.

Die angreifenden Bürger werden davon erfasst und zurückkatapultiert. Sie prallen aufeinander, gegen die Säulen oder werden in die Baumkronen geworfen. Viele von ihnen brennen lichterloh, woraufhin Freya und Delavar, die auf uns zugeschossen waren, wieder abdrehen, da sie ebenfalls einem Windstoß entkommen müssen. Gregor und Turan, die auch auf uns zusteuerten, heben gemeinsam die Hände und bringen das Feuer zum Erlöschen. Aaron und Reena werden von einem Windstoß erfasst. Verzweifelt flattern sie mit ihren Flügeln, doch sie kommen nicht dagegen an. Pfeil und Bogen werden ihnen aus den Händen gerissen, als sie in hohem Bogen gegen eine Säule geschleudert werden, wo sie bewusstlos zu Boden fallen. Aarons Eltern brüllen auf, da schickt einer der Schattenelfenältesten ihnen einen Windstoß, welcher sie von der Bühne fegt, sodass sich nur noch wir Elfen und Daan hier befinden.

Dann bauen die Ältesten einen gewaltigen Tornado auf, der an meinen Haaren und meiner Kleidung zerrt und mir fast den Beutel vom Rücken reißt. Ich klammere mich an Daans Arm fest, weil ich beinahe von den Füßen gerissen werde. Wir befinden uns im Auge des Sturms, welchen die Ältesten haben entstehen lassen. Nur noch meine Familie, Lorcan, Dhara und Daan befinden sich in ihm. Wir lassen unsere Waffen fallen. Gegen die Ältesten kommen wir mit Pfeilen oder Schwertern nicht an.

»Jetzt werdet ihr einer nach dem anderen sterben, während eure Eltern euch dabei zusehen dürfen. Wir werden eine Königsfamilie nach der anderen auslöschen. Angefangen mit der der Elfen«, lächelt der kleinste Älteste zufrieden. »Doch davor werden wir euch noch eure Kräfte nehmen. Und dann werden wir die mächtigsten Natura auf ganz Phönix sein. Niemand wird uns mehr aufhalten können!«

KAPITEL 28

Meine Eltern wehren sich heftig in ihren Fesseln, woraufhin die Ältesten ihre Körper mit einem Blick zum Erstarren bringen. Einzig ihre Augen bewegen sich noch, sodass sie das Geschehen weiterhin mitverfolgen können.

Dann feuern die Ältesten ohne Vorwarnung mehrere Feuersalven auf uns ab. Ein Feuerball streift meine Schulter. Ich schreie vor Schmerz auf, als er meine Kleidung und meine Haut versenkt. Erde löst sich vom Boden und fliegt in die Luft, wo sie sich zu einem riesigen Brocken formt und auf uns zufliegt. Wir stieben beiseite, aber Danny wird getroffen und gegen Daan geschleudert, der mit den Windstößen zu kämpfen hat. Beide fallen zu Boden.

Sie richten sich jedoch schnell wieder auf. Daan geht in die Offensive, indem er ihnen mehrmals hintereinander Feuerflammen schickt, die wie Pfeile auf alle Ältesten losschießen. Danny tritt neben ihn und erschafft aus der Wiese Erdbälle, die wie Kanonenkugeln auf die Ältesten gefeuert werden.

Doch die Ältesten bringen ihren Angriff mit einer lässigen Handbewegung zum Erliegen und gehen jetzt erst recht auf uns los. Immer schneller feuern sie die Feuerbälle und Gesteinsbrocken auf uns ab, sodass wir ihnen nicht mehr ausweichen können. Sie drängen uns an den Rand der Bühne. Dann lassen sie unsere Waffen, die wir auf den Boden geworfen haben, weil wir glaubten, sie im Kampf gegen die Ältesten nicht zu brauchen, mithilfe ihrer Kräfte in die Höhe schweben. Die scharfen Spitzen der Schwerter und Pfeile richten sich auf uns, als die Ältesten sie uns mit geballter Kraft entgegenfeuern. Geistesgegenwärtig heben wir unsere Hände und wehren den Angriff mit einer Luftwelle ab, die die Waffen zur Seite fliegen lässt, wo sie von dem Tornado mitgerissen werden. Daraufhin bombardieren uns die Ältesten mit erneuten Feuer- und Erdbällen. Wir stolpern zurück und müssen ins Gras springen, wo wir einen Meter weiter zum Stopp gezwungen werden, da sich dort die Tornadowand befindet, deren Sog uns schon fast mit sich reißt.

Lorcan und Dhara, die uns hinterhergelaufen sind und hinter uns stehen, feuern ihre Pfeile auf sie ab und können sie damit nur mäßig ablenken. Denn irgendwann werden unsere Freunde keine Munition mehr haben.

Daan, meine Brüder und ich blockieren weiterhin gemeinsam die Angriffe der Ältesten. Eine gewaltige Welle aus Feuer schießt auf uns zu, der wir nicht mehr entkommen können. Ich entziehe der Luft ihre Wassermoleküle, um das Feuer mit Wasser zum Erlöschen zu bringen, doch die Luft ist zu erhitzt und enthält zu wenig Wasser, sodass es nur ein wenig dampft.

Die Schattenelfenältesten bombardieren uns von der anderen Seite aus mit Gesteinsbrocken. Von den Elfen fegt uns ein knöchelhoher Luftstrom von den Füßen. Ehe wir uns aufrichten können, kommt uns eine weitere Feuerwelle entgegen. Daan stellt sich mit erhobenen Händen vor uns. Wie eine Welle bäumt sie sich zu einer Feuerwand vor uns auf, ehe er sie wieder zurückschickt. Die Ältesten bringen sie einfach zum Erlöschen. Nur um uns wieder Feuerbälle zu schicken. Dieses Mal sind meine Brüder und ich diejenigen, die sie abwehren. Wie in einer Reihe stehen wir nebeneinander, die Hände erhoben und haben gemeinsam einen Luftschild errichtet, der die Bälle abblockt. Sie erlöschen an der unsichtbaren Luftwand.

Da kommen plötzlich Ranken aus der Erde geschossen, die an meinen Brüdern entlangklettern, sich um ihre Hand- und Fußgelenke winden und sie auf den Boden zerren, bis sie vor den Ältesten knien.

»Gib mir die Tasche mit dem Stein oder ich werde sie töten«, befiehlt mir der kleinste Älteste mit kalter Stimme.

Mein Atem geht stoßweise. Schweiß perlt mir von der Stirn. Durch den heftigen Kampf hat sich mein Zopf gelöst. Meine Haare hängen mir strähnig ins Gesicht. Sie sind teilweise vom Feuer angesenkt. Ich habe am ganzen Körper Schmerzen, meine Muskeln brennen und ich weiß nicht, wie lange ich mich noch auf den Beinen halten kann. Er wird sie töten. Egal, ob ich ihm die Tasche gebe oder nicht.

Ich erwidere seinen Blick und nehme sie von meinem Rücken herunter. Langsam nehme ich den Stein heraus. Doch statt ihn ihm zu überreichen, werfe ich die Tasche in die Höhe und schicke einen Windstoß hinein, der dem Ältesten die Tasche mitten ins Gesicht befördert, sodass er ein paar Schritte zurückstolpern muss.

»Das war sehr unklug von dir!«, knurrt er, woraufhin sie alle ihre Hände heben und gewaltige Feuerwände entstehen lassen, die von allen Seiten auf uns zugeschossen kommen.

Daan und ich blocken sie jedoch ab und hüllen meine Brüder, uns und Lorcan und Dhara in einen beschützenden Luftkokon.

Doch irgendwann gehen uns die Kräfte aus und unser Luftschutz bricht in sich zusammen. Wir versuchend keuchend zu Atem zu kommen, als ich den Kopf hebe und dem süffisanten Grinsen des Ältesten begegne. Er hat den Arm nach vorn gestreckt. Zwei Schwerter schießen rasend schnell direkt auf uns zu.

Noch ehe ich ausweichen kann, fällt vor mir jemand zu Boden und blockt das erste Schwert mit seinem eigenen. Eisen kracht auf Eisen. Das Zweite bohrt sich direkt in seinen Oberkörper. Er geht vor mir in die Knie. Die Spitze lugt aus seinem Rücken hervor.

Ich höre jemanden aufschreien. Die Stimme klingt wie die meiner Tante. Vor mir bricht Delavar im Gras zusammen. Blut tritt aus seiner Wunde, die das Schwert verursacht hat. Er hustet und greift nach Freyas Hand, die sich neben ihn geworfen hat. Sie müssen irgendwie über den Tornado geflogen oder durch ihn hindurchgekommen sein.

Daan tritt an meine Seite und schickt den Ältesten einen so gewaltigen Windstoß, welcher sie dieses Mal zurückkatapuliert. Lorcan und Dhara treten mit gezückten Pfeilen, die sie auf die benommenen Ältesten gerichtet haben neben den Kobold. Meine Brüder, deren Ranken sich gelöst haben, rappeln sich auf und stellen sich gemeinsam mit Daan und den anderen beiden Elfen den Ältesten entgegen.

Meine Aufmerksamkeit gilt jedoch nur Delavar. Ich bin wie erstarrt. Es sieht so unwirklich aus, wie er da vor mir am Boden liegt mit einem Schwert in seinem Oberkörper.

Delavars Blick ist voller Wärme, als er Freya anblickt. »Ich habe dich geliebt, aber dein Herz hat nie mir gehört. Du hast es bereits vor mir verschenkt.« Er sieht zu Gregor, der mithilfe eines Luftschilds, das er um sich herum geschaffen hat, durch die Tornadowand getreten ist. Mit weit aufgerissenen Augen steht er da.

»Auch wenn wir uns anfangs nicht leiden konnten, warst du mir ein guter Freund. Pass bitte gut auf sie auf«, röchelt Delavar, der damit zu kämpfen hat, wach zu bleiben. Er hustet schwach. Dickflüssiges Blut tritt aus seinem Mundwinkel. Freya greift nach dem Schwert, doch ihre blutverschmierten Hände können es nicht richtig packen.

»Nein, du wirst jetzt nicht sterben!«, ruft Gregor und stürzt neben ihm zu Boden. Seine zitternden Hände greifen nach dem Schaft des Schwertes, welches sich durch seinen Körper gebohrt hat. Er zieht es langsam heraus, um zu verhindern, dass das Eisen Delavars Körper weiter vergiftet. Doch der hat bereits zu viel Blut verloren.

Freya zieht Delavars Kopf auf ihren Schoß, während ihre Finger unablässig über seine Wange streichen. »Du wirst wieder. Hörst du, Delavar? Du darfst nicht einschlafen! Gregor und ich, wir heilen dich.« Sie legt ihre Hände auf die Verletzung und versucht, ihn zu heilen, doch seine Wunde schließt sich nicht mehr. Die blauen Linien, die sich von dort aus ausgebreitet haben, haben bereits sein Herz erreicht.

»Es ist zu spät«, murmelt Delavar kraftlos und würgt. Weiteres Blut tritt aus seinen Mundwinkeln. »Bitte versprich es mir. Und sag ihr die Wahrheit. Nur so kann dir vergeben.« Sein Blick wandert von Freya zu Gregor, den meine Tante irritiert anstarrt. »Ich liebe euch.«

Dann weiten sich Delavars Augen und werden leer.

»Nein!«, schreien sowohl ich als auch Freya. Sein Kopf sackt zur Seite. »Nein!«

Mein Onkel, der wie ein Vater für mich war, ist tot. Obwohl Freya und Gregor ihn geheilt haben, war es zu spät. Sein Körper hat nicht mehr länger durchgehalten.

»Wir haben es zu spät durch den Tornado geschafft. Er wollte euch beschützen und hat sich vor euch geworfen, als er das Schwert sah.« Der tränenverhangene Blick meiner Tante wandert von mir zu Gregor. »Was meinte er?«

Gregor schluckt schwer. »Als mein Vater das von uns beiden herausgefunden hat …« Er deutet zwischen sich und Freya hin und her. Verzweiflung steht in seinem Blick geschrieben. »Er hat dich bewachen lassen von seinen Spionen und Attentätern und hat mir gedroht, dich umzubringen, wenn ich mich nicht von dir fernhalte. Um dich zu beschützen, habe ich mich mit Delavar zusammengetan. Er mochte dich schon, seit ihr euch kanntet und hat mir versprochen, für dich zu sorgen und dich zu beschützen.« Er schluckt schwer. »Er hat es mit seinem Blut freiwillig geschworen, dass er dich mit seinem Leben beschützen wird. Er musste mir schwören, dass er dir nie davon erzählt.«

»Warum hast du mir nie etwas gesagt? Du hast dich einfach ohne jegliche Erklärung von mir abgewandt.« Ihre Stimme bricht. Weitere Tränen rinnen über ihre Wangen, als sie Delavar fest an sich drückt.

Gregor, der die Augen meines Onkels sanft schließt, senkt den Kopf, dann hebt er ihn wieder und sieht Freya an. »Jetzt ist kein passender Zeitpunkt für dieses Gespräch. Aber ich wusste, wie sehr du mich liebst. Wenn ich es dir erzählt hä tte, dann hättest du dich davon nicht abbringen lassen.«

Freya starrt ihn ungläubig an. Auch mir fehlen die Worte. Zwar hatte ich bereits vermutet, dass Gregor sich nicht freiwillig von ihr abgewandt hat, doch dass er und Delavar eine gemeinsame Abmachung hatten?

Bevor ich weiter darüber nachgrübeln oder um meinen Onkel trauern kann, höre ich meine Brüder vor Schmerz aufbrüllen.

Ich wirble herum. Ich war so abgelenkt, dass ich nicht mitbekommen habe, wie die Ältesten den Tornado zum Erliegen brachten.

Ihre Leibgarde rückt in Formation an und zielt mit Pfeil und Bogen auf uns. Danny und Dylan knien neben meinen Eltern am Boden. Erneut haben sich Ranken um ihre Körper gewunden und sie nach unten gedrückt.

Lorcan und Dhara stehen mit gespanntem Bogen neben Daan. Der schickt den Ältesten eine Feuerwelle, die sie gelangweilt erlöschen lassen, ehe sie sie erreichen kann. Ich springe auf und will ihm helfen, als mich der Blick des kleinsten Ältesten durchbohrt. Ein siegessicheres Lächeln liegt auf seinen Lippen. Er hat die Hand erhoben, seine Soldaten haben ihre Blicke auf ihn geheftet. Die Spitzen der Pfeile, die sie jedoch auf mich gerichtet haben, glänzen im Sonnenlicht.

»Jetzt werdet ihr sterben«, ertönt die dröhnende Stimme des kleinsten Ältesten in meinem Kopf. Keine Sekunde später gibt er den Befehl zum Schießen. Die Soldaten lassen ihre Pfeile los. Sie rasen geradewegs auf mich zu. Zugleich schicken uns die Elfenältesten eine geballte Feuerwelle, während die Koboldältesten Gregor und Freya angreifen, als die uns zu Hilfe kommen wollen.

Ich höre Daan aufbrüllen, der auf mich zustürmt. Im Laufen wehrt er die Feuerwelle ab, die ihn beinahe erfasst hätte. Mithilfe einer Windhose lenke ich den ersten Pfeilhagel zur Seite, wo sie an den Steinsäulen abprallen.

Währenddessen haben die Soldaten bereits ihre Pfeile angelegt und schießen ein zweites Mal. Daan ist bei mir angelangt und packt mich an den Armen, um mich herumzuwirbeln, weil ich direkt in der Schusslinie stehe.

Über seine Schulter hinweg sehe ich die Pfeile auf uns zurasen. Sie feuern in so kurzen Abständen, dass wir zusätzlich abgelenkt durch die weiteren Attacken der Ältesten durch Feuerbälle, die ich mit einem Windstoß abblocke, nicht alle Pfeile abwehren können. Durch Daan, der mich weiterhin festhält und vor dem Angriff abschirmt, spüre ich eine Erschütterung, die durch seinen Körper geht. So, als wäre etwas mit voller Wucht in seinen Rücken gerammt.

Ich spüre einen schmerzhaften Stich. Etwas bohrt sich in meinen Rücken, durchstößt meinen Körper. Doch als ich nach hinten greife, ist dort nichts. Ein weiterer Schmerz durchfährt mich. Und da weiß ich es. Todesangst befällt mich.

Daan stolpert nach vorn. Seine Augen weiten sich, als er mich direkt anschaut. Eine silberne Pfeilspitze bohrt sich in Herznähe durch seinen Oberkörper.

Er fällt auf die Knie. Insgesamt haben sich fünf Pfeile in seinen Rücken gebohrt, einer davon ragt aus seiner Brust hervor. Ich brauche sie gar nicht erst zu berühren, um zu wissen, dass die Pfeilspitzen aus Eisen sind. Daan presst seine Hände auf seine Wunden. Zitternd nimmt er sie weg und starrt auf seine blutenden Finger. Da durchlaufen mehrere Zuckungen seinen Körper. Krampfend bricht er in sich zusammen.

Ich kann nicht fassen, was hier gerade passiert. Das kann nicht sein. Das kann nicht wahr sein. Daan stirbt nicht. Er stirbt nicht! Verzweifelt lasse ich mich neben ihm nieder, der Stein entgleitet meinen Händen und fällt neben uns zu Boden.

Daan will etwas sagen, doch es kommen nur gurgelnde Wortbruchstücke hervor, da zähflüssiges Blut aus seinem Mund rinnt. Die Krämpfe werden immer schwächer, sein Blick wird leer. Unzählige Tränen rinnen über meine Wangen, als ich zitternd nach seiner schlaffen Hand greife. »Nein. Bitte nicht. Tu mir das nicht an!«, schluchze ich. »Ich brauche dich!«

Drei Opfer, schießt es mir durch den Kopf.

Ein Opfer für die Freundschaft. Aislinn.

Ein Opfer für die Familie. Delavar.

Ein Opfer für die Liebe.

»Daan!« Mein Herz zerbricht in Millionen Einzelteile, als seine Lider flattern und er wegdämmert. Weitere Tränen rinnen über meine Wangen und tropfen auf sein Gesicht.

Ich schüttle den Kopf, doch ich gebe mich meiner Trauer nicht hin. Vor nicht einmal fünf Minuten ist Delavar gestorben und jetzt Daan?

Nein! Erneut schüttle ich den Kopf. Entschlossenheit macht sich in mir breit. Ich werde nicht zulassen, dass noch jemand stirbt. Ich werde das nicht zulassen. Ich werde ihn nicht sterben lassen.

Ich schließe die Augen, um mich zu sammeln und hole Luft. Ich werde nicht aufgeben. Ich werde ihn nicht aufgeben. Meine Hände zittern so sehr und die Pfeile sind von Daans Blut so verschmiert, dass meine Finger immer wieder am Holz abrutschen. Da die Pfeilspitzen dreieckig geformt sind, sodass man sie aus dem Körper nur schwer wieder herausziehen kann, ohne weitere wichtige innere Organe zu beschädigen, weiß ich nicht, was ich tun soll. Ich kann sie auch nicht in der Wunde lassen, ohne ihn noch mehr zu verletzen.

Kurz entschlossen helfe ich mit meiner Elementarenergie nach. Mein Herz rast wie verrückt, als ich sehe, wie Daans Haut erblasst. Schluchzend schüttle ich den Kopf. Er darf nicht sterben. Er darf nicht sterben! Ich zerbreche die Pfeile und hole die Spitzen so vorsichtig wie möglich heraus. Das Eisen brennt sich in meine Haut, doch ich bin wie betäubt, spüre den Schmerz nicht.

Dann konzentriere ich mich auf seine Wunde. Sie ist tief. Sie ist sehr tief. Das Eisen hat sich in seine Blutbahn gemischt und vergiftet ihn von innen heraus. Wie bei Delavar. Nur, dass sich bei Daan die Pfeile so in seinen Oberkörper gebohrt haben, dass das Eisen einen kurzen Weg bis zu seinem Herzen hat. Seine Haut, auch die Lippen werden immer heller, nehmen eine marmorne Farbe an. Verzweifelt konzentriere ich mich noch auf die letzten Körperzellen, in denen noch Leben steckt und heile die Wunden, während ich innerlich spüre, wie er stirbt und wie meine Kräfte schwinden. Ich fühle die Kälte, die sich in ihm ausbreitet.

Es tut so verdammt weh, dass mir der Schmerz den Atem raubt. Schwindel befällt mich, weil ich nicht aufgeben will. Ich höre Gregor, Freya und Lorcan nach mir rufen. Aus den Augenwinkeln sehe ich, wie Freya und Gregor auf mich zulaufen und Lorcan Pfeile auf weitere Angreifer der Ältesten abfeuert, die auf uns zugerannt kommen.

Ich lasse eine kleine Windhose entstehen, die Daan und mich einhüllt und lege meine zitternden mit Blut verschmierten Hände wieder auf seine Wunde. Ich heile ihn, doch die Dunkelheit nimmt mich immer mehr ein, bis ich nicht mehr länger dagegen ankämpfen kann. Ich umklammere Daans Hand fest, während ich ihn verzweifelt zu heilen versuche und ihm meine letzten Kräfte schicke. Doch mein Körper kann nicht mehr länger. Er gibt einfach auf. Sowie mein Geist.

Ein Opfer für die Liebe, schießt es mir noch durch den Kopf, als ich neben ihm zu Boden falle. Und dann ist da nur noch Schwärze.

KAPITEL 29

Lorcan

Nein.

Das kann nicht sein.

Das kann unmöglich wahr sein.

Ungläubig starre ich auf das am Boden liegende Paar. Ihre Hände sind miteinander verschränkt, ihre Köpfe sind einander zugewandt, doch ihre Augen sind geschlossen, so als würden sie friedlich schlafen. Sie sind voller Blut und mit Dreck verschmiert. Ihre Gesichtsmerkmale leuchten, wenn auch sehr schwach. Doch ihre Haut nimmt bereits einen marmorfarbenen Ton an. Die Hautfarbe, die ein Natura nur bekommt, wenn er stirbt. Die Hautfarbe des Todes.

Ich schüttle den Kopf. Lucy und Daan können nicht sterben! Sie können nicht tot sein. Sie dürfen nicht! Das glaube ich nicht.

Die Prophezeiung schießt mir durch den Kopf. Adler und Drache, die sich im Kampf aneinanderschmiegen. Delavar, der gefallene Bruder. Zwar ist er nicht Lucys Bruder, doch er gehört zu ihrer Familie und die Prophezeiung spricht nicht explizit von Lucy und Daan, sondern von Drache und Adler. Von Kobolden und Elfen. Blut, das fließen muss. Blut, das unvermeidbar ist und immer fließt, wenn Krieg ist.

Ich lasse mich neben Freya nieder, welche zu ihr gestürzt ist und verzweifelt versucht, sie wiederzubeleben. Als ich den Arm von Lucy berühre, erschrecke ich.

»Sie ist ganz kalt«, murmle ich und berühre Daan am Handgelenk, den Gregor erfolglos wiederzubeleben versucht. Auch seine Körpertemperatur ist gesunken. Ich spüre weder einen Puls noch atmet er. Er ist tot. Sie sind beide tot. Sie sind beide wirklich tot.

Die Ältesten haben den Tornado fallen gelassen, in dem sie uns eingeschlossen und von den Kämpfen außerhalb abgeschottet haben, sodass alle sehen können, was passiert ist. Lucy und Daan, die seit Neujahr für die Rebellion stehen, die so viele Natura von sich und ihrer Liebe zueinander überzeugt haben, Lucy und Daan, wegen denen wir überhaupt so weit gekommen sind, liegen tot am Boden, Lucys Eltern durch die Kräfte der Ältesten in einer Wachstarre, ihre Brüder durch Ranken an die Erde gekettet. Ihre Augen sind vor Entsetzen weit aufgerissen. Obwohl sie sich gegen den Zwang der Ältesten, sich nicht zu bewegen, wehren, kommen sie nicht dagegen an.

Als die Bürger bemerken, dass die Königsfamilie besiegt ist, hören sie auf mit ihren Kämpfen. Ich sehe ungläubige Blicke und höre schockierte Ausrufe.

»Die Königsfamilie der Elfen ist so gut wie tot. Ergebt euch und wir werden euch kein Leid mehr zufügen!«, ruft der kleinste Älteste.

»Das kann doch nicht wirklich euer Ernst sein?!«, widerspreche ich laut. Fassungslos starre ich die Elfen, Kobolde und Elben an. Manche von ihnen scheinen tatsächlich zu überlegen, sich zu ergeben. Ein paar haben bereits ihre Waffen fallen lassen. »Wollt ihr nach allem, was geschehen ist, einfach so aufgeben? Auch wenn die Königsfamilien gestürzt sind! Wir leben noch, wir können noch kämpfen! Gebt verdammt nochmal nicht auf! Wie Lucy es sagte: Wollt ihr zulassen, dass die Ältesten gewinnen und diese Tyrannei so weitergeht? Oder kämpft ihr?«

Meine Worte scheinen die Leute wachzurütteln, denn plötzlich kommt wieder Bewegung in sie und sie wehren sich gegen die Griffe ihrer Gegner, die sie zu Boden ringen wollten. Die Kämpfe gehen weiter. Pfeile zischen, Schwerter und Stöcke prallen aufeinander. Orks grölen auf. Pegasi, Elfen oder Drachen fallen getroffen vom Himmel. Andere Drachen speien Feuer oder brüllen auf. Einige von den Bürgern und Rebellen kommen sogar auf uns zu, um uns Rückendeckung zu geben, woraufhin die Ältesten sofort wieder den Tornado entstehen lassen. Doch damit werden sie sich nicht ewig von ihnen abschotten können. So oder so haben sie die Völker gegen sich aufgebracht. Sie haben verloren. Gegen so viele Natura kommen auch sie mit ihrer Macht nicht an.

Der wütende Blick des kleinsten Elfenältesten trifft mich. »Du willst wohl unbedingt sterben, Rebell!«

Er hebt mit einem grimmigen Lächeln die Hände und ich spüre, wie sich mein Hals zusammenzieht und mir die Luft abgeschnürt wird. Verzweifelt greife ich nach meiner Kehle, doch ich kann nichts daran ändern. Der Älteste stoppt meine Luftzufuhr. Ich ersticke. Meine Lunge brennt. Mir wird schwindelig. Schwarze Punkte tanzen vor meinen Augen. Ich muss daran denken, ob ich jetzt Lucy und meinen Vater wiedersehen werde. Was aus meiner Mutter und meinen Geschwistern wird.

Da zischt ein Pfeil haarscharf neben mir vorbei. Er zielte auf die Brust des Ältesten, doch da er sich geistesgegenwärtig bewegt, trifft ihn der Pfeil mitten in der Schulter. Direkt dort, wo mein Pfeil ihn zuvor traf. Vor lauter Schmerz brüllt er auf und geht in die Knie. Der Druck auf meinen Hals lässt nach und ich ringe keuchend nach Luft. Meine ganze Kehle schmerzt, doch ich kann wieder frei atmen.

»Er heißt Lorcan!«, ertönt eine ruhige Stimme hinter mir. Ich wirble herum und blicke Dhara in die grauen Augen. Sie lässt den Bogen, den sie in der Hand hält, wieder sinken und schenkt mir ein einnehmendes Lächeln. »Na, brauchst du Hilfe?«

Ehe ich mich bedanken kann, nehme ich aus den Augenwinkeln eine Bewegung wahr. Zwei der Koboldältesten lassen eine Feuerwalze entstehen, welche direkt auf Dhara zuschießt. Ich springe zu ihr und reiße sie zu Boden. Wir landen hart, sie auf dem Rücken – wo sie mit den Schultern und dem Hinterkopf aufschlägt –, ich direkt mit meinem ganzen Gewicht auf ihrem Bauch. Ich keuche auf und bemerke, dass ich ihr wohl mit meinem Ellbogen die Luft wegpresse. Knapp über uns schießt das heiße Feuer hinweg.

»Ich schätze mal, jetzt sind wir quitt«, sage ich nur, während mein Herz vor lauter Schreck bis zum Hals rast. Wir wären beinahe lebendig geröstet worden.

Doch wir dürfen nicht zögern, da die Ältesten bereits auf uns zutreten. Sie wollen zu Lucy und Daan, vermutlich um sicherzugehen, dass sie tot sind. Doch ich springe auf und stelle mich vor Lucy und Daan und ihre Tante und ihren Onkel, die an ihren Seiten knien und nun aufgegeben haben, sie wiederzubeleben.

»Wenn ihr Lucy und Daan wollt, müsst ihr erst an mir vorbei«, rufe ich dem Ältesten entgegen, obwohl ich nichts habe außer meinen Fäusten. Pfeil und Bogen liegen in nicht greifbarer Nähe. Und selbst damit hätte ich keine Chance gegen ihre Elementarkräfte.

Da mischt sich Gregor ein, welcher sich von Daan nicht wegbewegt, aber dafür die weinende Freya in den Arm genommen hat. Sie hat nicht nur ihren Freund, sondern auch ihre geliebte Nichte verloren.

Gregor hüllt uns in einen Feuertornado, der uns von den Ältesten abschottet. Er wird uns nicht ewig von ihnen fernhalten, doch vielleicht können wir uns einen Plan überlegen, wie wir gegen sie ankämpfen können. Mein Blick fällt auf Lucy und Daan und mein Herz klopft vor Aufregung schneller.

»Wenn sie wirklich tot sind, warum leuchten ihre Gesichtsmerkmale?«, frage ich laut.

Freya, die ihr Gesicht in Gregors Halsbeuge verborgen hat, fährt herum. Beide betrachten die beiden genauer.

Obwohl ihre Haut bereits marmorfarben angelaufen ist, ihre Augen geschlossen sind und sie nicht mehr atmen, flackern ihre Gesichtsmerkmale, wenn auch sehr schwach.

Ich bekomme neue Hoffnung. »Was, wenn sie gar nicht tot sind? Was, wenn sie sich in dieser Zwischenwelt befinden?«

Ihre miteinander verschränkten Hände berühren ganz leicht den Stein, welcher ebenfalls kaum merklich flackert. Er hat so viel Macht und Kräfte inne. Er kann Macht und Kräfte rauben. Doch was, wenn er davon wieder etwas zurückgeben kann?

KAPITEL 30

Lucy

Ich befinde mich inmitten von einem dichten Nebel. Ich kann nichts sehen außer diesen undurchdringlich grauen Schleier. Verwirrt sehe ich mich um. Gerade eben noch kniete ich neben Daan. Gerade eben noch hielt ich seine Hand, um ihn zu heilen. Doch wo ist das Schlachtfeld? Wo sind die Kämpfenden? Und wo bin ich? Ein Schreck durchfährt mich, als ich meinen Körper abtaste. Doch nirgends kann ich Blut oder Dreck erkennen. Ich spüre keine Schmerzen mehr. Bin ich tot?

Da lichtet sich der Nebel plötzlich. Er wird heller, weißer. Zuerst sehe ich nichts. Dann tauchen erste graue Schemen auf, die immer deutlicher werden, bis sie Gestalt annehmen.

Erschrocken stolpere ich zurück. Vor mir stehen Aislinn, Cian, Shon, Kay, Noah und Talorion. Hinter ihnen befinden sich unzählige weitere Elfen, Kobolde und Elben, aber auch Dryaden und weitere Wesen. Es sind so viele, dass sie sich bis zum Horizont reihen. Es sind alle Opfer des Beschlusses. Sie lächeln nicht, sie blicken mich einfach nur an. Ehe ich etwas sagen kann, verblassen sie, bis nur noch vier Personen übrig bleiben.

»Großvater?«, entfährt es mir. Nein, nicht nur mein einer Großvater. Es sind beide und zwei ältere Damen. Meine Großmütter.

König Aden Áquila tritt an mich heran. Er sieht genauso aus wie auf den Porträts, die ich von ihm gesehen habe. Er sieht genauso aus wie in der Vision, die mir Richard Fénix gezeigt hat. Kantiges Kinn, dieselbe schiefe Nase wie die meines Vaters. Allerdings sind seine kinnlangen Haare, die er auf dem Porträt, das ich von ihm gesehen habe trägt, nun schulterlang und ergraut.

Doch auch jetzt, wo er vor mir steht, strahlt er eine solche Erhabenheit und Macht aus, dass ich Respekt vor ihm habe und mich aus Reflex schon fast vor ihm verneigt hätte, als er mir eine Hand auf die Schulter legt.

»Meine Enkelin«, flüstert er mit tiefer Stimme. Seine dunkelblauen Augen fixieren mich. »Ich kann es kaum glauben, dich vor mir stehen zu sehen. Du hast so viel bewegt in Phönix. Du hast mehr in deinem Leben erreicht, als ich es je gekonnt habe. Ich bin so stolz auf dich.«

Ein mulmiges Gefühl kommt in mir hoch. Sollen das jetzt Trostworte sein, weil ich tot bin?

»Du warst gegen den Beschluss. Sie haben dir die Kräfte genommen. Du wurdest von den Ältesten vergiftet.«

Mein Großvater wirft einen verschmitzten Blick zu Richard. »Er war es.«

»Wie bitte?«, entfährt es mir.

Er wird wieder ernst. »Das ist wahr, Lucyana. Die Ältesten wollten mich, nachdem sie meine Kräfte geraubt hatten, aus dem Weg schaffen. Damit das nicht passieren konnte, hat mich Richard vergiftet, sodass es wie ein plötzlicher Herztod wirkte. Somit konnten wir verhindern, dass die Ältesten unser Volk noch mehr einschüchterten. Die Ältesten sind hinterlistig und wir mussten mit den gleichen Mitteln kämpfen. Ich war derjenige, der sich bis zum Schluss öffentlich gegen die Ältesten gestellt hat, während Richard alles tat, was sie von ihm verlangten. Alles, damit sie ihre Ziele verfolgen konnten.«

»Aber warum?«

»Richard hat sich ihr Vertrauen erarbeitet, um an den Stein zu kommen. Ohne dieses Vertrauen hätte er ihn niemals stehlen können.«

Nun übernimmt mein anderer Großvater: »Ich habe ihm versprochen, seine Aufgabe zu Ende zu führen. Meine Rolle war die des untergebenen Unterstützers. Durch dieses Vertrauen, das sie in mich hatten, wurde ich in ihre Reihen aufgenommen. Ich wurde immer älter und wog mich in Sicherheit. Und genau das war mein großer Fehler. Reagon hat es irgendwann in meinen Gedanken gehört, als ich sie nicht gut genug verschloss. Er hat ihnen verraten, dass ich den Stein gestohlen habe. Er hat sich durch ihre Unterstützung die Krone erhofft.«

»Du wurdest dann getötet«, murmle ich traurig.

»Das ist nur die halbe Wahrheit. Ich wurde vergiftet, doch ich wurde nicht von den Ältesten getötet. Ich habe es selbst getan, ehe sie es tun konnten, damit sie nicht durch Folter oder Manipulation an meine Erinnerungen und somit die Informationen kommen konnten, wo sich dieser Stein befindet.«

Erst jetzt wird mir klar, welche großen Opfer meine Großväter gebracht haben.

»Aber …« Ich verstehe die Welt nicht mehr, weil mir ein Gespräch mit ihm wieder einfällt, das ich hatte, als ich bewusstlos war und im Kerker der Kobolde wieder aufwachte. »Du hast behauptet, Aden hätte den Beschluss unterstützt. Du hast gesagt, ihr beide habt ihn unterstützt, weil ihr dachtet, es sei zum Besten eures Volkes!«

»Das stimmt.« Richard nickt. »Weil die Ältesten dich seit deiner Rückkehr auf Phönix im Visier hatten, konnte ich dir nicht gleich die ganze Wahrheit sagen. Wir waren uns nicht sicher, ob sie deine Gedanken abhören. Sie durften keinen Verdacht schöpfen, dass ich dir die Informationen habe zukommen lassen.«

»Wir haben nicht viel Zeit.« Aden wendet sich an mich. »Ihr habt einen Seelenbund geschlossen. Einen Seelenbund, der noch viel stärker ist als bei einfachen Natura. Da ihr von der Blutlinie der Lichtelfen und Lichtkobolde abstammt, hat sich eure Macht miteinander vermischt. Gefestigt wird dieser, weil ihr ihn aus wahrer Liebe und nicht aufgrund einer Zweckgemeinschaft geschlossen habt.«

»Was wollt ihr mir damit sagen?«

Aden lächelt mich liebevoll an. »Das Opfer für die Familie war ich. Das Opfer für die Liebe war Delavar. All die Opfer stehen hinter euch. Du und Daan seid durch den Seelenbund und eure Kräfte untrennbar miteinander verbunden. Eure Liebe zueinander macht euch stärker. Eure Zeit ist noch nicht gekommen. Eure Völker brauchen euch.«

KAPITEL 31

Wärme durchfährt mich. Ich höre jemanden rufen, der wie Lorcan klingt. »Ich spüre wieder einen Puls!«

»Sie atmen wieder!« Das ist Gregors erleichterte Stimme.

Ich öffne die Augen. Meine Tante und Lorcan haben sich neben mich gekniet. Sie haben meine und Gregor Daans Hände auf die glatte Oberfläche des Steins gelegt. Blinzelnd richte ich mich auf, da haben sie mich schon in ihre Arme geschlossen.

»Ich dachte, ich hätte dich auch noch verloren«, schluchzt Freya.

Als ich mich wieder von ihr löse, fällt mein Blick auf Daan, der neben mir liegt und ebenfalls die Augen öffnet. Er sieht mich an.

»Du hast meine Wunden geheilt und wärst deswegen fast gestorben. Wir leben«, haucht er.

»Ich war tot«, korrigiere ich ihn. »Wir beide waren tot. Aber ja, wir leben«, flüstere ich und halte den Atem an, als er eine Hand hebt und damit über meine Wange streicht. Vermutlich verteilt er dadurch nur mehr von seinem Blut sowie Dreck auf meinem Gesicht. Doch es ist mir egal. Daan lebt. Er lebt!

Schluchzend falle ich ihm in die Arme. »Ich dachte, ich hätte dich verloren! Ich dachte, du wärst tot!«

»Das dachte ich auch«, murmelt er an meinem Ohr. Seine Finger streichen über meinen Rücken. »Aber du hast mich wieder zurück in die Zwischenwelt geholt. Und ohne Lorcan und ...«

»Leute, ich will eure Wiedersehensfreude ja nicht trüben, aber es ist noch nicht vorbei!«, merkt Lorcan an.

Wir fahren hoch. Und tatsächlich. Der Feuertornado, welcher um uns wütete, fällt in sich zusammen. Vor uns befinden sich die Ältesten, welche uns erschrocken anstarren.

Ein kurzer Blick zwischen Daan und mir genügt. Wir wissen, was der andere denkt. Noch ehe jemand reagieren kann, haben wir bereits nach dem Stein gegriffen und ihn gemeinsam in die Höhe gehoben. Ein unbeschreibliches Gefühl von Macht durchströmt mich, als wir unsere Kräfte miteinander verbinden. Und nicht nur unsere Kräfte. Wir benutzen das stärkste Gefühl der Welt und wandeln es in unsere Kraft um. Unsere gemeinsame Geheimwaffe. Es ist unsere Liebe zueinander, die wir in Macht umwandeln. Unsere Liebe, die so viel durchgestanden hat, aber die wir nie aufgegeben haben. Sie wird zu Macht, die von uns auf den Stein übergeht, welcher uns einen Teil seiner Kräfte geliehen hat, um uns vom Tod zurückzuholen. Er verbindet sich mit uns. Nimmt unsere Kräfte in sich auf. Unsere gebündelte Macht prallt mit der der Ältesten aufeinander, doch wir sind stärker. Wir sind viel stärker als sie.

Eine gewaltige Lichtexplosion hüllt uns und die vor Entsetzen brüllenden Ältesten ein, als der Stein ihre Kräfte einzieht. Wir werden geblendet und schließen unsere Augen. Dann erlischt das Licht und die Ältesten brechen bewusstlos auf dem Boden zusammen. Die Ranken um meine Brüder lösen sich und meine Eltern erwachen aus ihrer Starre.

Mich befällt Schwindel und ich falle ebenfalls. Ich muss blinzeln und befinde mich plötzlich wieder in der Zwischenwelt, in die ich heute schon so oft hin- und hergewechselt bin. All die Opfer des Beschlusses tauchen wieder vor mir auf. Sie lächeln. Sie lächeln tatsächlich und mich befällt ein tiefes Gefühl von Frieden. Ein gleißendes Licht breitet sich überall aus, hüllt all die Natura ein. Ich sehe sogar Elsurions Schwester, die beim Angriff der Orks von der Rede umkam. Ich habe noch das Bild vor Augen, wie sie blutend auf dem Boden lag. Jetzt trägt sie keine Spuren ihres Todes mehr. Sie ist in strahlendes Weiß gehüllt, ihr Gesicht wirkt so lebendig. Sie lächelt.

»Bitte richte meinem Bruder aus, dass ich ihn liebe und wir uns irgendwann wiedersehen werden«, bittet sie mich.

»Das werde ich«, verspreche ich ihr.

Aislinn, Cian, Shon, Kay, Noah, Talorion und Delavar stehen als Letztes da. Sie blicken mich an. In den Augen der Elfenrebellen liegt kein Hass mehr, sondern Frieden.

Cian sieht mich an. »Unsere Familien.«

»Ich werde mich um sie kümmern«, garantiere ich ihm. »Darauf hast du mein Wort. Darauf habt ihr alle mein Wort.«

Er nickt erleichtert. »Danke.«

Aislinn lächelt. Sie steht an der Seite einer Frau, die ihr sehr ähnlich sieht – ihre Mutter. Und neben ihr befindet sich ihr Vater, der die Arme um die Taille seiner Frau geschlungen hat und glückselig lächelt. Er muss im Kampf gestorben sein.

Delavar tritt auf mich zu und legt mir eine Hand auf die Schulter. Stolz schaut er mich an, während ich am liebsten heulen würde. »Ich bin so stolz auf dich, Lucy. Wie ich schon einmal sagte: Du wirst eine großartige Königin sein.«

Trauer befällt mich bei der Erinnerung an den Tag, als er in mein Zimmer in dem Dorf der Rebellensympathisanten kam und sich mit mir kurz unterhielt. Und ich war so pampig zu ihm, weil ich sauer war, weil er und Freya mich all die Jahre über angelogen hatten. Jetzt bereue ich mein Verhalten.

»Ich werde dich so vermissen.« Ich kann hier nicht weinen. Doch ich spüre, wie ich von Trauer erfüllt bin.

Delavar lächelt ebenfalls betrübt. »Pass für mich auf Freya und Gregor auf. Sie sollen sich wegen mir zu nichts verpflichtet fühlen, sondern auf ihre Herzen hören.«

Ich weiß, was er meint. Freya hat sowohl Gregor als auch Delavar geliebt. Womöglich hat sich ihr Herz gar nicht für einen von beiden entschieden.

»Ich werde dich auch vermissen, Lucy. Doch jetzt kann ich wenigstens meinen Sohn kennenlernen.« Er schaut liebevoll zu Talorion, dem gemeinsamen Sohn von ihm und Freya, der seinen Blick mit derselben Zuneigung erwidert. Auch sein Leben war auf einer Lüge aufgebaut gewesen, weil Reagon behauptet hatte, er wäre sein Sohn. Er war von Reagon manipuliert worden, mich zu töten, weshalb Aislinn ihn zuvor erschossen hatte.

»Nur, weil ich tot bin heißt das nicht, dass ich nicht trotzdem bei euch sein kann«, fährt Delavar fort.

Obwohl ich Trauer verspüre, weil Aislinns komplette Familie gestorben ist, Freyas Sohn und Delavar, der Vater ihres Kindes, tot sind, und mich die Schuldgefühle erdrücken, weil ich bei der Ermordung der Elfenrebellen trotz der Manipulation einfach dagestanden bin und dabei zugesehen habe, wie sie getötet wurden, befällt mich ein seltsames Gefühl von Ruhe, das sich in mir ausbreitet, als sie sich nach und nach auflösen. Sie alle haben jetzt ihren Frieden gefunden. Und nicht nur sie. Auch ich.

All die schlimmen Dinge und Tode, die ich miterleben musste, all die schrecklichen Erinnerungen, die mich immer wieder verfolgten, fallen von mir. Wenngleich ich sie nicht vergessen werde, kann ich endlich mit den Ereignissen abschließen.

»Nein!«, ertönt da auf einmal Daans Stimme.

Der Nebel verwischt und ich befinde mich wieder auf dem Zentrumsplatz. Die Ältesten liegen nach wie vor stöhnend auf dem Boden. Meine Brüder knien bei unseren Eltern und helfen ihnen gerade hoch. Ihre Köpfe haben sich in eine Richtung gedreht. Ich folge der Richtung, aus der der Aufschrei kam und sehe noch, wie Daan nach vorne stürmt. Er greift nach dem Stein, der mutterseelenallein auf dem blutdurchtränkten Gras liegt. Im selben Moment, als sein Vater ihn berührt.

KAPITEL 32

Ich kann fühlen, was er fühlt. Denken, was er denkt. Mehrere Stromstöße durchjagen ihn, doch er lässt nicht los. Auch nicht, als der Stein so heiß wird, dass er sich die Finger daran verbrennt. Er nimmt die Hitze in sich auf, lässt sie durch seinen Körper hindurchjagen und leitet sie in Wärme umgewandelt in den Boden.

Er kämpft gegen seinen Vater an, der einfach aus dem Nichts aufgetaucht ist. Doch er ist zu stark. Immer mehr Hitze strömt auf Daan zu und raubt ihm die Luft zum Atmen. Ich habe solche Angst, dass er erstickt! Ich muss etwas tun. Ich wünschte, er könnte mich spüren. Ich wünschte, er könnte meine Liebe spüren.

Gerade, als sein Vater ihn zu überwältigen scheint, verändert sich etwas in Daan. Er scheint Kraft zu schöpfen und damit stemmt er sich gemeinsam gegen die Kraft seines Vaters. Etwas ruckt in mir und ich verstehe, dass ich ihm über unsere Seelenbindung meine Energie geschickt habe. Das Licht wird immer heller, bis es explodiert und sein Vater und Daan zurückgeworfen werden.

Mit einem harten Aufprall kommt Daan auf dem Boden auf. Doch er ist schnell wieder auf den Beinen und stellt sich seinem Vater entgegen, der ihn wütend anblitzt.

Er hebt die Hände, als wolle er ihn mithilfe seiner Kräfte angreifen, doch nichts passiert. Vor Entsetzen weitet er die Augen. »Nein! Was hast du getan?!«

Daan erwidert seinen Blick fest. »Du wolltest den Stein und seine Macht, du wolltest die ganze Macht für dich haben. Der Stein lässt sich nicht als Instrument missbrauchen. Er soll das Gleichgewicht wiederherstellen. Unsere Kräfte wurden uns nicht gegeben, um Macht auszuüben, sondern um unsere Völker zu beschützen. Wir sind ihre Hüter und nicht ihre Herrscher.«

Er sieht ihn lange an. »Du hast dich verändert, mein Sohn.«

»Nenn mich nicht deinen Sohn«, erwidert Daan zornig.

»Daan«, betont er und sieht ihn an, als mehrere Koboldsoldaten auf Daans Wink hin an ihn herantreten und ihn festnehmen. »Du hast dich verändert. Durch dieses Elfenmädchen. Lucyana. Sie hat dich nicht geschwächt, sie hat dich nur noch stärker gemacht. Ich sehe in dir nicht mehr meinen Thronfolger«, murmelt er müde. Er weiß, dass er endgültig verloren hat.

Doch obwohl Daan ihn besiegt hat, verspürt er kein Siegesgefühl. Eher eine Leere und tiefe Erschöpfung, die ihn ausfüllt. Auch wenn er ein Tyrann ist, ist er immer noch sein Vater. Die Worte seines Vaters schmerzen. Aber dann tut er etwas, das weder ich noch Daan erwartet haben. Unter den wachsamen Blicken seiner Bewacher nimmt er seine Krone herunter und starrt nachdenklich darauf, ehe er Daan in die Augen blickt. »Du bist nicht mehr der Thronfolger, weil du jetzt der König bist.«

Meine Eltern und Brüder sowie Gregor und Freya stehen abwartend neben mir. Ich halte den Atem an, als Turan seinem Sohn, welcher vor Verblüffung ganz erstarrt ist, die Krone aufsetzt. Er schenkt Daan ein beinahe väterliches Lächeln. Seine Augen glänzen verdächtig, doch er zwinkert schnell und jegliches Gefühl ist aus ihm gewichen. Er ist wieder der eiskalte Koboldkönig. Allerdings wirft er mir noch einen kurzen Blick zu. Er nickt mir zu, als hätte er es verstanden. Er weiß, dass er verloren hat. Und er hat es akzeptiert. Im Gegensatz zu den Ältesten, welche sich protestierend wehren, lässt sich Turan widerstandslos abführen, während Daan ihm mit offenem Mund hinterher starrt.

»Hat er gerade ... hat er gerade ...«, stottert er genauso verblüfft, wie ich mich gerade fühle.

»Ja, er hat«, sage ich.

Daan sieht mich an. Da falle ich ihm auch schon um den Hals. Dabei rutscht die Krone von seinem Kopf und fällt in die Wiese. Doch Daan beachtet sie nicht. Stattdessen schließen sich seine Arme sofort um mich. Am liebsten würde ich ihn gar nicht mehr loslassen. Ihm scheint es genauso zu gehen, denn er drückt mich fest an sich.

»Verdammt Lucy«, flüstert er, ehe er mein Gesicht in seine Hände nimmt und mich so leidenschaftlich küsst, dass ich mich an seinen Schultern festhalten muss, um nicht zurückzustolpern.

»Ich liebe dich. Ich liebe dich so sehr«, murmelt er immer wieder und küsst mich, als könne er es noch gar nicht glauben, dass wir tatsächlich überlebt haben.

»Ich liebe dich auch«, gebe ich atemlos zurück.

Unsere Hände verschränken sich ineinander, als wir uns schließlich umdrehen und uns dem Bild stellen, das sich uns zeigt. Überall liegen bewusstlose oder tote Natura herum. Viele von ihnen sind verwundet und bluten. Erste Rettungsteams sind bereits bei ihnen, um Erste Hilfe zu leisten. Die Säulen und Bäume des Zentrumsplatzes sind alle nahezu zerstört oder verbrannt. Manche umliegende Häuser liegen in Schutt und Asche. Dunkle Rauchsäulen steigen in den Himmel. Die Straßen gleichen einem Schlachtfeld. Auch sie sind voller Leichen und Verletzter. Doch die Armee der Ältesten hat sich ergeben. Sie sind alle geflohen oder haben aufgehört zu kämpfen. Der Krieg ist vorbei.

Etwas fällt auf meine Nase. Als ich in den Himmel blicke, erkenne ich, dass es Asche ist. Sie rieselt wie grauer Schnee auf uns herab.

»Die Prophezeiung hat sich bewahrheitet«, flüstert Lorcan, der neben mich getreten ist, den Blick auf den Ascheregen geheftet. Wind fährt durch sein Haar. Blutige Striemen ziehen sich über sein Gesicht, doch ansonsten wirkt er weitgehend unversehrt.

»Der Phönix wird sich aus seiner Asche erheben. Seine Asche wird auf sie herabregnen«, zitiert er und sieht mich an. »Der Phönix ist ein Zeichen von Wiedergeburt. Phönix wird sich aus seiner Asche erheben. Ein neues Zeitalter ist angebrochen.«

Ich nicke. Die Prophezeiung stimmt tatsächlich. Ein altes Unrecht wurde aufgedeckt – die Lüge, wir wären alle verschieden, obwohl wir von ein und demselben Volk abstammen. Ein Bruder, der fallen musste. Sie war nicht nur auf Daan und mich bezogen. Sie war auf uns alle bezogen. Auf die Elfen und die Kobolde.

Drache und Adler sind sich im Kampf begegnet. Nur ein Volk hat überlebt – nämlich wir alle. Die Natura.

KAPITEL 33

Nur weil der Krieg zu Ende ist, heißt das nicht, dass jetzt wieder alles gut ist. Der Frieden muss weiterhin beibehalten werden, was viel Zeit und Arbeit bedeutet. Unsere Eltern müssen unzählige Sitzungen mit ihren Beratern, den anderen Königspaaren und weiteren Räten abhalten, um die Regierung aufrechtzuerhalten.

Doch vor ihren wichtigen Sitzungen nehmen sie sich noch für uns Zeit. So begeben sie sich direkt, nachdem wir in den Palast zurückgekehrt sind, mit mir und meinen Brüdern in den Konferenzsaal unseres Palastes. Hier haben wir schon so viel erlebt. Wir hatten so viele Diskussionen und Streits wegen Daan, meinem und ihrem Verhalten. Unzählige Tränen wurden vergossen. Doch heute sind wir nicht hier, um zu streiten.

Kaum dass sich die Tür hinter meinem Vater geschlossen hat und wir allein sind, liegen wir uns weinend in den Armen.

»Was ihr getan habt, war sehr gefährlich«, schimpft unser Vater, doch sein Blick ist voller Wärme. »Aber sehr mutig. Ihr wart alle drei so mutig. Wir sind so unfassbar stolz auf euch.«

»Und so glücklich, dass wir wieder vereint sind. Es gab eine Zeit, da haben wir nicht mehr daran geglaubt, euch je wiederzusehen«, gibt unsere Mutter zu. »Wir haben so viel verpasst.« Tränen schwimmen in ihren Augen. »Wir haben eure Jugend verpasst. Und jetzt seid ihr schon so erwachsen. Eigentlich sollten Eltern ihre Kinder beschützen, doch jetzt wart ihr es.«

»Aber nur, weil wir zusammengehalten haben«, meint Dylan. »Allein hätten wir es gar nicht geschafft. Und ja, wir haben viele Dinge verpasst. Doch wir haben jetzt die Möglichkeit, diese Dinge nachzuholen.«

»Wir können endlich wieder eine Familie sein«, fügt Danny glücklich hinzu. »Ohne Verrat oder Geheimnisse.«

Mein Blick fällt auf die Ringe an ihren Fingern, auf denen das Symbol mit dem Auge innerhalb des Pentagramms zu sehen ist. Unsere Eltern, denen mein Blick nicht entgangen ist, sehen sich an.

»Es gibt noch etwas, zu dem die Ältesten uns gezwungen haben. Etwas, das wir dir sagen wollten, aber nicht konnten. Doch jetzt …« Mutter unterbricht sich und ich sehe, wie viel Überwindung es sie kostet.

Mein Herz klopft schneller, als ich schweigend, aber gespannt auf ihre Erklärung warte. »Wir steckten gerade mitten in den Verhandlungen mit den Kobolden, weil es da wie immer einige Differenzen aufgrund der Grenzteilungen gegeben hatte. Die Ältesten haben uns verboten, dich zu sehen. Sie wollten nicht, dass wir emotional voneinander abhängig werden.« Meine Mutter greift nach meiner Hand. »Als wir erfahren haben, dass du wieder zurück bist auf Phönix, wollten wir sofort aufbrechen. Wir hätten dich damals so gern gesehen. Aber es ging nicht anders. Wir mussten den Ältesten gehorchen.«

Ein Stein fällt von meinem Herzen. Monatelang habe ich geglaubt, sie wollten mich nicht sehen, derweil waren sie von den Ältesten dazu gezwungen worden! Wie schwer musste es für sie gewesen sein, ihre wahren Wünsche und Bedürfnisse zurückzuhalten? Wie schwer musste es für sie gewesen sein, all diese Opfer hinzunehmen?

»Wenn wir schon bei Geheimnisenthüllungen sind, können wir euch gleich etwas anvertrauen, das niemand außer Freya und Gregor weiß«, meint Vater mit gesenkter Stimme und sieht uns ernst an. »Einige unserer Verwandten waren Angehörige des Ältestenrats, teilten deren Werte und Normen, deren Meinung. Von denen hätten wir keine Unterstützung bekommen. Wir konnten nicht offen gegen die Ältesten vorgehen. Sie hätten uns auf der Stelle manipuliert oder exekutiert und andere Elfen auf den Thron gesetzt. Wir mussten verhindern, dass die Ältesten allein regieren. Also haben wir alles getan, was sie von uns verlangten.«

»Auch, wenn es Opfer von unserem Volk forderte«, fügt Vater noch hinzu.

Sowohl meinen Brüdern als auch mir fehlen die Worte.

»Ihr sagtet, ihr wärt offen nicht gegen sie vorgegangen«, murmelt Danny stirnrunzelnd.

Unser Vater lächelt, als hätte er genau auf diese Reaktion gewartet. »Wir haben nur unsere Rollen gespielt, die die Ältesten für uns vorgesehen hatten. Im Geheimen traten wir dem *Auge* bei, einem inneren Kreis von Royals, der von euren Großvätern gegründet wurde und die gegen das Regierungssystem rebelliert haben. Da wir uns nicht getraut haben, öffentlich gegen die Ältesten und ihre Anhänger vorzugehen, haben wir diejenigen unterstützt, die genau dies getan haben. Auch wenn wir ihnen nur finanziell helfen konnten«, erklärt unsere Mutter und macht eine Pause.

Verwirrt sehen wir uns an, als es mir langsam dämmert. »Aber ...« Ich bekomme meinen Mund gar nicht mehr zu. Mir fehlen die Worte. Ebenso wie meinen Brüdern.

Vater lächelt. »Glaubt ihr, die Rebellen wären nur durch Stehlen an so viele Waffen gekommen? Oder hätten allein ein so gewaltiges Untergrundnetzwerk erschaffen können? Für so etwas braucht man Geld.«

»Was soll das heißen?«, hake ich nach.

»Wir mussten die Rebellen und die Armen irgendwie unterstützen«, erklärt Mutter. »Also haben wir ihnen anonym Geld zukommen lassen. Für Verpflegung, medizinische Versorgung und Waffen. Wir haben die Rebellen finanziell unterstützt und ihnen diesen Unterschlupf ermöglicht.«

»Die Rebellen haben gar keinen wirklichen Anführer«, fährt Vater fort. »Es sind alles Natura, die gegen die Regierung rebelliert haben und jemanden gebraucht haben, der sie zusammenhält.«

»Und das war Gregor«, schlussfolgere ich.

Unsere Eltern nicken. »Offiziell war Gregor der Anführer, doch all die finanziellen Mittel kamen von uns.«

Daher also die Waffen und das alles. Das erklärt auch, weshalb Lorcan meinte, die Rebellen hätten keine Verbandsmaterialien oder Versorgungsmittel mehr bekommen, als es immer ernster wurde mit den Ältesten. Unsere Eltern standen unter solcher strengen Beobachtung, dass sie den Widerstandskämpfern nichts mehr zukommen lassen konnten. Meine Eltern haben jahrelang das böse Königspaar gespielt, derweil sind sie das größte Risiko eingegangen.

»Wir können die neun Jahre und alles, was danach geschehen ist, nicht mehr rückgängig machen. Wir waren nie für euch da, wie wir als Eltern für euch hätten da sein sollen. Und das tut uns unendlich leid«, sagt unser Vater. »Aber wir hoffen, dass wir eine neue Chance bekommen. Dass wir uns einander wieder nähern können. Dass wir irgendwann wieder eine richtige Familie sein können. Und dass wir gemeinsam unsere Welt wiederaufbauen können.«

»Wir wollen, dass nicht nur die Könige und Königinnen gehört werden«, fährt Mutter fort. In ihren Augen funkelt Entschlossenheit. »Wir wollen, dass auch ihr Mitspracherechte habt und eure Ideen miteinbringen könnt. Ihr seid zwar noch sehr jung, aber ihr habt gezeigt, dass ihr euch gegenseitig unterstützt und die Meinungen der anderen anhört. Ihr habt gezeigt, dass ihr das Zeug dazu habt, ein Volk zu führen. Die Macht soll nicht nur auf wenige verteilt sein, damit keine Diktatur oder Ähnliches entstehen kann. Und wir wollen, dass auch das Meeresvolk und die Orks anerkannt werden und Stimmen bekommen. Ich habe schon vor Jahren an einem Projekt gearbeitet, dass wir jetzt endlich in die Tat umsetzen können. Alle sollen gleichberechtigt sein. Egal, aus welchem Volk sie kommen.«

»Das ... das klingt toll«, sage ich begeistert als auch berührt. Ich kann das alles noch gar nicht richtig fassen. All die Monate über habe ich sie dafür verurteilt, dass sie ihrem Volk nicht geholfen und einfach so über diese Ungerechtigkeit hinweggesehen haben. Derweil haben sie die ganze Zeit über versucht zu helfen.

Eine Weile herrscht eine tiefe Stille zwischen uns, in der wir uns nur gegenseitig ansehen, als könnten wir nicht glauben, einander gegenüberzustehen. Es kommt mir so vor, als hätten wir durch dieses Gespräch einige Lücken geschlossen, die die letzten Monate in unsere Familie gerissen haben. Es fühlt sich so an, als hätten wir die Vergangenheit hinter uns gelassen, um in die Zukunft blicken zu können. Zusammen. Als Familie.

»Wir haben euch so lieb«, schluchzt meine Mutter los.

»Wir euch auch«, sagen Dylan, Danny und ich gleichzeitig.

Dann liegen wir uns wieder in den Armen. Meine Brüder, ich und meine Eltern. Ich schließe die Augen, genieße das erleichterte Lachen meiner Brüder und meiner Eltern. Es ist vorbei. Wir haben es geschafft. Zwischen den Völkern herrscht Frieden, der Beschluss wurde abgeschafft. Wir haben überlebt und wir haben wieder zusammengefunden. Zwar haben wir Leute verloren, die wir lieben, doch ich weiß, dass ich Delavar immer in meinem Herzen behalten werde. Ich werde all die Opfer, die dieser Krieg gefordert hat, nie vergessen.

Doch jetzt, für diesen Augenblick ist mir meine Familie wichtiger. Das einzige, was in diesem Augenblick zählt, sind meine Brüder und meine Eltern. Ich nehme diesen Moment in mich auf, damit ich ihn nie wieder vergesse. Wir sind wieder eine Familie beziehungsweise auf dem besten Weg, wieder eine Familie zu werden. Wir können endlich einen Neuanfang machen. Zusammen. Als Familie.

EPILOG – VIER JAHRE SPÄTER

Heute ist ein ganz besonderer Tag. Vor lauter Aufregung habe ich kaum geschlafen. Meine Knie sind ganz weich und es fiel mir schon sehr schwer, still zu stehen, als mir bei meinem Kleid überziehen geholfen wurde oder als meine Mutter mir ein paar meiner Haarsträhnen nach hinten geflochten hatte.

Meine Nervosität wird noch größer, als wir auf die große Bühne des neu errichteten Zentrumsplatzes treten. Hier sind so viele Natura beim Kampf gegen die Ältesten ums Leben gekommen. Doch er ist ein Zeichen dafür, dass alle fünf Völker zum ersten Mal zueinandergehalten und miteinander gegen ein so großes Unrecht gekämpft haben.

Heute wurde er sehr schön herausgeschmückt. Über die Säulen rankt sich Efeu. Alles ist voller Blumen und Stühle, auf denen Elfen, Kobolde, Elben, Meeresleute und Orks Platz nehmen. Hin und wieder werden den Orks noch ängstliche Blicke zugeworfen. Manche von den Orks wirken nervös, als fühlten sie sich fehl am Platz. Von heute auf morgen können wir den Orks und unseren Völkern das gegenseitige Misstrauen nicht nehmen. Es wird noch eine Weile dauern, bis die Vorurteile überwunden sind, aber meine Mutter ist sehr zuversichtlich. Und ich bin es auch. Feen schwirren aufgeregt umher. Einige Einhörner, Pegasi und Alicorns stehen an den Seiten. In ihre Haare wurden Blumen geflochten. Die Dryaden haben die Baumkronen ihrer Bäume weggebeugt, sodass die Kuppel offen ist und das warme Sonnenlicht des wolkenlosen Himmels auf uns herabstrahlt. Nichts deutet mehr darauf hin, dass hier vor Jahren ein Blutbad stattgefunden hat. Nur ein Denkmal an einer der Säulen des inneren Rings erinnert an die Opfer und den schrecklichen Tag, der zugleich aber auch die Befreiung aus der Tyrannei der Ältesten war.

Ich bin nervös, dabei brauche ich das eigentlich nicht zu sein. Ich habe schon Schlimmeres durchgemacht. Ich hatte mehrmals den Tod vor Augen. Habe Leute verloren, die ich geliebt habe. Ich habe mich meinen größten Ängsten gestellt. Obwohl es mich viel Überwindungskraft gekostet hat, habe sogar die Familien von Cian, Shon, Kay und Noah besucht. Obwohl sie nicht mit mir geredet haben, weiß ich, dass sie etwas auf dem Herzen hatten. Sie haben sich um ihre Hinterbliebenen gesorgt, um ihre Familien, die nach ihrem Tod ohne sie auskommen mussten.

Ich habe Cian ein Versprechen gegeben. Also habe ich ihre Familien besucht. Dabei wollten mich meine Leibwächter begleiten, aber ich wollte die Familien nicht einschüchtern, deshalb nahm ich nur Lorcan mit, der als ehemaliger Rebell notfalls zwischen uns hätte verhandeln können. Es war schwer, ihren Familien gegenüberzutreten, sich in ihren Häusern, als sie mich hereinließen und ich mich umsah, vorzustellen, wie die Elfen dort gelebt hatten. Bilder von ihnen an der Wand hängen oder auf Kaminen stehen zu sehen, wie sie mit ihren Eltern oder Geschwistern glücklich in die Kamera lächelten. Sie haben gelebt. Sie hatten alle Ziele, Träume, Natura, die sie liebten. Sie waren so jung, so unbeschwert. Aber sie mussten aufgrund dieses grausamen Verbrechens, das die Ältesten ganz Phönix angetan haben, sterben.

Wir können sie nicht mehr zurückholen, dafür habe ich ihren Familien finanzielle Absicherungen und Ausbildungsplätze für die Kinder zugesichert, damit sie in der Zukunft versorgt sind. Das ist alles, was ich für die Hinterbliebenen tun kann.

Seit dem Ausgang des Krieges ist Phönix im Umbruch. Wir haben uns gemeinsam mit allen Königsfamilien und Vertretern der Bürger, Meeresleute, Orks und Rebellen zusammengesetzt und neue Gesetzesentwürfe ausgearbeitet, die nacheinander verabschiedet wurden. Es gibt eine neue Regierung. Die Königsfamilien bleiben nach wie vor an der Macht und müssen sich an ihre Aufgabe als Hüter ihrer Völker halten. Dafür haben wir die Regierungsmacht geteilt. Ein König und eine Königin sowie ein weiblicher und ein männlicher bürgerlicher Vertreter aus jedem Volk bilden den inneren Kreis der Regierung. Die Ältesten eines jeden Volkes dienen nur noch als Beratungsorgan. Wir haben demokratische Wahlen eingeführt und die Möglichkeit der Bürger, Petitionen einzureichen.

Auf Freyas und meinen Vorschlag hin haben wir uns ein Beispiel an der Erde genommen und unveränderbare Gesetze festgelegt. Eines davon besagt, dass die Würde und das Leben von Natura unantastbar sind. Woraus folgt, dass die Todesstrafe sowie Folter verboten sind. Das Gesetz des Verbots von gleichgeschlechtlicher Liebe wurde aufgehoben. Es gibt Forschungen, die sich mit den fünf Völkern und ihrer Vermischung beschäftigen.

Auf Phönix kehrt langsam Frieden ein. Der Krieg und dessen Ausgang hat viel verändert. Wir haben uns verändert. War ich anfangs noch total gegen mein Erbe gewesen, nehme ich es heute an. Zwar bin ich nach wie vor unsicher, ob ich es schaffe, eine gute Königin zu sein, doch ich weiß, dass ich meine Familie an meiner Seite habe, die mich unterstützt. Meine Familie und meine Freunde, die immer hinter mir stehen. Egal, was ist.

Ich drehe mich kurz um und blicke in die abwartenden Gesichter meiner Freunde, die in der ersten Reihe sitzen. Ich entdecke Lorcan, der neben Dhara hockt. Er begann nach seinem Abschluss an der Akademie eine Ausbildung als Leibwächter an unserem Palast und trat sozusagen in die Fußstapfen seines Vaters. Jetzt ist er mein Leibwächter, dem ich voll und ganz vertraue und der nach wie vor neben Aaron mein bester Freund ist und der immer zu mir kommt, wenn ihm etwas auf dem Herzen liegt und umgekehrt.

Ich erinnere mich noch genau, wie er an einem schönen Nachmittag in unserem Palastgarten auf mich zukam und fragte, wie ich festgestellt hatte, dass ich Daan liebte.

»Du bekommst Herzflattern, wenn du nur an sie denkst. Du willst alles dafür tun, dass diese Person glücklich ist. Und wenn sie unglücklich ist, bist du es auch und willst sie wieder glücklich machen. Du liebst diese Person von ganzem Herzen«, hatte ich gesagt, weil mir nicht mehr darauf eingefallen war. »Warum fragst du?«

Er lächelte und sein Gesicht nahm einen verträumten Ausdruck an. »Weißt du noch, wie ich in den Tunneln meinte, dass ich hoffe, dass ich meine Seelenpartnerin, die zu mir passt, irgendwann einmal finden werde?«

Ich nickte und er blickte zu Dhara, die gerade in der Nähe stand und sich mit meinen Brüdern einen Wettkampf im Bogenschießen lieferte, bei dem alle gleich gut waren. »Ich glaube, ich habe sie gefunden.«

Es hatte eine Zeit lang gedauert, bis sie zusammenkamen. Doch jetzt sind sie sogar verlobt.

Auch Aaron und Reena, die neben ihnen sitzen, sind glücklich miteinander. Aaron zwinkert mir zu. Er hat vor einem Jahr den Thron bestiegen, nachdem seine Eltern abgedankt haben. Die beiden sind bereits verheiratet und haben ein Kind. Einen kleinen Jungen, den Aaron auf seinen Schoß gesetzt hat und der neugierig in die Menge blickt.

Auf ihrer anderen Seite befinden sich Siana und Alainna, die kurz nach dem Ende des Kampfes geheiratet haben. Niemand sagt mehr etwas, obwohl sie von zwei verschiedenen Völkern stammen, obwohl sie zwei Frauen sind, obwohl sie ein Kobold- und ein Orkkind um sich herumwuseln haben, die sie adoptiert haben. Jeder kann offen seine Liebe zeigen und mit jedem eine Familie sein, mit dem er will.

Ich wünschte nur, Aislinn und Delavar wären jetzt hier und könnten all das sehen. Ich wünschte, sie wären hier, um diesen Moment gemeinsam mit mir zu erleben. Kurze Trauer befällt mich, weil ich sie so sehr vermisse. Aber ich weiß, dass sie über mich wachen und hinter mir stehen. Nur, weil ich sie nicht sehen kann, bedeutet das nicht, dass sie nicht da sind.

Ich spüre ein mir wohlbekanntes Prickeln im Nacken. Mein Herz bleibt kurz stehen, als ich den Kopf drehe und in eisblaue Augen blicke. Obwohl wir jetzt bereits seit Jahren zusammen sind, fühlt es sich jedes Mal wieder wie das erste Mal an. Ich bin verdammt verliebt in ihn. Und er auch in mich. Ein unverkennbares Strahlen breitet sich auf seinem Gesicht aus, als er mich anlächelt. Er hält mir die Hand hin und wir verschränken unsere Finger miteinander.

»Du machst doch jetzt keinen Rückzieher, Sternchen?«, neckt er mich.

Ich schenke ihm ein Lächeln. *»Nein, und du?«*

»*Nein.*« Er klingt fest entschlossen.

Auf diesen Moment wurden wir vier Jahre lang vorbereitet. Laut den Gesetzen von Phönix sind wir nun erwachsen und bereit, den Thron zu besteigen. Bis heute haben meine Eltern die Elfen regiert, während Gregor als vorübergehender Regent Turans Posten übernahm, Daan nach unserem Abschluss an der Akademie, den wir erst noch machten, jedoch in alle Sitzungen und Termine miteinbezog.

Ich erinnere mich an die Gespräche mit unseren Eltern und Beratern, die uns unsere Aufgabe und Verantwortung noch einmal näherbrachten. Eigentlich wäre Dylan der rechtmäßige Thronfolger der Elfen. Und ich weiß auch, dass er sie gut regiert hätte. Aber er hat freiwillig verzichtet, um mir den Vortritt zu lassen.

»Ihr wisst, welche Verantwortung ihr tragen müsst«, haben meine Eltern mir nochmal ins Gewissen geredet. Obwohl sie da noch König und Königin waren, haben sie schon zu dieser Zeit eher die Beraterrolle eingenommen. Sie wissen am besten, wie es ist, König und Königin zu sein. »Irgendwann werden wir nicht mehr da sein und euch helfen können, wenn ihr einmal nicht weiterwisst. Nur weil wir unsere größten Feinde besiegt haben, bedeutet das nicht, dass nun dauerhaft Frieden herrscht. Es wird immer Gegner der Krone geben.«

»Aber wenn du das wirklich willst, dann werden wir dich soweit unterstützen, wie es uns möglich ist«, meinte Vater.

»Wir stehen gemeinsam hinter dir«, kam es von Dylan.

»Als Familie«, hatte Danny noch hinzugefügt.

Meine Brüder wurden nach dem Ende des Kriegs, als ich zugestimmt habe, meinen Platz an erster Stelle der Thronfolge einzunehmen, als meine offiziellen Berater ausgebildet.

Und jetzt steht meine Familie tatsächlich hinter mir und wartet auf meine Krönung. Sie alle tragen Anzüge und Kleider, die zu ihren Augen passen und lächeln mir aufmunternd zu. Meine Eltern und Freya werfen mir stolze Blicke zu. Danny, der seine Hand mit der seiner Freundin Livia verschränkt hat, und Dylan grinsen zu mir hoch und recken die Daumen. Wenngleich wir uns neu kennenlernen mussten, sind manche Dinge noch wie früher. So auch die Albereien zwischen meinen Brüdern und mir. Ein warmes Gefühl durchfährt mich, weil ich so unfassbar glücklich bin, dass wir uns wiederhaben und uns so gut verstehen.

Ich lasse meinen Blick weiterschweifen. Aus den Augenwinkeln nehme ich eine Bewegung wahr und erstarre. In den hintersten Reihen sitzen in dunkle Gewänder gekleidete Gestalten. Ihre Gesichter kann ich nicht erkennen, da sie von Kapuzen verdeckt sind. Dennoch scheinen sie mich direkt anzustarren. Eine eiskalte Gänsehaut und ein ungutes Gefühl überkommen mich. Ich warte darauf, dass etwas Schlimmes passiert, doch nichts geschieht.

»Lucy, ist alles okay?« Daan blickt mich besorgt an.

Ich schüttle den Kopf. Ich bin einfach nur paranoid. Also setze ich ein Lächeln auf, das von Herzen kommt, als ich in seine Augen blicke. »Es ist alles in Ordnung.«

Gemeinsam wenden wir uns wieder um. Dann hole ich tief Luft und knie mich auf den Samtschemel vor mir.

»Lucyana Áquila, Prinzessin der Elfen, du hast tapfer gekämpft, dich sogar auf die Seite der Rebellen geschlagen, um gegen ein großes Unrecht vorzugehen und dein Volk zu beschützen. Du hast bewiesen, dass du mutig, verantwortungsbewusst und geeignet dafür bist, das Volk der Elfen bis zu deiner Abdankung oder deinem Lebensende zu führen. Hiermit erkläre ich dich zur …«, beginnt Derya, welche in einem silbern glänzenden Kleid vor uns steht.

Es ist mucksmäuschenstill geworden. Ich spüre alle Blicke auf mir, als meine Mutter nach vorne schreitet und nach der goldenen Krone greift, die auf einem Samtkissen gebettet liegt, das ihr ein Bewahrer-Elf hinhält. Sie hebt die Krone in die Höhe, welche im Sonnenlicht golden glänzt. Dann stellt sie sich vor mich und lächelt mich an. Ich entgegne ihrem aufmunternden Blick und senke den Kopf, wie es mir gesagt wurde, als sie die Krone auf meinem Kopf platziert. Das Metall ist schwer und unerwartet warm. »Königin Lucyana Áquila, Königin der Elfen«, endet Derya.

Von jetzt an bin ich nicht mehr die Prinzessin der Elfen, sondern die Königin der Elfen.

Nach mir folgt direkt Daan.

»Daan Dragón, Prinz der Kobolde. Auch du hast mutig gekämpft. Wie Lucy hast du dich sogar gegen deine eigene Familie gestellt, um dein Volk zu beschützen. Mit deinem Mut hast du bewiesen, dass es sich lohnt, nicht nur im Sinne der Krone, sondern im Sinne aller zu handeln. Dass die Völker zusammenhalten müssen. Du bringst all die wichtigen Tugenden mit, die dein Volk von seinem König braucht. Deshalb ernenne ich dich nun zum ...« Derya stoppt wieder und wartet auf Gregor, der anstelle von Ophelia, die mit Lily auf der anderen Seite steht und uns lächelnd betrachtet, die Krone von einem anderen Samtkissen nimmt.

Ehe Gregor ihm die Krone aufsetzen kann, blickt Daan kurz zu seiner Schwester, die ihm grinsend zuzwinkert. Seit der Gefangenschaft ihres Vaters ist Lily wie ihre Mutter richtig aufgeblüht. Daan und sie haben endlich genug Zeit füreinander.

Als er Lily zurückzwinkert, streift mich sein Blick. Dann wendet er sich Gregor ernst zu. Dessen Mundwinkel heben sich voller Stolz und er schenkt seinem Neffen einen seltenen liebevollen Blick, als er ihm die Krone aufsetzt. »König Daan Dragón, König der Kobolde!«

Alle Augen sind auf uns gerichtet, als wir uns gemeinsam zu unseren Völkern umdrehen. Zu all den Elfen, Schattenelfen, Elben, Kobolden, Schattenkobolden, Meeresleuten, Orks und anderen Wesen, die sich hier wegen uns versammelt haben. Unsere Familien verneigen sich vor uns. Meine Eltern und meine Brüder knien sich wie Daans Familie auf den Boden. Unsere Freunde folgen ihrem Beispiel. Immer mehr Natura schließen sich ihnen an, bis nahezu alle vor uns in die Knie gegangen sind und sich vor uns verneigt haben.

Ein merkwürdiges Gefühl bahnt sich in mir an. All diese Natura verbeugen sich vor uns. Ich bin gerührt über das Vertrauen, das die Elfen in mich haben. Aber ich habe auch Angst, den Erwartungen nicht gerecht zu werden und eine schlechte Königin zu sein.

Mich fasst neuer Mut, als sich eine warme Hand in die meine schiebt. Unsere Finger verschränken sich ineinander. Mit klopfendem Herzen blicke ich zur Seite und Daan in die eisblauen Augen. Daan, dem König der Kobolde, der bis in die Ewigkeit der Mann an meiner Seite sein wird. Und der Mann meiner Kinder. Lächelnd lege ich die andere Hand auf meinen leicht gewölbten Bauch und wende mich dann mit Daan unserem Volk zu.

Die vermummten Gestalten sind in der Menge untergegangen oder verschwunden. Vielleicht waren sie auch nur Einbildung? Aufgrund der vergangenen Ereignisse ist es kein Wunder. Ich kann zwar mit den Auswirkungen des Traumas umgehen, aber es wird nie verschwinden. Was geschehen war, bleibt. Das ungute Gefühl in meinem Magen hält an. Ich muss an die Warnung des kleinsten Ältesten denken.

Lucyana Áquila und Daan Dragón werden Kinder bekommen. Kinder, die so viel Macht in sich tragen werden, dass diese sie zerstören wird. Sie wird euch alle zerstören.

Angst kriecht in mir empor, die jedoch von Daan, der meine Hand festhält und mir seine Wärme und Zuversicht schickt, wieder abgedämpft wird.

»Gemeinsam«, flüstert er in meinem Kopf. *»Ich liebe dich, meine Königin, Sternchen-Lucy.«*

»Gemeinsam«, gebe ich mit einem flatternden Gefühl im Magen zurück. *»Ich liebe dich auch, mein König-Daan. Ich muss mir aber noch einen Spitznamen für dich überlegen.«*

»Und wir brauchen noch Namen für unsere Kinder«, fügt er mit einem liebevollen Blick auf meinen Bauch hinzu.

»Und das fällt dir ausgerechnet jetzt ein?«

Er grinst breit. *»Gibt keinen besseren Zeitpunkt, oder?«*

All die Elfen, Elben und Kobolde erheben sich wieder. Jetzt werfen sie verschiedene Blumen und Blumensträuße in die Höhe. Feen schwirren noch aufgeregter umher und hüllen uns in einen silbergoldenen Glitzerregen. Die Einhörner stampfen mit ihren Hufen in den Boden, Pegasi und Alicorns haben sich in die Luft erhoben und ziehen gemeinsam mit ein paar Drachen, welche aufgrund des Platzmangels in der Luft bleiben mussten, über uns

Kreise. Um uns herum erheben sich die Stimmen unserer Völker. Wie ein donnernder Orkan brechen sie über uns hinweg.

»Lang lebe die Königin der Elfen. Lang lebe der König der Kobolde! Lang lebe das Königspaar!«

ENDE

DANKSAGUNG

Die Geschichte von Lucy und Daan ist nun abgeschlossen. Ich kann es immer noch nicht ganz glauben, dass meine Idee, die ich mit zehn Jahren mit meinen Puppen spielte und aufschrieb, es jetzt so weit gebracht hat. Es gibt eine Reihe von Leuten, die mir dabei geholfen haben und denen ich gern danken möchte.

An erster Stelle steht das Team von Impress. Danke, dass ihr diese Reihe genommen und ihr eine Chance gegeben habt. Insbesondere danke ich Nicole für die tolle Betreuung und deine Geduld mit mir. Ich hätte mir für *Prinzessin der Elfen* kein besseres Zuhause vorstellen können. Danke auch an das Formlabor für die unglaublich schönen Cover. Ich bin echt begeistert!

Ein weiterer Dank gilt meiner Lektorin Lisa, danke für deine Kritik und deine Anmerkungen beim Lektorat. Dir fällt alles auf, wo ich keine Augen dafür habe. Es war sehr schön, mit dir zusammenzuarbeiten.

Der nächste Dank gilt wieder meinem Schreibbuddy Saskia. Ich kann dir nicht genug danken für deine Unterstützung und deine Ratschläge, wenn ich eine zweite Meinung brauche. Danke für deine Freundschaft, ich bin so froh, dass wir uns kennengelernt haben.

Ein weiterer Dank gilt Verena. Ich habe in dir nicht nur eine Autorenfreundin, sondern auch eine sehr gute Freundin gefunden, auch wenn die Entfernung noch so groß ist. Danke, dass du mich immer unterstützt hast und für mich da warst, wenn ich dich gebraucht habe. Das schätze ich sehr an dir. Bleib so, wie du bist! Möge unsere Freundschaft noch viele Salatschüsseln währen.

Es klingt vielleicht ein wenig komisch, doch ich möchte auch mir selbst danken. Es gab viele Leute, die nicht geglaubt haben, dass ich es soweit schaffen könnte. Deshalb danke ich mir selbst dafür, dass ich hinter meiner Idee stand, an mich geglaubt habe und Lucy und Daan nicht aufgegeben habe. Es lohnt sich, für seine Träume zu kämpfen.

Ein großer Dank geht an meine Wattpad-Leserinnen und Leser, die bei jedem neuen Kapitel mitgefiebert und mich motiviert haben, weiterzuschreiben. Danke für eure Kritik und eure lieben Kommentare. Danke auch für eure Fancover. Danke für eure Unterstützung. Das hat mir unglaublich viel bedeutet.

Zuletzt danke ich euch Lesern. Danke, dass ihr Lucy und Daan eine Chance gegeben und ihre Geschichte bis zum Ende mitverfolgt habt. Danke für die Zeit, die ihr euch für die Rezensionen oder eure lieben Nachrichten nehmt.

Vielleicht lesen wir uns bald wieder.

Eure Nicole

Die Macht der Elemente

Tauch ein in die magische Welt der Feen!

Leni Wambach
Ein Königreich aus Feuer und Eis (Die Feenwelt-Reihe 1)
Softcover
ISBN 978-3-551-30151-2

Die Magie der Flammen

Jennifer Wolf
Feuerherz
Softcover
ISBN 978-3-551-30163-5

www.impress-books.de

Prinzessin der Wälder

Kathrin Wandres
In Between. Das Geheimnis der Königreiche (Band 1)
Softcover
ISBN 978-3-551-30103-1

Die 17-jährige Keylah lebt inmitten der dunklen Wälder des Landes Benoth, das zwischen zwei mächtigen Königreichen liegt. Nur die hohen Mauern der Siedlungen trennen dort die Menschen von dem, was draußen ist – den Ausgestoßenen, den Wolfsgestalten. Doch im Gegensatz zu den anderen liebt Keylah die freie Natur und kann ganze Tage in ihren selbstgebauten Baumhäusern verbringen. Ihre Gabe, drohende Gefahr körperlich zu spüren, scheint sie vor allem zu beschützen. Bis etwas geschieht, das sie nach Einbruch der Dunkelheit in den Wald zwingt und auf den unnahbaren Einzelgänger Deven stoßen lässt. Einen Mann, vor dem sie sich fürchten sollte, auch wenn ihre Gabe ihr etwas anderes sagt …

Impress
Die Macht der Gefühle

Impress
Ein Imprint der CARLSEN Verlag GmbH
Februar 2020

Lektorat: Li-Sa Vo Dieu
Umschlagbild: shutterstock.com / © Artem Furman / © dotshock / © tomertu / © oley / © Yiw Shoot Raw
Umschlaggestaltung: formlabor
Satz und Umsetzung: readbox publishing, Dortmund
Druck und Bindung: CPI Books GmbH, Birkach
ISBN 978-3-551-30232-8
Printed in Germany
www.carlsen.de/impress

Alle Bücher im Internet: www.carlsen.de